主 编:陈 恒

光启文库

光启学术

光启文库

光启随笔　　光启讲坛
光启学术　光启读本
光启通识　　光启译丛
光启口述　　光启青年

主　编：陈　恒

学术支持：上海师范大学光启国际学者中心

策划统筹：鲍静静
责任编辑：齐凤楠
装帧设计：纸想工作室

商务印书馆（上海）有限公司　出品
The Commercial Press (Shanghai) Co.Ltd

进学丛谈

葛晓音　著

图书在版编目（CIP）数据

进学丛谈 / 葛晓音著. —北京：商务印书馆，2021
（光启文库）
ISBN 978－7－100－19837－0

Ⅰ.①进… Ⅱ.①葛… Ⅲ.①随笔—作品集—中国—当代 Ⅳ.①I267.1

中国版本图书馆 CIP 数据核字（2021）第064618号

权利保留，侵权必究。

进 学 丛 谈
葛晓音 著

商务印书馆出版
（北京王府井大街36号 邮政编码 100710）
商 务 印 书 馆 发 行
苏州市越洋印刷有限公司印刷
ISBN 978－7－100－19837－0

2021年10月第1版	开本 640×960 1/16
2021年10月第1次印刷	印张 23¾

定价：96.00元

出版前言

梁启超在《清代学术概论》中认为,"自明徐光启、李之藻等广译算学、天文、水利诸书,为欧籍入中国之始,前清学术,颇蒙其影响"。梁任公把以徐光启(1562—1633)为代表追求"西学"的学术思潮,看作中国近代思想的开端。自徐光启以降数代学人,立足中华文化,承续学术传统,致力中西交流,展开文明互鉴,在江南地区开创出海纳百川的新局面,也遥遥开启了上海作为近现代东西交流、学术出版的中心地位。有鉴于此,我们秉承徐光启的精神遗产,发扬其经世致用、开放交流的学术理念,创设"光启文库"。

文库分光启随笔、光启学术、光启通识、光启讲坛、光启读本、光启译丛、光启口述、光启青年等系列。文库致力于构筑优秀学术人才集聚的高地、思想自由交流碰撞的平台,展示当代学术研究的成果,大力引介国外学术精品。如此,我们既可在自身文化中汲取养分,又能以高水准的海外成果丰富中华文化的内涵。

文库推重"经世致用",即注重文化的学术性和实用性,既促进学术价值的彰显,又推动现实关怀的呈现。文库以学术为第一要义,所选著作务求思想深刻、视角新颖、学养深厚;同时也注重实用,收录学术性与普及性皆佳、研究性与教学性兼顾、传承性与创新性俱备的优秀著作。以此,关注并回应重要时代议题与思想命题,推动中华文化的创造性转化与创新性发展,在与国外学术的交流对话中,努力打造和呈现具有中国特色的价值观念、思想文化及话语体系,为夯实文化软实力的根基贡献绵薄之力。

文库推动"东西交流",即注重文化的引入与输出,促进双向的碰撞与沟通,既借鉴西方文化,也传播中国声音,并希冀在交流中催生更绚烂的精神成果。文库着力收录西方古今智慧经典和学术前沿成果，推动其在国内的译介与出版；同时也致力收录汉语世界优秀专著，促进其影响力的提升，发挥更大的文化效用；此外，还将整理汇编海内外学者具有学术性、思想性的随笔、讲演、访谈等，建构思想操练和精神对话的空间。

我们深知，无论是推动文化的经世致用，还是促进思想的东西交流，本文库所能贡献的仅为涓埃之力。但若能成为一脉细流，汇入中华文化发展与复兴的时代潮流，便正是秉承光启精神，不负历史使命之职。

文库创建伊始，事务千头万绪，未来也任重道远。本文库涵盖文学、历史、哲学、艺术、宗教、民俗等诸多人文学科，需要不同学科背景的学者通力合作。本文库综合著、译、编于一体，也需要多方助力协调。总之，文库的顺利推进绝非仅靠一己之力所能达成，实需相关机构、学者的鼎力襄助。谨此就教于大方之家，并致诚挚谢意。

清代学者阮元曾高度评价徐光启的贡献，"自利玛窦东来，得其天文数学之传者，光启为最深。……近今言甄明西学者，必称光启"。追慕先贤，知往鉴今，希望通过"光启文库"的工作，搭建东西文化会通的坚实平台，矗起当代中国学术高原的瞩目高峰，以学术的方式阐释中国、理解世界，让阅读与思索弥漫于我们的精神家园。

上海师范大学光启国际学者中心

2020年3月

自　序

　　我平时很少写随笔杂谈一类散文，主要是学术论文写惯了，文笔缺少写散文应有的灵动活泼之感。所以除了实在推脱不掉的稿约，一般不愿动笔。最近因商务印书馆上海分馆邀约学术随笔的选集，我这才开始在电脑里寻找积累的旧文，又在记忆中搜罗了一遍尚未使用电脑时写作的杂文，居然也有六七十篇之多。这些文章全都曾发表于各种书籍报刊，年深月久，有的已经记不起发表的时间了。筛选之后，觉得其中有不少能见出我四十年来在进学之路上走过的足印，便根据选集规定的字数范围，选出五十篇，结成这本文集，题名为《进学丛谈》。

　　检看旧稿，往事历历浮现在眼前。恩师和故友仿佛微笑着向我走来，又渐去渐远，直到望不见背影。他们有的是将我领进学术殿堂的引路人，有的是在学术大道上同行半个世纪的知交，有的是治学精神感人至深的日本学者。图书馆和学术刊物则与我终身结缘，见证着我在学术道路上从蹒跚学步到稳步前行的全过程。而当年轻的朋友们向学界奉上他们的第一部专著时，为他们写的序文和书评中又记录了新一代学者成长的痕迹。此外许多学术研讨会上的发言，则是在一浪又一浪学术潮流裹挟中的反省和沉思。所有这些，都是我在不同的人生阶段对进学之道的感悟。散见于各类书刊时，彼此之间似无关联。收集到一起，才恍然明白这正是我四十年学术历程的小结。

感谢李鹏飞教授和为我搜录旧稿的同学们,帮助这本小书顺利出版。感谢商务印书馆上海分馆,让我有机会在古稀之年对自己的进学生涯做一番悲欢交集的回顾。

葛晓音

目录

自　序　　　　　　　　　　　　　　3

杏坛探颐

诗性与理性的完美结合　　　　　　　3
林庚先生手稿读后感　　　　　　　　26
妙悟和学力相结合的典范　　　　　　32
程千帆先生的古诗课　　　　　　　　36
王瑶先生对中古文学研究的贡献　　　45
通新旧之学　达古今之理　　　　　　56
陈贻焮先生《杜甫评传》跋　　　　　79
陈贻焮先生《梅棣盦诗词集》序　　　88
聂石樵先生的魏晋南北朝文学史观　　90
选堂教授《佛国集》诗艺浅探　　　　99
叶嘉莹先生"兴发感动"说的学术高度　110
日月不息　师表常尊　　　　　　　　114
谱入弦歌的百年悲欢　　　　　　　　124

师友遗影

精神飞扬天地间　　　　　　　　　　131

钟声里的遐思	135
大师的气度	140
难忘师恩　永记师训	144
追念傅璇琮先生	155
追思周先慎老师	160
学术是他生命的第一需要	167
真正的学者	174
几日浮生哭故人	178

书刊因缘

北大图书馆的变与不变	189
名刊品位与编辑作者的坚守	195
刊庆的随想	201
我和《文学遗产》	204
《北京大学学报》	208

新著撷英

吴淑钿《近代宋诗派诗论研究》序	215
新思维与传统治学方式相结合的成功尝试	219
孙明君《三曹与中国诗史》序	230
六朝隋唐诗歌格律、体式演进问题及其研究进展	234
刘宁《唐宋之际诗歌演变研究》序	244
陈桥生《刘宋诗歌研究》序	252
力求摆脱依傍的唐传奇研究	257
冯志弘《北宋古文运动的形成》序	270
考证与辞章研究相结合的成功探索	275

潮头点滴

第一义的研究是学术持续发展的主要动力	285
由外向内和由内向外	289
吸取新方法应以传统治学方式为本	297
让研究者沉下心来做学问	301
回眸时的沉思	304
文学遗产的古为今用	309
唐代文学高峰对当今文艺建设的启示	313
在研究的实践中探索学术转型的方向	320
学术自信和价值判断	325
深层研究是文学史书写的基础	330
国学研究和教学中"问题"意识的培养	334
中国文学史基础课教学中的若干问题	342
文本阅读的理解力和判断力	349
跨学科研究的探索和实践	354

杏坛探颐

诗性与理性的完美结合
——林庚先生的古代文学研究

在当今的古代文学研究界，林庚先生是以著名诗人兼学者的身份独树一帜的。尽管二十世纪不乏兼备诗才和学力的通人，但像林先生这样能使诗性和理性交互渗透在创作和学问之中，并形成鲜明特色的大家却很罕见。他从创作新诗的目的出发研究古诗，在探寻古今诗歌创作规律的同时，开创了中国古典诗歌研究的新局面，推动了古代文学研究的现代化进程。

林庚先生最初爱好古典诗词。1928年考入清华大学后，曾创办《文学月刊》。"九一八事变"发生后，他为全校军训同学谱写战歌，准备参军杀敌。不久参加赴南京请愿团，要求出兵抗日。因无结果，一度绝食于南京。返校后才决心写新诗，并不断发表新作。1933年秋，出版了第一本自由体诗集《夜》，同年留在清华大学任助教。这时郑振铎先生正在北京创办《文学季刊》，约他担任编委，并负责新诗一栏的组稿工作。1934年夏林先生在北京民国学院任讲师，又在北平大学女子文理学院、北京师范大学两校中文系兼课，但主要精力仍是放在创作上。这一年继《夜》之后又出版了《春野与窗》，这部诗集引起了更为广泛的注意，也奠定了他在三十年代诗坛上的地位。1934年后他作为一个自由体的新诗人又开始尝试新的格律体,1935年秋出版了《北平情歌》,1936年出版了《冬眠曲及其他》。"七七事变"起,林先生南下,在厦门大学任教。1941年任厦大中文系教授。十年间曾开设了中国文学史、历代诗歌选、楚辞、庾信、李商隐、文学批评、新诗习作等课程。由于必须把主要精力和时间投入教学和科研,他也就从一个专业的诗人逐渐地转变为一个专业的学者。此后林先生虽然始终不曾中断新诗创作,并在各报刊上陆续发表新作,但只能成为业余的了。

林先生创作新诗是从自由体开始的。自由体使他从旧诗词中得到一种全新的解放。收在《春夜与窗》《北平情歌》里的自由诗,正如林先生自己所说:"是用最原始的语言捕捉了生活中最直接的感受。"这些诗在句式和押韵方面不受任何拘束,亦无一雷同。梦中春天的冰裂声,天上的浮云和风筝,深山的虎眼和狮吼,黑夜的风雨和魅影,秋园的旋风和落叶……现实与梦境飞快地转换,温柔与刚劲奇特地交织在一起,跳跃的意绪和变幻的意象使散文式的语言和清新锐利的感受浑然融为一体,透露出诗人对青春之光和生命之力的执着追寻。可以说,林先生在他最早的两本自由体诗集里,已显示出他对诗歌本质的独特把握,以及对诗歌形式的多方探索。

从1934年起,林先生开始寻求新诗更鲜明的形式,开始思考诗歌语言的解放是否仅仅意味着散文化的问题。他说:"一切艺术形式都因为它有助于特殊艺术性能的充分发挥而存在,否则就都是不必要的。而语言原是建筑在抽象概念之上的,艺术却需要鲜明具体的直接感受;诗歌作为最单纯的语言艺术,除了凭藉于语言外又别无长物;换句话说它所唯一凭藉的,乃是它所要求突破的。这就正是艺术上面临的特殊矛盾。那么新诗语言既已在散文解放的浪潮中获得了自由,是否还需要再解放呢?诗不同于散文,它总要有个与散文不同的形式。自由诗必须分行,这也就是起码区别于散文的形式;但是仅止于此还是不够的。为了使诗歌语言利于摆脱散文中与生俱来的逻辑习性，还有待于进一步找到自己更完美的形式。形式并不等于艺术，它不过是一种手段或工具，但一个完美的诗歌形式却可以有助于艺术语言的充分解放与涌现。自然，要寻求一个完美的诗歌形式并非一朝一夕之事，而为了新诗发展的需要，对此进行不懈的探索、不断的尝试，乃是值得的。"在半个世纪的创作实践中，林先生不但摸索出几种接近格律体的新诗，而且总结出一套关于探讨新诗民族语言形式的宝贵意见。他在《问路集》自序中将这些意见归纳为以下三点："一、要寻求掌握生活语言发展中含有的新音组，在今天为适应口语中句式上的变长，便应以四字五字等音组来取代原先五七言中的三字音组；正如历史上三字音组曾经取代了四言诗中的二字音组一样。二、要服从于中国民族语言在诗歌形式上普遍遵循的'半逗律'，也就是将诗行划分为相对平衡的上下两个半段，从而在半行上形成一个类似'逗'的节奏点。三、要力求让这个节奏点保持在稳定的典型位置上。如果它或上或下、或高或低，那么这种诗行就还不够典型，也就还不能达于普遍。"

林先生在他的《北平情歌》《冬眠曲及其他》以及发表在《文学杂志》上的新诗中实践了以上理论。这些诗有的是三—四节奏的七言（如《古意》《雨丝》）；有的是五—五节奏的十言（如《春晨》《柿子》《井畔》《冬眠曲》《冬之呼唤》《宽敞的窗子》《苦难的日子》《未来的季候》《路》《我走上山来见一个月亮》《冰河》《活》《历史》）；有的是五—十节奏的十五言（《夏之深夜》《秋深》《秋夜的灯》）；有的是六—五节奏的十一言（《正月》《四月》）；有的是三—四—五节奏的十二言（《北平自由诗》）；有的是三—五节奏的八言（《抽烟》《黎明的对话》），以上诗作收在他的《问路集》第二辑里，标志着林先生探索新诗的第二个阶段。不难见出这种种诗体都是以五言作为基本节奏单位的。其中以十言体为最多。从四十年代末开始，林先生在综合使用以上诗体的同时，又创造出一种九言体,其节奏主要是五—四式(《解放后的乡村》《战士的歌》《念一本书》《除夕小唱》《日月》《北京之冬》《马路之歌》《恋歌》《生活》《十月》《会后》《十三陵水库》《真理的长河》《新秋之歌》《东方》《海浪谣》《时间》《曾经》《光之歌》《散文诗》《醒觉》《乡土》)。以上诗作收在《问路集》的第三辑里,代表着林先生探索新诗的第三个阶段。前五后四的搭配是散文中最常用的句式,由于这种五字音组和四字音组已完全打破古代格律诗的三—二和二—二节奏,可以根据内容需要自由组合成各种白话句式。而五—四节奏的形成,又大大减少了十言中含"的"字的五字音组,从而使句式更为精炼,也更容易在整齐中求得自然的效果。因而九言体的形成,是林先生促使白话散文句式诗化的一个成功的尝试。

林先生在探索新诗形式时,一方面致力于把握现代生活语言中全新的节奏,以构成新的诗行;另一方面则追溯中国民族诗歌形式发展的历史经验和规律。这两方面是相辅相成又相互促进的。他认为:"从《楚辞》到唐诗,中国诗歌的民族形式正经历过类似的发展过程。它也是先在散文解放的浪潮中取得一定的自由,后来又进一步找到了五七言的完美形式而得到了更充分的自由。"正是本着这种追根溯源的精神,林先生将创作新诗和研究楚辞、唐诗完美地统一起来了。

一

林先生研究楚辞的成果主要收在他的论文集《诗人屈原及其作品研究》以及专著《天问论笺》中。研究楚辞,很难绕开关于屈原生平及其作品的考辨。从王逸的《楚辞章句》到洪兴祖的《楚辞补注》、朱熹的《楚辞集注》、汪瑗的《楚辞集解》、王夫之的《楚辞通释》、蒋骥的《山带阁注楚辞》、戴震的《屈原赋注》等等,在楚辞的考订、义理方面已积累了丰富的成果。当代学者如郭沫若、游国恩先生等也都是以功力著称的大家。但是由于楚辞研究的原始材料太少，注家之间分歧较多，不少研究者在文字训诂上转弯抹角，曲为之解，很难取得可以成为定论的意见。林先生的研究方法是从理解屈原的作品出发，只取最早的可信的文献记载为依据，同时联系天文、地理、历史、文字学等多种知识，努力寻找最直捷明了的解释，因而有许多重要的创获。例如关于《离骚》中"摄提贞于孟陬兮，惟庚寅吾以降"这一句的意义，因涉及屈原的生年，历来争议很大。郭沫若和游国恩先生都坚持认为"摄提"是指年名"摄提格"，林先生认为是星名。他通过对前人各种注疏的辨析，指出将摄提当作"摄提格"写进注里，是从王逸开始的。后来朱熹在《楚辞辩证》里已加驳斥，但后世注家仍有不少用王逸之说。林先生举出汉代文献中许多资料来证明"摄提"作为古代天文历法上一个重要的星辰，孟陬指夏历正月，二者之间的正常关系被认为是显示着万象回春的清平景象。如果"摄提"失方，就会产生灾变。因此当摄提与孟陬紧密联系在一起出现时，摄提无疑是星名。而"摄提"与"摄提格"之所以相互混淆，问题出在《史记·天官书》中的一段解释"摄提"的文字中衍出一个"格"字。日本泷川资言《史记会注考证》已引用猪饲彦博的校勘成果，指出"格字衍"。林先生又从句法和内容上加以辨析，并参照《春秋天命苞》关于摄提的解释，进一步证实了"摄提"是星名而非年名，由此否定了屈原生于寅年的说法。之后，林先生转而根据"惟庚寅吾以降"这句话来分析屈原为什么强调自己生于庚寅日。正月初的某个日子能取得嘉名的只有正旦、立春和人日，而正旦、立春自有专名。按荆楚"七日为人"的风俗，很可能是正月七日。其时尚无"人日"之专称，故以干支记日。又据楚宣王、威王两代只有纪元前335年（楚威王五年）的正月七日是庚寅日，推出屈原应生于这一年。

在考订屈原的生平时，林先生特别强调对材料应做去伪存真的辨析工作，应使用最原始的资料，认为《史记》中《屈原列传》《楚世家》《离骚》《天问》《招魂》《哀郢》《怀沙》等都是最宝贵的资料。而《史记》之后的文献，便略逊一筹。至于刘向的《说苑》《新序》等，本近小说家言，取材又极不严肃，在研究屈原生平上的价值又更低一等。对于《汉书·司马迁传》中录入的《报任少卿书》，林先生亦通过与《史记》中各篇列传的比较，指出其中"屈原放逐，乃赋离骚；左丘失明，厥有国语；孙子膑脚，兵法修列；不韦迁蜀，世传吕览；韩非囚秦，说难孤愤"一节并非司马迁原来的文字，而是后人窜入的，由此证明研究屈原，在《史记·屈原列传》之前没有更早更可信的资料。而对材料的使用，林先生既重视其可靠的程度，更善于做通达的解释，反对钻牛角尖式的考证方法。在《史记屈原列传论辨》中，他从若干重要字义的解释入手，排除了前人怀疑《屈原列传》的理由。例如指出"灵"字在《左传》《离骚》中，都可指活人，并不能据《离骚》中称怀王为"灵修"，便断定《离骚》作于怀王死后顷襄王在位时。又如《涉江》中的"年既老而不衰"一句，有人据《说文》"七十曰老"，断定屈原死时总该是六七十岁才对。林先生指出《说文》这句话原是截取了《礼记·曲礼》中"七十曰老而传"的半句话。而《礼记》中说明"五十曰老"的证据很多，何况诗歌语言中自称为老，难免夸张。林先生举出大量史书和古诗的例证来说明，三四十岁时自称为老的说法比比皆是，因而绝不能认定一个"老"字作为考证年纪的依据。又如《哀郢》一篇，历来多释为作于秦兵破郢以后，林先生指出释《哀郢》为破郢是望文生义。文中"孰两东门之可芜"一句，应指《左传》中的吴伐楚之役，而非秦楚之役。

　　林先生对屈原作品的解释也从不陷在烦琐的考证中。他总是抓住与屈原思想或行迹关系最密切的一些词汇，做出精辟的阐释，以纠前人之误。例如他举出《离骚》中的"民"字共有六处，通过分析六处"民"字在上下文中的关系和具体含义，指出"民"即"人"，而非指人民或民众。又如彭咸是屈原心目中的理想人物。王逸解释是殷时谏其君不听、自投水而死的贤大夫。林先生以《离骚》《抽思》中提到彭咸的句子作为内证，通过分析使用彭咸一名的语义环境，联系东方朔、庄忌、王褒等人的作品，指出在王逸以前，彭咸从未和沉江发生过任何联系，认为彭咸和楚的祖先高阳氏有密切的关系，与彭铿似为一人之讹传，应是楚国的先贤，以"直士隐"的性格而成为屈原进退的依据。

在屈原作品的研究中，还有不少关于地理名词的歧见，直接影响到对屈原的行踪、作品的内容，乃至作者归属等重大问题的解释。林先生善于从考证其中最关键的一些名词入手，干脆利索地解开前人纠缠不清的症结。例如《楚图说》在辨析了"夏水""云梦""鄂渚""汨罗"在战国时（而非秦汉时）的地理位置后，指出屈原自沉于汨罗，必是在《涉江》这段行程中。他并没有走到溆浦，而是中途走到汨罗，便自沉于此。又如《招魂》历来是争议最多的一篇楚辞。关于其作者，有屈原说、宋玉说两种；而招什么人的魂，又有屈原自招、屈原招楚怀王、宋玉招屈原三说。其写作地点，则历来用王逸说，以为作于郢城。林先生从辨析《涉江》中的"山皋""方林"入手，首先指出王逸注地名人名往往以意为之。"方林"非地名，乃傍林之义。同样，《招魂》中的"修门"亦非王逸所说之"郢城门"，而是招魂台上所建的高而美的门。《招魂》乱辞中"路贯庐江兮左长薄"中的长薄、庐江，王逸皆注为地名。而林先生引证丰富资料指出"长薄"为一片长的丛林，庐江为芦苇初生之时的大江，由此否定了近人认为《招魂》乃楚都寿春时作品的根据，并进一步考出《招魂》作于"江南之梦（华容县附近的巴丘湖）"，当为楚怀王十七年，秦梦大战之后，次年怀王南巡江南之梦、为阵亡将士招魂之时。《招魂》的性质，并非为个人哀悼之作，而是写春天的一个大规模的招亡魂的典礼。又据《周礼·春官》中"春招弭以除疾病，王吊则与祝前"，以及郑注所引《檀弓》和《春秋传》中"君临臣葬之礼"，联系《招魂》

中所说"工祝招君",可证《招魂》正是为招死国战士之魂的典礼而作。解决了《招魂》的性质以后,《招魂》的内容以及序曲、乱辞的意义也就不难解释了。序曲正是典礼的开场白,而乱辞分为前后两段,恰好叙说了招魂的始末。前段所写是自郢到"梦""春蒐"之祭的情景,后段写典礼结束之后的哀悼心情,与《礼记·祭义》中"祭之日,乐与哀半,飨之必乐,已至必哀"的记载完全相符。可以说,林先生关于《招魂》的精彩考辨是各种解释中最简明透彻的。

作为诗人学者,林先生考证楚辞的独到之处在于:他对句、词的考订从不脱离对作品贯通的理解以及对屈原思想的准确把握。例如他指出《离骚》中从"民好恶其不同兮惟此党人其独异"到"宁戚之讴歌兮齐桓闻以该辅"一段十四句是后人窜入的文字。因为这段文字中的傅说、吕望、宁戚故事不见于屈原其他作品,而且屈原作为少年得志的贵族,他的牢骚绝不同于"贫士失职而志不平"的宋玉,及梦想起于屠钓的说客文人。如果说林先生对屈原生平、作品的考订与文本研究的结合,正是他能摆脱传统烦琐考证方法、以精辟简要取胜的主要原因,那么他对楚辞体裁和句法的研究,则主要得力于他本人创作自由体新诗和格律体新诗的实践了。如作于1950年的论《九歌不源于二南》,使用统计法(这一方法在八十年代流行起来),证明二南的"兮"字远不如国风多,从而推翻一般人用"兮"字来断定二南近于楚辞的看法。同时又根据二南之为雅而楚声近于郑来说明在音乐上也不同源。《楚辞里"兮"字的性质》一文将《诗经》和《楚辞》相比较,通过仔细辨析二者用"兮"的几种不同形式,指出《诗经》里的"兮"主要起表情作用,而《楚辞》里的"兮"纯粹为句逗作用。它只是一个音符,主要是为了构成节奏。《从楚辞的断句说到涉江》一文,指出楚辞可以根据"兮"在句中断句,而这种表面形式是由其内在的形式决定的。这内在的形式便是:楚辞的基本句法为两个对偶句的连接,而每个半句的结构都是散文句。这太长的句法仅在句尾断句还不够，必须在半句上也有一逗，才能上口。因此"兮"字移到句中，便使得散文的形式有了诗的节奏。林先生在点出楚辞的来源乃是散文的波澜之后，又指出楚辞诗化形式的取得主要有两种方法：一是继承旧有诗经的形式，而把它加长以适合散文语吻的长度，如《橘颂》《天问》之作；一是根据散文重新另制一个诗的形式，如《离骚》《九章》，散文形式需要借重叠排偶以造成诗化的节奏，从而造成其aabb的押韵方式，以便于把诗行过渡到长一倍。林先生发现了楚辞由散文变为诗歌的奥妙之后，还根据这一原则，解决了《涉江》首段的断句，发现了错简的地方，使这一篇文理通顺的佳作恢复了本来面目。这又是运诗歌创作经验于考证的一个绝好的例子。除此以外，林先生还从考察形式出发，对楚辞《橘颂》《礼魂》《湘君》《湘夫人》等篇的内容做了独到的解释。如指出乱辞的选用为屈原独自的尝试，《橘颂》是《离骚》以前尚未使用过乱辞的早期作品，其形式从诗经的体裁改良而来，所写的是一种清醒的性格。《国殇》《山鬼》上三下三的严谨形式受《招魂》乱辞的影响，《国殇》和《招魂》的主题也相同，然而只是个人的抒写，而非致神仪式的描绘。《礼魂》应视为《国殇》的乱辞。并从三方面补充说明了《湘君》《湘夫人》原应为一篇的理由。

《诗人屈原及其作品研究》共计20篇论文，而仅11万字。但创获之丰富，内容之精湛，胜过许多百万巨帙。其生动而简洁的文字中透出的锐气，自有一种折服人的雄辩力量，并俾深奥难懂的考辨变得明晰易解。这可能是林先生楚辞研究最鲜明的特色。

在屈原的作品中，林先生用力最勤的是对《天问》的研究。这部巨著是历代楚辞注释家们望而却步的作品。其无从理解，仿佛是一部天书，纵然偶有所得也是一鳞半爪的。林先生曾于1947年发表过一篇《天问注解的困难及其整理的线索》，试图为全面解开《天问》之谜做一个初步的探索。在该文中，林先生已提出《天问》中历史的发问乃是以夏为中心的远古南方民族的传说,并初步勾勒了夏启源自禹、后羿源自舜、启与羿相争的历史。指出启这一支之后化为越,与羿相近的两支为吴与楚。文章还通过排比对照《天问》和诗经中"帝"字的全部用例,及《天问》中称呼人君的所有用法,指出《天问》中的"帝"应全部释为上帝、天帝,从而纠正了王逸《楚辞章句》的杂乱解释。这是理清《天问》里历史顺序的关键。1964年他又写了《〈天问〉尾章"薄暮雷电归何忧"以下十句》一文,开始进入更具体的研究。然而因"四清"已经开始,研究只得中断,直到1978年,才得以全力以赴地做彻底的研究。1979年5月至1980年2月,他连续发表了《〈天问〉中有关秦民族的历史传说》《〈天问〉中所见夏王朝的历史传说》《〈天问〉中所见上古各民族争霸中原的面影》三篇论文,并确认《天问》乃是一部问话体的以夏、商、周为中心(下及吴、楚、秦)的上古各民族争霸中原的兴亡史诗。1981年林先生又写成了全部的笺释及今译,与四篇论文及代序合为《天问论笺》一书,由人民文学出版社于1983年出版。

　　林先生研究《天问》的方法是:从全诗整体布局和史实的排列顺序着眼,与《左传》《离骚》《史记》《山海经》等最原始的资料进行对勘,谨慎地考虑错简和错字的局部影响,辅之以对关键字句的精审考证。他的研究主要解决了以下几个重要的问题:第一,勾勒出上古关于夏王朝的历史传说的轮廓,辨清了《天问》中的故事与正统说法的重大差异;指出在南方民族的传说中,禹并非夏的开国者,他只是生出了建立夏王朝的启,把天神的血统传给了夏民族。启与后羿进行了长期的斗争,在后羿一族衰微后才重新复国。关于这段历史,有两句向来不得其解:"皆归射鞠而无害厥躬,何后益作革而禹播降?"林先生从益在传说中主兽这一点着想,考出"射"指射猎,"鞠"指生养即畜牧,从而解开了历代注家无从措手的难题。第二,搞清了吴民族的渊源,认为吴民族长期居住衡山,由于楚民族在荆蛮扎根,吴民族在迁移北上途中,遇到流亡的太伯兄弟，才一同沿江汉东下，在古句曲山一带定居。这就是句吴的由来。第三，指出帝舜传说出于稍后的北方，很可能是从较早的帝俊、颛顼演变过来。舜不但与吴楚民族有密切关系，而且与秦民族也存在类似的渊源。第四，利用《史记·秦本记》与"中央共牧后何怒"以下六句对勘，考出了有关秦民族的历史传说，使历代注家为之束手的一段空白得到填补。第五，辨明《天问》尾章十句主要写楚平王、昭王两朝的历史，即吴楚之争最激烈的年代，从而使《天问》的结构得到合理的解释。《天问论笺》出版后，受到了学术界普遍的欢迎和好评，认为是解放后楚辞研究的一个重要突破，是迄今为止对《天问》这一学术难题进行系统阐释和论述的唯一著作。1992年获全国高校首届人文社会科学优秀成果著作一等奖。

二

在研究唐诗方面，林先生所提出的最著名的论点，就是"盛唐气象"。"盛唐气象"一词在严羽《沧浪诗话》里就已出现。但在古代文论中，主要偏重于对诗歌格调和神韵的理解。林先生则将它扩大到对盛唐时代风貌的认识，指出："盛唐气象所指的是诗歌中蓬勃的气象，这蓬勃不只由于它发展的盛况，更重要的乃是一种蓬勃的思想感情所形成的时代性格。这时代性格是不能离开了那个时代而存在的。盛唐气象因此是盛唐时代精神面貌的反映。"（《盛唐气象》）同时，林先生还首次揭示了盛唐气象的形成与建安风骨的内在联系，认为建安风骨乃是具备在盛唐气象之中的，它是盛唐气象的骨干。没有这个骨干，盛唐气象不可能出现。在超越前人的认识基础上，林先生以诗一般的语言对"盛唐气象"的总体特征做出了精彩的概括："盛唐气象最突出的特点就是朝气蓬勃，如旦晚才脱笔砚的新鲜，这也就是盛唐时代的性格。它是思想感情，也是艺术形象,在这里思想性与艺术性获得了高度的统一。……盛唐气象是饱满的、蓬勃的,正因其在生活的每个角落都是充沛的;它夸大到'白发三千丈'时不觉得夸大,它细小到'一片冰心在玉壶'时不觉得细小。……它玲珑透彻而仍然浑厚,千愁万绪而仍然开朗;这是植根于饱满的生活热情、新鲜的事物的敏感,与时代的发展中人民力量的解放一起成长的。"这篇系统阐述盛唐气象的长文发表后,产生了很大的影响。不少学者甚至在提到林庚先生的名字时,会很自然地联及"盛唐气象"。

与"盛唐气象"的著名论断紧相联结的,是林先生对盛唐诗歌的又一艺术概括:"少年精神。"他认为盛唐诗体现了一种"开朗的、解放的""实是以少年人的心情"作为骨干的"少年精神",这种精神,充满了"青春的气息""乐观的奔放旋律"。盛唐的时代条件决定了唯在盛唐气象之下才可能出现少年精神。毫无疑问,"盛唐气象"和"少年精神"是林先生对盛唐诗歌所做出的两个极为传神的概括,它抓住了盛唐诗歌的神髓,是不同凡响的创见。

林先生的唐诗研究较多地将注意力放在具有浪漫风格的诗人及其作品上。而对这些诗人的研究又无不与对盛唐诗的整体观照紧密地联系在一起。如《陈子昂与建安风骨》一文认为建安风骨的精神实质是富于理想的、高瞻远瞩的,具有浪漫主义的特征。陈子昂提倡的汉魏风骨,也正是这样一个传统。《感遇》集中表达的是雄图壮志,以及由于追求理想而激起的不平。《诗人李白》在分析了李白诗歌的现实性以后,更以诗人的热情赞美了李白诗歌的浪漫气质,以及李白使盛唐诗歌达到高潮的伟大贡献。又如王维向来被视为隐逸的高人。但林先生却发现了王维诗歌中的少年意气、其边塞诗中的浪漫豪情,以及许多诗作中所反映的布衣与权贵对立的普遍不平,指出王维是盛唐文化完美的体现者。林先生之所以特别推重盛唐诗和浪漫派诗人,原因之一是他对诗歌本质的理解,在《诗的活力与诗的新原质》一文中,他说诗的内容,原是取之于生活中最敏感的事物；新的诗风最直接的，莫过于新的事物上新的感情，这便是诗的原质。诗又必须寻求其草创力。它是一种生命的呼唤，应当"使一切缺少生命的都获得那生命的源泉。在一切最无情趣的地方唤醒那生命的感情"。而唐代正是诗的新原质发现得最多的时期。原因之二还与他对中国文学史的整体理解有关。林先生认为，中国古代的作家大都属于"士"这一阶层，"士"多数是中下层的知识分子。他们出身寒微，生活困苦，也即我们所通称的"寒士"。争取开明政治，进行民主斗争的要求，集中地体现在寒士阶层。中国古代的正统文学主要是代表着封建社会上升阶段的文学，也就是以士为代表、以开明政治为中心的寒士文学，这种进取的力量和信心，也必然形成文学中浪漫主义的抒情传统。这个寒士文学的传统，主要表现在建安到盛唐，又集中体现为李白的布衣感。因此，他在论盛唐诗时，自然就会选择最能代表这种浪漫特征的诗人作为重点研究的对象。

林先生研究唐诗，还特别重视语言的诗化过程。他认为诗歌是最精炼的语言艺术，它需要从日常的生活语言中不断地进行诗化。诗坛的繁荣，乃是建立在这语言充分诗化的普遍基础上，而不在于偶然出现一两位杰出的诗人。语言诗化的过程包括着形式、语法、词汇等各个环节的相互促进，使语言更富于飞跃性、交织性、萌发性，自由翱翔于形象的太空。从先秦到唐代，文学语言正是沿着这一诗化的道路发展着。他在《略谈唐诗高潮中的一些标志》《唐诗的语言》《唐诗的格律》等论文中充分地阐述了这一诗化的过程至唐代完成，才出现唐诗高潮的事实，指出："汉代有赋家而无诗人，唐代有诗人而无赋家；中间魏晋六朝则诗赋并存，呈现着一种过渡的折衷状态"；"这个现象可以帮助我们看出，作为一个整体的五七言诗坛，自建安经过六朝，乃正是处于走向成熟高潮的过渡与折衷阶段。在这个阶段中诗歌开始居于优势，赋也开始偏离汉赋的轨道而逐渐向诗歌的道路上靠拢，到了隋唐前夕，庾信的赋中就出现了完全可以称之为诗的作品"。"五七言诗坛的成熟，因此是经过着一番曲折的过程；最后诗歌才终于完全取代了赋，也取代了赋影响下的骈文而登上全盛的高峰。"而唐诗高潮最重要的标志，便是绝句的登上诗坛，"这乃是艺术上的归真返朴，语言上的真正解放"。此外，"七古正如绝句，也都是到了盛唐诗歌高潮的到来，才一跃而为诗坛的宠儿"，"律诗也在唐诗走向高潮中形成，同时在诗坛以七古和绝句的自然流露的基调中获得了解放的力量"。关于诗赋消长的观点近年来在学术界已被许多学者尽情发挥，虽然论述更为详细，但从总体上看，并未超出林先生的基本论点。

　　林先生研究唐诗，还有一个突出的特点，即善于将自己富有诗人气质的特有的艺术敏感，运用于对作品的具体分析之中。这种分析往往能参透深邃的艺术哲理，使读者品味再三，仍觉余味不尽。例如他对《登幽州台歌》《黄鹤楼》《出塞》其一等名篇的分析，都能由微知著，由一首诗而谈及创作方法、唐诗的特征和魅力，进而概括古代诗歌创作中的某些规律，而其文笔又体现了林先生固有的神采飞扬的特点。如说孟浩然的《春晓》："一种雨过天青的新鲜感受，把落花的淡淡哀愁冲洗得何等纯净！花总是要落的，而落花也总是有些可惜。春天就是这样在花开花落中发展着。怎样认识这样一个世界呢？这就仿佛是一个新鲜的启示。唐诗的可贵处就在于它以最新鲜的感受从生活的各个方面启发着人们。它的充沛的精神状态，深入浅出的语言造诣，乃是中国古典诗歌史上最完美的成就。"又如说王之涣的《凉州词》："从这里再想象玉门关，就觉得离开祖国远了，也就愈多了乡土的怀念，这是一种愈稀少愈珍惜的感情，而到了连杨柳都没有的时候，笛中的杨柳也就成了美丽的怀念，因此诗人的发问仿佛是责备这个曲子，其实正是想听到这个曲子。我们无妨把这两句话的逻辑翻过来想想，那就是说：既然羌笛还在怨杨柳，春风岂不是已到了玉门关吗？这就出现了语言上的奇迹，说'春风不度玉门关'，而悄悄里玉门关却透露了春的消息，然而诗中究竟说的是'不度'，这就又约制了尽情度过，仿佛春风在关上欲度未度的当儿。这乃是一个边塞之春，而边塞的春天愈少，一点的春意就更觉得令人向往，正像严冬之后，冰河初解，原野明净，出现在初春的转折点上的景象，别有一番新鲜迷人的地方。在这样的情景下，究竟是'黄河远上白云间'好呢？还是'黄沙直上白云间'好呢？岂非十分明白的事吗？"类似这样的美文，在他的《唐诗综论》的"唐诗远音"和"谈诗稿"两编中，比比皆是。因此，他那些二三千字的短章都蕴含着丰富的内涵，说诗的小品本身就是令人激赏的精美文字。陈贻焮先生曾说，林先生艺术鉴赏的眼光极高，他所欣赏的诗没有一首不是佳作。他写的鉴赏文章虽不算多，但在这方面的独到成就，海内罕有其匹，向来享有"海内一大家"（南京大学著名教授程千帆先生的评价）的盛誉。

综观林先生的唐诗研究，可以说，到他的《唐诗综论》结集为止，他已构筑了自己独特的唐诗学体系，这体系的纵向脉络，是沿着文学史发展轨迹的从宏观到微观的探讨；这体系的横向坐标，是对整个唐代，尤其是盛唐的全方位、多侧面的研究剖析，纵横两个方向交织而成的网络上，满布的众多网点，乃是他的一系列有关唐诗渊源、继承、标志、特征、时代、风格、语言、格律等问题的精辟论断。如果我们将林先生的唐诗研究置于当代唐诗研究史上做一比较和估价，那么就可以清楚地看到，他不但精熟于传统的义理、考据、辞章这三种方法，而且较早地借鉴了西方文艺理论来研究古代诗歌，因而能在诗学的宏观思辨方面站在同行的前列，以其新颖而富有生气的创见引导和启发着一代学人。清末以来，宋诗派在学术界占有相当大的优势。二十世纪上半叶，虽有一些研究唐诗的论著，如王闿运的《湘绮楼论唐诗》、刘师培的《读全唐诗发微》、邵祖平的《唐诗通论》、苏雪林的《唐诗概论》以及一些零散论文等，但除了闻一多的《唐诗杂论》以外，都未发生太大的影响。自从林先生提出"盛唐气象"等一系列著名论点以后,唐诗研究才愈益受到重视,盛唐诗的价值也才在新的层面上得到深刻的认识。

三

楚辞和唐诗研究是林先生的学术成果中最有特色的部分。除此以外,林先生对明清小说也很关注,并发表过关于《三国演义》《西游记》《水浒》《红楼梦》的一系列论文以及专著《西游记漫话》。最近完成的《中国文学简史》(宋元明清部分)也是以小说研究为重点的。林先生对于宋元明清文学的基本认识,与他对先秦至唐代文学的认识相辅相成,构成了一个完整的体系。他认为,宋元以来,新兴的市民文学日益兴旺起来,并越来越居于创作上的主导地位。这寒士文学与市民文学之间的盛衰交替,也便是中国文学史上最鲜明的一个重大变化。市民文学的主要特色是以小说戏剧作为它的中心舞台,以故事的爱好,展开了全新的创作。女主角的异常活跃,以女性生活基调为主题,更是市民文学的一个重要特点。同时,宋元以后出现了古白话,而唐以后的正统诗文却离口语越来越远,日趋老化。市民文学在这方面则正是得天独厚,因而为广大人民所喜闻乐见,也吸引着众多作家加入这一创作行列,终于占据了中国文学史后期的重要篇幅。出于这些宏观认识,林先生对于明清小说中几大名著的分析颇多精辟的创见,有的甚至是石破天惊之论。例如《西游记漫话》一反以往认为小说反映封建社会现实政治和农民斗争的流行说法,分析了《西游记》的童话精神,指出这种童话精神产生于《西游记》已有的神话框架,并且与明代中后期李贽的"童心说"所反映的寻求内心解放的社会思潮相一致。孙悟空形象的创造中,实际上大量运用了市井生活的经验和素材,人物性格以闯荡江湖的英雄好汉为原型,但又凭借着讲史类英雄传奇的文学传统,被赋予英雄的崇高感和历史的使命感。

《西游记》中的佛教内容，是由原有的故事所带来的。对于孙悟空来说，这些佛教因素始终是外在的，并没有直接影响他的性格和行为方式，更没有渗透到他的精神境界中去。

又如《水浒传》作者为罗贯中、施耐庵的说法，以及小说反映农民起义的主题，五十年代以来已成定论。八十年代已有作者通过水浒戏和水浒叶子的考订，指出《水浒传》最早的版本在正德八年。林先生从水浒戏和《水浒传》人物名字、形象、情节的比较入手，确认了小说的成书年代在永乐年末到正德、嘉靖之际；并根据市民文学中水浒故事结构和人物形象的发展，指出小说中的英雄形象乃是市民心目中的江湖好汉融入了传统的"游侠"理想的产物。这种人物性格的精神内涵决定了水浒聚义的反势要、立边功的中心主题。水浒英雄所提出的"图王伯业"，并非如一般学者所解释的那样，是要推翻朝廷、夺取政权，而是指立功封侯，与盛唐制举中的"王伯科"以及文人自诩的有"王霸之略"意思相同。招安不是作者强加给人物的结局，而是符合人物思想性格的发展逻辑的。立边功的内容与明代前期民族矛盾尖锐、朝廷重视边功的客观形势有关。

在《西游记》和《水浒传》的研究中，林先生提出了一个重要的观点：宋以后的小说分为话本和讲史两类。在朴刀杆棒类的话本小说中，由于篇幅短小，一般只写单个好汉的行为，不表现群体的事业。他们的行为往往带有很大的随意性，没有明确目的，因而这类小说的人物常常缺乏一种高尚的精神境界。而在讲史类的传奇中，则往往由于一个群体的目标，促使各种类型的英雄聚集在领袖人物的周围，为了完成共同的事业而努力奋斗，有一种自觉的历史使命感和积极进取的精神力量。中国古代的英雄传奇在讲史类的章回小说中发展得最为充分。而讲史与朴刀杆棒相结合，便出现了《水浒传》和《西游记》这类的作品。这两部小说证明了这样一个事实：中国古代长篇的章回体小说，至少在其前期主要的发展阶段上是以英雄传奇为中心主题的。它与宋代话本和明代拟话本这类市民短篇小说中所展示的日常生活的世界是有所不同的。那里所发生的一切都直接受制于市井社会的种种现实关系及道德、伦理观念，自然也就难以产生出非凡的英雄事迹。但是市民也并非没有更高的向往，环绕着历史上的变故而流传的大量传说，普遍地表现出一种寻找和创造更为英雄的人物形象的倾向。这是一种浪漫主义的渴求与憧憬。然而它又需要一个更合适的背景与环境，需要一个能够从社会关系的严格制约下超越和解放出来的外在的凭借。于是当市民们眼光转向更广大、更富于冒险色彩的江湖世界时，他们想象中的英雄便从历史走进了他们所熟悉的生活天地，这也正是长篇章回体的英雄传奇所展示的重要天地。它与市井社会的日常生活合起来构成了市民小说中完整的生活画面，而又显然高出于日常生活的境界与格调。作为个性鲜明的一家之言，这些新见引起了学术界的广泛重视。

　　林先生论《三国演义》，则以分析《赤壁之战》最为精彩。他抓住这八回的来龙去脉，从书中怎样描写双方矛盾转化的过程着眼，透辟地点出了作者的布局匠心、正笔侧笔曲折烘托各尽其用的妙处。可说是二十世纪后半叶评论这一段小说最到位而又最简明的文章。关于《红楼梦》林先生也有独到的见解。例如分析小说中个性解放的要求和恋爱主题与传统文学的联系和区别，指出《红楼梦》是划时代地把恋爱主题与整个社会问题紧密地联系起来，恋爱的问题"已不能单独解决，而是将要与整个社会问题一起来解决"。又如分析贾宝玉的形象，"一方面那比恋爱本身更丰富、更具深刻的含义，在朦胧中鼓舞着书中主人公的追求，一方面那陈旧的社会渣滓还随处缠绕在身边，阻碍了那新的道路明确的出现。然而愈是在萌芽中的出土的气息，愈是带着新鲜的不可抵御的诱人的力量。这就是《红楼梦》中贾宝玉使人觉得近于疯狂、迷惘的性格形象"。"这萌芽中的性格形象，也就贯穿在《红楼梦》全书中大多数的青年——甚至是幼年——男女们的心中,他们都不过是在情窦初开的年龄。这些早熟的天真未凿的青春幼芽,本身就意味着一个萌芽中的性格形象。"此外,分析《红楼梦》中的女性形象如探春和宝钗的见识、黛玉的寒士品格等等,也都很有启发性。林先生还发现《红楼梦》原名《石头记》的源头,"其故事的框架可追溯到唐人传奇《甘泽谣》中'三生石上旧精魂,赏月吟风不要论','身前身后事茫茫,欲话因缘两断肠'的情节张本上。《红楼梦》在开卷第一篇'甄士隐梦幻识通灵'中便点到了:'灵河岸上,三生石畔……'还写到那通灵石后面有一偈云:'此系身前身后事,倩谁记去作奇传?'"这对于理解《红楼梦》的构思与唐传奇的关系也很有意义。

由于林先生研究古代文学的范围较广,他对中国文学史的发展自然也就形成了自己独特而又系统的认识。从四十年代以来,他曾三度撰写文学史。第一次是1941年,在厦门大学教书期间所写的《中国文学史》,由朱自清先生作序,1947年正式出版。全书的构想受西方文艺思潮的影响比较明显,将中国文学史分为启蒙时代、黄金时代、白银时代、黑夜时代四大段,以每个时代文学主潮的起伏为线索,从思想的形式和人生的情绪着眼,阐释时代的特征和文学形式的演变。正如朱自清先生在序中所说:"他将文学的发展看作是有生机的,由童年而少年而中年而老年。然而文学不止一生,中国文学是可以再生的。他所以用文艺曙光这一章结束了全书。""著者常常指明或暗示我们的文学和文化的衰老和腐化,教我们警觉,去摸索光明。""书中提出的普遍问题,最重要的似乎是规律与自由,模仿与创造——是前两种趋势的消长和后两种趋势的消长。"由于林先生是"用诗人的锐眼看中国文学史","用诗人的笔写他的书",书里有许多"新的发现"和"独到之见"(朱序),也有一些地方不能为一般学者所理解。但林先生写作中国文学史的基本思路已在这本书里形成,并一直延续到晚年。

第二次是在五十年代初,即1954年,出版了《中国文学简史》上册。这本书接受了解放初期新思想的影响,体例改为以时代先后为序,突出重点作家屈原、陶渊明和李白、杜甫,以及三个重要时代:散文时代、建安时代、诗国高潮。此书在八十年代又做过全面修订,进一步明确了对先秦至唐五代文学史的主要特征的认识,因而又"加深描述了寒士文学的中心主题、语言诗化的曲折历程和浪漫主义的抒情传统"(《修订后记》)。第三次是从1992年开始,林先生开始了宋元明清文学史的编写工作。由于年事已高,主要采用口述观点、由葛晓音记录整理的方式。其中也吸收了不少厦大版《中国文学史》的内容。下册系统而明确地表述了林先生对中国文学史后半部分的基本特征的认识,与《中国文学简史》上册构成一个完整的体系,因而于1995年将上、下册合并,定名为《中国文学简史》,成为一部全书,由北京大学出版社出版。

在《中国文学简史》中,除了以上所说的楚辞、唐诗、明清小说三大块突出体现了林先生的学术成果和特色以外,还有许多地方新见迭出、闪耀着悟性的灵光。如论"散文时代":"文化和文字开始从官家贵族们的手里落到私人平民的手里,它就不仅仅是一个呆板的记录,而变成了活生生的思想,这就出现了一个智者的时代。在此之前一切是循着老规矩走,在此之后即便提倡'先王之道'、'周公之礼'也必须拿出理由来,传统不一定就是对的,一切是可以怀疑的、辩论的;这乃是一个清醒的启蒙时代,一个智者的时代,人们开始面临着要用自己的思考来解答一切难题的局面,而不能依靠现成的什么,这样,战国时代就以辩士的出现说明了散文的高潮。""这辩论却不是诗的特长,而正是散文的特色。"又如论庄子的散文:"庄子思想方法的特点是否定。这否定是它的长处,也是它的短处,因为只是否定并不能解决什么问题,要解决问题自然必须还要有所肯定。而庄子就是说正面的话,其实也都不过是寓言而已。……在肯定的方面,庄子是谬悠之说,荒唐之辞;在否定的方面庄子是其理不竭的好手。他以为一切道理都是相对的,而绝对的道理只可以意会,所以说'相视而笑,莫逆于心'。"可以说透彻地说明了庄子散文艺术的成因。林先生对于中唐诗歌艺术的领会尤其敏锐。他指出从韩愈诗"生疏的主题,奇特的表现,都可以说明这一个诗派的开始,就着重在要给人以深刻的印象",李贺的诗"随处都是强有力的彩绘的笔触",与一种神秘之感的自由交织,"带来了浓得化不开的印象",并认为这种倾向对于词的艺术表现有深远的影响:"自韩孟诗派强调印象,李贺乃近于唯美,李商隐又深入象征,诗坛乃步步地趋于内向。内心世界的深细体味,使他们创造出一种完全脱离了外界事物表面现象的写法,呈现出一种浓艳、梦幻的色彩。词的意境也就由此派生出来。"这些独到的见解当得益于他对西方文艺的谙熟以及本人创作新诗的体会。

　　林先生论述任何文学现象都善于用简明的语言来概括,而这概括又往往是直指根本、与整个文学史的发展联系在一起的。如论词的基调特征:"而词的产生,儿女风流乃成为一切时尚,并以表现女性美的生活基调作为其主要内容。这是一个男性赞美女性的时代,男性的英雄气概在这里暂时不见了。生活的情调,便由关塞江湖的广大世界缩小到庭院闺阁之间。""寒士文学中海阔天空、气象万千的青春时代已经过去,词所表现的只能是对青春消逝的感伤,这便限制了词的境界和气派。然而词到底为诗坛创造了一次新的诗歌语言,从句式到语法到词汇都出现了再度诗化的新鲜感。正如五七言的山水诗把大自然人化,词则又把山水诗化,唤起一片相思,创造了画桥、流水、秋千、院落、小楼、飞絮、细雨、梧桐等一系列敏感的意象,支持了词长达一百余年的生命。"又如论宋诗,林先生认为诗到宋代已经老化,江西诗派的出现是宋代诗人心态老化和创作程式化的必然结果。宋诗中唯有七言绝句可取,这与语言的变化也有关系:"唐后期至宋代,在乐府体、七绝和长短句中都出现了古白话,而宋代五七言古诗、律诗等在语言上却不能适应这种变化。生活语言和文学语言便拉开了距离。尤其是江西诗派的形成,使因袭古人成言的风尚牢笼诗坛二百年,诗歌语言乃离生活语言更远,这就进一步扼杀了宋诗的创造力。之间唯有七言绝句还能不失其新鲜活泼的本色。七绝来自民歌,本是最口语化的一种诗体,轻快自然而富于启发性。……中晚唐最接近口语的诗体主要就是七绝。宋人的七绝虽然难与唐人媲美,但口语化的传统仍使它成为宋诗中最富有生气的一种诗体。"对宋诗的看法固然见仁见智,但林先生着眼于诗歌的创造性和生命力,其批评是有穿透力的。

在论及宋代文化老化的问题时,林先生还就宋代理学的产生发表了独到的见解。他说:"随着宋代文化阶层的老化,理性的人生观的需要便日益增长。……儒家思想素来重视伦理观和政治观,缺少佛学和玄学在宇宙观和人生观方面的系统探讨,因而儒家排佛总是失败。这就给本土思想以绝大的刺激,促使宋儒必须为理性的人生找出一个形而上的根据,把道家的宇宙观正式地移到儒家的殿堂上。这虽不完全是思想上的启发,却无妨是一种理论上的补救,结成了宋人理学与玄学的一段姻缘。"林先生对这种理性的玄学与诗歌的关系做了精彩的说明:"诗原是一种最纯的语言,呼唤着生活中新鲜的感知,使我们从中得到某些超越。而诗又必须凭藉着语言概念的飞跃,当诗走向衰落中,失去了这种活力时,便往往求助于超然物外的玄义。……宋人的理学,因此也要求一个近于妙悟的解释,它并不领导人生,而是解释人生。安顿人生……它并没有发现新的,而是解释了旧的。所以这淡泊的玄味,即使不因为理性人生的补充而产生,也将因诗坛的渐趋结束而出现。""宋人的理学因此有了更多的意义,它非特是儒道合一的最后发展,且成为这诗的国度的一个归宿。"这些顿悟式的表述,透彻而耐人寻味,是林先生写文学史的一大特色。其中不少警句如再加发挥,就可以变成多篇立意新颖的论文。

林先生的学术生涯是坎坷的,在新中国成立以来的多次政治运动中,他曾受到不公正的批判。但他的论点却经受住历史的考验,在八十年代以后被许多学者引用。这是因为他的学术研究,正如他的诗歌创作一样,凡事都力求"追寻那一切的开始"(《问路集》自序)。他强调使用最原始的史料,思考问题总要追到根本,处理材料具有极高的悟性和敏锐的洞察力。他的学术论著,无论新作旧作,总能给人以新鲜的感受,开卷便有一股蓬勃旺盛的生气扑面而来。因此多年来一直以这种鲜明的特色吸引着许多年轻的学子。林先生对庾信《枯树赋》的解释,曾受到过毛泽东同志的称赞。八十年代初期,牛津大学图书馆馆长还来函索要林先生的全部著作,以便收藏入馆。他的不少论点在日本也有很大的影响。但是我认为,目前喜欢林先生文章的人虽然不少,要真正读懂他却并不容易。尤其是他那诗性感悟式的表达中所包含的理性思考,或许要经过更长的时间才能为人们普遍理解和认同。曲高和寡,学术研究又何尝不是如此?

(本文个别段落取自笔者与徐志啸合写的《追寻那一切的开始》一文,原载《文学遗产》2000年第1期)

林庚先生手稿读后感

　　林庚先生谢世以后，先生的长女林容女士应北大档案馆的要求，搜集了林先生遗存的全部手稿。其中学术研究部分由她按讲稿和论著等类别初步整理，然后交给我再细检一遍，因而有幸能够看到这部分珍贵的手迹。林先生以前的手稿大部分在"文革"中遗失，是他生前屡次提起并深以为憾的一件事。所以现在能读到的手稿不多，完整的更少，但读完以后仍有不少感想，对林先生学术研究的特色也有了深一层的理解。

　　先生的手稿，除了一部分手抄的四百字旧稿纸以外，其余多数是发黄的、又薄又脆的小纸片，有的类似熟宣纸裁下来的边边角角，有的是用过的台历的背面。长短不齐、纸质很差。但从这些小纸片上可以看出林先生做学问的习惯以及一些学术问题在他头脑中逐渐酝酿成熟的过程。他似乎总是处于一种深思的状态，形成一点想法以后，就立即用纸条记下来，有的纸条只有寸把宽。有时反反复复地记的都是同一个论点，显然是力求思考更周密，表达更确切。例如关于中国封建社会"统一"的进步性，就有十几张小纸条，思考的问题涉及如何评价每个不同历史时期不同的社会性质，如何评价英雄史观，民主性在历史上有无进步意义，等等。五十年代时，只能提封建文化是由农民创造的，但林先生的纸条上说不排斥封建地主阶级在文化上起过作用；不能认为只有资产阶级才有民主，不同的社会自有其民主，封建的民主不是反封建的，但是封建阶级内部有生气有理想的一部分力量反对贵族阶层。而夺得政权以后向奴隶制妥协的腐朽势力、贵族垄断势力、世袭的领主制、世族制，以及贪污、享乐、官僚主义等等，都是阻碍社会进步的。在社会上升阶段，缓和矛盾是有利的，布衣和权贵的对立，是封建社会可能有的民主性，唐诗的繁荣是因为具有形成百花齐放局面的时代条件。这些在今天看来当然都已不是问题，但在五十年前，却是难以突破的禁区。那时的文学史以评价性为主，条条框框很多。如何认识封建文化的精华成了焦点问题，从这些纸条可以看出林先生努力突破当时思想限制的思路，只能采取通用的概念，在通行的理论中寻找缝隙，为公正评价历史上的优秀作家争取稍多一点的空间。这些问题的思考不仅关系到他在文学史写作中贯穿什么样的理念，也涉及他对封建盛世的文学以及李白这样的盛世作家如何评价的问题。尽管突破的空间有限，林先生关于李白的著名论文还是受到了学术界的批判。然而林先生在这篇文章中提出的"布衣精神"却成为经得起时间检验的论点，为八十年代以后的学界打开了思路和视野。

类似的例子还可见于1964年林先生对文二（3）班讨论古文运动的小结，写在五张五寸宽、二寸长的小纸条上，密密麻麻地写满了小字，每个问题都列了好几个论点。我当时就在这个班上，讨论的发言记录林先生仍然保留着。讨论的焦点是韩愈有没有进步性，当时极左思潮已经席卷全国，所以全班同学几乎一致认为韩愈是反动的保守的。林先生的小结虽然不得不认可讨论的主导倾向，但是重点在分析韩愈思想中有少许进步成分，或客观上有可以肯定的地方，并列举了很多材料。看到这些纸条，回想起当年课堂的氛围，真是由衷地钦佩林先生的苦心和正直敢言。仅此二例也可以看出林先生在众皆披靡的学术环境中始终保持着独立思考、求实求真的理论勇气，这是最值得今天的学者学习的。

　　林先生手稿上记录的都是宏观研究的一些大问题，对于文学史显然有一个通盘的思考。例如唐诗研究，原来他有一个系统的研究计划，列了17个论述题目：论以诗取士、论即事名篇、论感遇诗、论绝句、论律诗、论山水诗、论市民风情、论边塞诗、论唐代四大诗人、论隐逸、论咏史凭吊、论唐诗的总集和选集、论唐诗的理论和影响、论唐诗中的浪漫主义及其发展、论唐诗中的现实主义及其矛盾（包括叙事和抒情的矛盾，理想和现实的矛盾）、论唐诗三百首应如何重选、论唐诗的浪漫主义对于新诗的借鉴等。另外他还有一套唐诗教学的大纲，分五个部分：一、唐诗繁荣的原因和创作方法；二、唐诗的广泛主题（有时写作普遍主题）：政治主题、边塞主题、社会主题、隐逸主题、爱情主题、一般生活等；三、唐诗的语言；四、唐诗的形式及其特点；五、唐诗的分期和时代风格（或写作唐诗所反映的时代精神面貌）。这应该是专题课的大纲。其中有些问题他写成了初稿，例如《唐诗的分期和创作方法》，但只有初盛唐和晚唐部分，中唐部分列了一些提纲，未成稿。还有一篇《现实主义诗潮与古典诗歌趋向终结》，主要是对中晚唐诗歌的看法，基本观点已经反映在他的《中国文学史》上卷里，文章却没有发表，但是可以见出他的大思路是以盛唐为制高点来看中国诗歌的生与灭。

　　此外，手稿里有一份《2—9世纪，文学的概说》，还有一个笔记本，八十多页，把先秦到近代各期文学史的要点一一做提纲式的胪列。这些要点贯穿了林庚先生对整个中国文学史的总体认识。其思考的特点是：将中国置于世界各民族文化发展的大背景下，特别是通过与欧洲社会的对照以见出中国社会的特色；同时非常注重时代背景的研究。为了解决宏观评价的问题，林先生显然读了很多马恩和毛泽东的著作。仅纸条上所记的就有《新民主主义论》《在延安文艺座谈会上的讲话》《论联合政府》《中国革命与中国共产党》，恩格斯的《法兰西阶级斗争导言》《反杜林论》,以及《列宁全集》和马恩两卷选集中的许多语录。这些语录的引用都能支撑他的论点。林先生四十年代在厦门大学出版的文学史是另一套思路和体系。五十年代以后,为了建立新的文学史观念,林先生所下的功夫,从这些手稿中也可见一斑。特别要提到的是:林先生原计划要写的17个专题以及讲稿中的内容,有一部分已经见于他的论文和专著,但还有相当一部分没有写成论稿,这是很遗憾的。此外以他纸条上记的内容和已经发表的论文相参看,差别也非常大。可见一个观点从产生到形成再到形诸文字,中间经过了反复思考和斟酌的多少个阶段。

手稿中还有一些关于古典小说研究的思考。众所周知,对赤壁之战的分析是林先生非常精彩的一篇论文。其实他还有一些对《三国演义》中其他战争的分析,从笔记上可以看出他的构思。如对于官渡之战,主要是从内部、外应、粮草三个因素着眼,中心因素是粮食,并且还画了一幅勾勒当时形势的地图。对于虎牢关的分析则着重在袁氏兄弟与刘关张、孙坚、曹操之间的人物关系。关于定军山、失街亭也有简单的提纲。官渡之战的构思后来有一部分反映在他84岁以后所写的宋元明清文学史中,但从原来的构想看,可以写成一篇与分析赤壁之战媲美的论文。关于定军山和失街亭的看法,则没有在文学史里反映出来。因为后半段文学史初稿是我帮林先生写的,当时没有看到他的这份笔记本,不知道他还有这么多的想法,林先生自己也未摞起,或许他是觉得思考还没有成熟。这实在是太遗憾了。

林先生手稿中没有发表的完稿不多,我只用计算机录了两篇很现成可以发表的短文。一篇是《说"清风明月苦相思"》,一篇是《形式的法则》。另有一篇是《说"月下沉吟久不归"》,但原稿似乎未完。林先生分析诗歌的文字都是美文,感悟之深刻,文字之灵动,无人能比。但他惜墨如金,只留下近20篇已经发表的诗歌分析,但也足以成为鉴赏文章的典范了。

此外林先生还留下一些小卡片，零零碎碎地记着他的一些感悟或想法，包含的面很广，思考的也都是文学史的一些根本问题，比如各种文体之间的关系，如何相互推动和转化；诗与赋，诗与散文；讲史和话本，语言的诗化，等等；文学史的主力：寒士与市民；封建社会与封建社会基本特性之关系；对现实主义、浪漫主义的再思考；等等。他所想的这些问题也有一部分尚未形成成段的文字。很多只是灵光一闪，但很有启发性。其中有些想法虽然形成文字，如诗赋转化的问题，他也只有一篇小文章，但是被后来的学者们填上材料尽情发挥，成了六朝文学研究中的一个重点问题。

从手稿中还可以见出林先生对教学的认真。六十年代时兴学生给老师提意见，从林先生保留得很完整的文二（3）班课堂讨论的记录中，我看到了自己和一些大学同学的名字，没想到那些极其幼稚可笑的意见都被林先生一条条地整理出来，并且用纸片记下要答复的内容。手稿里还有他指导陈贻焮先生的一篇论文《李商隐的政治诗》的草稿，每一段应当加什么内容、举哪些作品都写得清清楚楚。指导得如此具体也是出人意料的。

林先生治学以妙悟著称，从他的手稿中也可以看出这一特点。但林先生并非不重视文献资料。恰好相反，他因为天资极高，很多书读过之后就能记住。"文革"中，北大中文系部分教师一起注释某些经典著作，有青年教师不知"相惊以伯有"这一故事的出处，好几位在场的一级教授都未能回答，林庚先生随口说出见于《左传》（事见昭公七年）。可见对于典籍他记得很熟。对于版本他也十分留心。林先生在向达之前，曾担任过一段时间的北大图书馆馆长，对于原来老红楼里有的善本，都记得很清楚。他自己虽然喜欢宏观思考，但是对小问题也非常重视。我在八十年代写过一篇关于左延年《秦女休行》本事的小考据，说给林先生听，他非常感兴趣，大加鼓励。杜甫的《自京赴奉先县五百字》里有一句"葵藿倾太阳，物性固难夺"，以前注本都把葵解释成葵花。后来我和陈先生在一本非学术的杂志上看到一篇极短的小文章，说中国古代的葵不是葵花，而是锦葵科的宿根草本植物，又名戎葵、卫足葵等，不是花盘向阳，而是倾叶向阳。我们把文章拿给林先生看，先生非常重视，叮嘱我们一定要转告中华书局，把中文系古代文学教研室编的参考资料里有关注释都改过来。在我和林先生的接触中，常常感到林先生记的东西很多也很熟，谈到什么问题，总能随手举一些论据来说明。但是林先生最不喜欢在论著中面面俱到地堆砌资料，总是强调要抓住观点，提出问题，论证要有穿透力。对他来说，论据不是现查书本得来，而是在大量阅读中自然记住的。他喜欢沉思默想，让这些论据在脑子里酝酿发酵，与他对于中国古代文史的通盘理解融汇在一起，从中提炼出大问题，开辟出新的思路和视野。他的这些小纸片手稿，正记录了这一发酵提炼的过程。

林先生手稿中许多闪耀着灵光的思考，虽然没有成文，令我们这些晚辈深感可惜，但是给我们留下的启示更多。林先生不肯轻易挥洒文字，文章宁少勿多，宁短勿长，宁简勿繁，没有想成熟的坚决不写，哪怕是同样内容的小纸条，文字也是一改再改，出来的每一篇文章都可以被今天的学者兑水大加发挥。当然我们不得不承认学术论著的由简到繁是大势所趋，而且林先生所思考的许多重大问题，也在学术飞速发展的今天得到了充分详尽的阐发。但我总觉得从林先生的深思中所透出的从容淡定的学术品格以及对文学的灵妙解悟，不是那些依靠电子检索快速出笼的论文的作者所能完全理解的。这是关乎学者自身天赋和气质的问题，躁进的学者永远不可企及。

（原载《文史知识》2010年第5期）

妙悟和学力相结合的典范
——读程千帆先生诗论有感

程千帆先生是唐代文学研究界最崇敬的学界泰斗。早在八十年代初他担任唐代文学会会长之时,我们这些门外的后辈就对他仰慕之至。但是直到1991年在厦门的唐代文学学会上,我才有机会拜见他。此后我将拙著《山水田园诗派研究》一书寄给他请教,又收到他赐我的一幅大字对联,其中的鼓励之词令我终生难忘。最后一次见面是在2000年凤凰出版社召开《中华大典》的汉魏六朝文学卷和文学理论卷的讨论会上。虽然能够当面聆听先生教诲的机会极少,但是程千帆先生在我心目中始终是一位和蔼可亲的导师。这不仅是因为我经常从林庚先生和陈贻焮先生那里听到他对学问的种种见解,更重要的是可以直接从程先生的文章著作中领悟学问之道。记得八十年代,程先生每有论文著作出版,立刻就会传遍学术界,同行学者无论先辈后学,都人手一篇抢着拜读,读后往往有醍醐灌顶之感。那时我刚读了一些明清诗话,受到其中关于"妙悟"和"学力"这一对概念之争的影响,有一次在给程先生的信里,谈到我读先生诗论的感想。我说林庚先生解诗以妙悟见长,王瑶先生治学以学力见长,而程先生则能将妙悟和学力完美结合,这正是研究古典诗歌的理想境界。后来程先生在赐我的对联上附了一行小字,说我"论学欲合静希先生之悟性与昭琛先生之功力为一"，他很庆幸"同道之不孤"。其实我的原意是说程先生的境界之高很难达到，先生却拿来勉励晚辈，令我非常感动。所以今天纪念程先生，我还是想以此为题，谈谈程先生的学术风格对我的启发。

文本解读以深刻的解悟和确切的表述相结合

　　读懂作品是深度解读文本的前提，这本身就要求妙悟和功力的结合，但是很多古典文学研究者实际上缺乏对于文学和诗歌的感悟力，更谈不上准确透彻地解读。八十年代诗歌美学十分流行，这对于五六十年代极左而且教条的研究思路来说，确实是一大突破，但是当时的"美学解析"大多流于浅表，没有感悟，读多了让人觉得腻味。同时期也有一些悟性很高的老学者的诗歌解读很吸引人，很有个性，也有感觉，但往往讲了半天就是找不到几句最有力的话把意思点透，可见文本解读和表述的难度。这时从报纸上看到了程先生对周邦彦《兰陵王·柳》的分析，特别是对"夕阳冉冉春无极"一句的讲法，当时觉得非常震撼。先生指出斜阳象征时间的消逝，春无极象征空间的无边和生命的永恒，这句词将人生的悲欢离合在心灵深处引起的微妙悸动，以及这种感触中所包含的有限和无际的哲理意味，化成眼前一片斜阳和无限春色的浑然景象，具有很高的概括力。这样解词，既深得作者的用心，又将读者点醒，使原词意境中的内涵透发无余，给人富含美感的联想。没有极高的文字功力，难以概括得这样精彩透辟，而没有与词作者同样高妙的感悟力，也领会不到这样深层的内涵。这样的解析，意义不仅仅是在讲好一首名作，更在于引导研究者去读懂作家及其创作的方法。有了这一首解析的指引，我后来读杜甫、周邦彦这类内涵很深的作家就特别留心。读懂的作品积累渐渐增多，自然就会在此基础上，提炼出高于一般见识的论点。

由小见大的方法和发现问题的敏锐感觉相结合

程先生的论文题目都是从文本细读中得来，有些题目看来不大，但能够以小见大，在层层深入、直到题无剩义之时得出重大结论。以小见大并不仅仅依靠读书细心，更要靠发现问题的敏锐感觉，这也是一种做学问的悟性。例如他的名作《一个醒的和八个醉的》，对杜甫《饮中八仙歌》的分析达到前所未有的深度。他把作者放在一个醒的在审视八个醉仙的角度，通过分析杜甫在这首诗里蕴含的思想感情，提出了杜甫在天宝前期如何认识开元盛世的大问题。这个角度在当时就非常新颖，没有人从这个角度去解读这首诗。而在分析过程中，先生所用的方法也是令人耳目一新的。他调动所有可用的数据，细致分析了这八个醉仙的处境及其真实的思想感情，将他们的共性揭示出来，从而有力地证明了杜甫这时对现实的认识所达到的深度。这样做学问，也为我们打开了一片新的视野，懂得了文本研究除了关注作品文字所提供的内容以外，更要将与文本有关的所有背景联系起来，以穷追到底的精神一层透过一层地考察下去，最后的重大结论自然水到渠成。

宏观论述以独辟思路和文献功底相结合

程先生治学的思路非常灵活，题目往往出人意料，绝不会重复同一种思路和角度，所以论文常出常新。这也是令许多学者望尘莫及的。比如八十年代影响极大的《唐代进士行卷和文学》，这篇长达四万余字的论文是以小册子的形式出版的，一出来就被同行奉为经典。"唐代文学与什么什么"这一类题目，在九十年代以后流行起来，是从外围的角度考察文学的常见路数，但是在八十年代还不多见。这篇论文从题目本身到思路都是全新的，更重要的是，它提供了从外围考察文学的一个范例。

现在我们所看到的这类论文，一般都是先找好一个外围的角度，比如宗教的、哲学的、文化的、艺术的等，角度的获取常常是史学界或者哲学界正在研究的话题，是外来的，而不是论者自己从第一手资料里读出来的。这样从外到里的弊病是容易把外围影响搞成一顶不合适的帽子扣在文学头上，找不到外围角度和文学之间的密切关联，或者变成两张皮的粘合，或者把远因说成近因。程先生这篇论文从唐代文人的一种行为方式及其形成的风气入手，考察其与文学的关系，则是从里到外，完全是在阅读唐代的相关史料中发现归纳出来的问题，问题的提出首先基于程先生平时打通文史的文献功底。它的重要意义也不仅仅在于提出了一种研究唐人行为方式与文学关系的思路，更在于提醒我们研究文学的外因，必须从文学自身出发，先把文学中出现的相关问题搞清楚，然后再由此出发去研究相关的外围史料。

程先生是文史研究的大家，其全面成就非我所能概括。限于学力，这篇小文只能从自己研读先生诗论的角度谈一点粗浅的感想，以此表达我对先生的敬仰和怀念。

（2013年在南京大学文学院
"纪念程千帆先生百年诞辰学术研讨会"上的大会发言）

程千帆先生的古诗课

程千帆先生虽然去世已经二十年，但他的著作从未离开过我的案头。最近张伯伟教授所编千帆先生《古诗讲录》，又将先生的诸位入室弟子听先生在南大讲诗的课堂笔记整理面世，这无疑是对当今诗歌教学的一大贡献。拜读之后，令我最感惊奇的是，先生1942年所写的《论今日大学中文系教学之蔽》，以及八十年代初所授三门诗选课，今天读来仍然新鲜，仿佛直接指向当下古代文学研究和教学的蔽塞。

从十九世纪四十年代到二十世纪二十年代，已经八十年了，尽管曾经历过赏析热、美学热等重视文学艺术的研究热潮，但研究界重资料考据、轻文本词章的学风依然存在。除了传统观念的影响、地下材料大量出现以及数据资料的普及等原因以外，词章研究本身少有重大进展恐怕是问题的关键。也正因如此，待懂词章的老前辈逐渐离世之后，虽然一套套新理论层出不穷，但无论是刊物上的研究论文还是中文系的课堂教学，对词章的精彩讲析却愈益少见，正如程千帆先生所说："今但以不能之知而言词章，故于紧要处全无理会。"以至于许多古代文学硕士、博士们讲不清一首诗或一篇文章好在哪里，已经成为普遍现象。所以我认为千帆先生的这本《古诗讲录》，不仅仅可以让许多无缘亲聆先生音旨的学者满足"讽味遗言"的渴求,更可以促使今人对古代文学研究和教学的终极目标做一番深思。

千帆先生在每门课开讲之前、讲述之中和最后一课,都要反复强调做人与治学的关系,核心在于教导学生做什么样的学者。1980年9月到1981年1月的《古诗讲录》第一讲标题就是"做人和为学"。1979年2月到1980年1月的《历代诗选》以及1979年9月到1980年1月的《唐宋诗讲录》的最后一课也专门讲"做人做学问的基本想法"。在做人方面,先生多次要求学生"做一个真实的人,不是圆滑的,能明辨是非",因为"民族处于交叉路口",要"反对封建传统,破除迷信";提出对于专业,"要把生命投进去,就能使社会更完善";并且以刘桢的《赠从弟诗》中描绘的松柏形象为例,强调"做人要正直","要在任何环境下,都相信正义的事业并能挺得住":总而言之,就是要做一个正直真诚的"有学术良心"的学者,应该对社会和民族怀有责任感,能在任何环境中都坚守正义,把生命投入专业。联系先生的生平遭际和行迹,可以深深体会到这些话确是先生终身坚持践行的肺腑之言。也正是出于这种历尽劫波而依然执着的学术使命感,先生从做学问的根本目的着眼,指出"凡是学古代的、外国的东西,绝对不能忘记今天,要考虑到你的读者,心中有没有一个现代中国,是大不一样的"。意思是说,学习和研究古代,为的是现代中国的振兴,目的不仅仅是"给人以知识,用学问帮助人,最好的是引导人正确地去思想,启发他内心的觉悟",这就是学习和研究古代文学的终极目标。

为了这一终极目标,先生对学者应有的勤奋和谦虚也提出了更高的要求。勤奋就是要将专业"长期保持下去,变成生活和生命的一部分",要考虑"如何使勤奋的效率提高"。做人要谦虚,"这是一辈子的事情,需要长期的养成,在任何情况下,骄傲都不能成为资本,只有谦虚才能吸收更多的东西。谦虚就会实事求是,不会先有结论,后去找材料"。

他还举朱熹《鹅湖寺和陆子寿》诗为例，说明什么是"治学要谦虚"以及对不同观点持有者的尊重。可见在先生心目中，勤奋和谦虚不仅是做人的标准，更是学术生命不可或缺的组成部分。

　　古代文学能启发读者的思想来自作品文本，思想的内涵既包括作家的道德情怀，也包含艺术给人的审美感悟。因而先生非常重视作品的仔细阅读，并指示了不少读诗的门径。而想进入这些门径，则有两个前提：首先，要大量阅读作品，他认为"作品读的太少，就不会有两只知音的耳朵"，因此"反反复复阅读诗，是最笨而又最聪明的办法"。其次，"分析作品一定要具体，不要抽象"。一是"面对作品把作品搞懂"，二是"诗歌要欣赏它，有时候要达到沉迷的程度"，即分析以读懂作品为前提，要学会欣赏，沉潜其中，这才能领会作者的创作用心，把握作品的主要特点。然而在目前的古典文学论文中，分析诗歌空洞抽象、隔靴搔痒，甚至不着边际的现象十分常见，所以先生多次强调具体分析的重要。或许在很多人看来，具体分析作品无非是传统的赏析，事实上将文学研究与作品赏析等同看待，至今仍是流行的偏见，这也是文学研究不受重视的原因之一。然而程先生的意思是将作品的具体分析视为文学研究的重要基础，只有从阅读作品出发，才能通过自己的研究加深对史、论及作品的理解。他的论文就都是在对作品的具体分析中提炼出观点，因而能跳出前人理论的窠臼，在八九十年代的古典文学论坛上令人耳目一新。同样，先生的讲诗也立足于从具体的作品分析中发现文学史和文学理论中的问题。由于已有的诗学理论和史学知识远远比不上作品本身的丰富，所以要想发现问题，就必须具有解读作品的独到眼光。

　　那么怎样读诗才能读出每首诗的特点，培养独特的眼光呢？从先生选诗讲诗的方法中，处处都可见出先生以金针度人的苦心。三门诗选课的共同特点是：讲一首诗从不拘限于此诗，而是举出许多相关诗例和诗论，帮助学生在透彻理解诗意的同时，更看到前人诗论的得失。先生自谓此法是"以诗论诗"。具体做法大致有两种，一是以本人的诗证本人的诗，例如讲杜甫"同谷七歌"时，联系他早年的《奉赠韦左丞丈二十二韵》和《自京赴奉先县咏怀五百字》，说明怎样理解第七首中的含意，同时提醒学生"读大家的诗，读一篇要考虑整个集子前后诗的关系"。又如选讲谢翱的《效孟郊体》时，先生指出这是宋诗中的精品，而历来选家却很少注意。在讲解过程中，先生还以谢翱《重过杭州故宫》其二和其三作为辅证，说明"三首诗都是写诗人在秋天的一种空虚、迷惘而有追求的感情"。孟郊诗在历代诗话中好评较少，《效孟郊体》首二句"闲庭生柏影，荇藻交行路"又明显来自苏轼《记承天寺夜游》，一般读者很难理解为什么是学孟郊。然而先生因为能精准地把握住孟郊以秋景表现心理情绪的独特方式和某些特有句法，所以不但能看出谢诗中"孟郊体"的具体表现，更能从谢翱并未标明"孟郊体"的其他两首诗中看到三首诗学孟郊的一致性。这种独到的眼光，只有对孟郊和谢翱的全部诗作了然于心的学者才能具备。

二是将多首同题或同类的诗作放在一起，在比较之下见出思路变化和水平高低，例如讲王勃在《送杜少府之任蜀川》中没有表现离别的悲伤，这种"翻案基于对生活有独特的认识"，然后接连举出刘禹锡的《秋词》"自古逢秋悲寂寥，我言秋日胜春朝"如何翻宋玉《九辩》的案；苏轼［浣溪沙］"休将白发唱黄鸡"如何翻白居易《醉歌·示伎人商玲珑》的案，由此说明"任何一个文学家都是根据自己对生活的体验来表现人生"。又如讲杜甫、岑参、高适、储光羲的一组登慈恩寺塔诗，不但通过比较这几位诗人的不同创作角度，道出杜甫诗在思想艺术上均高于众作的原因，还联系刘长卿、章八元、梅尧臣、王安石、苏轼等几首登高俯瞰的诗，在《岁寒堂诗话》和《介存斋论词杂著》等评论的基础上进一步阐述如何看前人诗歌"用意之工有深浅"，并联系苏轼的个性，说明为什么前人说他的诗词"苦不经意""失之易也"，最后令人信服地指出:"研究文学的一个重要方法是比较,分析要具体,判断要准确。"《古诗讲录》这门课更是将题材和主题相近的诗歌分成十类,帮助学生通过精选的例诗对不同时代不同诗人的不同艺术表现进行系统的比较,这样做的用心正如先生所说:"要记得许多诗,要经常用各种诗的意境、情节、技巧相互比较,你就丰富了。"这两种"以诗论诗"的方法都从不同角度为学生做出了具体分析的示范。

由以上讲诗的方法可以看出,由于先生工于古诗创作,又通古贯今,评诗眼光往往与众不同。他对文本的解读极少像当今的赏析文章那样从头到尾平均用力,而是常能由关键的几句诗,或者该诗的某一特点引申出一个道理,这在全书中随处可见,例如讲《白头吟》"竹竿何袅袅,鱼尾何簁簁"两句时,指出"形象思维也有其逻辑过程,抽象思维有助于形象的塑造","议论、抽象思维也可用形象思维来表达",不但打破了学界常把形象思维和抽象思维的对立凝固化的认识误区,而且启发人想到比兴本身所包含的逻辑思维过程。讲《陌上桑》中虚写罗敷美貌的手法给读者留下的联想余地时,从字、画中的空白、间隙,说到苏轼《续丽人行》中"画工欲画无穷意,背立东风初破睡",以及刘禹锡[杨柳枝]"美人楼上斗腰支"的描写,从而说明"文学作品不能只描写形象,还要描写形象以外的、形象本身不能表达的东西"。讲"苏武诗""结发为夫妻"时,则进一步分析"诗的拙与巧的关系",拙就是"把人所共知的事情或道理朴实地写出来,很有分量",并要求读诗的人"既能欣赏华美工巧的,也会欣赏质朴笨拙的,这叫会欣赏异量之美"。再如讲到繁钦的《定情诗》时,提出怎样看诗歌描写动作,认为动作能展示人物的内心世界和个性,表示人物与人物、人物与环境之间的关系,而判断动作是否写得好,有三个条件——"1.是不可重复的。2.是不可代替的。3.是不可混淆的",并各举李端和刘禹锡的两首诗让学生看唐诗怎样写动作。凡此种种,都从多方面给学生提点了读诗的窍门。

由于先生对作品的具体分析从不限于此诗,而是时时围绕着诗歌创作的许多根本问题,这就使他的讲诗处处触着悟性,小到一个字一句诗的评价,大到作家之间的继承关系,常能独出手眼。如王安石的"春风又绿江南岸""柳叶鸣蜩绿暗"中"绿"字之佳,已有定评,先生却认为并不是王安石最好的"绿"字,倒是他的《寄吴氏女子》中"除却春风沙际绿"要更好一些,因为"春风又绿江南岸"的"绿"字用如动词,"沙际绿"这里的"绿"也是动词,"但却是春风变成了绿色,这个想法更新奇一些",而陈与义的《怀天经智老因访之》中"睡起苔溪绿向东"的"绿"是可以与之媲美的。这类独见也常见于先生对作家的评论,如他讲黄山谷不因循"点铁成金""脱胎换骨"的陈说,而是指出黄诗"构思很别致","句子构造有时很特殊,用意很深,跳跃性较大,但又不同于李贺。在律诗方面学李义山,间接地受李贺的影响"。先生曾指出李贺"是一个不可重复的诗人","艺术上过于敏锐的跳跃,想象常常超过一般人理解的程度"。所以虽然"首先发现他(黄山谷)学李义山的是曾国藩",但只有注意到李贺、李商隐在诗歌的跳跃性方面一脉相承的特点,才会赞同曾国藩的说法,并看出黄山谷与李贺的间接关系。每当读到这类新见,都不能不由衷地叹服先生的功力之深,以及艺术感受之敏锐。

通过大量反复的阅读,许多细处的感悟自然会积累成较大的观点,所以先生在讲诗中随时能从具体作品的分析中提炼出需要研究的问题,给学生提示了不少可以继续探索的思考点。大致可从以下几方面来看:一是诗体的研究。先生认为:"中国文学的历史,就是历代作家用形式多样的文体进行创作的历史。"因此,阅读作品时,要"看它写什么体裁,这在宋诗中有明显的差别"。"律诗、古诗,声律要求不一样。古诗铺陈终始,律诗要求浓缩。讲到民族特色,恐怕要从这些地方去看。"文体是中国古代文论中的一个重要问题,明清以来尤重辩体,不少大部头诗论都是按体裁分类。到二十世纪末,着眼于文体分类的研究著作虽有不少，但大都局限于形式格律规则的说明，涉及具体作品，就说不清不同的体裁在艺术表现上有什么不同特点。因而无论遇到什么体裁，都只会以大同小异的风格词去评价。千帆先生要求注意不同体裁的不同写法，并且点出古诗与律诗在表现上恰好相反的特点，这些正是文体研究中的深层次问题。近些年来，我因花了些力气研究诗歌体式原理及其与各体艺术表现的关系，才真正懂得了先生早在八十年代初就指出这个问题的意义，正在于它是中国诗歌民族特色的体现。

二是诗论的研究。先生多次指出，"现在研究古代文艺理论，大半精力花在古代理论著作中，忽略了另一个方面：古人理论从哪里来的？"他认为理论有两种，一种是"古代的文学理论"，一种是"古代文学的理论"。关于前者，既有优点，也有缺点："中国文学批评大多是以诗话形式表现出来的，一般来说，都省略了一个过程，即如何得出结论来的思路、考证"，"古代文学批评，有一针见血的长处，也有不讲过程的短处"，"我们要把他结论得出的过程找出来"。先生提出的这一问题可谓正切中古代文论的要害。文论研究独立成学科以来，往往执着于古代理论中概念名词的内涵辨析，以及理论的前后承传关系，几乎形成一种传统。用先生的话说，就是"从理论到理论，以理论解释理论"，很少注意到理论产生的源头是具体的作品。新时期以来一些学者已经意识到古代文论来自对具体作品的感悟和大体印象，也开始重视将文论研究与作品研究联系起来，然而要真正说清古人如何从作品中得出结论的思维过程，又谈何容易。所以先生指出的这一问题，对文论研究者的文学功底和探索方向提出了极高的要求。而先生本人在"古代文学的理论"研究方面的实践更有启发性，这种研究要通过自己对古代文学创作现象的总结抽绎出古人尚未提出的理论。他的好几篇诗论，如《古典诗歌描写与结构中的一与多》，《读诗举例》中所说的"形与神""曲与直""物与我""同与异""小与大"，《相同的题材与不相同的主题、形象、风格》,《论唐人边塞诗中地名的方位、距离及其类似问题》等,都是直接从创作现象中提炼出需要解释的问题,然后给予理论的阐发。在《古诗讲录》中,他也会随时提醒学生注意诗论问题,如讲"清且敦""苦与腴","这在苏东坡文论中是值得探讨的,他常常把许多相反的概念用在一起";又如讲杜甫《望岳》时,谈"神秀"所体现的杜甫的美学观点;等等,这些问题在古代的理论著作中都没有现成答案,却往往是先生的关注点,所以他主张"常常要注意专门术语,不同的时代有不同的概念"。除此以外,古代文学研究还应该以现代学术思维创造更切合创作实践的概念和理论,我想先生所说的"研究需要概念、理论,要钻探,方法要现代化",应是这个意思,当然这是更难的境界,但我以为这正是今后古代文学理论研究最重要的方向。

三是诗歌史的研究。虽然先生没有按照通常文学史研究的序列讲诗,但是在作品的具体分析中也提出了不少极有启发性的见解。例如《古诗讲录》和《杜诗讲录》在开讲的绪论里,首先讲抒情诗的性质和表现特点,概括的诸多要点都是值得研究的诗歌史大题目。又如关于杜诗,先生认为"杜诗中可研究的领域很多,音响、色彩、时间感、空间感。现在谈杜诗思想性的较一般,谈艺术性的则陈词滥调"。就以"诗史"来说,向来的理解都局限于他的叙事诗和新题乐府,先生则指出,"'诗史'就是通过各种艺术手段,真实地写出各阶层人的真实面貌","要讲诗史还要从抒情诗的角度来看,才能理解得完整。杜甫的抒情诗(哪怕是咏物的诗)都联系了当时的时事,很少把自己的感受同当时的局势分开,尽可能把个人同大局联系起来,在这样的意义上,他是诗史"。我近年来因写《杜诗艺术与辨体》,对先生的这些观点极为赞同,也有了更深切的体会。再如唐宋诗的比较,他也在宋诗的讲析中从不同角度反复提点,如宋人"通过形象发议论,议论中有形象","宋诗转折多","把不相干的东西联系在一起写入诗句,是宋人较唐人之一发展","唐人很自然,宋人意深,有时故意打破声情相应的传统习惯",宋朝人

"做对子常使你摸不着路子",等等。这些见解都直接来自作品,自然可以促使学生对杜诗的思想艺术、唐宋诗的差别具有更为感性的理解,而且可以由这些具体的创作手法得到启发,拓展思考的深度,甚至找到研究的大题目。

先生在开课之前便开门见山地讲过,从事古代文学教学与研究的目的不仅是给人知识学问,更重要的是启发人思想,这一理念也贯穿在他对研究方法的指导之中。其中令人最受教益的是方法本身所体现的辩证观念,以及学者应有的治学态度和追求境界。《杜诗讲录》的最后一课谈研究方法,指出"研究诗歌乃至于其他文学,要坚持两点论,反对绝对化",并提出了六个"并重":形象思维和逻辑思维并重;字句的疏通与全篇的理解并重;作品本身的研究和历史文献的探索并重;传统的文艺理论和外来的新的文艺理论并重;专精与博通并重;诗中与诗外并重。与研究方法密切相关的是治学的态度:"做学问,一是不能随声附和,二是不能停滞在原来的境地。"这两点关系到学者有无独立的人格和思想;有无锲而不舍的精神和不断突破自己的勇气和能力,应该成为学者的座右铭。而在不轻易附和他人的同时,也要"尊重和善于利用前人的劳动成果",这又是治学追求的辩证法。倘若学者们对以上诸方面的辩证关系都能心领神会,学界不但可以减少许多无谓的争论,整体学术水平也可以大大提高一层。

《古诗讲录》是三门诗选课的简要记录,不少精彩的见解只是片言只语,点到为止,没有充分展开,却能体现先生毕生治学的精神、经验和智慧。而读者能从中领会多少精髓,也要看各人的根基和悟性。至于能否达到先生的期望,恐怕要经过一辈子的努力才会见出分晓。但是无论如何,先生为当今学者指出了向上一路,尤其在"乱花渐欲迷人眼"的学术氛围中,这本讲录更能令学者清心明目,激发不断前行的动力。

(原载《中华读书报》2020年9月30日)

王瑶先生对中古文学研究的贡献

当某个学科还是生荒地的时候,第一批前来拓荒的学者便成为这门学科的奠基人。当然中古文学研究并非生荒地,若从宋元明清的各种诗话文论算起,关于这段文学的研究已经有近千年的历史,近代各种专论和散论的数量更是可观,其中还不乏质量较高的论著。但是,即使是一门历史悠久的学问,如果善于发现空白的领域,并有魄力做大规模的开掘,仍然能够取得开创性的成就。何况在研究的范围和方法上做出开拓性贡献的学者,历来不可多得。王瑶先生就是这样一位开拓型的学者。他在中古文学研究由传统模式转向现代思维方式的发展过程中所起的转关作用是世所公认的。《中古文学史论》对研究课题全面系统的发掘,为这门学科的现代化奠定了扎实的基础。

古人对汉魏六朝文学的研究,在宋元明清诗文评中,一般限于对某些著名作家的评论,或者按文体区分各时代的文学风貌,大多是评点式的三言两语,虽有概括力,却主要凭直觉印象,不免伤于零碎。较早地对汉魏六朝作家进行系统研究的学者,应数明末的张溥。他所编录的《汉魏六朝百三家集》和撰写的全部题辞,不但较为完整地辑存了自汉之贾谊至隋之薛道衡103位著名作家的诗文集,而且通过题辞,论述了他对每位作家的人品及文风的看法。分之则为作家专论，合之则为文学简史，可以称得上是第一部初具规模的汉魏六朝文学史。此后清代学者对中古文学的研究渐趋专门化，但仍然以编选文集和诗集居多，例如刘逢禄的《八代文苑》、陈崇哲的《八代文粹》、陆奎勋的《八代诗揆》、张守的《八代诗淘》、王闿运的《八代诗选》等。有些选本中附有选家的笺释和评点，如今人常用的陈祚明《采菽堂古诗选》、陈沆《诗比兴笺》、王夫之《古诗评选》、吴淇《六朝选诗定论》等，又较单纯的诗文选辑进了一大步。到二十世纪初，刘师培的《中国中古文学史》辑录排比中古文论，略加引论和按语，连缀成史。虽议论不多，却已自成体系，并注意到各时代文学的基本特征和变迁大势，研究方法对鲁迅颇有启发。中古文学研究自此出现了向现代过渡的趋向。

在近现代的中古文学研究中，乐府是一条最突出的主线。因乐府研究由来已久，从陈释智匠的《古今乐录》、唐吴兢的《乐府古题要解》，到宋郭茂倩的《乐府诗集》，均提供了唐前乐府的重要资料。明清以来，研究乐府的著作愈见增多，若论见解突出而材料丰富，当推朱乾的《乐府正义》。受此影响，近现代学者研究汉魏六朝文学，也多将重点置于乐府，并出现了一些学术价值较高的专著，如黄节的《汉魏乐府风笺》、王易的《乐府通论》、罗根泽的《乐府文学史》等。后来萧涤非的《汉魏六朝乐府文学史》正是在继承这一传统的基础上，取得了突过前人的成就。

王瑶先生的《中古文学史论》属稿于1942年至1948年之间，其时萧涤非的乐府文学史已出。因此他没有继续发掘乐府这块熟地，而是受到刘师培和鲁迅的启发，将眼光转向了整个中古文学尚未开垦的领域。凭着他擅长搜罗和分析史料的功力，以及善于搭大架子的气魄，从研究社会经济、政治关系、学术思潮、文人生活和文学的关系入手，探索中古文学的特征和形成原因，为本段文学的研究开辟了通向现代化的一条新路。

诚然，联系时代背景、社会思潮及文人生活来研究古代文学，并非王瑶先生的首创。梁启超的《中国之美文及其历史》、胡适的《白话文学史》均已涉及文学与社会政治的联系，年岁稍长于王瑶先生的萧涤非先生和林庚先生等，也都注意到从时代精神、历史风俗和政治制度中去探索中古诗歌发展的背景。王先生自己说，他研究中古文学的"思路和方法，是深深受到鲁迅《魏晋风度及文章与药及酒之关系》一文的影响的"，同时又得到闻一多、朱自清的亲自指导，因此他的研究工作是在前辈学者的影响下起步的。王瑶先生的成就在于准确地运用历史唯物主义的基本原理，提出了中古文学中除乐府之外所有的重要学术课题。其范围之广，几乎可以说是将这段文学史中的重大文学现象全部囊括在内；其材料之富，可说是将凡能作为论据的史料尽皆搜罗无遗；而其论点的影响，则一直笼盖着二十世纪五十年代到八十年代的中古文学研究。今人除了在少数问题上有较大突破外，绝大多数学者都只是在他开辟的范围内再做深细的发掘或者进一步发挥。

《中古文学史论》共14章，实为14篇独立的论文。每章都抓住中古文学中最有普遍性的、可以反映时代特征和本质的一种典型现象，纵横比较、深入勾稽，给予透辟的解释。根据目前中古文学研究进展的情况，可从以下几方面来探讨它们的贡献。

首先，《中古文学史论》中的大部分论点今天已被学术界普遍接受，而且成为供后来的研究者不断深入挖掘的热门课题。例如九品中正法和门阀制度所造成的士庶之隔，是魏晋南北朝特有的一种政治现象，也是史学家研究汉魏六朝史所关注的重点之一。汉魏六朝的文学是士大夫的文学，对于士人来说，政治上的趋进，乃是他们最重要的生活目标，如果脱离这一背景来孤立地研究文学，势必无法理解文士在作品中所表现的思想感情。但王瑶先生并未简单地引进史家的有关结论，而是直接从原始史料出发，以史学家的眼光，彻底考察了魏晋时期九品中正制的成因和发展过程，同时又从文士的社会地位着眼，论述了当时文学潮流的变化与文人政治生活的关系。《政治社会情况与文士地位》一章，对东汉士族形成的根源和华素之隔的种种表现分析得极为详尽，并指出：门阀势力在政治经济上享有绝对的特权，同时以绝对的优势操纵着整个社会，因而也是文化的保存者和继承者，这就构成了他们独特的享有和承继文化传统的特权。"所以，每一种文学潮流—作风或表现内容的推移变化，都是起于名门贵胄文人们自己的改变，寒素出身的人是只能追随的。"这篇文章中关于士庶之别的论述，虽在五六十年代被普遍接受，但由于当时学术界过于强调古典文学的人民性和批判性，并以此作为文学发展的主流，因此忽视了王瑶先生此文中最重要的思想，即考察一个时期的文学潮流，首先应当找出当时处于主导地位，或者有力量倡导和影响潮流变化的代表人物。分辨文学作品中的精华糟粕，与客观地研究文学潮流是两回事。王瑶先生指出魏晋南北朝文学潮流的改变并不取决于文学的价值，而是文士的社会地位，这无疑是符合历史事实的结论。而这只有在八十年代解除了学术界教条主义的禁锢之后，才能进一步为人们所理解。

魏晋南北朝是中国历史上文人的哲学思维最为活跃的时代。玄学和清谈也是影响文学发展的一个重要因素。史学家研究这一问题，多从这种哲学现象本身所反映的社会经济和政治关系的实质出发；哲学家研究这一问题，主要从玄学的哲学范畴和思辨特点着眼。王瑶先生的《玄学与清谈》一文，则兼取二者之长，着重研究魏晋学术思想的转变与文学的关系。文中指出玄学源于汉代所尊尚的《易》《老》之学，马融实为魏晋学术思想的先驱；汉末荆州刘表博求儒士，改定五经章句，注意于《易》与《太玄》，依准贾、马而异于郑玄，实为两汉至魏晋学术转变的枢纽。这些都是通过直接钻研史料而得出的创见，并成为今人研究汉魏学术思想的重要理论依据。《玄言·山水·田园》一文用世情和时序来解释永嘉以后至晋宋之交一百余年间玄言诗的流行情况，论述玄言诗与山水诗源出同样的地理文化和学术背景，指出谢灵运诗的成就在于写景状物喻形的鲜明，而其伤于繁芜的原因则在于"寓目辄书"。这些观点已为五六十年代通行的文学史教材所采用。而文中对于刘勰所说"老庄告退，山水方滋"的分析则尤为精彩："所谓老庄告退而山水方滋，并不是诗人们底思想，和对于宇宙人生认识的变迁，而只是一种导体、一种题材的变迁"，"老庄其实并没有告退，而是用山水乔装的姿态又出现了"。这样的创见同样基于王瑶先生对魏晋玄学深入钻研的结果。

魏晋风度是魏晋名士审美趣尚的外在表现。那种飘逸的神气，简傲的派头，不营世务、栖心玄远的作风，历来为封建士大夫所钦羡。王瑶先生的《文人与药》和《文人与酒》两篇文章，通过精密的考证，对鲁迅先生《魏晋风度及文章与药及酒之关系》一文中所指出的魏晋文人的生活方式做出了深入一层的解释。《文人与药》引用古代医学典籍和史传杂著中的大量材料，说明魏晋人所服的药，以寒食散为主，之所以服用这类药物，与当时人的人生观、审美观及养生术等各种原因有关。但这两篇文章的意义并不仅限于对鲁迅指出的现象做出科学的说明，而是由此引出了汉魏两晋文学中的两个重要问题：

一是汉魏文人的生死观。文章认为，汉魏时人们对"死"的忧患感，在先秦文学中很少见到。对于生死问题的认识，是文化达到一定水准以后才产生的。文中通过细致地比较道家、道教和佛教对于生死问题的不同看法，指出南北朝时佛教流行，轮回报应之说使人们在生死问题上获得解脱，是"死"的忧患感减弱的重要原因。道家对于生死的达观，只能给人带来更多的悲哀。只有道教能够解决延长生命的要求，所以魏晋士人雅好服药主要是受道教的影响。明白了这一背景，才容易理解汉魏两晋文学何以充满了对时光飘忽和生命短促的悲叹。

二是由解释文人与酒的关系，分析了汉末文人、竹林七贤、魏晋文人以及陶渊明饮酒的不同的时代内涵。《文人与酒》一文指出：饮酒是老庄通达自然的思想在文人生活中的具体表现。"照老庄的说法，形神相亲则神全，因而可求得物我两冥的自然境界。"对竹林名士来说，"饮酒正是他们求得一种超越境界的实践。也是在忧患的社会背景上，麻醉自己，避开世事以自我保护的一种手段"。对陶渊明来说，虽是与竹林名士同样"用酒来追求和享受一个'真'的境界"，但因他受到实际政治迫害的机会较少，不像阮籍那样昏酣，所以能在诗中表现饮酒的心境。他使酒和文学发生了更密切的关系，对后来的影响很大。这样就从魏晋嗜好药与酒的生活现象入手，论证了魏晋文学中多忧生之嗟以及遗世高蹈之说的原因。可惜这虽是魏晋文学中带有普遍性的两个问题，但在五六十年代的古典文学研究中一直被视为糟粕而置之不理，这就很难探求到魏晋文学最根本的精神。直到八十年代，人们才逐渐意识到这些观点的价值。

从唐代以来，齐梁文学在历代文论中一直是受批判的对象。清代虽有一些文论家对齐梁文学的技巧有所肯定，但多囿于门户之争的偏见。王瑶先生的《隶事·声律·宫体》一文，拈出齐梁文学最明显的三个特征，深入论述了齐梁文风产生的社会条件。其中论"隶事"一节，列举当时文人聚会隶事的例子以说明数典用事之风的流行，乃是诗文中唯以用典为工的艺术标准形成的重要原因。论"宫体"一节，指出宫体诗所由产生的历史背景以及心理依据，是萧梁宫廷文人"使纵欲的要求升华一下，使由生理的满足提高为心理的满足，以文学来做精神生活的一种寄托"，这些论述都因论据充分和分析深邃而常为今人所称引。当然，对齐梁文学的功过，还可以从文学发展的角度给予更切合历史事实的评价，但王瑶先生对齐梁文学这三大特征的说明，却比他以前任何一种批评齐梁文学的理论更全面地说透了这种文学的社会本质和文化内涵。以致到目前为止，除去少数确有突破性研究的论著，以及某些为齐梁文学翻案过了头的文章以外，不少论文仍未能超出王瑶先生以上基本观点。

《中古文学史论》中重要的论点还有很多，如《曹氏父子和建安七子》一章对建安文学慷慨悲凉的共同特征做了确切的阐发；《潘陆与西晋文士》一章以潘陆为例，论西晋文学的基本倾向是注重轻绮和追求辞采；《小说与方术》一章论小说是"医巫厌祝之术"的观念通行于汉魏六朝，朱自清先生认为"非常精彩"；《论希企隐逸之风》一章通过对上古到魏晋的隐逸进行系统的辨析，既总结了古代文人隐逸的一般原因，又阐明了魏晋出现的"朝隐"之说的玄学根据。这些在目前已成常识的论点，在本书属稿的年代都具有理论上的开创意义。

其次，王瑶先生对中古文学研究的贡献，不仅在于他所提出的许多观点已成定论，还在于不少论点至今仍有启迪意义。《中古文学史论》所开拓的研究课题，涵盖面相当宽广。著作问世以来，由于政治上或思想方法上的种种原因，其中的不少观点要在相当长时间内才能被后人逐步接受。陈寅恪先生说，一个杰出的思想家或学者，往往"有超越时间地域之理性存焉，而此超越时间地域之理性必非其同时间地域之众人所能共喻"。王瑶先生就是具有这种理性的一位学者。例如兴盛于齐梁的骈文，因历来是古文运动批判的对象，通行的文学史论著中除了简介少数骈文名作以外，一般是不屑于详论的。而《徐庾与骈体》一章则认真考察了对偶的发展史，辩证地分析了骈文这一文体的利弊，并指出，"徐庾的作品运用骈偶到了最大的可能限度，使对称美在文中发挥了可能的最高效力，而不致像唐宋四六的产生了负作用"，"他们在骈文这一文体的发展史上，占着一条抛物线的中点"。这不但公正地评价了徐庾骈文的美学价值，而且启发我们想到，要科学地阐明历史上所有处于巅峰时期的文学样式的艺术魅力，都应运用这抛物线的原理。又如《文论的发展》一章，解释魏晋文论中以作家论为主干的原因；《文体辨析与总集的成立》一章分析魏晋文学批评何以注意于"文体的分类和体性风格的说明"，均从当时政治上品评人物、校核名实的风气着眼，把握住魏晋人思维的一般方式，并推及中国文论从开始起就和人物识鉴保持密切关系的特点。文章没有拘泥于对文论内容本身的阐发，而是从深层的社会历史背景和认识论的根源去研究文论兴起和发展的过程。这对当前习惯于以现代文论名词诠释古文论的研究者来说，也具有打破单调的思维模式的启迪作用。

又如《玄言·山水·田园》一章论郭璞是玄言诗的导始人，这一观点在五六十年代未被学术界接受，因人们通常都引钟嵘的《诗品》为证，强调郭璞"乖远玄宗"的一面。然而这一观点的提出，并非仅仅依据《世说新语》刘孝标注所引檀道鸾《续晋阳秋》的一句话，而是经过具体辨析《诗品》之论在作家年代上的错讹，才得出的结论。我在撰写《八代诗史》时，对玄风由正始到东晋的变化过程做过一番系统的研究，发现郭璞在游仙诗中输入玄理，甚至直接以易经卦辞等阴阳道家之言入诗的作法，被东晋诗人所吸取，对永嘉后兴起的玄言文风有推波助澜的作用，因而可以将郭璞视为玄言诗的近宗。这虽是从另一个角度证明了王先生的观点，而思路则是王先生打开的。

王瑶先生研究中古文学的成果不但在观点和思路上对后人多有启示，其分析材料和论证的方法，更值得今人学习。《中古文学史论》以引证史料的丰富著称。沈玉成先生曾用"竭泽而渔"一词来形容王先生搜罗材料的功力，可说是极为精当而又形象的比喻。与这段文学史有关的史料虽然有限，但相当繁杂琐碎。王先生在开拓研究课题的同时，将正史、杂著等全部材料一并进行了分类、归纳和整理，涉及的学问包括史学、经学、哲学、医学、宗教等许多方面，每种学问又均非一般涉览，而是都有钻研原始材料之后得出的独到见解，致使后人在研究这些课题时，引证材料几乎不能超出他的论据范围。唯其如此，《中古文学史论》中所有的结论才能以大量可靠的第一手材料为基石，纵然一时难以为众人所共喻，也能立于不败之地。

除了材料的详赡和周密以外，我以为王瑶先生在处理史料时敏锐犀利的目光更为难得。如果说他的独到见解一半出自天赋聪明，那么至少还有一半在于正确方法的运用，这就是思维的辩证法和实事求是的科学态度。王先生对材料的分析，基于他对史料的通盘掌握和稔熟程度。每论一事，都注意正反因果等多种关系，从不做简单化的定性分析。当他考察文学发展的某种外因时，都要根据它在当时所起的实际作用来衡量其影响大小和关系的远近，从不抓住一点任意夸大、以偏概全。例如清谈与魏晋玄学密切有关，看起来是对文学影响比较直接的一种士人风尚。王瑶先生在具体分析了清谈的内容和方式以后，却指出，清谈过分注重言语辞藻，结果使言与笔分了家，因而清谈所给予文学的影响也成了间接的。又如辨析文体向来颇受文论家重视，而王先生则通过令人信服的论证，说明"这时注重辨析文体的人，很多是从选家和目录家的态度出发的，这就是辨析文体对于文学批评不能有什么太大的理论建树的道理"。这样明哲而又通达的论述，在时下的研究文章中已很少见。不少学者在探寻文学发展的外因时，往往为了突出自己的新创，不惜夸大其辞，硬将远因拉成近因，甚至使不相干的变成至关重要的。对照之下，王先生的著作虽然成于四十年代，反而比当代的某些论著更觉可信，而且富有新鲜感。

在引证古代文论的著名典籍时，不为古人的成说和时人的舆论所囿，一概置于历史的发展过程中去考察，客观地指出它们的成绩和局限，也是王瑶先生思维方法的重要特点。例如《文心雕龙》和《诗品》自明清以来逐渐受到重视，几乎每句话都被当作经典引用。今人对它们的研究也或多或少地存在着过高评估其影响力的倾向。王瑶先生早就敏锐地注意到，这两部著作在当时影响很小，而且存在着一些局限。如《文论的发展》一文认为，刘勰讥嘲陆机《文赋》中所论"警策"一节，是因为没有弄清陆机之论的道理。《玄言·山水·田园》一文，批评钟嵘将郭璞和刘琨视为永嘉后想要变创玄言体的人，乃是犯了常识性的错误。《隶事·声律·宫体》一文，指出钟嵘的生活和地位，与沈约那个高贵的文人圈子有相当的距离和差别，由于位末名卑，他不大懂王公缙绅之士对于文学的要求和他们的生活的关系，这就是他和当时风气不大同的文学主张的来源，因而对于沈约的音韵学说，也没有深刻的了解。这些中肯的批评启发人们想到，任何一部经典著作，都不可能完全超越它所赖以产生的时代和具体环境。因此著者无论有多少远见卓识，总难免受到历史的局限。更何况刘勰和钟嵘这两位置身于南朝文学主流以外的文人呢？尽管他们的文学主张在千百年后可以被人们认定为真理，但在当时却会因为这种局限而无法全面深刻地认识文学发展的趋势。

研究某种文学的学者，往往会不自觉地受到研究对象的影响。王瑶先生在日常谈吐中善于用三言两语机智风趣地评论某种社会现象，颇有魏晋人言简意赅的言谈风采。他的《中古文学史论》里也时有这类精警的妙语突出篇中，教人提神。如"神仙思想本起于人类对自然力的幻想和个人欲望底无限制的延长"，"神仙正是在幻想中对现实缺陷的弥补"（《小说与方术》），可谓一语中的，立片言之警策。又如论"谢（灵运）对自然的态度只是观赏，而陶（渊明）却是感受"，仅用四个字便点出了陶、谢的主要区别。又如《文论的发展》一章中阐发陆机所说的"警策"的含义："一篇文中自有它发展的高峰和顶点"，"决不从首到尾一样地平板。""所有其他各处的平庸，反而正足以衬出警策的独拔和全篇的完整。全篇的完全超拔，是等于全篇的整个平庸，何况完全超拔是根本不可能的呢？"

《中古文学史论》原是王瑶先生在清华大学讲授"中国文学史分期研究（汉魏六朝）"课程的讲稿，1951年分成《中古文学思想》《中古文人生活》《中古文学风貌》三本书出版，1986年合成《中古文学史论》。除了课题的开拓和观点的创获以外，还以系统的知识和可靠的资料价值受到研究者的重视，这不仅表现在文中所引各种史料，凡可作为论据的很少遗漏，而且还有不少章节对这段文学史中的一些重要知识做了系统的梳理。如《文体的辨析与总集的成立》一章，以四大节的篇幅条贯清晰地阐述了自汉魏至齐梁文集分类情况的流变，并一一列举出各朝见于著录的总集，令人在史识中又能见出著者在目录学方面的渊博知识。《隶事·声律·宫体》一章，在分析隶事之风盛行于齐梁的原因之时，又连带论及从汉到梁类书编纂的发展过程。这些材料都经过认真的排比、综合和分析，为后人研读汉魏六朝文学提供了许多方便。

王瑶先生最后的遗愿是要完成他所主编的《古典文学研究的现代化进程》一书，这本书选择了从梁启超到钱锺书等近20位学者，大旨是要说明古典文学研究的近代化并不始于今日，从二十世纪初以来，就有不少学者在这方面做过有益的探索，并取得了卓著的成绩。王瑶先生在去苏州开会的前一天，在他镜春园的寓所里兴致勃勃地和我谈了一个多小时，详细解说了这本书的构想，要求我帮他撰写其中的一篇。当时我和陈贻焮先生都认为，王瑶先生本人就在中古文学研究的现代化进程中做出了重大贡献，书中近20位学者不应当缺他的名字。很想等先生从苏州回来，劝他考虑我们的意见。谁能料到，先生一去，便再也回不了北京！现在借这本《纪念集》将我来不及向先生说明的意思写出来，并不足以弥补这永久的遗憾，只能聊以寄托我无尽的哀思。

（原载《文学遗产》1990年第4期）

通新旧之学　达古今之理
——论陈贻焮先生的古代文学研究

在二十世纪学术研究史上，出生于二三十年代、学成于五十年代的学者们可说是治学条件最艰苦的一辈人。他们是六十年代和八九十年代的学术骨干，肩负着继承二十世纪第一代大学者的鸿业、教育下一代学人的重大使命。然而他们经历了大半辈子的社会动荡，遭受过今天的年轻人难以想象的屈辱和磨难；物质生活维持着最低的水平；有限的时间被一浪又一浪的运动消耗殆尽……当我们回首往事时，甚至会惊讶这一代人究竟是凭什么动力在做学术研究。然而他们不但承受了一切，而且始终没有放弃精神的追求。正因如此，他们中间才能涌现出一批优秀的学者，使中国的学术在断流十年之后还能出现新时期的复兴。

陈贻焮先生便是这批优秀学者的代表之一。先生字一新，1924年11月16日出生，湖南新宁县南乡长湖村人。祖父是前清秀才。堂舅祖刘永济、岳父李冰若都是研究古典文学的著名前辈学者。他从小就养成了爱作古典诗词的癖好。1946年他就读于北京大学先修班，次年入中文系，中间一度因病休学，1950年回北大复学。在大学学习期间，他喜爱现代文学和外国文学，所作散文小说曾受到傅庚生、废名等前辈的称赏。1953年夏在北大中文系毕业，留系任助教，随林庚先生进修魏晋南北朝隋唐五代文学，从事教学和科研。"文革"结束前长期任讲师。1979年加入中国作协，同年被评为副教授。1983年任教授，1986年起获博士生导师资格；并兼任中国唐代文学学会理事、中国韵文学会常务理事、诗学研究会副理事长、王维研究会名誉会长、《文学评论》《文学遗产》编委等。自1953年以来，他除了参加北大古代文学教研室《魏晋南北朝文学史参考资料》《中国历代诗歌选》《中国小说史》的集体编著，以及与其他三位先生合编的《历代诗歌选》以外，还独自选注了《王维诗选》和《孟浩然诗选》，发表了数十篇论文。其中22篇已于1979年结成《唐诗论丛》。1979年到1984年用整五年时间完成了108万字的《杜甫评传》，先后于1982年和1988年再版。1989年又出版了论文集《论诗杂著》，各类个人著作累计200余万字。九十年代主编了《魏晋南北朝文选注》《增订注释全唐诗》，但未及见书出版即已病逝，享年76岁。

陈先生对自己的命运未尝没有深刻的思考，但他只是默默地在夹缝中寻找着学术的生存空间。他的全部论著都体现了这一代学者努力继承旧学又不断追求创新的精神。他自己说，每一代学者都有时代带来的长处和弱点。他没有念过私塾，沾了"五四"以来新派治学的光。若论经学和文字、音韵、训诂方面的功底，比不了像游国恩先生、夏承焘先生这样的前辈学者；就是背书的传统教养，也比不上一些同辈的学者；要弥补旧学底子薄的缺陷，就得念"聪明书"。也就是要思路开阔，讲究辩证的研究方法；培养思考问题的敏感性和洞察力；善于在人所共见的材料中提炼出新观点。但会使巧劲并不是走捷径，凡是属于自己研究范围内的东西，仍要下笨功夫去钻研，摸着石头过河。他所说的"笨功夫"，就是旧学重学力功底、重资料考据的研究传统；所谓"念聪明书"，就是新学重思想、重方法的特色。由于能对新旧之学融会贯通，又以旧体诗词著称于时，他的治学路子相当宽广，因而能在八十年代前期人们纷纷向西方寻求各种新方法以求突破旧框框的时候，显示出既不屈旧以就新又不绌新以从旧的气度，在学术上开出更宏阔的格局。

陈先生在八十年代初就提出了将义理、辞章、考据、时代、作家、作品结合起来的学术理想。义理、辞章、考据是桐城派写作古文的要义，也可以借用来概括研究古代文学的三条主要路子。但现当代学者能够兼擅三者的并不多见。由于各人才性的差异，有些学者偏重于资料考据，有些偏重于艺术审美，有些偏重于思想阐释。其实只要在任何一方面取得突出成就，都可以成为大家。但如果三者兼长，使考据为义理辞章所用，那么研究者的视野将会更加开阔，思考问题也更游刃有余。陈先生从林庚先生的成就中悟出新派治学的这一道理，但又在自觉的治学追求中形成了自己的个性。与林先生的灵动简约和长于雄辩不同，陈先生是更为密实详赡而委婉周至的。但他们有一个共同的学术标准，那就是无论走什么路子，用什么方法，最终目标都是踏踏实实地解决一些文学史上的问题。

陈先生所处的时代决定了他的研究主要是作家和作品分析。在三四十年代涌现出一批比较简略的文学史之后，进一步展开作家和作品的个案研究，并以新思想来给这些作家作品定位，是古代文学研究史上不可逾越的一个阶段。五六十年代的环境给研究带来了许多条条框框。而陈先生却能在这样的背景下，本着学术的良知，实事求是地研究了王维、孟浩然、李贺、李商隐等"人民性"不够但在唐诗史上具有重大影响的作家。他的作家研究不是平板的生平思想艺术特色的叙述，而是以敏锐的眼光从更深的层面上发掘出一些关键的问题，推进了对于这些作家的研究，为新一代文学史家更辩证地评价这些作家奠定了基础。他在八十年代所著的《杜甫评传》是将作家研究发展为综合研究的巅峰之作，给学界展示了一个大作家的研究需要积毕生功力的典范例子。在这些具体的作家作品研究中，实际已经处处表现出他对诗歌发展的总体把握和宏观的思考。陈先生的作家研究的特色也是时代所赋予的。坎坷不平的人生经历和复杂多变的现实社会虽然浪费了他的学术生命，却也给他提供了观照古人的现代视角，使他能从自己的阅历中体会出古往今来社会人生中共通的道理。因而他与自己研究的作家是心灵相通的，这一点是陈贻焮先生能得林庚先生真传之处。只是林先生较重精神而陈先生更贴近现实。他把自己喜爱的作家视同日常交往的朋友，也更容易看到他们作为普通人的一面。他在作家研究方面的创获大多得益于这种思考问题的方式。

一

学术研究和文学创作一样，有第一义的，也有第二义的。第一义应该是一空依傍，有高度的独创性。他应当在前人研究的基础上，提出超越前人的见解。他的观点不是从别人那里借来的，或是受什么流行思潮的启发，而完全是通过钻研第一手材料，通过发掘材料之间的内在联系而取得的。通过他的论证，人们模糊的感觉变得清晰，或原来忽略的问题受到注意，从而使别人可以触类旁通，可以运用他的观点和思路去解决其他问题。而一个学者成就的大小，也主要看他有多少这类创见，而不在于是否著作等身。这种创见有大有小，可以小到对一个字的解释，也可以大到阐明一个重大的历史现象或文学发展的过程，甚至建构自己的理论框架和体系，等等。经过时间的淘汰，这些创见在学术史上的作用将会逐渐显现。"不托飞驰之势，不假良史之辞"，而自然传于后世。纵然一时被信息爆炸的烟云所淹没，终究会出现能够披沙拣金的有识之士，辨别出确有价值的真知灼见。陈先生生前一直是怀着这种学术信念，以高标准来要求自己的。他的代表性著作虽然大部分完成于十多年以前，但今天看来，无论是义理辞章还是考据，他都有许多原创性的研究，不但以其笃实的学风和独特的悟性自成一家，而且在八十年代的唐诗研究史上产生了重要的影响。

陈先生认为研究古典作家，无论前人有多少成果，都必须自己下功夫从基本资料的考辨做起。即使已成定论，也要自己再去摸一遍心里才踏实。因此凡是他研究过的作家，都能在生平事迹的考辨方面有所收获。如他早年所作的《王维生平事迹初探》，根据王维本人诗文，联系新旧《唐书》、《国秀集》、《太平广记》等记载，对王维40岁以后的生平事迹做了系统的考察，于清人赵殿成《右丞年谱》多有补正。这篇文章成为研究王维的基础文献。他对所读的每一篇作品也总是力求甚解，绝不轻易放过疑问。他曾通读过《全唐诗》，做过许多旁批和眉批，不少心得就在这种通览中获得。例如李颀的《古从军行》是唐诗中的名篇，但诗中"闻道玉门犹被遮"一句向来不得其解。他在读《史记·大宛列传》时发现了这句诗出自汉武帝伐大宛"使使遮玉门"的故事。由于解释了这个关键词，全篇的意思也就得到深一层的开掘。如果说上述例子还是属于一般的常规性考据以外，那么他在以下两方面尤有独创性：

首先是他善于以作家的作品为内证，从诗歌中寻找蛛丝马迹的联系，发掘出作家生平中较为深隐的一些问题，而尤以作家游踪的考辨见长。其中最精彩的莫过于孟浩然事迹考。在陈先生做孟浩然诗注之前，已有的孟浩然研究只是根据现成的史料对他的生平做了一个粗线条的勾勒。陈先生首先利用方志和地图，广为征引其他史料，通过寻找地名之间的联系，考出了孟浩然的本宅涧南园在襄阳城南七八里、东临汉水的岘山附近；勾出了鹿门山、岘山、襄阳、万山、望楚山、汉水的地理关系图，为解读孟浩然在家乡隐居时所写的山水田园诗提供了最基本的依据。接着他又从考察孟浩然和张子容的关系入手，发现孟诗中多次提到的"张明府"（后改称郎中）就是张子容。先确定了张子容的行迹，发现张子容在开元二十二年（或二十三年秋）从奉先县令回乡探亲到离去，孟浩然所作有关诗篇几乎可以按季编次。得出这一数据之后，他进一步考出孟浩然开元十六至十七年入京，应举不第后还乡又入洛，以及自洛之越的路线，将孟浩然在越中各地的游踪和交游清晰地勾勒出来，这对于了解孟浩然此时达到山水诗创作高峰的原因具有极为重要的意义。之后，陈先生又考出孟浩然入张九龄幕的时间，探出他下扬州、游湘桂、经豫章、早年滞留洛阳、入峡等另外的几次游踪。可以说，这些考证奠定了研究孟浩然生平和思想的基础，以后虽然还有学者补充，但基本上不能出其范围。所以这篇论文被海外学者称为"卓越的著作""权威的论文"（见《哈佛亚细亚学报》44辑2号白润德评柯罗尔《孟浩然》一文，1984年12月）。像这样主要依靠内证来考据的范例还有他的《杜甫壮游踪迹初探》。该文的做法是排比杜甫晚年回忆青年时期经历的诗歌，证以同时代诗人李白、高适的活动，从许多看似毫无关联的诗歌中勾稽出杜甫天宝四载以前的游踪和相关事迹，使杜甫生平中最不清楚的这一段经历有了头绪分明的交代。其实在《杜甫评传》中，关于杜甫生平中许多模糊之点都是用这种方法考出来的，如献三大礼赋前后，秦州行止、同谷居处、旅梓游踪、巴东行迹、夔州营田等。这种考据比起传统的方法来，需要更敏锐的嗅觉和在细处发现线索的洞察力，要在表层材料相对缺乏的情况下，从整体上深挖一层，找出隐没在作品中的草蛇灰线，因此难度更大。这也是陈先生所说"念聪明书"的实绩之一。同时，这种考据还避免了一般考据常有的枯燥之感。因为它是浑融在对作家的交游、创作，和日常生活的描述之中的，往往是在阐明了作家在某一时期的行踪以及他的思想发展和内心活动之后，诗歌的编年、诗人行游的时间、地理位置以及与之有关的人事关系也已辨明。这一特色在《杜甫评传》里发挥得最为充分，真正实现了考据为分析作家作品所用的理想。

其次，将擅长旧诗、熟悉典故的优势用到考据中去，也是陈先生对传统考据方法的一种创新。他善于通过对作品典故的贴切解析，考出作家的生平事迹。最典型的例子是《李商隐恋爱事迹考辨》。关于李商隐无题类诗的研究，学界见仁见智，至今没有定论，恐怕永远也不可能意见一致。但是只要言之成理，就不失为一家之言。清人冯浩首先指出李商隐的无题类诗多数与他早年爱恋的一位女冠有关，这一观点后为苏雪林继续发挥。但真正利用典故的解析，将他早年这一段恋情做了具体可信的考证的，还是陈先生。李商隐使用典故的含糊性和多义性，加上男女恋情比君臣的比兴传统，可使读者对他的无题类诗做出各种猜测。因此要准确把握典故的含义，还需具备经常创作旧体诗的经验和感悟力，才能体会政治寄托和爱情诗之间的微妙区别。陈先生的论文牢牢把握住李商隐无题类诗大量集中地使用道教和女仙典故的事实，根据李商隐反复使用同类典故指向同一事物的特点，考出李商隐年轻时曾在玉阳王屋山学道，与玉真公主灵都观内的入道宫人相恋而后又被拆散的一段情事，并对李商隐爱情诗中描写的不同对象做了明确的辨析。后来笔者使用陈先生对典故的解释继续钻研李诗时，发现这些典故在无题类诗里不但有稳定的喻指对象，而且在同类诗里的组合顺序也大致相同，都是反复地从不同角度叙述着一个情节相同的故事，遂据此考出了李商隐这段爱情经历的后半部分。由此可以证明陈先生的解释是完全能够自圆其说的。虽然这种仅凭内证的考证不无推测成分，但与各种牵强附会的寄托说相比，无疑是最贴近典故本义，又切合诗歌字面内容的一种解释。陈先生运用典故知识考辨的另一个精彩例子是《卢照邻》一文。卢照邻的骈文是考证其生平的重要资料。但骈文典故太多，所以先有的考证歧见颇多。陈先生发现卢照邻先已在邓王府做过从八品下的典签，后来反而调任正九品下的新都尉，认为其中必有蹊跷。他根据卢照邻的《穷鱼赋》中"有一巨鳞，东海波臣，洗静月浦，涵丹锦津。映红莲而得性，戏碧波以全身。宕而失水，届于阳濒"一段文字，看出这里使用了王俭莲花幕的典故，由此考出卢照邻"因横事被拘"，应是在邓王府中的这一时期，从而解决了卢照邻生平中的一个疑点。

考据虽然是传统的学术路子，但随着研究的进展，那些浮在表层的容易发现的问题被解决之后，要想逐步深入地发掘出更为隐蔽的问题，考据的方法就必须不断更新，需要调动的知识也越来越多。从陈先生在考据方面的创新中，我们不难得到这样的启示。

二

古代文学研究所指的"义理"，应当包括对作家思想、作品内容，以及有关的时代精神、文化背景等各个方面的理性思考。从五六十年代到八十年代，文学史中的义理研究主要是对作家思想的研究和评价。改革开放以前，作家思想的评价标准只有"现实主义""浪漫主义"和"人民性"这几把尺子，因而义理研究非常简单，只要从作家作品中寻找出合乎这些标准的作品，就可以根据其数量的多少来给作家定性。这种研究的难度在于对那些不太合乎这些标准，而又在文学史上有重要地位的作家作品如何评价。所以当时关于陶渊明、李白的争论几乎都是围绕着如何把他们纳入这套评价体系的焦点展开的。在这种学术氛围中，能够偏离一点公用的思想轨道，研究态度比较客观公允的学者也是有的，但不仅要有学术的良知和勇气，更要有自己的科学头脑。陈先生在五六十年代关注的王维、孟浩然、岑参、李贺、李商隐等都是较难评价的诗人，他也因为王维而做过学术检讨。但是他始终本着实事求是的精神，努力运用历史唯物主义和辩证法，搜讨第一手资料，努力抓住作家思想发展中最关键的问题，中肯地分析了这些作家的思想和人格。

陈先生研究作家思想的主要特点是：尽可能综合考察作家的时代背景和本人身世经历，探寻其作品中反映的思想矛盾之所以产生的客观原因，这也就是孟子所说的"知人论世"的传统方法。但他的新意则在于凭借古今社会中共通的一些社会经验和人生感悟，揭开了这些诗人头上的面纱，尽可能把他们还原成现实社会中的活生生的人物。在他的论文里，王维、孟浩然、李白、杜甫都与普通人一样具有复杂的思想和世俗的追求。这就将一千多年前的大诗人一下子拉到了当代人的眼前。

孟浩然在文献记载和前人的评论中是一个超尘脱俗、终生隐居的高士。陈先生的《谈孟浩然的"隐逸"》一文则联系孟浩然一生游历的考证结果，指出他早年隐居的目的在于为科举入仕做准备，并非如闻一多先生所说"为隐居而隐居"；文章还进一步将他和陶渊明相比较，指出盛世和乱世隐士的不同，正在于有入世的抱负和乐观的心情。而他与陶渊明的相同则在于都经受了主观愿望和客观现实矛盾的痛苦，都认识并揭示了现实和官场中的黑暗和丑恶，都冀求完成一种独立不媚世的人格。王维作为一个山水田园诗人的代表，其思想一直被看作是消极出世的，在五六十年代的文学史中评价不高。陈先生的《王维的政治生活和他的思想》一文则指出王维从前期的热衷进取到后期的黯然思退，基本原因是由于前期趋近于张九龄不卖公器、为苍生谋的主张，并得到张九龄的器重和提拔；后期则是因为张九龄被李林甫排挤、开明政治结束而变为消极。这一论点对于正确评价王维的思想具有奠基的意义。他在《王维诗选》的后记里也阐述了这一基本观点。海外学者敏锐地看到了这一创见的价值。美国明尼苏达大学于保玲在综述四十年代到七十年代海内外王维研究动态时，特别指出："'文革'前，只有陈贻焮的《王维诗选》一书出版。迄今为止，它是这方面最有价值的著作。其中……'后记'直接为诗人记传，资料既翔实，推断也稳妥。作者强调诗人对政治环境的矛盾和妥协的态度，认为直到张九龄遭贬后诗人才滋生退隐的念头；诗人事佛是出自政治的而非宗教的原因；诗人也从未绝情于官场，只是能够使自己适应种种情况而已。……在肯定王维山水诗的成就时，作者觉得我们的目光应该从他们消极的一面移开，而集中于撩人的、深刻的、现实的一面，而且作者从整体上对王维形形色色的诗作予以赞赏。文中虽然不无争辩的口吻,作者关于官隐矛盾的论述却非常出色。这篇简明的传记是最可信赖的。"(《王维研究与翻译近况》,见《文学研究动态》1983年第8期)

陈先生重视社会政治背景对作家的影响,但不主张将这种关系绝对化。如果说他考察王孟的思想主要是联系盛唐的时代特征和作家的出处行迹及交游,揭示出这两位诗人在盛世隐逸的原因和性质,及其与陶渊明的同异;那么他对李贺、李商隐的分析则更注重在考察其身世遭际的特殊性对个人思想性格的影响。李贺早有才名,只因避父讳而不能考科举,27岁抑郁而死。《诗人李贺》与《论李贺的诗》两篇论文,通过分析李贺的不幸命运,指出"李贺的诗歌是具有一定现实内容,而且也的确含有'哀激孤愤之思'的,不过其中所反映的倒不是所谓'忧宗国'而是忧己身之不遇的思想感情","这种关于个人命运和遭遇的描写,具有普遍的社会意义"。在强调反映社会主题的思想框架中,陈先生指出怀才不遇的主题"在漫长的封建社会中,始终具有深刻的社会意义和强烈的现实性",在当时是努力放宽评价诗人的尺度;在今天看来,仍是文学史上值得深入思考的一个问题。而我以为最精彩的还是陈先生对李贺"哀激孤愤之思"的剖析,深入到一个终极性的问题,即李贺对生命无常的感叹:"时间的无限和生命的有限之间的矛盾是永远无法克服的。但是,只有那些怀才不遇、处于潦倒落魄之中而让时光虚耗其有涯之生的人们,才最易为这一永难克服的矛盾深感悲痛。"他指出李贺诗歌最深刻之处就在于"生动真切地将落魄之人内心深藏的、死既可悲而生亦无聊的最大矛盾和痛苦揭示出来"。可以说对李贺思想矛盾的分析,没有比这一段文字更切中肯綮的了。不但在五六十年代使人读了耳目一新,就是在八九十年代对中唐诗歌主题的研究仍有重要启示。

一般论者谈及李商隐诗中的感伤情调,往往和晚唐没落的时代联系在一起。陈先生《关于李商隐》一文则着重分析了李商隐特殊的生活遭遇，指出其诗文中的感伤情调固然反映了当时唐王朝衰落时期封建文人的没落情绪，也透露出他后来政治上不得意的苦闷，但也是他从小几伤离丧、家道衰微、饱受"生人穷困"、感情更加脆弱所致。所以他少壮时代固然有所谓"欲回天地"的大志，但比较抽象，而更具体更见诸行动的却是为了"孝友"，为了家人骨肉之情，对于重建家门和光宗耀祖的渴望，以及为此所做的努力。正是出于这一认识，他没有把李商隐的无题类诗都看成政治寄托，而是着眼于探索李商隐的私人生活。这些创见启发我们在思考作家的创作原动力时，应当准确把握其思想感情的主导面，特别是要抓住一些关键问题，实事求是地分析社会时代和个人性格感情等方面的因素对作家的影响究竟占多大比重。这样才可能确切地阐释作品，才能把握住评价作品的分寸感。

从陈先生的上述论文可以看出：他研究作家的思想总是考虑到与之关系最直接的社会、政治和生活的背景，这种思考问题的路径自然使他从同类作家的个案研究中看到带有共性的问题，而必然会延伸到对一些宏观的文学现象的思考。《唐代某些知识分子隐逸求仙的目的——兼论李白的政治理想和从政途径》一文，正是在他研究王孟的隐逸特点之后，进一步对盛唐文人隐逸动机的深入思考。李白在人们的心目中飘逸得太久了，以至于对他诗歌里那些明显的世俗追求视而不见。而陈先生则打破了史传中关于李白的种种神话，从考察盛唐统治者任贤求贤的历史背景和政治目的出发，对盛唐文人的大志所由产生的客观根据，以及李白为实现其理想所采取的交游干谒、隐逸求仙等从政活动方式，做了深刻的分析。文章列举大量史料，比较了六朝政治和初盛唐政治的差别，证明了从贞观之治到开元盛世这一历史时期内，确实较便于才智之士在仕进上出人头地，以实现其理想。加之统治者礼聘贤士，有其点缀太平、笼络人心的政治目的。因而通过交游干谒、隐逸求仙而一举成名，在当时也有很大现实可能性。李白既有急切的用世之心，又有对出处前途的现实考虑。实际上他不可能真正做到"不屈己""不干人""轻万乘""戏王侯"。这些观点不但大大深化了人们对李白的认识，而且为研究盛唐诗人的政治理想、精神面貌、生活方式与时代背景的关系勾出了明晰的轮廓，为后人进一步综合研究盛唐诗歌划出了一大片可供继续开垦的领域。加拿大英属哥伦比亚大学博士施逢雨说：这篇论文"使我们对李白的了解拓展了不少"。他的《唐代道教徒式隐士的崛起》一文即"透过陈文的启发"，"试图进一步探讨一些待决的有关问题"（见《唐诗论文选集》，长安出版社）。八十年代以来，除了道教和隐逸的关系以外，关于唐代文人的干谒和交游方式、历代隐逸的不同性质等问题的研究，也都在不同程度上受到了这篇文章的影响。

第一义研究的价值就在于它的思路和它所提出的问题可供后人源源不断地挖掘下去，尽管后来的学者不一定知道它的源头，只是跟着学术研究的潮流去做。但它所开辟的领域自会在众多自觉与不自觉的响应者的继续耕耘中逐渐扩大。八十年代中叶以来，关于中唐两大诗派的研究成为唐代文学研究的一个热点，这也是新时期唐诗研究取得显著进展的领域之一。但九十年代有不少青年学者已经不知道陈先生早在七十年代末就系统地论述过这一问题。他的《从元白和韩孟两大诗派略论中晚唐诗歌的发展》一文以五万字的篇幅，从中唐社会风尚、政治状况、文学背景等方面，对元白、韩孟两大诗派如何体现中唐诗歌"大变"的实绩做了独到的剖析，并以较大的气魄为这一时期复杂的诗歌发展状况勾出了清晰的脉络。五十年代以来，白居易的新乐府一直被视为中国现实主义诗歌的典范。但新乐府运动的背景、性质以及白居易的创作、理论与其政治主张的关系一直没有得到应有的研究。这篇文章第一次对这一运动产生的具体政治背景进行了深入的探索。在详细分析了大历以来讽喻诗的发展之后，他联系贞元、元和年间的政局和思潮，指出永贞改革和元和三年的考试风波等事件与元白写《策林》都属于同一潮流，都是有意选择进谏以争取皇帝改革弊政这一道路，以行其"兼济之志"。《策林》特别强调诗歌的讽喻作用。因此白居易的新乐府讽喻诗实质上是"谏官"的诗，是他们在进行政治改革中面谏、上书奏之外的一种有力补充。基于这一认识，文章对讽喻诗中虚美王政的糟粕，以及新乐府理论中政治标准和艺术标准过于狭窄的弊病，以及新乐府创作"程式化"的表现方法进行了辩证的分析，认为过于看重狭义的政治目的——进谏，便会忽视生活体验，难免把诗歌当作他们政见的"单纯的传声筒"。因此严格说来，这种现实主义是不完备的。这些观点立论新颖而又合情合理，分寸掌握得恰到好处，既看到元白的不足，同时又看到他们在诗歌史上的作用，绝不为标新立异而大作令人无法信服的翻案文章。这篇论文开辟了一条新的思路：从考察具体背景入手，探讨文学史上某些重大现象或诗歌流派形成的深层原因。用这种方法研究中唐诗歌的论文在六十年代颇为罕见，而在八十年代则被广泛运用。陈先生在其间所做出的贡献是不可磨灭的。

陈先生的《杜甫评传》是作家研究与诗歌史的宏观研究相结合的成果，是以杜甫为主线，对盛唐诗歌及其文化背景的整体研究。这部巨著包括了他多年来潜心研读唐诗的积累，从政治、经济、宗教、哲学、绘画、音乐、舞蹈、风土人情、典章制度等各个方面展现了盛唐时代的宏阔背景，详尽地描绘出安史之乱前后大唐帝国由盛而衰的历史画卷和纷繁复杂的社会生活；并将唐代几十位诗人编织在这张大网中，上挂汉魏六朝，下连宋元明清的许多作家，通过综合考察、纵横比较，把杜甫还原为一个处身于复杂的社会关系中、具有复杂的生活经历和思想性格的人。这部著作体现了他一贯的治学思想，即思考问题尽可能设身处地，从理解一个人的角度出发，像修复一个打碎了的古董花瓶那样，尽量较完整地展现出生活的本来面貌。与以前的论著相比，这部著作的新意在于更重视作家的生活和创作的关系。他认为研究种种外因对作家的影响，最后都应归结到作家生活，因为生活是创作中最直接起作用的因素。《杜甫评传》在从宏观的角度对时代和创作的大问题进行综述和议论的同时，又细腻地勾勒出杜甫一生所经历的彷徨、苦闷、追求、失望、猛省的思想发展过程；既重点分析了杜甫在时代剧变中所创作的那些震撼人心的史诗，又在浓厚的生活气息中展现出他日常状态下的性情面目；既充分肯定了杜甫与人民大众在生活遭遇和思想感情上的联系，又再现了他与各级官吏豪绅应酬交往的情景和寄人篱下的处境。因而能够令人在具体地感受到杜甫的社会地位和阶级属性的同时，深切地体会到这位伟大诗人的一切进步性和局限性都植根于他的时代。

《杜甫评传》通过许多新意独出的分析使杜甫思想的研究得到进一步深入。例如杜甫向朝廷献三大礼赋的动机和过程，以前几乎无人注意。《评传》不但考出此事的前因后果，包括杜甫干谒韦济、张垍的门径，投甄献赋的方式，最后召试不遇的原因，而且通过对此事的考辨指出杜甫到天宝十载尚未放弃对朝廷的幻想，献赋是为了投皇帝所好以求发迹，召试集贤堂是诗人一生引以为荣的大事。又如关于杜甫上书救房琯被贬一事，《评传》吸取傅璇琮先生《贾至考》的成果，分析了玄宗和肃宗父子两代皇帝的矛盾，指出杜甫是房琯为首的玄宗旧党中人，才是他遭贬的真实原因。在综合考察了杜甫后期所作的所有讽时论政的诗歌之后，《评传》指出杜甫是忠于太宗社稷的正统派。他赞扬狄仁杰在武后统治下保存了唐朝的正统，又用太宗的文治武功来衡量时君时政的功过得失，所以他对玄宗的荒淫误国有所腹诽，对肃宗代宗也不满意，而且敢于对皇帝提意见。这就是他的忠君思想的实际内涵。维护太宗正统是他的政治理想之所在，唐太宗在历史上是进步的，这也是杜甫所以有进步性的原因。但从中又可以看出他在政治上的保守。归根到底他的进步性仍不能超出维护封建统治秩序的局限。这一结论无疑是《评传》历史地辩证地评价杜甫而获得的成果。

本着这一客观的认识,中下卷在分析若干脍炙人口的名篇时解决了一些思想评价的疑难问题。如《茅屋为秋风所破歌》曾遭到极左思想的贬低。《评传》仔细辨析了诗中"寒士""盗贼"的确切含义,为它掸掉了十年思想混乱时期难免沾上的灰尘。又如《遭田父泥饮诗》是否美化严武这位封疆大员?《评传》指出这首诗的背景是杜甫因田父大儿被遣归一事得知他在《说旱》一文中所提轻赋、敬老的建议得到采纳,从而作诗反映严武下车伊始初步改革所产生的良好影响。赞其为善,勉其报国。这不只见老杜待人的真诚,更见他对待人民和国家的无限热爱和强烈责任感。其意义不只是显示杜甫对野老平等相待的态度,更不能说是为封疆大吏涂脂抹粉。又如《喜雨》结尾表示希望平定袁晁所领导的农民起义,又当如何看待?《评传》认为不应回避这个棘手的问题,这标志着杜甫同情人民所不能逾越的限度。但也应看到他能认识到天下动乱、盗贼四起的本源在于统治者的骄奢淫逸,全诗所忧仍在巴人为天灾人祸所困,这是主要倾向。所有这些评价都不是简单的翻案,而是在深细地考察了杜甫在各种场合表露的政见,以及每首诗的具体创作背景之后得出的科学结论。

继《杜甫评传》以后,陈先生还写过一些作家研究的论文,如曹操、卢照邻、杜审言等,也都是小型的作家评传。曹操的诗很难评价。一则流传下来的作品太少,二则与其政治上的特殊性和性格的复杂性有关。《评曹孟德诗》以四万字的篇幅,利用现存诗文和史料与前人评价结合起来进行综合分析,探讨了作家人品和作品价值之间的关系。文章将曹操学周文王、齐桓、晋文之事,提倡"礼让"以"厉俗"之举都与他性格的诡谲多变和政治上的实用主义联系起来分析,指出曹操的真与假是不矛盾的。例如《对酒》和《度关山》诗对于"太平时"的描述,是苦难现实在诗人心中激起的对理想社会的渴望和幻想,表现了他内心天真而美好的一面。这虽然是建立在封建等级制度上的幻想,却可看出诗人确在认真思考一个封建国家在政治、经济、文教、法治、阶级关系等方面到底存在哪些亟待解决的重大问题。文章用征引、考校、分析相结合的方法逐一解读曹操的每一首诗,对这个复杂人物做出了入木三分的剖析。但全文没有硬性的评价总结,只是在左右逢源的解析评说中将曹操性格的方方面面和内心世界烘托出来,创造出一种评话式的论文风格,剥掉了一层义理研究的僵壳。这与他想要把古人还原成活生生的现实人物的愿望是相应的。在越来越追求表述话语的理论色彩的今天,古代文学研究是否可以找到更生动、更有文学性的论述方式呢?陈先生的这种写作风格或许可以使我们窥见另一种更鲜活的境界。

三

古典文学研究的"辞章",包含对作家作品的艺术特色的微观研究,以及对某一作家群体、流派、某一时段、某种体裁的艺术发展趋势,或某种表现类型、风格的宏观研究,也兼指研究者本人的文字表达水平。

五六十年代,艺术研究是古典文学研究中的薄弱环节。八十年代因为纠偏,艺术分析得到普遍重视,但高水平的讲析并不多见。陈先生曾经批评当时的两种倾向:一是挖空心思、分析过分,把苦水都抠了出来;一是不问对象,一概用"情景交融""意境""美感"一类放之所有作品而皆准的术语去套,讲得甜腻腻、黏乎乎、不清不爽。虽然满脸是美,却说不到点子上。他认为谈艺术首先要有感受,有较高的欣赏趣味。反对为了说明某个问题,把不美的东西也拿来当美的东西分析。他的诗歌艺术评论总是视不同对象采取不同的表述方法。大体有以下几个特点:

首先,对于诗歌中的浑成之作,一般采用浑成之评。他认为艺术不等于技巧。诗歌史上有很多作品不以技巧取胜,但艺术上很成功,这类作品不应从表现方法上去钻牛角尖。对于王孟的作品和杜甫的某些作品,他尽量从总体感觉上把握,避免过于着实。比如论孟浩然山水诗的特色是"色彩不如大谢鲜明,风格不如小谢清新,但采用了陶诗的白描手法,注意总的印象和情绪的把握,不刻画不雕琢,浑然而就,意境自呈"。论孟浩然田园诗"重视清新而浑然一体的感受,以襄阳江村和本人为原型,经过艺术概括,竟成功地创造出一个幽雅、恬静的意境以及与此意境相谐调的'风神散朗'的抒情主人公形象"。"艺术上别致之处在善于捕捉生动的形象,把握轻微的情绪,用水墨写意画法借景抒情。"论王维的山水诗:"他能以开阔的胸襟,劲健的手腕,涂抹出祖国雄伟的崇山峻岭","又能用清新的情致,匀润的色调渲染出溪山一角的幽境"。这类准确的概括既切合王孟的基本特色,又没有因为过度的分析而损伤王孟的浑成之美。

其次,对于那些确实在构思立意上费了心思的作品,则一针见血,切中要害,讲深讲透,并且从中发掘出形成作品艺术特色的道理来。这是陈先生谈艺术的论文最见功力之处。例如杜牧说李贺诗"鲸吸鳌掷,牛鬼蛇神,不足为其虚荒诞幻也","贺能探寻前事,所以深叹恨古今未尝经道者,如《金铜仙人辞汉歌》《补梁庾肩吾宫体谣》,求取情状,离绝远去笔墨蹊径间"。陈先生指出:"讲李贺的诗歌风格和艺术特点的,没有比这更形象、更得要领的了。可惜的是,这只是一种印象,一种诗人用诗的语言所做的评价,须作进一步的剖析。"他通过对李贺构思的科学分析,讲清了所谓"探寻前事"就是"善于运用他的生活体验和他的丰富的想象力,根据故事、史料的梗概,像亲历其境那样地去想象并通过艺术的概括去再现已经过往的历史陈迹"(《论李贺的诗》)。"对某一史实或生活中某一事物有所感发,从一点生发开去,精骛八极,神游千载。既要从现实中解脱出来,力求想象的'虚荒诞幻',又要紧紧地依据生活经验,力求感受的真切和形象的生动。设法将这对立的两方面统一起来,这就是'长吉体'歌行构思和表现艺术的主要诀窍。"(《谈李商隐的咏史诗和咏物诗》）根据这一原理，他对李贺的一些名篇做出了精彩而透辟的分析，如指出《金铜仙人辞汉歌》中，天真的诗人抓住了传说中铜人下泪的这一点，"进一步运用想象，将莫须有的情事按生活的形式活生生地表现出来。这就使得他的诗境既新奇又真切；铜人既然会哭，那么他的'忆君清泪'想必'如铅水'了"。《梦天》不仅俨然如真地描绘了月宫情景，同时还明晰地描绘了自月上回望、所见九州的渺小和尘世变化之速，出奇地给予了广阔的空间和漫长的时间以形象的表现。"《天上谣》写天上情景，实是诗人心目中人间理想生活的艺术概括。——正像人间的河流中漂回着晶白的石子一样，天河中也漂回着闪烁的星星；云大概是天河中的吧！那末，银浦上的流云，就应学流水作声了。"（《论李贺的诗》）发现了李贺构思的这一诀窍以后，陈先生还用同一原理解释了李商隐的很多咏史诗的构思，指出："李商隐是深谙这诀窍的。这只要拿他的《无愁果有愁曲北齐歌》中'凿天不到牵牛处'这一句和李贺《秦王饮酒》中的'羲和敲日玻璃声'句比一比就知道了。'凿天'、'敲日'，这是多么荒诞的狂想啊！然而人们却有凿冰、敲玻璃器皿的经验。今见秋空晶莹宁静犹如一尘不染的层冰，白日像玻璃盘似的通明透亮，这又怎叫诗人们不生此狂想呢？"（《谈李商隐的咏史诗和咏物诗》）陈先生所发现的"长吉体"的构思诀窍其实不仅仅适用于解释李贺、李商隐的诗歌，晚唐杜牧等诗人同样具有这类特点，只是表现风格不同而已。因此他所解决的就不是一个作家的某一个艺术特点，而是给晚唐诗歌的一种构思方式提供了科学的解释，研究者可以运用他的观点去解释同类的创作现象。

除了这一重要论点以外，陈先生论李商隐咏史诗和咏物诗的技巧也多有前人未发之新见，体现了他擅长创作旧体的独到眼光。例如他通过分析李商隐《牡丹》诗，指出："像这样运用大量富于生活气息的典故来描写、烘托因某一事物而引起的种种感受和情绪的作法，在以前的诗歌里是罕见的。这种写法似乎和江淹的《恨赋》《别赋》有点相近,而其实不一样。因为《恨赋》《别赋》中所用典故都是同一类的,不过都写得很典型罢了。和这种写法真正相近的恐怕只有姜夔的那首《疏影》词。"(《谈李商隐的咏史诗和咏物诗》)但同时他又指出《牡丹》虽然成功,但这种作法却很难在一般诗甚至是咏物诗中被普遍运用,在构思上有严重的局限性。又如他在分析李商隐的咏史绝句时指出,这类作品大多将历史陈迹和传闻写活了,而且在构思上"力求出奇制胜,小中见大"。这一见解确实说透了李商隐的构思习惯。陈先生的精彩之处更体现在他对每一首例诗的具体分析之中。这些解析以典故的传统喻指为本,准确地把握了诗人创作时微妙的感受和情绪,使诗句之间的脉理豁然贯通,与时下不顾作品内在的意脉、仅凭意象任意附会的五花八门的解释截然不同。

再次,在个案研究的基础上归纳和提炼出某一时段某一群体的共同创作倾向:这突出地反映在他论中唐两大诗派的长篇论文中。这篇文章实际上奠定了新时期元白、韩孟诗派的研究基础。关于元白诗派,除了本文第二部分已经论及的新乐府诗为谏官之诗这一著名论点以外,陈先生还提出了许多重要的见解。例如他通过综合分析白居易的诗论及其新乐府创作的艺术效果,指出白居易的"一些想法和作法不尽符合文艺本身的规律。把诗歌当作一种进谏的补充形式或手段,从而提高了诗歌的社会功能和政治意义,这是好的一方面。但毋庸讳言,也必然带来只看重狭义的政治目的——进谏,而忽视生活体验的倾向"。由于总结出几条作诗的程式,白诗便不免"意露词繁之病"。与此同时,陈先生还辩证地分析了白居易如何改变盛唐"旧法""降为通悦之习"的种种表现特点,如破除时人对诗歌创作的神秘感,从体制上突破一些旧法的约束,提倡俚俗的诗风,等等。尤有创获的是他指出元白的诗歌无论在内容上(采世俗艳谈的爱情题材入诗),还是在表现上(情节的铺陈和细节的描绘），都明显地受到变文、"市人小说"和传奇的影响，因此也深为世俗人等所爱重。这些见解，是通过具体客观的作品分析得出的结论，概括了元白诗派的主要创作倾向，对于八十年代学界重新认识白居易的理论和创作有先导意义。但是后来有的学者又往前多走一步，夸大了白诗的缺陷，将白居易贬得连元稹都不如，这就有失公正了。这种现象在新时期是屡见不鲜的。当某种改变传统评价的新见出现以后，往往有一些研究者出来把该种见解发展到极端，甚至背离了原创者的本意。这就是第一义和第二义研究的根本区别。

关于韩孟诗派，陈先生的贡献在于首先划定了属于这一诗派的作家范围，总结出这一诗派的共性主要是新奇险怪，同时分别论述了这一诗派重要作家的共性和个性。他从诗文关系入手，分析了韩愈以文为诗和以丑为美的具体表现及其得失，归纳出韩诗创新的几个特点："务去陈言，而去陈言之法全在反用"；"创奇格，用险韵"；"构思刻意求奇"。孟郊的奇在于构思和艺术表现，"能于平常中见构思的奇妙、境况的奇苦"；"过分追求艺术表现，就难免苦吟"；而他的苦吟与李贺、贾岛又是相同的。"贾岛的诗，没有韩的宏伟和孟的矫激，好写冷清之境，好抒落寞之情，设想奇僻，感受细微，刻意求工，时有短章佳句。"其病则在于"诗思入僻"，"好奇太过，易流于怪诞"；卢仝则诙谐怪诞、玩世不恭。因而"韩、孟、贾、卢皆好奇，亦同中有异：韩奇而豪；孟奇而古；贾奇而清，卢奇而俗"。"李贺之奇，不仅在于想得怪，而且在于浮想联翩，构思精巧，意境绮丽。这正是他发展这一诗派的特长，在诗歌表现艺术上所作出的重大贡献。"这些基本看法，都已在后人的韩孟诗派研究中得到了充分的发挥。

在《杜甫评传》中，陈先生对杜诗艺术的研究大都与中国诗学的一些重要理论问题联系在一起。如李杜优劣之争，杜诗对盛唐旧法的突破，盛唐与中唐奇思的差别，兼及比兴形象、艺术想象和生活实感的关系，作家的文学素养对创作潜移默化的作用,前后代艺术表现的继承发展规律等,都是由一首具体的诗歌联想到文学史上有争议的问题,或唐诗发展中的某一类倾向,从而引出大块的议论。而更多的是由词义笺释或分析诗境随时生发的评点式的三言两语,如由《贻阮隐居》诗而论及艺术之成功并非以"形象""比兴"为唯一准的,由说《秦州杂诗》而阐述象征与诗意的关系,由《山寺》的清丽说到杜甫对庾信的继承,因解《佳人》而兼评清代笺注家的得失,论草堂诗多写幽事细物、词语近俚、往往于精微处见境界的趋向对长庆一派以及晚唐温李的不同影响,因《渝州候严六侍御不到先下峡》论杜诗表现的天真出奇,就《秋兴八首》论杜甫七律的异味,等等,无不精彩透辟,能立片言之警策。《杜甫评传》还在论及杜诗创作的几个高峰时,辟出专章,充分阐明了杜诗表现艺术在中国文学史上的重要作用。例如通过回顾中国山水诗从六朝到盛唐的发展过程,将杜甫二十四首入蜀纪行诗在山水诗史上的意义及其对传统美学思想的突破显示出来;又如在论《戏为六绝句》的理论意义的同时,又辨明了初盛唐重风雅轻六朝的文艺思潮的功过;这些论述既吸取了各家学说的合理成分,又有突过前人之处。尤其值得重视的是,本书对杜甫夔州诗的艺术特点所做的全面总结,体现了贯穿在整部《评传》中的美学思想。先生指出《秋兴八首》一类诗用美丽的浮想联翩的印象刻画他对过去的回忆,内容的概括力很高,往往被看成夔州诗的代表。其实还有一类直率的不大修饰的诗,或苦涩,或古拙,或粗放,也很有诗意,标志着杜甫已经达到艺术的老境,可见其自由运用诗歌艺术的功力。杜甫早就在提炼他"变态"的美和"破体"的美,"晚节渐于诗律细"不仅指格律的精细,也是各类表现艺术的总结,杜诗在艺术上的大变主要就体现在这里。可以说,《评传》对杜诗艺术特色的阐述融会了陈先生毕生研读唐诗的心得。这虽是一部单个作家的评传,实际上是以杜诗为中心的一部自成体系的唐诗艺术史纲。

最后，讲究诗歌艺术评论的语言表达技巧，使论述文字尽可能传神有味，说透原作之立意和匠心，是陈先生谈艺术的最重要的特色。他的论述不以归纳理论教条见长，而以具体作品的圆融解说取胜。论著的精彩处全在于对诗意熨贴入微的诠释之中；他善于用精确优美的散文语言将诗歌的主要意蕴连同微妙的感受和言外的韵味一起传达出来。如释孟郊的"十日一理发，每梳飞旅尘"："借梳头的细节显示客旅中的风尘仆仆。""风尘仆仆"四字虽平常，其语感却把梳头时扑起灰尘的情状都表达出来了（《从元白和韩孟两大诗派略论中晚唐诗歌的发展》）。又如释李商隐的"若是晓珠明又定，一生长对水晶盘"："说清晓的露珠明洁玲珑，美是很美了，可惜容易干。若是它既明洁又固定，那么，就可将它贮在水晶盘中，供奉案头，一生相对。"（《说李商隐〈碧城三首〉其一》）不但使诗意透发无余，而且连这美丽的比喻中深藏的情意一并道出。有些解析则寥寥数语便点出构思的要妙之处。如说孟郊的"试妾与君泪，到处滴池水，看取芙蓉花，今年为谁死"："用莲花是否给泪水泡死的办法来测定谁相思之深，匪夷所思！"（《从元白和韩孟两大诗派略论中晚唐诗歌的发展》）又如说岑参的"角声一动胡天晓"："在天真的诗人看来，却是一声号角，便把胡天惊晓了。"（《谈岑参的边塞诗》）他的《孟浩然诗选》和《王维诗选》中也多有这类妙解。如释王维诗句"鹊乳先春草，莺啼过落花。自怜黄发暮，一倍惜年华"："鹊乳莺啼，皆在春时。今见春草未生之先，鹊已孵卵；花残春过之后，莺犹清啼。似乎鸟雀亦知惜春，故欲籍此以延长春日，那么人当暮年，就更加感到光阴之可惜了。"（《王维诗选》第81页）此种阐释既揭示了潜藏在景语与情语之间的脉理，文笔之清丽工致亦与王维原作相称。类似的例子·在论岑参、李贺、李商隐的文章中还可以举出很多。论文析诗与逐字逐句细抠的赏析文章不同，贵在言简意赅，句句到位，有高度的穿透力和概括力，才能不落俗套，见出精彩。因而陈先生在这方面所做的努力，特别值得珍视。

多年来，古代诗歌艺术研究的整体质量不算高，原因很多。其中之一是学术界有一种不成文的看法，总以为谈艺术容易失之肤浅，是软学问。如果论文仅仅停留在赏析的拼接这个层次上，当然谈不上深度。但是如果能将创作中潜藏的"理"讲透彻，那就不但不是软学问，而且其难度更甚于考据和义理。但是很多并不太懂诗歌艺术的读者和研究者往往不重视也看不出这类创见，分辨不出谈艺术的境界之高低，以为谈艺术无非就是那些套路。因而新时期艺术研究的论文虽然大量涌现，但隔靴搔痒、模棱两可的分析多，真正一语中的、教人提神的评论少。陈先生的研究成果说明领会诗歌艺术需有慧根和悟性，研究者应在个案研究的积累中发现和总结理论问题，这就为提高艺术研究的水平指出了一条向上的正路。

八十年代中叶以后，宏观研究占了主导地位，突破了五六十年代集中于个案研究的局面，这是新时期古代文学研究的重大进展。但与此同时，个案研究的论文渐渐受到冷落。这种倾向对于宏观研究会造成什么影响，是否值得我们考虑呢？当研究者忙于建构宏伟体系的时候，要不要回过头来看一看自己的脚是否每一步都踩到了实地上？如果有此必要，那么陈先生的成果就不仅是唐诗研究史上的一方里程碑，而且在今天仍有其不可忽视的示范意义。

（原载《文学遗产》2002年第3期）

陈贻焮先生《杜甫评传》跋

陈先生的《杜甫评传》(下文简称《评传》)刚动笔的时候,我正在紧张地准备报考他的研究生。忽忽五年过去,这部百万巨帙方始告成,我也在他的指导下完成了学业,并已留系任教。近年来,每当问学之暇,便与先生对坐清谈,或听先生兴致勃勃地讲一则《评传》中的趣话,或就庆粤师母手中看两节誊清的稿子,常常乐而忘倦,不知不觉就被带进了杜甫的生活。久而久之,逐渐悟出研究诗史本应有这样一种生动活泼的境界,对先生治学的路数和写作的甘苦也多少有些领会。《评传》中卷、下卷付梓之前,我能有幸成为第一个读者并为之作跋,实出于先生对晚辈的信任和厚望。自思根底尚浅,怎敢妄加评议?不过借此记下点滴学习的感想,以飨读者而已。

先生从小喜欢作诗填词,逃难时口袋里揣一本薄薄的杜诗,对杜甫自然格外感到亲切。1946年上北大念书,对外国文学也很感兴趣,写过一些散文、小说,这就促使他萌生了为杜甫作传的念头。第一篇关于杜甫的短文仅一千字,曾发表在当时一家报纸的副刊上,这可算是他最早的一篇完整的杜甫传记。1953年留校后,随林庚先生进修魏晋南北朝隋唐五代文学史。1956年前后,第二次尝试为杜甫作传,写了五六千字,觉得拿不出去，只好放弃这个打算。此后在深入研究六朝文学和唐代诗歌的基础上撰写了数十篇学术论文。但关于杜诗却是看得多而写得少，总认为前人的研究已经取得很大成就，功夫不到是很难有所突破的。

三十年来，先生爱好写小说的兴趣始终不衰，而研究唐诗的心得也愈积愈多，这就形成了他自己的治学路子：习惯于从根本上思考问题，特别重视研究作家的生活和思想感情。尽可能设身处地，从理解一个人的角度出发，把古人还原成活生生的社会现实中的人；像修复一个打碎了的古董花瓶那样，完整地展现作家的生活背景和时代风貌。先生所著《唐诗论丛》中有关孟浩然、李白、王维、李商隐的论文，都本于这一指导思想。《杜甫评传》博采前代和当代学者研究杜甫的众多成果，借助政治、经济、宗教、哲学、绘画、建筑、音乐、舞蹈、风土人情、官场礼俗等各方面的丰富知识，详尽地描绘出安史之乱前后的历史画卷，并将唐代几十位诗人编织在这张社会的大网之中，乃至上挂汉魏六朝、下连宋元明清许多作家，运用综合考察、纵横比较的方法塑造出杜甫的真实形象和复杂性格，可说是集中体现了先生治学的特色。若无多年潜心钻研古典文学的深厚功力，要完成从千字短文到百万巨著的飞跃是难以想象的。而随着先生学问的老成，《评传》立论行文也愈加通脱恣肆，较之中年为文的严谨精美，又更臻于老境矣。

《评传》上卷写到杜甫在精神上经受了最强烈的震动之后，弃官离开华州。后两卷从客居秦州写起，展开了诗人后半世漂泊西南的人生道路。由于杜甫前后期生活经历的变化，上卷与后两卷的写法也有所不同。在上卷中，杜甫卷入了政治斗争的旋涡，这一时期的诗歌约有一百七八十首，集中反映了大唐帝国由盛而衰的转变过程，因此便于作者从宏观的角度将历史背景与作家作品密切结合起来，综述时代、社会和创作的大问题，气魄大、议论多，关于作品思想艺术的分析也较完整。在后两卷中，杜甫离开了政治斗争的中心。尽管诗人毕生不忘忧国忧民，究竟因为远离中原和前线,消息传得慢,诗歌反映时事不很及时,加上多发议论而较少记实,内容就不如前期充实具体。为了帮助读者了解诗人所处的时代及其诗歌创作的背景,后两卷每章开头撮述《通鉴》和两《唐书》有关史料,对每年的大事做了一些必要的交代。但两京收复以后,政治形势愈趋复杂,历史事件也较散乱。与作家的个人经历没有多少直接的关系,因此时代背景和作家作品之间的联系就不可能像上卷那样紧密无间。杜甫后期的诗作数量达一千二百余首之多,除了忧时的感叹、历史的总结、人生的回顾以外,大多描写西南的山川风物、琐细的生活情绪和朋友间的应酬交际。

如果用上卷的高标准来衡量它们,那么这些作品似乎没有多少可取:生活如此而已,岂有他哉?然而只听见黄钟大吕,听不见山泉细响,也会遗失许多美的东西。倘要了解杜甫的全人,其实后期的作品倒是更全面地反映了诗人处于日常生活状态中的性情面目。何况他的诗歌也是到这时才达到集大成的境界,形成前人所说的多种"变态"的。关于杜甫后期的事迹,前人的研究还遗留着许多尚待解决的枝节问题。因此,后两卷的难处在于要从庞杂的诗作中理出头绪,搞清诗人行踪的来龙去脉,更深入地探求诗人的生活、心境与其创作的关系。上卷粗线条的勾勒方法已不适于具体亲切地表现后期比较平静的日常生活,于是中、下卷采用细致的刻画和放达的笔调,以杜甫居秦、入蜀、出峡的经历和观感为主线,偏重于对他生活风貌的描述,以及思想性格情绪的分析。有关时代、社会、文学方面的大块议论减少了,而生活气息则比上卷更浓厚了。

杜甫在秦州、入蜀和定居草堂初期的诗歌创作形成一大高峰,到夔州之后又是一大高峰,往返梓、阆之间以及江陵、潇湘之游的诗作相对形成低潮,名篇不多。而那些即景应时之作又都大同小异,光是春诗、秋诗、雨诗就不下数十首以至上百首,这就造成了取舍的困难。《评传》既要照顾到传记的连续性和密度的适中,又要始终保持浓厚的兴味,防止读者感觉疲劳，就必须把握诗人在每个不同时期的生活情绪和诗歌创作的主要特点，按照题材内容和时间顺序加以分类组合，将零散的诗作团成几个大球，同时着重表现出同中之异。还要不断变换讲诗的方法，以求明晰地勾勒出诗人的喜怒哀乐随着生活境遇和时事的变化而波动起伏的曲线。比如秦州诗题材繁多，除了对忧国忧民、警世讽时、谈古道今、即事遣兴、咏物寓意、登临凭吊、求田问舍的各类内容分别给予评述以外，《评传》还特别注意到家人父子处于忧患之中相濡以沫的温情，从而更加亲切地表现出诗人暗淡的羁旅生活、乱世离人的复杂感情和痛苦的精神面貌。又如杜甫初到草堂定居的第一年，心情比较闲适，作了不少清新的小诗。《评传》准确地把握住这一段生活比较和平宁静的节奏，同时又指出在他貌似幽雅潇洒的篇章中，沉重的心情仍如一股泉脉时有涌现，并通过与陶渊明的比较，具体分析了杜甫的闲适自有他聊假此销忧而难消垒块的特点。杜甫这一年行止虽不出成都、蜀州，读者却可以从他与朋友邻里交往的情事中看到诗人丰富的精神生活、思想感情的各个方面及其表现形式的多样化。第二年春天杜甫的情绪比较低落，所作诗歌也水平不齐，但作者善于从这些比较平常的诗篇中体察诗人的心境，挖掘生活中的情趣。如第十四章第二节将老杜无故受到"马上谁家白面郎"骚扰的处境和严武前呼后拥来访的热闹场面对照描写，就给传记平添了不少趣味。蜀中乱起以后，杜甫避难往来于梓州、绵州、阆州、盐亭、汉州、涪城等地，行踪不定，头绪纷乱。这一时期的诗作大多平平，读之难免有沉闷之感。《评传》在理清巴东之行的路线之时，侧重探讨他这一时期的政治活动和思想状况，又不时点缀一些小有趣味的生活情节，如参观房琯西湖、在盐亭向严氏兄弟打秋风等等，再加上对于《闻官军收河南河北》等名篇的精彩分析，便足以叫人提神。诗人在夔州时，情绪低沉，生活寂寞，组诗和长篇巨制特多，已进入回顾总结一生的阶段。其中有些长篇忆旧诗，作者已在上卷用来说明他的青少年时代，后面就不再重复，但其余部分数量仍很可观，创作时间亦未可全定。《评传》按照春夏秋冬的季节顺序，根据诗人情绪从苦旱的烦躁，到喜雨的兴奋，到悲秋的忧闷这一变化过程，将相同题材组织在一起，在沉郁的总体情调中表现出心绪的起落，又时时注意其刚直挺拔的内在骨力，避免陷入感伤主义。尤其是在评论《秋兴八首》之前，先汇集了许多忆旧怀人和描写秋夜的诗篇，将秋意酝酿充足，然后才一气讲出《秋兴八首》的思想艺术特点，使人从这种烘云托月的编排上就感到这组诗是情绪和创作的最高潮，是对这一阶段悲秋怀旧之情的更高的概括和提炼。由此可以见出有关章节组织结构的苦心。

先生向来主张研究古典文学应当考据、义理、辞章、时代、作家、作品相结合，但不是几大块的拼合，而是有机的化合，使考据为理解作家、分析作品所用。《评传》有不少考证和辨析澄清了以前比较模糊的看法，以后两卷而论，像秦州行止、同谷居处、旅梓游踪、巴东行迹、东屯营田等，都有助于进一步了解诗人的生活环境和思想状况。比如关于秦州行止的探索就融会在诗人游览、交往、卜居等种种生活琐事的描写中，不但弄清了诗人离秦入蜀的原因，而且令人读来有身临其境之感。又如第十五章用打围的办法，通过对杜甫《为阆州王使君进论巴蜀安危表》的研究，考证出他与阆州王刺史的密切关系，从中发现他对高适和章彝的不满，对自己政治前途的幻想，以及坚持房琯一党政见的保守态度，顺便还判断了《通鉴》和两《唐书》有关剑南东西两川的分合及阆州属郡的记载的正误，提供了唐代情报活动的情况。第十八章借用山东大学中文系实地考察的材料，搞清了杜甫在夔州东屯承包田地、在瀼西封殖柑林的详情，他与行官张望的人事关系，还有瀼西住宅周围东南西北的环境，又插进杜甫为防老虎带剑上山、为防小偷骑马巡查柑林等富有趣味性的细节描写，这就使枯燥的考据带有浓厚的小说意味，更接近杜甫的生活原貌了。

杜甫后期虽然远离朝廷，但积极入世、执着人生的精神是始终不渝的。《评传》后两卷牢牢把握住这一基本精神，更加深入地探索了杜甫复杂的内心世界，总结了这位伟大作家成长的曲折道路，不做简单的肯定或否定。杜甫当然不是贫下中农，也不是一般的地主士大夫，他所结交的都是朝廷和地方最高级的官吏，但他的一生遭遇又使他始终处于寄人篱下的地位。中、下卷在综合研究了杜甫所有讽时论政的诗歌之后指出，杜甫是忠于太宗社稷的正统派，他赞扬狄仁杰在武后统治下保存了唐朝的正统，又用太宗的文治武功来衡量时君时政的功过得失，所以他对玄宗的荒淫误国有所腹诽，对肃宗、代宗也不满意，而且敢于对皇帝提意见，这就是他的忠君思想的内涵。维护太宗正统是他的政治理想所在，唐太宗在历史上是进步的，这也是杜甫所以有进步性的原因，但从中又可以看出他在实质上的保守，归根到底他的进步性仍不能超出维护封建统治秩序的局限。这一结论无疑是《评传》科学地、历史地正确评价杜甫而获得的可喜成果。本着这一辩证的观点，中、下卷在分析若干脍炙人口的名篇时提出了一些值得重视的见解。如第十三章针对有人用极左思想贬低《茅屋为秋风所破歌》的偏激看法，辨析了诗中"盗贼""寒士"的确切含义，比较科学地掌握了评价这首诗的分寸，为它掸掉了十年思想混乱时期难免沾上的灰尘。第十四章认为《遭田父泥饮诗》的背景是杜甫因田父大儿被遣归一事得知他在《说旱》一文中所提轻赋、敬老的建议得到采纳，从而作诗反映严武下车伊始初步改革所产生的良好影响，赞其为善，勉其报国，这不只见老杜对待友人的真诚，更见他对待人民和国家的无限热爱和强烈责任感，其意义不只是显示杜甫对野老平等相待的精神，更不能说是为封疆大吏涂脂抹粉。第十五章指出《喜雨》诗结尾确乎表示希望平定袁晁所领导的农民起义，标志着杜甫同情人民所不能逾越的限度，不应回避这个棘手的问题，但也应看到他能认识到天下动乱、盗贼丛生的本源在于统治者的骄奢淫逸，全诗所忧仍在巴人为天灾人祸所困，这是主要倾向。《评传》充分肯定了杜甫与人民大众在生活遭遇和思想感情上千丝万缕的联系，又生动地再现了他与当地官僚豪绅来往的生活图景和社交气氛，令人从中具体地感受到杜甫的社会地位和阶级属性，见出他在为人处世中表现的一贯忠厚、耿直、热诚之外，也有违心地应酬世俗交际、比较世故的一面。

由于《评传》不厌其详地从各个生活侧面塑造了杜甫的丰满形象，因而能够令人信服地证明这位伟大诗人的一切进步性和局限性都植根于他的时代。

后两卷翻译串讲之多也是它有别于上卷的一大特色。读杜诗"十首以前较难入"，因文字较深，典故又多，读者须有一定的文学修养和人生经验才能解悟。如采用一般的笺释，既索然无味，又容易将诗意弄得支离破碎。《评传》将注解、典故、赏析、翻译融为一体，凡是名篇佳作和生活情趣浓厚的诗歌都做了丰富多彩的串讲。陈先生说诗重妙悟，讲究巧于表达，最不喜剔抉入里、把苦水都抠出来的分析方法，认为前人论诗凭直觉印象，今人说诗擅长剖析，二者应当结合起来。他在《评传》中说，解说不外乎顺解、断制二法，"所谓顺解就是顺着原诗的意思加以串讲，所谓断制就是通过征引、考校、分析断定诗意应作何理解为当。我评杜多兼采此二法"。因而他的串讲既能准确而又空灵地说明艺术给人的感受和联想，又能还诗歌以活泼泼的生活气息。杜甫由秦州入蜀的二十四首纪行诗随物肖形，笔力多变，像蜀中山水一样挺特奇崛、各具特色，说诗者也能屡出屡变，使境界立呈，突现出原诗容易为人忽略的精彩之处。如讲《万丈潭》就将一首跳跃性很强的诗演绎成一篇完整的山水游记。在传达出原作神秘冥漠、大气磅礴的意境之时，还钩稽出诗中并未显露的山水脉理。后两卷译文大都精美确切，富于节奏感，甚至能步原韵，《古柏行》《白帝城最高楼》《禹庙》《旅夜书怀》《秋兴八首》《咏怀古迹五首》《奉酬薛十丈判官见赠》等都有极见文字功力的译作。

不少译文语调口吻因诗而异，毕肖原作，如《绝句漫兴九首》《江畔独步寻花七绝句》《喜观即到复题短篇二首》等能将杜甫浪漫癫狂的风趣神情摹仿得惟妙惟肖。《遭田父泥饮》纯用通俗的土话，切合诗中人物声口，读来亲切有味。《百忧集行》原作稍带漫画笔触，译诗便以谐谑的口气表达出诗中忆昔伤今、苦乐迥异的悲哀。有些诗虽未见大好，但经过译作适当的发挥，当时的生活情景便生动如见。如《秦州杂诗》其十七的串讲用小说家的手笔活现出杜甫居处潮湿的环境和雨天的气氛，《陪郑公秋晚北池临眺》的诠释将方镇大员设宴的排场描绘得如此热闹、气派，显然包括了说诗者对诗外之意和创作背景的理解和想象。阅读这些译文，本身就是一种艺术享受，外行将乐其活泼有趣、明晰易懂；内行亦可赏其通达浑成，能得原诗神韵。

《评传》上卷比较集中地讨论了有关文学创作方面的一些大问题。如李、杜优劣之争，杜诗对盛唐"旧法"的突破，盛唐与中唐"奇思"的差别，兼及比兴形象、艺术想象和生活实感的关系，作家的文学素养对创作潜移默化的作用，前后代艺术表现的继承发展规律，等等。这些精辟的论述使《评传》达到了一定的理论深度。中、下卷类似的大块议论相对减少，往往由词义笺释或分析诗境随时生发出评点式的三言两语，如第十一章由说《贻阮隐居》诗而论及艺术之成功与否并非以"形象""比兴"为唯一准的，由说《秦州杂诗》其五阐述象征与诗意的关系，第十节比较杜甫与庾信的异同，第十三节因解《佳人》而兼评清代笺注家的得失，第十三章论草堂诗多写幽事细物、词语近俚、往往于精微处见境界的趋向对长庆一派以及晚唐温李的不同影响，第十六章论杜诗表现的天真出奇，第十七章就《秋兴八首》论杜甫七律的异味等，大都精彩透辟，能立片言之警策。但对杜诗创作的几个高峰，则不惜篇幅，辟出专章重点论述。如第十二章通过回顾中国山水诗从六朝到盛唐的发展过程，阐明了二十四首入蜀纪行诗在山水诗表现艺术上的发展及其对传统美学思想的突破。第十四章从各家成说中吸取合理成分，剖析《戏为六绝句》的理论意义，辨明初、盛唐重风雅轻六朝的文艺思潮的功过等，见解都有突过前人之处。第十九章对夔州诗的艺术特点所做的全面总结，体现了贯串在整部《评传》中的重要美学思想。夔州诗这一创作高潮出现在杜甫生活比较寂寞沉闷的时期，显示了他当时的精神面貌，以及艺术已到晚期的成就，这是一生的回顾和总结，也是艺术的总结和提高。《秋兴八首》一类诗用美丽的浮想联翩的印象刻画他对过去的回忆，内容的概括力很高，是对一般格律诗的突破，往往被人们看作夔州诗的代表。但还有一种直率的不大修饰的诗，当文章随便写，在特定的情境中表达他的心情，有的苦涩，有的古拙，有的粗放也很有诗意，标志着杜甫已达艺术的老境，可见其自由运用诗歌艺术的功力。杜甫早就在提炼他"变态"的美和"破体"的美，"晚节渐于诗律细"，不仅指格律的精细，也是各种表现艺术的总结，杜诗在艺术上的大变主要就体现在这里。明清不少文人对杜诗颇有訾议，多责其缺少清空流丽的风韵姿态，至今仍有一些人认为只有诗情画意、温厚和平的一类风格才是美。如果按照满脸是美、甜得发腻的口味来品评诗歌，那么对于《巴西驿亭观江涨》那种粗犷雄浑的美，对于入蜀山水诗那种突兀宏肆的美就不能理解，更不会欣赏。《评传》有关杜诗艺术的见解或可为这类艺术趣味上的偏嗜之病下一帖良药。

这几年随着文学研究的繁荣发展，出现了各种类型的作家评传和传论，《杜甫评传》将因其体例的新颖、内容的赡博和风格的活泼而引起人们的瞩目。以上所谈只是我个人的浅见。对于这部杜甫研究的新著，相信广大读者和学术界将做出他们的评定。

（原载陈贻焮著《杜甫评传》，上海古籍出版社，1982年8月第1版）

陈贻焮先生《梅棣盦诗词集》序

　　余得侍一新先生门下，已十有六载矣！忆昔先生授业之初，余以绘画及戏剧译作温卷，先生即勉以习诗之事。惜余天性愚钝，读诗愈多，愈不敢作诗，至今愧对吾师。

　　然余虽不能诗，亦知诗本性情之说。今人鲜有工于吟咏者，岂独不谙旧体而已？罕见有真性情者也。吾师工诗，为其有真性情也。先生平素最厌争竞，尝言世人无须争竞者，惟老人与儿童，故先生之友皆老少两辈之忘年交。先生之诗亦贵在不失童心，能出世情之外。余观当今文苑学界，绊于名缰利锁者可谓多矣！如先生之倦于争竞、淡于荣利者，又几人哉？此先生之所以有真性情也。

　　吾师年已古稀矣！而童心未减，又岂在其闇于世故哉？余侍先生久，深知吾师平生积郁。本世纪国人所经之劫难，先生皆一一亲历。而时势凶险，未尝有违心之行；命运多舛，亦未尝置一怨辞。此先生之性情所以真而能正者也。

　　先生治诗，声名日隆。四方邀请赴会讲学者不可胜数。先生虽体力渐衰，仍勉力前行，略无倦怠之色。海内外慕名来访者，足相躅于其门，先生无论识与不识，皆竭诚欵接，令人如沐春风。平日论及学行，虽不肯轻易推许，而他人有一善之行，一得之见，则必频频称道。至于荐拔青年，奖掖后进，尤不遗余力。弟子去国，师友逝世，先生每每涕洟沾襟，唏嘘不已。宽厚仁爱，多愁善感，此先生之性情所以真而能淳也。

数十年来，传统诗词既遭摒斥，而擅长旧体者，又多用于应酬应景，以其言语笔墨为人使令驱役，诗道之衰益甚焉！吾师虽能诗，终不随世人之影响而附和之。言必有感而发，辞必锻炼而出，故先生之诗能见真性情真面目也。然亦因此而少见于报章。先生时有新作，辄复印十数份，分赠知音同好，相与观摩，自得其乐。近年亦有吉光片羽散见于诸诗刊，然究以未示全豹为憾。时值吾师七十寿辰，诸门生共议欲醵资印行先生之诗词集，以介眉寿。吾友易杰雄君闻之，慨然总揽其事，谋之于河北教育出版社，遂得社长兼总编辑王亚民先生鼎力相助。当此出版艰难之时，荷此盛德，不胜感慰。诗集得以付梓，乃诗人之幸，亦读者之幸也。

甲戌夏月拜序于北大蔚秀园

（原载陈贻焮著《梅棣盦诗词集》，河北教育出版社，1997年）

聂石樵先生的魏晋南北朝文学史观
——敬贺聂先生九十华诞

聂石樵先生的《先秦两汉文学史》《魏晋南北朝文学史》以及《隋唐文学史》系列，是近十几年来所出现的众多文学史著作中罕见的以一人之力完成的通段文学史。五十年代以后，个人独著而较有影响力的文学通史只有刘大杰、林庚先生等所著少数几部。五六十年代以来直到新时期以后，集体编著文学史成为主要的潮流，虽然间或有个人所著的分体断代史，或两三人合著的断代文学史，但是其容量和难度与通段的综合性文学史是不能相比的。独著的文学史固然要顾及全面，却可以更自由地表达个人的文学史观，也比较容易写出自己的特色，因而不同于集体的编著。笔者限于学力，仅就聂先生这一系列中的《魏晋南北朝文学史》谈谈自己的学习体会。

这部文学史的新意首先体现为其体例的设计。它和先秦两汉及隋唐文学史的体例一致，都是根据文体分类，像这样以文体发展作为主线贯穿全书的体例，以前只有刘大杰先生的同类著作能给人留下深刻印象。聂先生的《魏晋南北朝文学史》仅在第一章论述了"汉末魏晋南北朝文学形成之社会环境"，先用两小节概论影响该段文学史发展的两个最重要的外部原因——"士族制度的建立"和"学术思想之冲突"，继而用两小节的篇幅概括了"声律之产生"和"文、笔、言之区分"。这两节抓住了促使本段文学史发展的最重要的两个内部原因，由此可见，聂先生对文学史形成的社会环境，也是紧紧扣住文学本身来思考的。第二章以下，分出诗歌、乐府、赋、骈文、散文这五种文类，并且将重点置于诗歌和乐府，这就清晰地凸显了魏晋南北朝文学的主要成就在五言诗和乐府，其次是赋和骈文的特色。诗歌和乐府分成两类诗体，也是令人耳目一新的，虽然《文心雕龙》和历代诗论都把乐府和诗歌分开论述。但二十世纪以来的文学史，大都是将二者合为一体来阐述的，这样就比较容易模糊古诗和乐府的体式区别，以致我们在文学史教学中，常常遇到学生搞不清乐府的问题。聂先生的分体设计，体现了他特别重视文学本体研究的文学史观。

这种文学史观在体例上的表现，除了章节设计以外，还凸显在作家作品的选择。我们现在所见到的大多数文学史所选的作家作品，都积累了二十世纪初以来文学史编写几十年的经验和共识。这固然有利于统一大家的文学史观，但是也导致许多文学史论著的面目和观念大同小异，缺乏鲜明特色。因为作家和作品的选目最能反映著者的文学史观念。聂先生的《魏晋南北朝文学史》每一章每一节都选入了一般文学史极少关注的若干作家，综合起来数量相当可观。例如在诗歌部分，建安七子中的应玚常常被遗忘，正始时期的何晏从来不被视为诗人；东晋的孙绰、庾阐、李颙、殷仲文、谢混，虽然有的文学史提到，但一般也不引他们的作品。聂先生为这些作家列出小节，并不仅仅是为顾及内容全面，而是由这些作家串联起玄言诗从萌生到转向山水诗的过程，而这条线索，以前文学史都不提，这就等于抹掉了从魏末到两晋诗坛发展的部分主流现象。特别值得注意的是，聂先生将郭璞和陶渊明都列为"玄言诗及其重要作家"纳入了这条主线，郭璞实际是东晋玄言诗的开端，史有明文，不难接受。而陶渊明，一般都只视为田园诗开创者，但实际上，陶渊明不但玄学造诣很深，其田园诗也是在玄学自然观和审美观的影响下产生的。这样来看陶渊明，才会理解陶渊明不是东晋诗坛的一个孤岛，他的成就是来自时代又更高于其时代的。此外如齐梁诗人选入了沈约、范云、江淹、吴均，陈隋时期选入了张正见、江总、陈后主，北朝诗人单列了温子升、邢邵、魏收一节，都给以不小的篇幅，使齐梁陈隋诗坛的面貌得到多方面的展现，而不是只见谢朓、何逊和阴铿几个山水诗人。乐府部分，谢尚、孙绰、王献之、沈充等作为东晋文人拟乐府作者的代表，萧赜、释宝月、吴迈远作为萧齐时代的文人拟乐府作者，可能即使是这段诗歌史的某些专家都未曾注意到的。这些作家的选择和分期，与聂先生对乐府各时段的细分有关。一般文学史谈南朝民间乐府，是不分时段的，也没有耐心细细考察哪些乐府题目是什么时期的。但聂先生根据《乐府诗集》中所引《古今乐录》及《宋书》等史料的记载，将南朝乐府民歌分出东晋时期、刘宋时期、萧齐时期、梁陈时期四个时段，并且在每个时段下都有对应的文人拟乐府。一个时段为一章，这样就能清晰地看出民间乐府的发展，特别是文人拟乐府从模仿到创新的过程，几乎用不着太多的理论阐述，仅仅通过每一章中民间乐府和文人拟乐府作品的比较就证明了乐府民歌对文人诗的重大影响，是南朝诗歌形成其独特面貌的基本原因。以前文学史总是单独把南朝乐府拎出来，对它的思想内容做一番批判，再说一些它的表现特点。聂先生把南朝乐府视为整个南朝诗史的有机组成部分，这就大大超越了以前孤立地看待南朝乐府的文学史观。文人诗创作的源头活水来自民歌，这是众所周知的文学史的基本理论，但如何以最有说服力的方式论证出来？聂先生以他独到的章节编排为我们展示了一个范例。

在作家选择以外，聂先生对作品的选择也独具眼光。这部文学史中所选的作品在名篇之外，还选了很多不是人们耳熟能详的佳作，反映了聂先生对不同作家创作多样性的认识。如曹丕的《杂诗》其一、《于清河见挽船士新婚与妻别》、《清河作》，一般文学史很少提及，但这些诗正可见出曹丕风格清婉动人、受古诗十九首影响的特色。又如嵇康的《幽愤诗》虽然一般文学史会提到，但不像聂先生这样全篇录入并详加解释，至于其《答二郭》更少有人关注了，聂先生则录入其一、其三，通过这两首诗的解析，展示出嵇康的刚烈性格和内心孤愤，以及诗中多杂玄理的特色。潘岳的《关中诗》是应诏诗，历来无人重视，但聂先生通过解析此诗背景和内容，指出了此诗反映元康四年到九年戎狄叛乱、晋军大败给黎民百姓带来的灾难，让读者看到了潘岳在性好阿谀之外的另一面。刘琨诗几乎所有文学史都只选五言《扶风歌》，而他的《答卢谌》八章为四言，解析难度较大，聂先生选其三章详解，与《重答卢谌》相配合，揭示了刘琨诗反映社会丧乱和家国覆亡的深度和广度，及其复杂痛苦的内心世界。此外，如选沈约的《伤谢朓》、范云的《赠徐州谡》，表现两位诗人对故交的深情，选江淹的《效阮公诗》见其不仅擅长模拟，而且善于借古讽今，选《望荆山》可见出其情景交融的特色，使读者在赋体以外，对江淹的诗歌特点也有了认识。吴均诗在著名的《赠王桂阳》以外，还选了《答柳恽》《赠周散骑兴嗣》，以见其内心的愤慨不平及苍凉有古风的特点。阴铿诗，一般只谈他的山水诗，但聂先生还选了《秋闺怨》《侯司空宅咏妓》，说明他明显受到宫体诗风的影响。陈代诗风因其淫靡，向来为文学史家所忽略。聂先生在批判其总体倾向的基础上，也选择了几篇艺术表现有特色的佳作，如张正见的《秋河曙耿耿》《秋日别庾正员》《赋得佳期竟不归》以显示其在声律、风格上对唐律和七言诗的影响；选江总的《遇长安使寄裴尚书》《南还寻草市宅》，指出其晚期所作不乏感慨、哀怨之情。北朝三才，因大多模拟南朝，多数文学史只提一笔温子升，从不选魏收、邢邵的诗，但聂先生既选了温子升的《咏花蝶》《春日临池》诗以具体展示其如何受南朝诗风影响，又选了邢邵的《冬日伤志篇》《七夕》、魏收的《庭柏》《喜雨》，说明他们在学习南朝写作手法的同时，也有言志伤怀、颇多感慨的佳作。

　　细观聂先生选诗的用意，首先是在认同历代诗论基本评价的同时，以作品的具体分析，使读者对这些评价得到感性的认识；其次是在突出诗人主要创作倾向的同时，尽可能展示其思想感情和创作风格的多面性，尽量避免因只选名作而导致对作家的片面认识；再次是发掘某些作家被忽略的特点，无论其创作倾向如何，只要在文学史上有某种意义，就给予应有的评价。他对赋、骈文、散文作品的选择也持同样的标准。例如赋和骈文，以前在魏晋南北朝文学史中所占比例不大，因此一般只选某些名篇和美文。甚至因篇幅所限，连不少名篇都舍弃了。聂先生此书则加选了王粲的《登楼赋》《神女赋》、潘岳的《西征赋》、张华的《归田赋》、孙绰的《天台山赋》、郭璞的《登百尺楼赋》、陶渊明的《闲情赋》、谢惠连的《雪赋》、谢庄的《月赋》、沈约的《山居赋》《桐赋》、萧绎的《荡妇秋思赋》《采莲赋》、吴均的《八公山赋》、颜之推的《观我生赋》、庾信的《灯赋》《三月三日华林园射马赋》，这些名作虽然因篇幅太长不能全文征引，但是聂先生择其精要加以分析，弥补了读者对这些名篇只闻其名而不知其详的缺憾，读后觉得美不胜收。至于骈文的选篇，以前一般只提几篇齐梁时期最著名的文章。聂先生则从汉末建安时期说起，勾勒出骈文发展的简史，诸葛亮的《出师表》、孔融的《荐祢衡表》《论盛孝章书》、曹丕的《与吴质书》、曹植的《与杨德祖书》、嵇康的《与山巨源绝交书》《养生论》、阮籍的《大人先生传》、陆机的《豪士赋序》《吊魏武帝文》《辩亡论》、潘岳的《马汧督诔》《哀永逝文》、王羲之的《与会稽王牋》《报殷浩书》《兰亭集序》、孙绰的《丞相王导碑》等，成为这一简史链条上的珠子，填补了人们对晋宋以前骈文发展认识的空白。齐梁北朝时期，除了众所周知的那几篇名作以外，也加上了颜延之的《祭屈原文》《陶征士诔》《庭诰》、鲍照的《石帆铭》、王融的《永明九年策秀才文》、任昉的《奏弹曹景宗王文宪集序》、沈炯的《经通天台奏武帝表》、王褒的《寄梁处士周弘让书》。同时范晔的《后汉书》、沈约的《宋书》中某些篇章，刘勰的《文心雕龙》、徐陵的《玉台新咏序》等著述，凡是用骈体所写的佳作，也都被视为创作——论及，这就更清晰地展示了骈文发展的全貌。而且将赋和骈文分为两个文类分别给予史的观照，也可以使两种文类的特点通过作品精选得到明确的区分，解决了本科教学中学生常常分不清赋和骈文的问题。

除了通过体例和选目体现重视文学本体的文学史观以外，大量作品的解析以翔实的史料为证，力求透彻地发明作者的深意，是聂先生《魏晋南北朝文学史》的又一鲜明特色。正如他在自序中所说："采取以史证诗之方法，用历史事实和文化背景阐释各代诗歌和其他类型作品之内容。文学是社会生活和历史时代之反映，用历史事实、文化背景才能揭示出诗歌深刻之内涵。"虽然一般的文学史也都多少采用了此法，但聂先生此书旁征博引的史学功力，是令人叹为观止的。由于他非常熟悉先秦两汉文学史，先秦和两汉的史书和典籍都烂熟于心，因此解释诗歌内涵比一般文学史远为详细深入，同时也考证了不少疑点。仅以曹魏为例，如曹操《步出夏门行》四解，一般只引第一解和第四解。聂先生将四解视为一篇完整的诗歌，据《三国志·魏志·武帝纪》关于建安十二年曹操征乌丸的季节、月份，及所到之处、所经战事的记载，指出四解内容的侧重及曹操思想感情的变化，认为第四解是全篇的诗旨所归。这样，一件史实的征引实际上也指出了四解之间的内在联系。王粲的《从军行》五首，以前都被视为主旨是表达希望追随曹操建功立业的大志。聂先生引证了《汉书·张鲁传》等相关史料，论述了曹操西征张鲁的背景，再用其他史料解释诗里典故词语的意思，指出第一首表面是歌颂曹操，但言辞间多含讽刺挖苦之意；第二首以下四篇都是从征伐吴之作，并考释了诗中的地名及其征吴的路线，最后根据《魏志·武帝纪》印证了第五首中所写谯郡的生产发展和繁荣景象并非王粲之虚美。这就把王粲在五首诗中的复杂观感客观地呈现出来了。

再如曹植《赠白马王彪》诗序说作于黄初四年,而《三国志·魏志》中《楚王彪传》记曹彪徙封白马王在七年,二者不一致,聂先生用裴注《魏氏春秋》的较详细的叙述,推测四年曹彪确有徙白马王之事,而魏志失载。关于诗中描写伊洛大水的情景,也引《三国志·魏志·文帝纪》的相关记载加以证实,并以曹植当时封地在雍丘、曹彪封地在白马,两地俱当洛阳之东,说明为什么说"怨彼东路长"。又引《史记》中的《屈原列传》《伯夷列传》解释曹诗中前后出现的"天命与我违"和"天命信可疑"的感情层次。这些都是以前常被释诗者忽略的问题。又如曹植《杂诗》六首其五"仆夫早严驾"首,一般只看作是曹植后期希望建功立业而不能冲出牢笼的想象之词,但聂先生引《三国志·吴志·孙权传》《朱桓传》和《资治通鉴·魏纪三》的记载,指出太和二年,曹休攻吴惨败,淮泗告急,因此诗里有"江介多悲风""淮泗驰急流"等句,并联系曹植《求自试表》证明其当时确实"抚剑东顾","心已驰于吴会",故有"吴会为我仇"句,由此揭示出曹植写作此诗的现实背景,使曹植虽同囚徒而热切关注时事的精神有了更深入的阐发。又如析阮籍《咏怀》其十二"昔日繁华子"一首,有关诗注虽然据"安陵与龙阳"句所用典故指出此诗刺皇帝好男宠,但不明其详。聂先生以《三国志·魏志·曹芳传》裴注所引《魏书》,再引《汉书·佞幸传》加以阐发,指出此诗刺曹芳与其小优郭怀、袁信等史实;第二十首"杨朱泣路岐"中"赵女媚中山,谦柔愈见欺"两句,引述了《三国志·魏志》裴注中《魏略》《世语》等,指出"赵女"指魏文帝甄皇后,是中山人,再据《史记》之《赵世家》《魏世家》,说明中山先后灭于魏和赵,对照《魏志》所记黄初元年甄皇后因失宠被赐死事,说明诗人之意在感叹政治形势之险恶。阮籍诗多用比兴,其旨隐晦难解,以致有学者认为用不着考证其诗意的史实背景。但聂先生这些解释所引史料证据充分,丝毫没有附会之感,可使读者更切实地了解咏怀诗的现实针对性。类似的例子还有刘琨的《答卢谌》、陶渊明的《赠羊长史》和鲍照的《咏史》等，可说是在全书中不胜枚举。细读作品是研究文学史的基础，而通过聂先生如此深入地以史证诗，又可看出，虽然聂先生在全书中只用两个小节论述魏晋南北朝文学史发展的外部原因，但他不但没有无视社会现实和文化背景，而且是将它们有机地融化在对每首诗的解析之中了。

综上所述，笔者得到两点重要启发：一是如何处理文学史的所谓原生态和当代眼光的问题。展示历史事实和文学史的原貌，固然是写文学史的基础，但是一方面，原生态并非自然主义地把所有史实不分主次地呈现出来，甚至以一时的地位和影响来判断其历史价值；另一方面，所有的历史都经过时间和写作者眼光的过滤，如果只强调被历史沉淀下来的作家作品的价值，忽略了在某一时期有一定影响力的事件和人物，历史的呈现也是不充分不客观的，如何把握好这两者的辩证关系，聂先生为我们提供了一种样板。他对历史沉淀下来的共识有充分的尊重，并且尽可能突显文学史的主流。他所补充的许多作家和作品，只是丰富和深化了我们对历史全面性的认识，而没有颠覆其基本的价值判断，例如齐梁陈部分虽然补充了大量篇幅，但是他并未因此而产生任何偏激的认识，其总体评价仍然是与历来的共识一致的。

二是如何通过细读文学文本来创新：聂先生的《魏晋南北朝文学史》没有刻意追求石破天惊的新见，他所运用的材料，都是这段历史和文学的常见材料。引证近人的文学史观点，仅限于刘师培的《中古文学史》等极少数几家。他对各重要作家的评论，则列举了许多历代诗论中的常见论断。但是他结合细入的诗例分析，对这些论断的印证和阐发，本身就是一种创新。为体例所决定，全书较少拿出长段的篇幅来论证某个新观点，但细读之下，就能看出他对很多问题有独到的见解，比如他指出"言"是一种文体，认为散文就是言，这看法和有些学者把言看成"文笔之辨"形成前期的概念完全不同；又如他在论述建安风力时，指出风力的形成与当时学风的深厚有关，这些都是前人很少想到的。即使是论述佛教的传入、声律的形成这些前人论述很多的大问题，他也都是根据自己读书所见选择材料，所以读起来仍有新鲜感。由此可以看出对于很多有结论的问题和观点，聂先生都要通过读书去验证其能否成立。这方面的治学态度最鲜明地体现在他以史证诗的做法上，许多名作虽然已有前人汗牛充栋的注释，但他仍能通过更加细致的阅读，找出一般人没有注意的材料，使诗意得到透彻的阐发。这样的发微索隐，其实是我国最传统的治学方法，但聂先生以他的实践充分证明了这种方法的行之有效，并为当今学者树立了耐心细读文本的榜样。

（原载郭英德、过常宝主编《庆祝聂石樵先生九十寿辰文集》，北京师范大学出版社，2017年）

选堂教授《佛国集》诗艺浅探

　　《佛国集》是饶宗颐教授早年创作的诗集,收入1978年由选堂教授诗文编校委员会出版、新雅印务有限公司印刷的《选堂诗词集》。诗集前的序文对于结集的缘起交代得很清楚:"1963年秋,读书天竺,归途漫游锡兰、缅甸、高棉、暹罗两阅月,山川风土,多法显、玄奘、义净所未经历者,皆足荡胸襟而抒志气。鸿爪所至,间发吟咏,以和东坡七古为多;盖纵笔所之,行乎所不得不行,止乎所不得不止,迈往之情,不期而与玉局翁为近。间附注语,用资考证;非敢谓密于学,但期拓于境,冀为诗界指出向上一路,以新天下耳目,工拙非所计耳……"全集计诗四十二首,以七古长篇和七绝为主,间有少量七律和五言。从题材内容和艺术风格来看,最能见出选堂诗的道心、诗兴、学问和才力。而且此集专为纪佛国之行,游迹所及,咏史怀古更兼考据,不但多为六朝唐代高僧求法所未至,也从未见清末以来游览域外之诗人有此专门题咏。正如诗序之自期,为古典诗歌开拓出一片前人从未涉足的境地,一新天下耳目,确是这部诗集的最大贡献。为此不揣浅陋,对诗集之艺术成就稍做探索,借此以窥诗人宏深堂庑之一角。

一

《佛国集》所拓境界之新，可以从其所经之地、所咏之迹以及所抒之情三方面来看。其所经之地，有历代高僧曾游之处，如法显所记之达嚫国，玄奘所记之摩诃剌佗国、建志城，义净所记之那伽跋陀那等。更有前贤所未经历者，如中印度班底蒲、海德拉堡古孔多废垒、锡兰、缅甸、高棉、暹罗等地。所咏之迹以寺塔佛洞为最多，如康海里古窟、伽利佛洞、阿旃陀石窟、南印度七塔、那伽跋陀那之汉废塔、锡兰狮山、缅甸蒲甘石洞、孟德勒古刹、真腊吴哥窟、Bayon宫等。其次有城苑宫陵，如孟买、建志补罗、印度古长城、美索儿名王畋猎之所、恒河口、鹿野苑、泰姬陵、真腊之Angkor城等。此外异域之山水树木、村庄道路及风俗民情也无不收入诗中，如印度大榕树、捧地舍里所见顶壶汲水之民俗、婆罗门之涂灰外道、恒河口之乞食者、梳妆宛同汉俗的缅北村女等等。可以说中外交通之历史、佛国古今之风土在这四十余首诗里得到了高度浓缩的表现。

《佛国集》不仅以纪行境界之新奇引人入胜，更以其情怀之博大沉厚感人至深。各首诗中情绪变化大抵随境而异，有鹏程万里的壮志："我到天竺非求法，由来雕鹫谁勘敌。"（《余初来南印，由孟买飞临麦德利斯〔Madras〕，旋自新德里复经此赴锡兰。……》）有追求真理的决心："我言雪山犹可涉，理胜胸无计忧喜。"（《别徐梵澄》）有寄情无始的神趣："洗虑且去心中螟，于兹悟得无穷龄。"（《阿旃陀石窟歌》）有瞬间悟道的愉悦："可有言泉天半落，顿觉慧日云间涌。"（《冒雨游伽利佛洞》）有追寻古迹的感慨："兴亡弹指何足数，回首蜡泪又成堆。"（《海德拉堡古孔多废垒》）有注目苍生的悲悯："菜色两行连彼岸，情根难断况愁根。"（《恒河口乞食如昔，书以志慨》）有滞留异国的寂寞："此生合向荒村老，独对孤灯听夜潮。"（《又作》其一）也有流连清景的逸兴："南来频食金边鱼，红树满江画不如。"(《全边湖》)种种复杂的感情与游踪的记述错综交织在一起，令人从字里行间清晰地看到诗人踏着历代高僧的足迹，在荒野废墟踽踽独行、在佛寺古洞中呵壁考索的身影。这种追求学术真理的高远境界和坚忍不拔的毅力上与古代先贤相接，却在现代学者中几成绝响，这也是《佛国集》能新当代诗界耳目的重要原因。

由于诗人是在中印佛学和史学方面造诣精深的学术大师，《佛国集》境界之新还体现在学识的渊博上。虽说以学问为诗，源自昌黎，盛于苏黄，至清代乾嘉学人及同光体，更不乏学者之诗，以考据入诗者也颇多见。但像《佛国集》这样，在纪行中征以文献、随时考古而又能阐发佛玄之理趣的学者之诗则颇为罕见。其中以文献相印证者，如《达嚫车中》诗云："精蓝如鸽谁相问，独向青林觅黑山。"诗后有注，证以法显《佛国记》："达嚫国大石山有五重，其第五层为鸽形，此土丘荒，无人民居。"又考"大唐西域记书此于憍萨罗国（Kosala）之跋逻末罗耆厘山（Bhramara Giri）夹注唐云黑峰，高丽本则作黑蜂。此精蓝不知所在。印度中南部今概称为达嚫，梵语 Daksina 义指南方，今作 Deccan，较法显所指更广矣。"（参看 R. G. Bhandarkar: *History of Deccan*）短短两句诗里综合了两部经典著作的记载和西人的研究。又如《阿旃陀石窟歌》附录《大唐西域记》中关于摩诃剌佗国东境大山上有精舍高堂，四周雕镂石壁的记载，并引考古家之说，谓此即阿旃陀石窟。《建志补罗怀玄奘法师》则在引证西域记关于建志城的记载之时，又寻访了现存的佛教遗迹，诗中夹注谓"现林立者皆婆罗门名刹，唯存佛陀石像，在警察署中，祇园遗教，零落尽矣"，其实也是一条小考据。《那伽跋陀那访汉塔遗址》则综合了希腊地理学家、义净以及马可孛罗游记的记载，考察了宋代所建塔碑的基址。《夜访吴哥窟》在附记中引安南郑怀德艮斋诗集中之《真腊行》自注"高棉国西南荒山中帝释寺，为古佛坐化处。行一日程至一古城，其宫殿栏庑，皆白石雕琢，光莹精巧"，并指出："此诗作于丙午

（即乾隆五十一年，1786），为吴哥窟早期史料，时尚未鞠为茂草也。"这又在感慨吴哥窟之荒凉破败之时顺便举证了域外有关的早期文献记载。

诗集中更有学术价值的内容是诗人自己实地考察的成果。如《南印度七塔歌》说："奘师西行未到此，冥搜有待杜陵翁。"诗人在离庙不远处发现有洞。其中"雕镌斗士与虎及象，示恒河之战。其中神像，有人首蛇身，似伏羲女娲者"正是诗人冥搜之收获。又如《海德拉堡古孔多废垒》记印度之长城，诗人在登陟其巅，"不胜天地悠悠之感"时，注意到关口陈列中有天启五年的瓷器，又不禁为"遐陬喜见汉尊罍"而展颜。诗人还在缅甸蒲甘石洞中发现"壁绘蒙古骑士"，惊喜题诗。这一发现本身就可写成一篇考据，为当初蒙古入侵缅甸焚毁寺庙的一段历史提供宝贵的证据。《印度大榕树歌》附记说看到 Madras 之巨榕干逾千百，根据《齐民要术》所引《南州异物志》："榕木缘搏他树"，恍然悟出"南印度神庙有欂栌（Pillar）至千数者，殆取象于榕乎？附书以质诸熟稔建筑学者"。唯其学识广博，才有如此活跃之学术思维。

学问之渊博和考古的丰收固然是这一诗集引人注目的特色，但诗究竟不同于论文，以学问为诗之所以遭到严羽一派的批评，正在其过重说理而缺少情致，选堂教授当然深明此理。《佛国集》与清代考据派学者之诗的根本不同就在于：能寓学识于妙悟之中，发理趣于记游之外。关于其诗歌情致的艺术表现下文将有详论，这里只就诗集中富含的理趣和巧妙的表现稍做分析。如《冒雨游伽利佛洞，汪德迈背余涉水数重，笑谓同登彼岸，诗以记之》，诗题已说明这次游洞被背涉水之趣事，全诗结构即以此为主线，前半首极写大雨不停，导致"众流截断齐奔洞""波翻逞势马脱鞯"，所以才"赖彼应真力渡水，深厉浅揭情何重"。"应真"意为罗汉，这里把汪德迈比作罗汉，巧用渡水僧之故事喻渡济之意。又由于渡水是为了进窟参拜佛像——"窟中佛像百丈高，气象俨与天地共"，所以恰合"同登彼岸"之意趣。后半首写归途之景："江花微含春山笑，归路又劳秋霖送。身外西邻即彼岸,悟处东风初解冻。可有言泉天半落,顿觉慧日云间涌。"虽然是秋霖不绝,眼里却是东风解冻,春山微笑,这是因为参拜之后在拈花微笑的会意中悟出身外西邻即是彼岸,心中自有慧日涌现之故。全诗将佛教中常用的典故化入秋山雨景,使顿悟的理趣借游洞的过程和沿途风景得以发挥,巧妙而又现成。又如《Bhandarkar研究所客馆夜读梵经》写苦读梵经和逐渐解悟的过程:"梵经满纸多祯怪,梵音棘口謦癣疥。摊书十目始一行,古贤糟魄神良快。"首四句先形容梵经的难读。中四句写思考的纷乱:"积雨连朝卷云起,书声时杂风声里。思到多歧屡亡羊,树在道旁知苦李。"在连朝风雨中读书是实景,也令人联想到如风云舒卷不定的思绪。歧路亡羊和道旁苦李这两个常用典故,比喻思路杂出多歧、捕捉不到真义;而易于采取的结论虽在眼前,却未必可取,精彩地写出了寻绎真义的苦思状态。末四句写逐渐解悟的心境:"须眉照水月共明,扰人最是秋虫声。将迎难证心如镜,输与晖日识阴晴。"思路清明,豁然开朗,正如影之照水,与月共明。以如镜之心迎难而上,也迎来了清晨的日出。字面是说自己因为专心求证难解之理而忽略了室外的阴晴变化。联系上文之"连朝积雨",可知晖日出现,不但是由阴转晴之意,也展现了彻悟之后"慧日自现"的境界。全诗通过自朝至夜,自夜半复至天明的苦读过程和风雨→月明→日出的景色变化,自然表现了读书由苦思到领悟的理趣。可见学问之境与妙悟兴会能否结合,全在诗人的才力高下。仅从这一点来说,《佛国集》也达到了清代诗论所提倡的学力与天分相结合的理想境界。

二

诗歌新境的开拓,首先决定于内容的广阔新奇,其次也有待于艺术表现的丰富多变。《佛国集》之纪行诗无一雷同,固然是由于所历之境各不相同，故而能状物记胜，各尽其貌，但也与诗人善于选择不同的表现角度和构思方式有关。不妨取几组同类内容的诗歌加以比较，如《阿旃陀石窟歌》和《南印度七塔歌》都是写佛寺石洞：前者以精细刻画、曲折尽情为主要特色；后者以气势雄浑、声情宏壮为主要特色。《阿旃陀石窟歌》句句押韵，一韵到底，但写景抒情曲折跌宕。首四句先交代洞在山深难测之处，凿窟须费五丁开山之力，再写洞外水屏倒泻、林木萧森之景色；次四句写洞门遍布黑石之上，累累犹如繁星，龛窟各具形状之概貌。以下才展开进入洞中的观感，一眼望去，只见满壁仙灵舟车，却阒无人声："砀基敷采图仙灵，玄津重楫兼龙轿。法流是挹常惺惺，阒其无人徒歆馨。风低草偃闭明廷，洪钟虚受靡由听，穷巧采章谁由令。"洞内荒凉萧条，当初明廷传经之盛况不复得见。唯有凭借洞开的窗扉想象神灵之来去："朝日斐亹翼窗棂，神之来去总无凭。萧疏但赏物象冷，有扉终岁不复扃。"那么神灵来时洞内当是何种景象呢？"画中金翅鼓修翎，钧天广乐响春霆，众姝玉立何婷婷。"金翅鸟鼓起了巨翼，在雷霆般的钧天广乐之中，众天女亭亭玉立环列四周。诗人借壁画的图景充分发挥想象，令清冷的洞窟刹时变成庄严的梵天，全诗也在此达到了最高潮。而此时的诗人却像李白一样，忽地从"仙之人兮列如麻，云之君兮纷纷而来下"的壮丽场景中惊醒："仿佛金策声铃铃，振我客愁愁不醒。群山奔走不遑宁，输与百丈倒净缾。拈花意与日同荧，风前一叶警秋零，溪流半涸石苔腥，凉生火宅掩云溟。"被振醒的诗人回到现实，洞外群山连绵、水屏倒泻的景色引起诗人奔走不息的客愁，风送落叶、秋云冥漠的暮景又勾起岁晏的警觉和感触。但是结尾复又转为豁达："自笑此身同转萍，攀危安若履户庭。洗虑且去心中螟，于兹悟得无穷龄，伤怀莫学子才邢。"飘萍之愁与尘虑一起被洗净，诗人也在攀危若安的求知生涯中彻悟了永恒。这首诗虽是按游览经过顺序记叙，但在多层意思的对照中多次抑扬：洞景之荒凉萧疏与佛画雕镂之繁富构成一层对比，洞中之阒寂无声与想象中的梵钟广乐又成一层对比,感秋之客愁和洗虑之彻悟再成一层对比,这就在跌宕起伏中逐渐推向高潮,高潮之后又有余波回荡。

《南印度七塔歌》则扣住此庙位于海边的特点来写,开头先交代七塔如在水中矗立的地势:"乾坤浮水碧黏空,水面呆日红当中。七塔嘉名天下走,其势上压斗牛宫。"先以宏壮的声情奠定了全诗的气势,然后才说明此庙由名王赞助修建,并点出作者发现的庙旁洞窟:"当年何人此角抵,名王幽赞劳神功。千兵象阵能擒虎,诸天麟尾如蟠龙。奘师西行未到此,冥搜有待杜陵翁。"后半首就寺庙与海的关系来写:"流急屡惊鸥鹭散,岸阔弥觉鼋鼍雄。庙堂藻绩资鬼斧,谲变儵忽吁难穷。峻宇丹墙临绝海,呼吸元气通昭融。"这一节两句写水急岸阔,两句写庙堂藻绘,水中之鼋鼍与庙中之神鬼两相争雄,所以再以两句总括庙临绝海,二者元气相通。而与庙宇气势争高的更有诗人之气势:"我有精诚动真宰,凌霜欲为鸣九钟。日薄麟争今何世,圣者恃道安由丰。东门鞭石作梁渡,南极铸柱赍山铜。冥冥神理谁能究,天昏寒浪来悲风。"寺塔与元气相通,诗人谒庙之精诚也能感动真宰。诗人欲鸣的是警世之钟,向天所问的是圣者在薄俗之世如何行道,这也正是令历代大诗人困惑的根本问题。鞭石入海、南极铸柱用秦桥汉柱之典,既与海有关,又将望海的视野由南印度拓展到东海和南海,则诗人所究的冥冥神理其实也包含了秦汉以来的历史反思。结尾昏天寒浪悲风的暮景与开头海上碧空红日的晨景前后呼应,使全诗力量首尾均衡。更兼以"东"韵的一贯到底,声情气势颇与韩愈《谒衡岳庙》诗神似。

又如《建志补罗怀玄奘法师》和《那伽跋陀那访汉塔遗址》所写两地都是古代僧侣曾经驻舶登岸之处,内容也都是通过文献记载来追忆前贤遗迹。前者在沿途所见路桥村巷的景色中寄托怀想:"达摩当年附舶处,苍苍丛芮塞行路。事去何人忆往贤,剩有微风吹兰杜。经过不辨路与桥,西风门巷雨潇潇。纵然宝塔凌云起,丹霞已取木佛烧。慈恩陈迹何所有,牛车困顿卧病叟。空思弹舌受降龙,更无梵住供孱守。谁殉猛鸷舍中身,始叹今人逊古人。渐看圆月露松隙,想见清光犹为君。"一路行来,虽然丛莽塞路,玄奘陈迹是"不见""不辨""何所有""空思""更无",但微风中兰杜的气息当与昔日无异,路桥门巷或是前贤所经过,早已焚毁的佛塔还在追忆之中,而从松林空隙中透出的月光犹可想见前贤的清辉。全诗就在"一无所见"的追怀中写出了建志城的今昔和玄奘的经行之迹,构思巧妙而意境苍凉。后者诗题下有一段小序:"此地古属黄支国,与耽摩栗底(Tamralipti)齐名(希腊地理学家谓之Nikama,义净谓之那伽跋陀那Nagavadana)。唐宋以来,僧徒经室利佛逝来天竺者,多自此登岸。宋咸淳三年(1267)建塔立碑于此,见马可孛罗游记,今仅余基址耳。"全诗前半首就扣住以上文献记载来写,而重点则在记咏僧人前赴后继前来殉法的精神:"黄支之大莫与京,黄支名德多马鸣。汉塔建自咸淳岁,西书记载何分明。蓬转牢居往殉法,几人九死求一生。自古孤征接踵至,以智为猎道为耕。胜处何曾忘述作,含德已足比老彭。鸿崖巨浸鲸波横,投躯慧巇万事轻。茫茫象碛栖逞处,天魔帝释面目狰。欲奋智刃斩云雾,祇山挂想如门庭。"这节诗概括了历代高僧往往为求法九死一生、历尽磨难的坚强意志,以及在孤独的征程中以耕道猎智为精神支撑的高尚境界;即使他们接踵而至的目的地是洪波巨崖、茫茫荒碛,所参的寺窟无不是天魔帝释面目狰狞,但他们的心里只挂念着祇园的真理,因此他们留下的述作和道德足以令其永生。在对前贤的赞美之中,黄支国的荒凉地貌已经初见轮廓。接着转入诗人的实地观感:"此间去海不盈尺,僧徒往返路必经。我来踯躅荒郊外,遗基无复睹前铭。白济三衣惭法朗,空飞一雁忆苏卿。南溟九月犹初夏,芳草连天与云平。"汉塔废址的铭文虽已磨灭,但塔址足以使人怀想建塔的前人。最后以景结尾,意境高远。两诗相比,内容主旨类似,而思路和表现各异其趣。

又如《题锡兰狮山壁画》和《缅甸蒲甘（Pagan）石洞》都是写壁画，前诗以浓墨重彩层层皴染，先以敦煌和吴道子画相比较："敦煌差许伯仲间，下视吴生真舆隶。"然后正面描写壁画天女的美妙舞姿："散花天女多娇娆，惟觉舞鹤堪比妙。"以下均用杜甫传神笔法，渲染壁画的气势："攀梯直上龙蛇窟，走笔犹翻雷雨势。坏壁纵令毫发爽，精灵独与诸天契。莫言意到气先吞，早增上国定生慧……丹青万变曲尽情，风激余芬绕衣袂。"虽然壁画残缺不全，但笔势如挟风雨雷电，仍能令人想见诸天飞动的精灵。而后诗则重点在写发现壁绘蒙古骑士的惊喜。先从蒙古西侵缅甸、所至烧掠无遗的历史说起，然后倒叙从前"此间兀立五千塔，争姿摹影罗青莲，宣哀宝铎动永夜，涤尘法雨庇遥天"的盛况，以及毁于战火的凄凉。经过前面一番铺垫，在残寺废墟中突然发现这段历史的证物就更觉惊喜："今从图画瞻猛士，乍惊尘壁挂星躔。"然而诗情刚达到高潮，旋即又跌入感伤的低谷："众阶野兽穿窟穴，一鸟庭树飞苍烟。日月缠迫归空灭，往事悲歌徒口传。"全诗可作一篇考据看，但写得曲折起伏，悲凉感人。

又如咏物和写人，《印度大榕树歌》以杜甫《古柏行》的笔力铺写巨榕的万千气象："天长日久蓬莱深，千枝抟聚竟成岑。苍龙万千化为一，人间几见老榕林。游丝垂地连渠碧，丝化为根干复及，如是缘搏还相生，真宰已惊鬼神泣。"而《缅北村女，艳溢香融，梳髻插花，宛同汉俗》则用东坡《续丽人行》笔法，全从背面意态和景物烘托落笔："情深有水难比长，风吹野花满头香。""人间未乏周昉笔，暂作欠伸背面看。始信东坡言无底，误把西湖拟西子。"结尾更是含蓄："君看草树连云齐，中有娇莺恰恰啼。"在连天碧色的描绘中，令人自然联想到村女的莺声娇语。前诗穷形极貌，后诗传神写意，各尽其妙。

《佛国集》所用诗体"以和东坡七古为多"，这也是选堂诗的一大特色。诗人善于次韵，《选堂诗词集》中多见，最见功力者如《西海集》中用韩愈《陆浑山火》《岳阳楼》韵,《白山集》用谢灵运多首诗韵,《长洲集》取阮藉《咏怀诗》八十二首逐一依韵相和。其难度之大,才力之雄,均非常人可企及。《佛国集》多用东坡七古韵,不仅需要才藻富赡,学识广博,其胸次笔力也必须与东坡原诗相仿佛,才能驾驭全部诗韵。从以上诗例可见,诗人的七古大篇既有东坡之才识和理趣,也兼取了韩愈七古的宏壮声情和杜甫七古的雄浑气势。因而能与东坡原诗相颉颃。

除了最适宜纪行的七古之外,《佛国集》中还有不少诗采用七绝体。与七古的淋漓尽致相反,七绝要求简洁含蓄。诗人用此体主要表现访古寻胜的感触,或旅途中的一时兴会,而不在详尽描绘游踪。但也能在简古的笔致中见出各处胜迹的特点。如《康海里古窟》二首其一为眺望洞窟外景:"望中寻尺尽松枞,似刃群山不露峰。有洞无僧伤渺漠,空村回首白云封。"群山为松枞所掩,空村为白云所封,于渺漠之中见其空静之境。其二为入洞近观:"日午点灯可得看,荆林古碣艸漫漫。扶篱摸壁真无谓,踏断江声到晚寒。"日午点灯,晚来摸黑,古碣埋在荆棘荒草之中,江声伴随学者踏寒归去,在一片昼昏夜暗中写出诗人访古的兴致。两首合观,康海里古窟的周边环境和洞中景象历历如见。又如《Angkor城杂题四首》用怀古的笔意分咏宫城、象台、残壁、城门。其一:"寂寥宫殿日西斜,尽道芜城是帝家。蔓草难图人去后,一藤终古接天涯。"诗后自注说:"残甃老树,露根藤蔓,有长数里者。"其二:"栅象为奴此筑台,回头荣戟只蒿莱。当年戏马今安在,簌簌风威万壑哀。"诗后自注:"真腊风土记所载象台今尚存,为Jayavarman VII所建。"其三:"杏梁依旧晚鸦啼,燕子重来啄井泥。谁道星移惊世换,坏墙秋草与人齐。"其四:"兵车画壁尚辚辚,无限边愁泥杀人。还似斗鸡盈水陆,抱关翁仲拥城闉。"诗后自注:"真腊旧分水陆,城之四门,列翁仲两行,每行神将五十。"四首诗都是抒写人事兴废之悲慨,但有不同的触发,其一由老树长藤牵出终古之思;其二在簌簌蒿莱中听出万壑悲声;其三由坏墙旧梁触动王谢堂燕之感；其四因画壁兵车而引出无限边愁。这就从多种角度勾画出芜城尚存的遗迹和荒凉的景色。除纪行之外，《佛国集》中抒写乡情旅思的七绝佳作也不在少数。本文限于篇幅，只得从略。

《选堂诗词集》各体皆工，或许是由于题材的缘故，《佛国集》除了一首五古和一首五律以外，主要倾力于七言。七古和七绝尤其功力深厚，才情横溢，立意既深，琢句更奇。夏书枚先生在《选堂诗词集》序文中列举其熟记之"七言佳句如'日灯禅炬堪回向，坐觉秋云起夕岚'；又'夏云犹覆三摩地，火里新荷欲出头'；又'疏林古道秋如许，收拾残阳上客衣'；又'丹青万变曲尽情，风激余芬绕衣袂'；又'但看簾风花前落，无复镜月定中圆'；又'残阳欲下愁何往，秋水方生我独西'；又'疑云成阵蛙争鼓，残月无声犬吠昏'"等，除了一例以外，均见于《佛国集》，而其中见于七绝者就有三例，另外两例见于七古，一例见于七律，此亦可见《佛国集》七言构句之精妙新警，及其在选堂诗词中的代表性。

以《佛国集》为开篇的《选堂诗词集》在现代文学史上自应据有一席之地。只可惜中国古代文学史写到"五四运动"为止，古典诗词在新文学史作者的笔下已经退出了历史舞台。但民间和学者的创作传统并未断绝。选堂教授以其成就证明，古典诗词还可以继续向上开拓新境，并出现足与古人抗衡的大家。而这片领域能否进入新世纪文学史写作的视野，就要看研究者的眼光了。

（原载《华学》2008年第9、10辑）

叶嘉莹先生"兴发感动"说的学术高度
——敬贺叶先生九十华诞

欣逢叶嘉莹先生九十华诞,感谢大会邀请,让我有幸和大家一起为叶先生贺寿,表达我们对叶先生的敬仰和爱戴之情。

早在八十年代叶先生刚回内地的时候,我就因为她和陈贻焮先生的交往,而得以拜识先生。记得有几年的时间,每年春节叶先生都会来陈贻焮先生家看望他,袁行霈先生也常常在座。我作为陈先生的学生,常有机会敬陪末座。聆听他们三位先生的谈笑,真是人生一大乐事。他们不仅探讨诗学、词学中的各种问题,而且互相唱和赠答,还一起用各自的乡音吟诵古诗,兴致勃勃,其乐融融。这样的场合常常令我深受感动,并且从中看到了研究古典诗词的一种很高的境界,这就是真正将学术融入自己的生命、心灵、性情、兴趣与古典诗词的精神完全浑融为一的境界。

正因为参与过这样美好的场合,我对叶先生在论著中和演讲中特别强调诗歌的兴发感动这一点体会特别深切。叶先生认为中国古典诗词是靠兴发感动来孕育生命,它可以唤起人们一种善于感发的、富于联想的、活泼开放的、更富于高瞻远瞩之精神的不死的心灵。虽然学界对于"兴"的问题有许许多多的讨论和研究,相关的著作也可以说是汗牛充栋,但我认为叶先生的说法是对诗歌的兴的作用最独到的阐释。

首先是因为她的解释是出于自己的人生感悟，所以超出于一般的学术求知心之上。她自己多次说过，她之喜爱和研读古典诗词，本不出于追求学问知识的用心，而是出于古典诗词中所蕴含的一种感发生命对她的感动和召唤。在这一份感发生命中，曾经蓄积了古代伟大之诗人的所有心灵、智慧、品格、襟抱和修养。诗歌的研读，对于她，并不是追求的目标，而是支持她走过忧患的一种力量，可以将她导向更广大更高远的一种人生境界。这和当今一般依靠学术糊口的研究者是截然不同的出发点，后者在研读诗词时只会感到苦和累，很难体会其中的乐趣，更不容易理解如何兴发。而叶先生由自己的兴发感动去体会古代伟大诗人的生命感发，对于他们作品的阐释自然就别具慧眼。我看到不少评论说叶先生讲诗新颖透辟，能于平易中见深刻，所以能吸引听众。我完全同意，而我觉得最难以企及的是她的演讲特别有感染力，有的演讲录像，我听过不止一遍了，但是打开电视，只要遇上，我仍然会很有兴致地再听一遍，因为她很善于把听众带进她所理解的诗词境界，她所提到的伟大诗人好像都是她的人生知己。所以她能够对诗的兴发感动的精神内涵提出她深透的见解。

其次从学术上说，叶先生的阐释既指出了兴发感动对于诗人创作的关键作用，同时也指出了伟大诗人的创作对于读者的感化和影响，这是从西方的接受美学理论的角度对兴发感动提出的新解。以前我们对兴发的理解一般都侧重在前者，即创作灵感的触发，很少从后者去思考。叶先生认为按照西方接受美学中作者与读者之关系来看，作者的功能乃在于赋予作品之文本以一种足资读者去发掘的潜能，而读者的功能则正在使这种潜能得到发挥的实践。而且读者在发掘文本中之潜能时，还可以带有一种"背离原意的创造性"，所以读者的阅读，其实也就是一个再创造的过程。而这种过程往往也就正是读者自身的一个演变和改造的过程。而如果把中国古典诗歌放在世界文学的大背景中来看，我们就会发现中国古典诗歌的特色实在是以这种兴发感动之作用为其特质的，所以《论语》说"诗可以兴"，这正是中国诗歌的一种宝贵的传统。很多论者都看到了叶先生将中西美学理论相结合的学术贡献，我觉得特别难以企及的是叶先生从不简单化地套用西方理论，而是从自己对古典诗词的深刻理解出发，吸收其中的原理，使之融合为更新颖的见解。兴发感动就是一个典型例子。

最后更重要的是，叶先生还在社会实践中努力把诗歌的兴发感动作用光而大之，转化为现代诗教说，并且身体力行，以她的教学实践来求证诗歌兴发感动的力量。她上书中央领导，建议从儿童开始学习古典诗词，她自己也不辞辛劳，到处奔走，从海外到海内，为社会上各种不同层次的人讲解诗词，努力使古代优秀的诗词在当代中国的精神文明建设中发挥其应有的作用。她曾说过，现在有一些青年人竟因为被一时短浅的功利和物欲所蒙蔽，而不再能认识诗歌对人的心灵和品质的提升功用，这自然是一件极可遗憾的事情。如何将这遗憾的事加以弥补，这原是她这些年来的一大愿望，也是她这些年之所以不断回来教书，而且在讲授诗词时特别重视诗歌中感发之作用的一个主要的原因。她始终相信通过认真学习古典诗词，可以让传统获得一种新的生命力。这种实践可以说是对于传统诗教说的重大创新。叶先生不但以令人感佩的精神坚持不懈地推行她的信念，而且为古典诗学词学的现代化应用指出了一个方向。我们多年来一直在研究古典文学如何服务现代社会、如何与现实相结合的问题，也为此立过专项，成为重大课题。而叶先生告诉我们，只要真正让人们读懂古代优秀的诗词，自然能使人们在兴发感动中提升心灵和品质的层次。所以实行当代的诗教便是古典文学研究现代化的重要途径之一。

　　总之,叶先生的兴发感动说,不仅是诗学理论的创新,更是她多年教学实践的结晶。它的意义在于在让人们仰望其学术高度的同时,可以更深刻地思考学者应有的精神内涵和人格境界。

　　　　（2014年在南开大学庆贺叶嘉莹先生九十华诞大会上的讲话）

日月不息　师表常尊
——敬贺袁行霈老师八十华诞

从1963年考入北大中文系算起,我成为袁行霈老师的学生,已经有半个世纪了。五十余年来,古代文学教研室的许多老先生已经陆续谢世,袁老师也从风华正茂的才俊变成了白发苍苍的名贤。但是他儒雅的风范和温厚的笑容,却几十年不变,使他的学生们忘记了岁月的磨蚀,领会了古人所云"日月不息,师表常尊"的至理。

一

二十世纪六十年代的中文系文学专业,不少重要的基础课都由教授亲自上堂。我们六三级的魏晋南北朝隋唐文学史这一段,是由林庚先生教的。那时林先生才五十多岁,头发乌黑,但因为表情严肃,不苟言笑,在同学们眼里是很难接近的老权威。这门课有几节曾由袁老师上过。中文系当时有很多年轻的助教和讲师,五五级留了一批,人数最多,袁老师也是一位青年教师,但他是五四级的,辈分较高。见到袁老师之前,就已经听说他是青年才俊中的佼佼者,所以大家对他的到来都很期盼。第一次在课堂上见到他,恍若看到了林庚先生年轻时的形象:清癯的脸容，瘦削的身材，更有那种独特的清逸气质，与林先生真有几分神似。后来有一次因为电视台要来课堂录像，袁老师特意换上了一身深色崭新的中山装，和林先生平时的装束一样，让大家不由得眼前一亮。于是同学们私下里把袁老师称作"小林庚"。已经不记得袁老师当初上课的具体内容，只有他那从容不迫的神情、清晰缓慢的语调和一手漂亮的板书，至今印象深刻。

十年动乱结束后，我们老三届的大学生中有少数人考回了北大的"回炉班"，第二年又各自考取了各大学中文系研究生。我师从陈贻焮先生门下，学习魏晋南北朝隋唐文学方向。袁老师的选修课自然是我的必修。那时研究生还不多，选修课也不分研究生和本科生，想听的都可以去听。研究生和七七级的同学都挤在一个课堂里。改革开放初期，同学们都想把浪费了十年的光阴夺回来，学习热情极其高涨。许多课堂座无虚席，其中袁老师和金开诚老师的课最为叫座。虽然已经安排在二教的大阶梯教室，但座位还是不够，经常是刚刚占到一个好位子，听说要换教室，就得赶快收拾文具书包，冲到另一个更大的教室里去。最高纪录是一堂课换了三次教室，就这样还有许多学生坐在阶梯上，甚至是老师讲台周边的地上。所以我那时总是早早就到课堂，抢占最前排的位子。我记笔记也是最认真的，几乎每句话都记。因为常坐在前排，有时袁老师会在课间休息时走到我面前，拿起我的笔记本翻阅，帮我补上漏记的内容或者理解不准确的地方。

八十年代初，文学史的教学开始突破七十年代前只讲思想性、人民性的教条主义框框，重视对诗歌艺术的理解和分析。袁老师就是当时的先行者，他的课着重在诗歌的意境和艺术表现，正是学生们最为渴求的内容。而他的讲课艺术也和他讲的内容一样，非常讲究。节奏的快慢疏密、声调的抑扬顿挫，都把握得恰到好处，既要言不烦，善于用最关键的几句话将每首诗歌的好处点透，又深入细致，让听众跟着他清晰的讲解进入意境。那时上课用的资料主要靠教师抄黑板，袁老师的板书都是直行，字体端丽遒劲，写满一黑板后，可以当书法欣赏。有时要擦掉改写新的，同学们心里都暗暗可惜。若干年后，叶嘉莹先生有一段时期每年来访，常常是陈先生和袁先生接待。叶先生是很重视教学效果的，有一次聊天时谈起讲课来，叶先生问我："葛晓音，作为他们两位先生的学生，你来点评一下他们的讲课怎么样？"这下把我难住了，我想了一下，回答说："陈先生的讲课是兴会神到式的；而听袁先生讲课是艺术享受。"叶先生大笑。

  陈先生和袁老师很谈得来，在校园里经常可以遇到他们两人一起骑着自行车来来去去。陈先生有什么事，或者有新诗要送给袁老师看，总是打发我到袁老师家里去。我和张明非虽然不是袁老师亲自指导的学生，但是他待我们同样亲切。八十年代初，很多人家还没有电话，我和张明非曾两次冒冒失失事先没有联系就上门叨扰。有一次，是语言学专业的曹宝麟为袁老师刻了两枚藏书章，我和张明非送上门去。袁老师和夫人杨老师非常客气，非要留我们吃鸡汤面。不久袁老师作为北大中文系第一位到东京大学文学部讲学的老师去日本。对于我们这些曾经长期闭锁在边疆农村的学生来说，国外是什么样子，就像外星一样难以想象，所以等袁老师回国后，我们又迫不及待地去敲门，请袁老师给我们谈谈在日本的见闻。袁老师虽然刚回来很疲劳，但仍然高兴地接待我们，和我们聊了很久，还留我们在他家吃饭，我们也就老实不客气地吃上了。现在回想起来，当学生的时候真是不懂事。

  毕业留校以后，和袁老师在同一个教研室，常常能从他待人接物的态度悟出一些做人，尤其是为人师表所应有的修养。那时教研室经常有政治学习，或是讨论教学大纲的修改，老师们见面机会比较多。讨论工作时，无论有过什么样的意见不合，他从不与人相争，只是从容地申述自己的意见。我说话有时比较冲，袁老师如果觉得不妥当，只是微笑着制止，让我立即醒悟自己的不得体，慢慢地知道应该谨言慎行。袁老师是口不臧否人物的，准确地说，是不否只臧。五十年来，从未听他在背后议论过别人的是非；但别人有一点好处，他总是不吝夸奖。有一次，一个外地来北大听课的进修教师抄袭了袁老师上课的内容，当成自己的文章去发表。大家知道此事都义愤填膺，因为八十年代这种事情还比较罕见，不像近些年来已经成为常态。但袁老师只是无可奈何地笑笑，没有剑拔弩张地去追究那个外地教师。他对后辈的关怀也从不流露在表面，只是默默地扶持。记得袁老师刚担任《国学研究》主编时，为了编发创刊号，曾特意组织了一个演讲会，让我和阎步克等青年学者到会上去宣讲我们投给创刊号的论文，然后把这些论文和前辈名宿的论文都发在第一期《国学研究》上，其中的深意不言自明。

　　北大中文系的老师们向来有尊师的传统。陈先生和袁先生对林庚先生的恭敬更是令人感动。其实他们都不是林先生的研究生，只是担任过助教，但都毕生以弟子之礼奉侍林先生。陈先生每周都要到林先生家里去"请安"，但因为较年长，林先生待他很客气。袁老师比较年轻，林先生在工作上或在家务方面有什么事，都找袁老师。虽然林先生也曾断断续续地留过得力的研究生如钟元凯，或助手如商伟这样的年轻人在他身边，但在我看来，林先生似乎是把袁老师当儿子看的，袁老师也完全融入了林先生的家庭。我因此在林先生家里常常见到袁老师。逢年过节自不必说，林先生家里有什么大小事情，都是袁老师张罗。虽然后来袁老师的学术地位越来越高，工作责任越来越重，但这种令人欣羡的师生关系直到林先生去世始终不变。

　　林先生伉俪情深，但师母晚年患有多种疾病，最终在林先生八十大寿这一天去世，林先生悲痛不已。袁老师十分担心先生的健康，为了让林先生早日从阴影中走出来，想了很多办法。后来他联系了一家出版社，请林先生选一本适合少儿阅读的诗选，袁老师为之做注释，希望他在精神上有所转移。林先生果然完成了这一工作，心情慢慢平复。大约到1984年，林先生提出想要写完《中国文学史》的下册，指定我当助手。在此期间，林先生谈起他对《水浒传》的看法，与当时所有论水浒的意见都不同。他从《水浒传》的成书过程和版本入手，判断了水浒最后成书的年代，同时根据盛唐以来对"王霸"的解释，批评了当时有些学者将水浒英雄要建"王霸之业"的说法误解为要推翻朝廷的论点，论证了宋江招安的必然性；再从明代前期外患严重以及明朝处理外敌和镇压内乱的不同政策等方面入手，分析了此书在写到宋江招安后为什么将大量篇幅放在抵御外敌上的时代原因。我帮他在图书馆寻找了很多材料以证成此说。论文写作过程中，我告诉袁老师，林先生有一篇关于《水浒传》的论文，论点可谓石破天惊。袁老师非常高兴，要我告诉他内容。因为稿子尚未完成，林先生要我暂时保密，所以一时不能说。以后袁老师每次遇到我就关切地询问稿子的进展，但不再问内容。初稿完成后，我赶快先给袁老师看了。袁老师看后当即表示要把这篇论文刊登在《国学研究》上。后来经过修改，发在创刊号上。按袁老师和林先生的关系，林先生写了什么先告诉他是理所当然的。但为了尊重林先生要保密的意思，袁老师还是一直耐心地等着。这件趣事也让我看到了袁老师尊师的古人之风。

二

袁老师成为全国名师以后，担子越来越重。他先是领导北大文史哲的教师们和中央电视台合作，完成了《中华文明之光》150集的摄制工作，这件事对于发扬传统文化起到了重要作用。之后又组织全国古典文学的专家主编了四卷本高教版《中国文学史》，取代了六十年代成书的蓝皮文学史和社科院文研所的文学史，作为高校中文系使用的教材，至今无可替代。后来，又组织北大文史哲的教师编纂了《中华文明史》，这套书完成后，美国以康达维为首的一批汉学家立即准备翻译成英文。北大成立110周年时，胡锦涛总书记来学校。在和教师的座谈会上，袁老师作为代表发言，对如何让世界了解中国传统文化提出了切实可行的建议。后来北大在国学院的基础上成立了汉学研究中心，每年资助一些海外学者来华研究。袁老师作为国学院院长和中心主任，自然是更加忙碌了。

做了这么多大事，又同时承担着全国人大常委、民盟中央副主席等许多社会职务，耗费了大量的时间和精力，袁老师对于自己的专业研究却一直没有放松，多年来出版了《中国诗歌艺术研究》《中国文言小说书目》《中国文学概论》《中国诗学通论》《盛唐诗坛研究》《清思录》《愈庐集》《陶渊明研究》《陶渊明集笺注》等著作，发表了许多有影响的论文，取得了世人瞩目的成绩。

早在八十年代，袁老师的诗歌艺术研究就驰誉海内外。他继承了林先生的长处，对诗歌艺术有很高的感悟力，同时又能将诗歌文本研究和文学理论研究结合起来，最早从中国古典诗歌的多义性、意境、意象、诗歌的音乐美，以及人格美、自然美等多方面阐发了中国诗歌艺术的内涵。这些方面后来都成为学术界风行于八十年代到九十年代前期的热点问题。袁老师的每篇论文思考都非常周密详细，几乎做到题无賸义。例如论《中国古典诗歌的多义性》，指出了双关义、情韵义、象征义、深层义和言外义五种情况，每种都举出诗例，以精彩的分析来支持论点，最后概括出所有这些多义性，是构成中国古典诗歌含蓄蕴藉的主要原因。又如意境是八十年代初期讨论文章最多的一个问题，特别是意境的定义，有一段时期十分纠结。袁老师的《中国古典诗歌的意境》纠正了当时很多人以为"意境"一词创自王国维的误解，上篇首先从"意与境的交融"阐明中国古代传统的文艺理论中意境这个范畴如何形成，并指出了意与境交融的三种方式：情随境生，移情入境，体贴物情、物我情融。这三种方式都是从大量诗歌实践中总结出来的。其次，袁老师又从"意境的深化和开拓"阐明构思和提炼对于意境创造的重要性。再次，袁老师还从"意境的个性化"分析了意境和风格的关系，并指出王国维的"有我之境"和"无我之境"说违反了创作与欣赏的一般经验。最后指出意境创新的重要性。上篇论意境已经涵盖了许多论文的内容，而此文还有下篇，先说明"有无意境不是衡量艺术高低的唯一标尺"，然后分析了"诗人之意境，诗歌之意境，读者之意境"。尤其是指出读者之意境是什么样的感受，从熟稔感、向往感、超越感三方面来分析，极有新创。当时西方的接受美学还没有风靡国内，这三种感受都是袁老师从自己的阅读经验中得来，可说是独创的接受理论。最后文章还指出了"境生于象而超乎象"的问题。这篇论文囊括了意境的方方面面，尽管后来关于意境的论文汗牛充栋，但是大多没有超越这篇论文的范围和深度。

八十年代讲诗歌美学是古典文学的重要潮流，有些论文虽然讲得满脸是美，却甜得发腻。袁老师讲诗歌美总是从原理着眼，感性和理性结合得恰到好处。关于人格美和艺术美的关系，就是他较早关注的一个角度。例如他论屈原的人格美，上篇从"独立不迁""上下求索""好修为常"三方面抓住屈原人格美的主要特点，下篇以"瑰奇雄伟之美""绚丽璀璨之美""流动回旋之美""微婉隐约之美"四个方面与之对应，讲清了骚型美是屈原美好的人格在艺术上的体现。与此同时，袁老师很早就注意到哲学思想和诗歌艺术的关系，例如《言意与形神——魏晋玄学中的言意之辨与中国古代文艺理论》研究魏晋玄学对文论的影响，在当时也是富有开创性的。论文追溯了言不尽意论从战国到魏晋时期的发展，从语言和思辨的关系分析了言不尽意论的原理，并探讨了王弼对庄子的得意忘言论的诠释，欧阳建《言尽意论》的论证缺陷；同时对某些流行的说法提出不同看法，如认为言尽意和言不尽意只是讨论言辞和意念的关系，不等于认识论；又指出言不尽意和得意忘言是两个不同的命题，言不尽意从表达方面说，得意忘言是从接收方面说，不可混为一谈，言不尽意论的代表人物是荀粲而不是王弼。在此基础上，论文进一步探讨了言意之辨对古代文艺理论的影响，从《文赋》、陶渊明，到《文心雕龙》、《诗品》、刘禹锡、《诗式》、司空图、欧阳修、严羽、王渔洋的诗学理论，一一辨析其理论与言意之辨的关系，然后又从言意之辨引申到重神忘形的理论，及其在人物品鉴及绘画、书法理论中的体现，将题目做到了十分完足的程度。陈贻焮先生曾告诉我，林庚先生很欣赏袁老师的这篇论文。此外，袁老师论述诗与禅、王维诗歌的禅意与画意等论文，在同类题目的研究中也是较早的。由于论点来自大量诗歌和文论文本，论述稳妥精当，这些论文常常被同行引用。正如林先生在《中国诗歌艺术研究》序言中所说，袁老师"为学多方，长于分析。每触类而旁通，遂游刃于群艺，尝倡边缘之学；举凡音乐、绘画、宗教、哲学，思维所至，莫不成其论诗之注脚"。打通多种学科之间的联系，最后落实到诗歌艺术之研究，正是学界当下方兴未艾的潮流，而袁老师早在三十多年前就以其研究的实绩开出了新方法的门径。

袁老师的治学真正做到了他自己多次在文章和学术会议发言中所倡导的，做学问要横通和纵通，成果经得起时间的检验。这些固然是他取得成就的重要原因，但更重要的是，他们这一代学者治学，是全身心的投入。和林先生、陈先生一样，袁老师重视大作家的研究，从屈原、陶渊明、李白、杜甫到苏轼、陆游、辛弃疾，关注的都是伟大诗人。他们被这些诗人的人格精神所感动，努力去和他们交朋友，在研究这些诗人的过程中受到潜移默化的影响。袁老师说他最喜爱的诗句是杜甫的"心迹喜双清"，把它当作自己的座右铭。而最能体现心与迹俱清的诗人莫过于陶渊明了。所以袁老师在陶渊明研究上花费的时间最多，他积多年钻研之成果，完成了《陶渊明笺注》的大著作，撰写了研究陶渊明的一系列论文,如《陶渊明的哲学思考》《崇尚自然的思想与陶诗的自然美》《陶渊明与魏晋风流》《陶渊明与晋宋之际的政治风云》《陶诗主题的创新》《辛词与陶诗》《论和陶诗及其文化意蕴》等,被同行学者誉为"特色鲜明,自成一家","其扎实的功底和详实可信的资料积累,对文本的悉心研读和独到的艺术见解,人品研究和作品研究结合,艺术鉴赏和哲学思考研究结合的方法等,都将给后学者深刻的启迪"。同时他还在生活中努力实践着陶渊明的人生哲学。在九十年代以后的学界,保持心迹双清可不是件容易的事。随着社会风气的变化,学风也受到污染。大江南北的各地高校都为着博士点、学科评估、成果评奖搞公关、走后门,忙得不亦乐乎。邀请讲学、旅游、送礼,处身于学科评议要津的学术权威们很难抵挡这些猛烈的攻势。找袁老师的人自然更不在少数,我也曾经陪他在外地的老学生登过门。但是袁老师非常小心,只要是可能有某种干求意图的邀请,他一概婉言谢绝。虽然难免得罪一些人,但保持了内心的坦然。其实被攻下来的那些评委,可能替人办了事,却也留下了被人背后议论的污名。袁老师对别人的请托是如此,对自己的事情也同样不肯求人。我在做教研室主任期间,他有一位毕业好几年的硕士研究生想考他的博士,只是因为在职,不符合中文系不招在职博士生的规定,尽管考试成绩出色,外语满分,也不能入学。袁老师虽然为之惋惜焦急,却不愿利用自己的声望和资格去系里请求通融。后来那位博士只能到其他系去就读。

2014年冬天,香港浸会大学饶宗颐国学院举办学术大师讲坛,邀请袁老师前去演讲,题目就是"陶渊明研究"。在场的听众都从他的演讲中感受到他是将多年研究陶渊明的心得体会浓缩在这次讲课中了。他在《陶渊明笺注》中有许多关于陶渊明生平的新发现和诗歌语词解读的新见解,如果从考据角度讲,学生不易听懂,但他通过诗歌的解析深入浅出地传达出来,就特别有趣味。他做的PPT还准备了非常丰富的资料和图片。很多书画是他多年来利用出国访问的间隙到欧美国家的图书馆收集的，以前虽然在《北京大学学报》上读过他的相关论文《古代绘画中的陶渊明》，但这次亲眼看到图片，更觉精彩纷呈。搜集这些资料不知要花费多少时间，但为陶渊明研究开出这一块新天地，多少辛苦也是值得的了。在台下听讲时，我的脑海里不断浮现出当学生时听他讲课的影像。这么多年过去，先生的头发已经全白，但是精神依然矍铄。他讲着陶渊明，似乎就是这位大诗人的知己。他的声音并不高亢，但饱含着动人的激情。讲座结束前他还为听众朗诵了一首他早年下乡时写的学陶诗，使全场气氛达到了高潮。这次讲座持续了将近三个小时，袁老师始终站着，讲到后来连嗓音都嘶哑了。但直到我作为主持人进行讲评时，他还是不肯坐下，依然谦和地微笑着面向听众。我想到了袁老师以前多次说过的一句话："我这辈子就是个普通的老师。我喜欢当老师，如果有下辈子，我还是愿意当老师！"我把这句话还有他的座右铭"心迹喜双清"告诉了听众。全场掌声雷动，经久不息。在场听讲的东京大学大木康教授不停地说："感动！感动！太感动了！"大家都明白：有这样的情怀，才能真正理解陶渊明，这也是袁老师做陶渊明研究难以超越的根本原因。

　　送袁老师去机场时，中央文史馆陪同他前来的工作人员悄悄告诉我："袁馆长讲完回住处时，累得几乎下不了车，路都走不动了。"为了取得更好的讲课效果，袁老师忘记了自己的年龄和体力。只要站在讲台上，他所想的就只是怎么把课教好。无论身处什么样的高位，他最在乎的还是教书。五十年前是如此，五十年后还是如此。这就是古人为什么说"日月不息，师表常尊"的原因吧！感谢袁老师，让学生们深深体会了当老师的尊严和责任；更要衷心地祝福袁老师，在今后人生的长途上，永葆学术的青春和陶诗的心境！

（原载《中华文化画报》2016年第4期）

谱入弦歌的百年悲欢
——读蔡德允女史《愔愔室诗词文稿》

谈起中国历代的女诗人，大约只有李清照、朱淑真这些名字为大家耳熟能详。其实我国清代的闺阁诗人有诗词文集传世者不在少数。可惜进入二十世纪以后，随着传统诗词逐渐退出主流文坛，女作家亦罕有以诗名世者。但在这个时代作传统诗词，滤净了世俗的因素，纯为寄意遣怀，反而能出有真性情的佳作。香港古琴家、书法家及音乐教育家蔡德允女史最近出版的《愔愔室诗词文稿》，便是因为编集了从前"未尝有发表于世之想"的全部旧作，而充分展现了一位从传统中走来的现代女词人的独特风采。她精通古琴和书法的艺术气质，使她自然继承了清代闺阁诗人的优雅和柔婉；而她所经历的将近一个世纪的变迁，又不可避免地为她的诗词烙上了时代的印记。

《愔愔室诗词文稿》共两卷，收有词二百首、诗一百零八首、文十篇。也许是因为作者对宋词涵咏最熟，而其气质又最适宜于词的缘故，其倾力所作者主要是词，数量既多，功力亦深。无论小令还是长调，都能驾驭自如。词本是专为表现女性的生活情调开出的一方诗歌的绿洲，对于青春短暂的感伤、年光流逝的哀挽、离情别绪的体味，历来是词的共同主题。作者把她的作品分为四十年代作于上海和五十年代以后作于香港的前后两期。前期是清一色的词。作者自谓"检阅旧作，颇多无病呻吟之作"，这或者是从"老来识尽愁滋味"的心境反观青春盛年。但前期词里那种细腻敏锐的生命触觉、轻烟淡雾般的愁情离绪，又绝不是仅仅依靠融化宋词中的熟语熟境所能表现的。正如传统的婉约词人都善于通过一些特定的意象营造自己独特的抒情环境，作者在春光、西风、斜阳、疏柳、落花、坠叶、细雨、绿波等词的常见意象之外，也创造了属于她自己的疏雨淡月、小窗横琴、梅花展谱、炉香轻袅的典型意境："人乍定，独坐理丝桐，燕子不来春料峭，梅花弹罢月朦胧，香冷一灯红。"（[忆江南]）"斗室雾浓熏凫鼎，画屏香细落梅花。"（[浣溪沙]）"欹枕寻诗，横琴按谱，而今赢得愁无数。一年能有几回同，鸭炉空篆香千缕。"（[踏莎行]）"小楼凉月，小帘疏雨，约作琴边侣。"（[青玉案]）作者就在这炉香琴音中感受着韶华的飘忽，在如影如烟的岁月中涌动着绵绵不绝的诗情："鬓染炉香和月䤼，心随云影逐烟飞。"（[浣溪沙]）在前代词人的作品中，似乎还没有出现过诗心与琴心如此完美融合的才女形象。

作者后期词以乡关之思为基调。经过乱离和丧亲之痛，她对人生的感慨愈益深沉。早在前期的"思父"词里她已经抒发了因战乱而流寓海外的悲哀："宿草散空碧，明月照孤坟，惆怅十一年里，苦绪总纷纭。八载中原鼎沸，三载飘零海外，迁播感蹄轮。倘黑塞知得，老泪恐沾巾。"（[水调歌头]）天涯萍踪，使她更强烈地感受着"年荒世乱，浮生如寄"（[绮罗香]）的空幻。从后期词作中，可以看出作者日夜被乡思煎熬的痛苦："断肠，断肠，不能忘，山又长，水又长；记也，记也，记不起几换星霜。""盼也，盼也，盼得个梦里归期，依旧天南天北两相思。"（[江城梅花引]）尤其是母亲的病逝，给作者留下了终古莫赎的悲伤和自责："此生拼教念成灰，肠断天涯终古恨，莫报春晖。"（[浪淘沙]）与亲旧的生离死别最易触动人生易老的感伤："亲旧分疏，怎与倾怀抱。如何好，泪珠空掉，人向羁尘老。"（[点绛唇]）她只能将一腔哀怨都付与琴弦:"素琴歇指余音颤,怎似家山篆香畔。试看芭蕉愁未展,满茎清露,几丝幽怨,一一何时浣。"([青玉案])"离情一片,深掩重门,廿载天涯,谁识我,素弦弹徧,憔悴湘云,飘零意绪。"([湘春夜月])琴是她安顿人生的精神寄托:"琴心静向环中德,此虑能从物外消。"(《甲辰十一月十四日唐君毅教授伉俪招饮九龙塘寓庐作琴尊雅集》)因此"一炉香篆一张琴"(《书怀》)是她精神净化的最高境界。正如她在《愔愔室自识》中说:"此余琴书自娱之所也,屡经离乱,未尝废焉。虽得失聚散,饱历悲欢,身心交瘁,而恃此斗室,以容吾膝,以维吾生,以遣吾心,以寄吾情。""愔愔"有幽深悄寂之意,署名为蔡琰的《胡笳十八拍》说:"空肠断兮思愔愔。"这也正是她把这部诗词文稿命名为"愔愔室"的原因。

愔愔室词风格清新淡雅,语言明白自然。作者自序说不好用典,主要是为了不"致令内容深奥难明",所以"赋物多用白描,写情则直抒胸臆,极避偏僻"。白描和直抒胸臆本为词体初期之本色,但发展到后来,词家皆喜用典,因词的主题集中单一,表现如不追求变化,便难以出新。所以词的积累越多,后人用白描便越难。而李后主和李清照善用白描,主要得力于语言的独创。作者深谙此理,造语遣词颇有新意。如活用"瘦"字,多见佳句:"风软拂波波皱,雨细着花花瘦"([如梦令])借用冯延巳之"吹皱一池春水"和李清照的"绿肥红瘦"之意工对,别有韵致。"萍踪聚散恁匆匆,催归声里斜阳瘦"([踏莎行])发挥杜甫"日瘦气惨凄"之奇思,而寓意更觉深长;而"今宵明月如人瘦,嫦娥也有愁时候"([菩萨蛮])从月瘦联想到嫦娥也因愁而瘦,想象天真而新颖。"伤心影向灯边瘦"([雨霖铃])从灯影看人消瘦,夜长独对孤灯自怜自艾之形景宛然眼前。此外如"旧愁重迭与云平"([浣溪沙])化用吴文英"秋与云平"句式而境界各别;"长河静处泪生波"([浣溪沙])则是清商小乐府式的夸张;"恼煞东风,怎种出方寸红豆"([雨霖铃])新巧而有奇趣;"山前一带东流水,断送繁红不计年"([鹧鸪天]),"茶烟几缕纱窗静,一抹斜阳薛荔墙"([鹧鸪天])静景中蕴含哲思;"短梦还惊烽火恶,长宵怕见月痕低"([望江南]),"叹此际,添我新愁,便是家乡旧时月"([雨霖铃]《中秋望月》)。"新"愁出自"旧"月,含蓄自然。"一夜西风,客愁吹起知多少"([点绛唇])以有形之风吹起无形之客愁;"疏林月上,钩起愁痕"([湘春夜月]),以似钩之月钩起无形之愁痕,这些新创都是常用语词的重新组合,却使常见之意和常见之景有了更深长的韵味。可见作者参透了婉约词创作的三昧。

《愔愔室诗词文稿》展现了作者多愁善感的内心世界,而这些重重迭迭的愁其实正是出于她对人生的热爱和对艺术的执着。早年她以"珍重惜余芳"自勉,晚年仍以"不如珍重期白首"(《戏答草农嫂嫂索挽诗》)劝慰亲友。珍惜光阴,珍惜人生,是她谱入琴歌的主旋律。唯其如此,此书才能在她98岁的高寿时付梓。饶宗颐先生在题《愔愔室诗词文稿》的[贺新郎]词里说"愿珍惜,百年风月",正道出了作者这部凝聚了百年悲欢的诗词文稿的真义所在。

(原载香港《信报》2003年11月22日《副刊·文化·书评》)

师友遗影

精神飞扬天地间
——纪念诗人学者林庚先生

林庚先生安详地走了。网上的悼念文章说：天堂里多了一位诗人。同时又反问：我们这个时代还会不会再出诗人？我以为像林庚先生这样的诗人今后不会再有了，但是他的精神将永远飞扬于天地之间，启发人们从物质世界中获得超越。

林庚先生是诗人，也是研究诗歌的学者，更是近一个世纪以来的时代风雨所造就的哲人。他的诗歌、学问、哲思和为人是浑然一体的。虽然经历了三四十年代的战争风云，五六十年代的政治批判，七十年代的"文革"浩劫，八十年代的经济起飞，九十年代和新世纪的社会转型，但是他那种昂扬的意气、傲兀的风骨、超脱的心态，始终没有改变。他将自己的思考和精神写进了《夜》《春野与窗》《北平情歌》《冬眠曲及其他》《问路集》等自由体新诗和独创的新格律诗，写进了《诗人李白》《诗人屈原及其作品研究》《天问论笺》《唐诗综论》《西游记漫话》《新诗格律与语言的诗化》《中国文学简史》等影响深远的学术专著之中。无论是诗歌还是学术，都是诗性与理性相融合的完美体现。

林庚先生是能够真正把握诗歌核心本质的诗人。早年他一方面思考诗歌语言获得自由的途径，一方面又对新诗的格律化进行不懈的尝试，总结出一整套关于新诗民族形式的规律。后来虽然将主要精力投入大学的教学和研究，但仍然尽情地歌唱思想和精神的解放，执着地追寻青春的光热和生命的力量，探问时空和宇宙的奥秘，并将日常思考所得断断续续地提炼成许多诗的短句和语录般的随想，最后在九十大寿时总成一部《空间的遐想》，这部充满诗情和哲思的手迹汇编，标志着林庚先生作为诗人和哲人所达到的最高境界。

林先生为了把握现代生活语言中全新的节奏，努力地追溯中国民族诗歌形式发展的历史经验和规律，这也正是他研究楚辞和唐诗的目的。他的学术思考和他的诗歌创作一样，凡事都力求"追寻那一切的开始"，探究现象的根本，因而能够提出大量原创的见解。他强调诗歌的生命和新原质，认为"诗原是一种最纯的语言，呼唤着生活中新鲜的感知，使我们从中得到某些超越"。正如朱自清先生所说，"他将文学的发展看成是有机的"，因而他重视一切处于上升时期的社会力量，赞美百家争鸣的战国时代和形式自由的楚辞，标举朝气蓬勃的少年精神和盛唐气象，不喜欢衰老的丧失活力的文学作品。他敏锐地抓住《西游记》中与寻求内心解放的社会思潮相一致的童话精神，以及《红楼梦》中新的社会人生理想在萌芽中出土的气息，对中国诗歌和小说的基本性质和艺术美做出了透辟的解释，为半个世纪以来的古典文学研究领域开辟了许多重大的课题。而在他的学术论文中却看不到一点陈旧的学究气，只觉得处处透出思辨的锐气，闪耀着悟性的灵光。无论是三十年代的旧著，还是九十年代的新作，总能给人新鲜的感受，开卷便有一股蓬勃旺盛的生气扑面而来。因此多年来一直以这种鲜明的特色吸引着许多年轻的学子。

林庚先生的学术生涯是坎坷的，在五六十年代的多次政治运动中，他曾受到不公正的批判，但他始终昂头挺胸，坚持自己的观点，对周围的纷纭扰攘不屑一顾。由于林先生骨相的清癯和神情的超俗，见过面的人都说他有仙风道骨。其实他的内心充溢着年轻的活力，活跃的思维从来不曾滞涩。他虽然深居简出，与世无争，但了解世界上发生的各种大事；他的思想虽然驰骋于广漠的时空，但来自于对现实的热切关注，只是他从不拘泥于具体琐碎的事物，而喜欢把现实问题上升到更高的哲理层面来认识而已。在八九十年代社会的巨变中，校园也不再是一片净土。他在静听我们的诉说和牢骚时，谈到的是物质和精神的关系问题。北大的教师们常常出国，回来谈起见闻时，他和我们讨论的是什么样的民族能够创造大文化，什么样的民族只能创造小文化。他虽然走过了将近一个世纪，但他从不感伤过去，总是放眼将来，乐于接受新鲜事物，并常常对我们预言：二十世纪物质的发展已将近饱和，二十一世纪必定是回归精神世界的时代。年轻的一代是幸福的，应该创造出更好的文化。这种既洞彻世事又高瞻远瞩的眼光，这种永不言衰的少年精神，一直鼓舞着一代又一代的弟子。

  师从林庚先生四十年以来，我不但从他的学术思想中受惠无穷，也有幸能读到他尚未发表的诗稿，看到他在日常生活中的风神。每当师徒二人隔着他的大书桌对坐清谈时，阳光透过竹林和窗棂照进室内，他会高兴地说："这就是虚室生白的境界啊！"每年春气初发时，他总要到未名湖边去寻找嫩柳的新芽和含苞的桃花。夏天院子里的花草争芳斗艳，他总是领着访客兴致勃勃地一同观赏。窗下的竹林因浇不上水而干枯，他忍不住会叹息水价之贵，使他无力照顾这片青竹。直到临终前一天，他还要求家人用轮椅把他推到未名湖边去看月亮，满足了他最后的心愿。对于学生来说，林先生的家永远是一片诗国的净土。踏进他的家门，内心就会感到宁静，不再受到世俗的困扰。如今这扇大门却在我面前永远关闭了。悲伤之际，不觉拟成一副挽联：

    月白风清　师门永闭　更向何方求净土
    天蓝水碧　虚室长开　还从彼岸问真源

先生已登人生的彼岸，但是他探求真知的精神是与天地共存的，当他遨游在他最喜爱的蓝天白云之上时，一定会看见仰望着他的弟子们，永远地敞开他的虚室之门吧！

林庚先生以他毕生的文学成就和人格精神向世人展示了一个真理：中国的上一代知识分子虽然饱经一个世纪的沧桑和磨难，但留下的并非只是创伤，更有理想、风骨，以及对未来的信念和无限的展望。

（原载香港《明报月刊》2006年第41卷第11期）

钟声里的遐思
——林庚先生琐记

  黄昏时分，远处又传来了悠扬的钟声。我放下笔，静静地听着。"客心洗流水，遗响入霜钟"，客居东京，每天都能在下午五点听到报时的钟声，才悟出唐人为什么如此喜爱暮钟。这宇宙间的韵律，能洗净世俗的尘滓，将人带进安宁恬适的心境。遥望西天，我的神思随钟声飞往彼岸。在那夕阳西下的地方，在北大燕南园林庚先生的书斋里，曾有多少个黄昏，我与先生隔着一张古旧的书桌，对坐清谈。斜晖透过疏林，照进窗棂。竹影摇曳，虚室生白，这是北大生活中最美好的境界。

  学生时代徘徊在学术门墙之外的时候，仰望学界名流，几乎个个背后都有神圣的光环。待到自己跨进大门以后，才知道里面并不是理想的乐园。"学而优则仕"的传统影响，加上"官本位"的社会风气，使中国当代学者难以安心于学业。十年寒窗苦读，所搏取的往往是学术以外的目标。社会评价学者的标准不是学识的多少，而是职位的高低。多年来看够了新儒林的闹剧和悲剧，有时觉得在尘世的纷纭扰攘之中，几乎找不到一方可以安顿心灵的净土。只有走进林庚先生的书房，心里才觉得充实宁静。

  凡是见过林庚先生的人，都说他仙风道骨，从里到外透出一股清气。

他确是远离尘嚣的，他的超然似乎是因为无须介入世俗的纷争。每当我把烦恼和牢骚带进他的书斋时，他总是微笑着说："到我这里来吧！我这里是一片净土。"他看待世事自有一种居高临下的眼光，我以前总以为这是他的资历和名望使然。但相处日久，才渐渐明白这其实是他的诗人气质决定的。林先生论唐诗以"盛唐气象"和"少年精神"的观点著称于世。熟悉他的为人，才能体会这论点其实正出于他对诗的本质的理解，也是他本人精神面貌的写照。我的导师陈贻焮先生曾说："人生犹如战场，只有少年和老年不必参与。所以我喜欢孩子和老人。"林先生的清高并非因为他是得道的老人，而恰恰是因为他到老都始终保持少年的精神。

我上大学的时候，林先生已经五十多岁，但仍不失青年时代的风采。他上课时总是衣着整洁，神情严肃而高傲，学生对他十分敬畏。但1964年时极左思潮已席卷首都，一些革命同学从林先生的授课内容里嗅出"资产阶级的气味"，开始发起对他的批判，并要我这个"课代表"转达。林先生接到批评意见后，一言不发。在下一堂课上，将恩格斯《反杜林论》里的一段话抄了整整一黑板，作为回答。现在想起来，在当时的政治气候下，有这样的傲骨，是要承受很大压力的。当时有多少学者在这种压力下"修正"了自己的学术观点。但林先生认为正确的意见就要坚持，对于外界会怎样看他几乎是不屑一顾。

林先生年轻时爱唱歌，能用英语和意大利语唱西洋歌剧名曲。听说"文化大革命"中，有一次大家齐唱《东方红》，他的尾音拉得长了一点，结果遭到造反派的一顿批判。他不管《东方红》是一首什么样的歌曲，只知道唱歌就要用西洋发声法。现在虽已八十多岁，但仍能唱男高音，而且自己录了音。我去他家，常常听到他在放自己的录音，底气的充足真不像一位八十多岁的老人。林先生还像孩子一样爱风筝，每年春天由女儿陪着到运动场去放。天气好的时候，他穿着夹克送客到门口，大家称赞他看起来很年轻，问他什么时候去放风筝。他便高兴地借用一句宋人的诗回答:"将谓偷闲学少年。"正是这种少年精神,使人从林先生身上看不到老年人的衰惫之态。他走路总是急匆匆的。想到什么事情说干就干,绝不拖拉。他从来没有耐心吃带骨头和刺的食物,如鸡和鱼之类,他说那太麻烦,浪费时间。他也没有老年人通常有的怀旧情绪和保守心理,对于改革开放以来新兴的思潮和新生的事物,他总能很快接受。有一次我埋怨用电脑打字还没有手写得快。他劝我应当尽快学会电脑,不要落伍。我常常觉得自己的许多观点比林先生要保守得多。像少年人一样,他总是向前看,很少听他回忆往事。

  始终保持少年的活力和意气,这也是林先生理解生活和诗的出发点。他热爱一切朝气蓬勃的、富有生命力的新鲜事物。记得有一次闲谈时,林先生说他喜欢春天。在未名湖畔散步,年年看着柳树发芽,桃花绽红,都有一些新的感触。有一天在湖边看到几个十来岁的女孩子一起玩。过了一会儿,其他女孩都走了,只有一个女孩坐在一块大石头上凝思。他忽然想到《红楼梦》里所写的类似情景,体会到曹雪芹对这个年龄的女孩的特点把握得相当准确传神。林先生在治学中的许多思考都来自生活中这类诗意的感悟和触发。他强调少年精神,认为诗的原质就在于青春的活力和新鲜的生命,所以他喜欢盛唐诗,认为宋诗除了绝句以外,都已老化,因而对宋诗评价不高。他的学术见解和他的个性以及他的生活感悟是融为一体的,所以他的文学研究是活的,研究对象在他笔下呼之欲出,而不像在一般学者笔下有如被解剖的尸体。我读他考证楚辞的文章,常会不自觉地被文字中透出的生气勃勃的雄辩力量所打动,而忘记了这是枯燥深奥的考据。他在七十多岁时,为研究生开设"天问研究"的专题课,内容涉及许多难懂的古天文知识,上百人的教室座无虚席。听众并不仅仅是慕名而来,更多的是被他讲解"天书"的生动有趣所吸引。然而林先生对他的幽默感并无自觉,也从来不笑。这种幽默完全出自他与研究对象的契合、见解的敏锐和透彻,以及善于表达的辩才。

陈贻焮先生常说，林先生的艺术鉴赏力极高，他所称道的作品无一不是上品。因而我们这些弟子也自然而然地以林先生的眼光作为判断作品好坏的标准。林先生所作的现代诗有他独特的格调，要透彻解读，必须具有与林先生同等的对诗的感悟力。读他的诗和文章，我不止一次痛切地体会到作诗和研究诗都需要天赋。一到林先生面前，我就觉得自己是钝根，而且常常为自己达不到林先生那样生动活泼的治学境界而沮丧。

但我想如果能像林先生那样将自己的书斋变成一片心灵的净土，视学术本身为精神的归宿，或许能见到一种人生的理想境界。林先生并非不食人间烟火。正相反，他很懂得俗务。林师母六十多岁时病倒，家里的柴米油盐都由林先生管理，生计日益艰窘。但他在辛苦侍候师母的同时，依然不停地思考和写作。师母卧病十几年，恰在林先生八十大寿的这一天清晨去世，以致系里早已准备好的祝寿活动只得延期。这时辰令大家都感慨似乎冥冥之中真有定数。林先生伉俪情深，大家都担心他经受不住这样的打击。但林先生在安排好自己和师母的合葬墓以后，也许是想到今后终将团圆，反而在精神上得到了解脱。我协助他在84岁时完成了《中国文学简史》的宋元明清部分，了却了他的一大心愿。此后我每次去他家，还常见他在已经出版的书上涂涂改改，把用过的台历翻过来当卡片，随时记下一些思考的心得和感想，偶尔也写一两篇短文。有时他对我感叹道："我真羡慕你们年轻，还能干许多事。我老了，手又颤，写得太慢了。"我回答说："您这么大年纪，早已功成名就，完全可以不必再写。年轻人虽然应该干，但现在普天之下物欲横流，还有几个人在认真做学问？"他却鼓励我不必灰心丧气，并预言道："二十世纪经过科技革命，物质文明已高度发展。对物质追求达到某种限度，必定会重新转向对精神的追求。二十一世纪应该是文化和艺术的复兴时期，你们要为这个时代的到来做好充分的准备。"他对未来总是充满乐观的展望。虽然已到米寿，少年精神依然不减当年。像林先生这样无视世俗的荣辱是非，只追求生活中真正的诗意，他的学术生命必定和他的自然生命一样长久。羡慕荣华富贵的人们或许未必以林先生的自甘寂寞为然，但我却从他那里看到了做人和治学的自由境界。这种境界能使人一生心平气和，宁静恬适，就像在东京每天黄昏听到钟声时的感受一样。

（原载《化雨集》，人民文学出版社，2005年）

大师的气度
——怀念程千帆先生

2000年6月,对我来说是一个黑色的月份。短短二十天里,家中老人连遭不幸;原已瘫痪在床的导师陈贻焮先生因一场高烧而失去了最后的一点记忆力和会话能力。正在此时,又传来了程千帆先生逝世的噩耗。虽然明知生老病死的自然规律不可抗拒,但这么多变故集中在同一个月里,还是令人难以承受。

我和千帆先生只见过两次面。一次是1991年在厦门开唐代文学学会的年会期间;一次是千帆先生逝世前半个月,在南京参加《中华大典》"魏晋南北朝文学卷"和"古代文学理论卷"的专家论证会上。两次见面间隔九年。但千帆先生仍能认出我来,并说了一些勉励的话,之后还合了影。先生虽比九年前衰老了些,但思维清楚,即兴发言也很流畅,底气充足。原以为他能和林庚先生一样,迈过90岁这道坎。谁知这就是最后一面呢?

我在认识千帆先生之前,便对他怀有一种亲近感,觉得他是我久已相熟的一位前辈。这主要是因为我的导师林庚先生、陈贻焮先生和千帆先生来往较多。我常在他们那里看到千帆先生的著作和书信。陈先生每次去南京,第一件大事便是拜访程先生。回京以后,就不厌其详地告诉我关于他们见面谈话的一切细节。这样的回忆常会重复很多遍。陈先生对于印象深刻的事，总是喜欢说了又说的。千帆先生的学问和人品便在陈先生的反复絮叨中深深地印在了我的心里。令人悲哀的是，陈先生对千帆先生感情如此之深，当千帆先生去世的消息传到他耳边时，他却已没有任何反应了！如果能够听懂，他一定会号啕痛哭的。从前一般的相知去世，陈先生都要大哭一场，更何况是与千帆先生永别？令人惊诧的是，千帆先生去世之日，也正是陈先生丧失认知能力之时，难道冥冥之中真有什么感应吗？

八十年代时，我因孩子太小，家事脱不开身，几乎不参加任何学术会议。同时也觉得自己才疏学浅，没有资格和老前辈们交往，所以很少主动向当时的著名学者们请教。后来在陈先生的鼓励之下将自己的小书寄赠给一些前辈，才得以认识千帆先生。第一次和千帆先生见面时，我很不安地向他坦露了自卑的心理。我总认为我们这一辈"文革"中过来的人，底子太薄，而且起步太晚，对于学问能做到什么程度，缺乏自信。千帆先生安慰我说："我在你这个年龄时，还写不出像你这样的文章呢！"我当然知道这是千帆先生谦虚。他因身世的坎坷，中年以前没有好的学术环境，主要的著作都是在"文革"后出版的。但先生早年的积累又岂是我辈所能望其项背的！尽管如此，先生的鼓励仍使我十分感动，增强了努力进取的信心。后来我有著作出版，总是先寄给千帆先生，他也总是以最快的速度回信，给予种种勉励。有一次我在给千帆先生的一封信里，谈到做文学研究的理想境界，是将林庚先生的妙悟和王瑶先生的功力结合起来。我觉得千帆先生兼有二美。他谈周邦彦的"斜阳冉冉春无极"一文，使我很受震动，知道了词还可以讲到如此深入透彻、如此富有哲理和诗情的境界。而他在文史资料考据方面的功力也是众所周知的。不久以后，我将刚出的《山水田园诗派研究》一书寄给先生。没想到先生回赠我一个大信封，里边是一副他亲笔书写的对联："句好无强对，神超有独游。"旁边小注说："晓音大家损书论学，谓欲合静希先生之悟性昭琛先生之功力为一，余睹其新撰山水田园诗派研究，诚亦庶几矣！凛妙才之可畏，幸吾道之不孤。辄作此联奉赠。一新道兄见之必欣然一笑也。"以前在学术会议上，也见过千帆先生的贺诗或贺联，但从未想到这样一位大师级的学者能用这种方式给外校的一个后辈以莫大的勉励。我的兴奋和感激是难以言表的。我给千帆先生回信说，得到他赠的对联，我比得了大奖还高兴。确实如此，对我来说，我所得到的任何奖状都没有这副对联珍贵。并不仅仅是因为先生对我的过奖，更重要的是它使我看到了一个大学者的心胸和气度，一位在学术生涯中历经磨难的老前辈对古代文学研究的后来人所寄予的厚望。

在北大中文系，像我这样得到千帆先生厚爱的中青年学者还有好几位。因此听说先生去世，大家都像失去了自己的导师一样悲痛，同时也感慨像先生那样的人格感召力，恐怕在今后的学界难有后继了！

现在学术界常常讨论二十世纪后半叶能否出现大师的问题。我以为从学术发展来看，每隔几十年总会出现几个特别优秀的具有开创性的学者，他们如果能遇到良好的学术环境，又能坚持不懈地工作到耄耋之年，积其一生成果，要获得后人赠送的大师称号，大概是有可能的。但要具有千帆先生这样的胸襟和气度，却不那么容易。一个真正的大师，应当把本民族的学术发展当成他自己的事业。他的眼界和他的关怀，绝不限于自己或者所属的学术圈。千帆先生奠定了南京大学古代文学学科的兴盛局面，这是学界公认的事实。但他对于其他大学的同辈学者总是推崇备至，对后辈学者则奖掖不已。我想这是因为他希望的是"吾道不孤"，是中国学术的振兴。然而现在的学术环境和氛围，却不利于这种气度的培养。我们正处于一个竞争的时代，各种鼓励竞争的措施层出不穷。大至重点学科、研究基地、硕士点博士点的申报，从地方到中央的人文社科评奖，小到本单位职称和岗位津贴的评定，无不要求本单位或本人填表申报，层层审批，争夺那有限的名额。这些当然有利于刺激成果的产生，也是解决僧多粥少问题的无奈之计。但是天下学者也就尽入彀中，年年为了分一片蛋糕而忙着在各种表格上自吹自擂，提着论斤称的申报材料到主管部门去排队。纵然有人不想为自己争名夺利，也要为所属单位的利益而奋勇争先。而评定的标准中又掺杂着许多人事因素，人际关系的平衡、各单位利益的均衡似乎比学术价值的衡量更为重要。这也就难怪不少学者和单位迫不得已到处请托干谒，上下打点，人们的眼界就被限制在这狭隘的竞争之中，失去了学者应有的定力和独立自由的精神，怎么可能出现胸怀宽广的大师？

大师之所以具有学术的兼爱和包容精神，最根本的原因是他毕生追求的是学术本身，而不是通过学术达到其他目的。因而世俗的荣辱绝不会影响他的学术自信。千帆先生在"承受着难堪的侮辱"（《闲堂自述》）的十八年里，没有放弃学术，到八十年代才会有大批成果问世。但千帆先生在他当街道居民的漫长生涯里，或许从未想到他还有重返讲坛的一天。那么他是以怎样的精神在坚持他的研究的呢？陈寅恪先生说，一个杰出的思想家或学者，往往"有超越时间地域之理性在焉。而此超越时间地域之理性必非其同时间地域之众人所能共喻"。反过来说，一个学者如果只满足于众人所共喻的成果，也难以具有超越时间地域之理性。没有经得起时间考验的成果，纵有一时的世俗虚荣，也只是过眼云烟而已。千帆先生前半生埋没尘埃，后半生也没有大红大紫。但他最终凭学问和人品奠定了他在一代学人心目中的崇高地位。我们这一代人能否产生大师，恐怕除了学养和才识的条件以外，还在于能否摆脱无形的精神缰锁，超然于尘嚣之外，培养一种独立自主的学术品格。有了这种独立和自信，才可能真正将学术看成"道"。为"吾道不孤"而庆幸的学者必然具有大师的气度。

（原载《程千帆先生纪念文集》，江苏古籍出版社，2001年）

难忘师恩　永记师训
——怀念恩师陈贻焮先生

时光真是无情，转眼之间，陈贻焮先生离开我们已经两个月了。他已经安息在金山的松柏之下。而我，却常常在恍惚之间觉得他还在镜春园和朗润园的书房里吟哦，在园子里的翠竹和芍药花丛间徘徊，总觉得他的人生之路应该很长很长，不会这样匆匆离去。尽管在他卧病的一年半里，我亲眼看着他的病体日渐衰弱，神志慢慢昏迷。在他去世之后，我又亲手将他的骨灰放进墓园……但仍然无法接受他已不在人世的事实。

两个月来，脑子昏昏沉沉，一直萦绕着一个难以解答的问题：陈先生对于他的身后之事，没有留下一句遗言。难道他对生与死竟没有一点思考吗？去年初春，几位老师去看望他，临别时祝他健康长寿。先生当时清晰地回答："恐怕长寿不了了！"可见他对自己的预后是了解的。但他始终没有对他的亲属、对我们这些学生流露过一丝绝望的情绪。每次去问候他，他总是说："我很好！不难受！"难道素来敏感的先生真的因为病在脑子而不觉得一点痛苦吗？我反复思考，觉得这个问题或许只有他在病中百听不厌的一盘音乐磁带能够解答。这盘磁带的题目是《回归大自然》，乐曲欢快的旋律将人带进一个远离尘嚣的世界，那正是先生喜爱的诗人王维和孟浩然所描绘的山水田园的优美境界……"生者为过客，死者为归人"，莫非是真正的彻悟使先生将生命的终结看作是回归自然？也许还是先生的女儿最了解他的心思，要求遗体告别仪式上不放哀乐，而是重放了《回归大自然》的音乐。我在报道文章里写道："陈先生在花香鸟语和潺潺流水声中安然长眠，他将在大自然中获得永恒。"我确信中国山水文学的精髓已化为先生的灵魂，使他从病痛和死亡的预感中得以解脱。那么这就是先生留给我们的遗言了：生，得性情之真；死，归自然之道。或许冥冥之中真有什么感应，或许先生的性灵已通上苍，否则为什么久旱的北京城在先生去世的那一晚纷纷扬扬落下了一场大雪？先生以前在上课时，曾花了很多时间给我们讲解他所激赏的岑参的两句诗："山回路转不见君，雪上空留马行处。"那时怎会想到先生最终也在大雪中走了！只是目尽青天，再也看不到一点行踪！

一

其实何必苦苦寻索先生没有留下的遗言？在我从学的二十年里，先生留给我的遗产难道还不够丰富吗？作为先生的开山弟子，我从先生那里所沾溉的恩泽，可能在他的门生中是最多的。我所走过的学术之路，每一步都离不开先生的扶持。可以说，没有先生，就没有我的今天。

记得1978年，我在边疆和农村耗费了十年大好时光之后，考回北大中文系"回炉班"。成绩虽是第一名，实际上学业已经荒废殆尽。当时既无大志亦无自信，只求学两年出来在北京城里谋个职业。但因这个班未得到教委正式批准，一年后同学们都准备考研究生。我也向陈先生"温卷"，送给他的是我翻译的一个剧本和已出版的一幅国画，而在古典文学方面则一无所知。先生问我打算研究什么，我回答说想研究徐渭，因为他能诗能画又擅长戏剧。现在回想起来，真是幼稚可笑。但先生并未在意我的浅薄无知，反而热情鼓励我争取考第一。后来我果然以全系总分第一的成绩考上了陈先生的研究生。

跟陈先生念硕士研究生的三年，改变了我的一生。是先生培养了我的自信，使我确立了人生应有的志向，懂得了安身立命的根本。陈先生招来的第一届研究生是我和张明非这两个女弟子。而且我们都已三十多岁，起步既晚，基础又不好。先生为了长我们的志气，特地写了一首题为《答问学，示张明非、葛晓音二生》的长诗勉励我们："张、葛二生勤读书，问予治学当何如。闻言哑然久不答，学问于我亦空疏。深愧少壮不努力，厕身教席同滥竽。有如蹇驴但转磨，到老岂得识长途。昔时昌黎解进学，诸生犹哂非通儒。予何人也敢妄议，且避其精言其粗。四凶十载坏学风，指鹿为马信口呼。今日拨乱重反正，实践检验无禁区。然后读书破万卷，一旦水到便成渠。转益多师路数广，自限门户何乃愚！学贵有识贱苟同，侏儒观场随吹嘘。标新立异见胆略，探索哪可畏崎岖。攀登悬圃割美玉，潜浸深渊摘骊珠。学海无涯莫兴叹，铁网犹可罥珊瑚。身入宝山终有得，人皆有手我岂无？葛生妙手擅丹青，张君桃李多门徒。勿言蹉跎岁月久，休叹学殖渐荒芜。知识或亏见识长，失之东隅收桑榆。何况春秋正鼎盛，仁看鹏翼穷南图。君不见，安陵班姬称大家，诏续汉书东观趋。又不见，漱玉泉边女居士，清辞往往凌丈夫。世人岂可轻妇女，勉哉二子疾驰驱。"诗里的热情和豪气深深地打动了我们。这三年里，我们拼命学习，努力把失去的光阴追回来。先生对我们的要求也非常严格，每两周就要交一次读书报告。他批改报告的方法是以鼓励为主。凡有新见，哪怕是微不足道的一点点，他也在旁边打上勾。勾有单勾、双勾和三个勾之分。旁批和文后的评语也写得非常详细。一般只有好评，极少批评。但我们自然能从他打勾和不打勾的地方看出他的褒贬之意。每次拿回读书报告，第一件事就是看看自己得了多少勾。如果得的勾多，一周的心情都好。如果得的勾不多，那就不免天天苦思冥想，问题出在哪里？那时我觉得自己学习的原动力几乎都是来自先生。有时心情沮丧，对自己失去信心，到先生那里谈谈，马上就能转阴为晴。这种习惯在我留校以后一直保持下来。"如坐春风"的典故，用来形容我十多年来听陈先生谈学问的感受，是最恰当不过的。

陈先生对学生是因人施教，分别指导。根据我们的长处和弱点，耐心地将他的治学方法和知识毫无保留地教给我们。讲评读书报告，虽是只对一个学生，他也要花费很多时间。他的谈话并不限于报告本身，而是往往就某个问题生发开去，给人许多启示。所以我每次都带着一个厚厚的笔记本，力争把先生的话一句不落地记下来。三年里，厚100页的笔记本记了两大本。这些报告和笔记成为我最重要的精神财富，直到现在，我仍然把它们放在书桌最常用的抽屉里，以便时常翻检。先生的指导具体细致，标点、格式、用词，都很讲究。错别字更是绝对不可有。记得以前写文章，常常"但却"二字连用，这在时下的文章里已很常见。但先生多次纠正我，说老舍最反对这样用！从此以后，我再也不用"但却"。刚入学的时候，我对诗歌艺术的领悟较钝，先生便用让我自己选诗的办法来训练我。我在研究生一年级时写的第一篇学术论文，能够在"文革"后的第一期《文学遗产》复刊号上发表，全靠先生的指点和帮助。这篇文章原有读书报告的基础。但在改成论文的过程中，我才体会到从报告到论文，又是一次飞跃。其中第二部分讲解陶渊明的三首诗，绞尽脑汁，总算讲出一点特色。其实主要是在先生的指导下，模仿先生的办法写出来的。最后一遍经先生逐字逐句细心修改才得以定稿。在读研究生的三年里，我一共写成十篇论文。每完成一篇，都要把先生修改的第一篇论文稿拿出来作为样板，仔细揣摩。这篇布满先生铅笔字的修改稿在我书桌里保存了很久，后来在一次搬家中连同其他文稿一起遗失，至今叹为恨事。

留校任教以后，先生对我的支持和关怀是无微不至的。1983年，霍松林先生约请陈先生撰写《八代诗史》。先生力荐我这个刚毕业的后生，并且向霍先生保证由他把关。我把这本书当作博士论文来对待,写了三年。遇到困难,我总是到先生那里求助。如有新见,也赶快到先生那里请他鉴定。书里还吸收了一些先生的观点。如其中评论曹植《赠白马王彪》一节,就是根据先生的文学史讲稿发挥的。书成之后,先生仔细通读了全稿,为我写了一篇书评式的序。这部书的完成,使我在学术道路上前进了一大步。先生常对我说:"我保你到评上教授,以后我就不管了。"事实上,到先生得病以前,他一直在关心我的学业。每有论著发表或者得奖,先生的喜悦甚至超过我本人。他到各地讲学,总是到处宣传我的成绩。如果说,八十年代我在同行中已经小有名气的话,一大半是被先生"吹"出来的。先生的这种精神激励着我,使我不敢有丝毫懈怠。经常想,就是为了先生,我也得好好干,绝不能给先生丢脸。

尤其令我感激的是,先生还在生活上给了我许多实际的帮助。我因"文革"中的种种磨难,到39岁时才有了一个儿子。家里老人无法给我们帮忙。孩子出世时,我还住在集体宿舍,儿子的户口没处上,便上在先生家的户口本上。孩子几乎就是在先生家里长大的。那时先生住在镜春园82号,我住在全斋。离得很近。虽然生活条件不算好,但那真是最快乐的一段时光!我有什么事分不开身,孩子就交给先生和师母。他们也特别疼我的儿子。每逢儿子生日,我还没想起来,他们的礼物就先到了。先生的礼物里常有他给梦鲤(我儿子的小名)的诗。有时因为过于烦劳先生和师母,我觉得很不好意思。先生总是爽朗地笑着说:"那有什么,梦鲤是我们家的孩子!"先生最喜欢带着梦鲤在房前的竹丛里玩,自号"竹林二贤"。在梦鲤的心目中,师爷爷和师奶奶比自己的祖父母和外祖父母还要亲近。凡是先生的熟识朋友,几乎没有不知道先生和梦鲤的忘年交的。后来孩子渐渐长大,我家也越搬越远。每次去看先生,他总是反复叮咛我带梦鲤去看他。直到先生临终前一个月,他对我说的最后一句话依然是:"带梦鲤来玩。"最近师母整理先生的遗物,在一本日记上,发现先生当年记录了梦鲤童年的许多趣事。其中有一条说，他买了一只小鸡等梦鲤来玩，但梦鲤没有去，他非常失望……唉！我现在只恨孩子背上的书包太重，在先生得病的这些年里，没能经常去探望他的师爷爷，给先生以最后的安慰！

在中国的学术界，古往今来有多少贤师和名师的故事流传！但我以为，像陈先生这样始终如一地以满腔热忱对待弟子的学者，实在少见。先生去世之后，我才深深体会到，先生在我们身上，寄托了延续他的学术生命的厚望。而我们对先生的感激，也不是一般的语词可以形容。"谁言寸草心，报得三春晖。"此时，只有孟郊的这两句诗能够表达我无穷的哀思。

二

陈先生不仅是我在学术上的引路人，而且在为人处世方面也为我们做出了表率。他对前辈师长的尊重和礼数的周到，给我的印象是最深的。早年他做过林庚先生的助教，此后一直在林先生跟前执弟子之礼。每周必定要去拜望一次林先生，已形成多年不变的习惯，坚持了半个世纪之久。林先生的学术有独特的个性，在五十年代多次遭受批判。学术界也有一些人不能理解他那种诗人式的表述方式。陈先生却能敏锐地看出林先生许多创见的重要价值，在指导我的学业时，常给我分析林先生的学术路数，要我学习林先生"读聪明书"。他对林先生在诗歌艺术鉴赏方面的极高感悟力，最为钦佩，不止一次地说："林先生所欣赏的作品，没有一首是不好的！"在历次政治风浪中，林先生总是成为挨批的靶子。但陈先生从来没有写过批评林先生的文章。有一次，我和陈先生在林先生家闲谈。说起读本科时，我因为经常在课余向林先生请教，"文革"中被同学贴大字报的事，林先生叹道："没想到连葛晓音也受了我的连累！一新，你从来没有批过我，倒没什么事？"陈先生说："那是因为我特别小心。"确实，先生平时处事非常谨慎，这或许是他没有惹祸上身的原因。但他也从不做亏心之事，不肯说违心之话。所以他在良心上没有负担，能够终生坦然面对自己的老师。这在北大的环境里是颇为不易的。

林、陈二位先生的师徒之情，也令人十分感动。陈先生病后，林先生很担忧，说："以后过马路，得我扶着一新了！"后来，陈先生不能自己出门，林先生穿过整个北大校园走到陈先生家里探望。须知此时林先生自己已是90岁的老人！陈先生去世后，我一直不敢告诉林先生，直到林先生焦急地问我"陈先生究竟怎么样了？"，才不得已说出实情。林先生听到噩耗，沉默半晌，才说："自然规律不可抗拒，只是太早了点！"陈先生安葬前一天，我们捧着骨灰到林先生家门口，让陈先生向林先生做最后的告别，然后默默地离开，没有打扰林先生。那天的风太大，天太冷。事后林先生责怪我："要是你们让我知道，说什么我也得出来迎接！"当他得知陈先生的墓离他与林师母（已于十年前去世）未来的合葬墓很近时，又转悲为喜，打电话安慰陈师母说："将来咱们还在一起！"

与陈先生永远在一起的还有吴组缃先生。他的墓与林先生的墓是紧邻。而吴先生生前和陈先生同住镜春园82号，做了十多年的邻居，两家亲密无间。吴先生在"文革"后搬到朗润园以后，和陈先生家仍如亲戚一样来往。许多人熟知吴先生的大名，因为他是著名作家，冯玉祥的老师，但不一定知道吴先生为人的耿介和正直。更少有人知道吴先生的小儿子在唐山大地震时，为了抢救别人，而牺牲了自己的两个孩子。陈先生与这些品格高尚的先辈们生前意气相投，死后魂魄相聚。这种生死不渝的师友之情，为我们展现了人际关系中的崇高境界，令人肃然起敬，又令人无限歆羡！

与陈先生结下忘年交的前辈老先生还有很多。如夏承焘先生和无闻师母，八十年代前期住在北京时，与陈先生常有著作和书札往还。先生曾派我和明非到城里夏先生的住所去请安。我留校以后，也曾跟陈先生和师母骑自行车进颐和园，到藻鉴堂探望夏先生。南京大学的程千帆先生，也是陈先生最敬仰的老师。每次去南京，他的第一件大事就是拜望程先生，回来以后，便不厌其详地叙说他和程先生见面谈话的所有细节。正是因为听陈先生谈得太多，我在见到程先生之前，便对他有了一种亲近感。此外如缪钺先生与陈先生在四川一见如故；王瑶先生常请陈先生代写应酬的诗稿；季羡林先生更是常来常往的近邻……这些先生似乎都把陈先生看成同辈。其实陈先生比他们小一个辈分。我想其中的原因，固然与陈先生擅长旧体诗词、国学功底扎实有关，更重要的恐怕是他温厚谦恭而爽朗诙谐、热情有礼而不失分寸、洞悉世情而超然洒脱，有古人之风和童子之心，这种气质和修养使他与上一辈的先生们能够融洽无间。

陈先生对前辈尊礼有加，对后辈则爱护备至，奖掖不遗余力。我原来学过画。刚跟先生读研究生时，他的《唐诗论丛》准备出版。先生请我为他设计封面。我并无美术设计的经验，却不过先生的坚请，勉力而为。印出的效果令我很不满意。但先生夸赞不已，逢人便说。后来林先生出《问路集》，也请我设计封面。其实他们两位先生何愁找不到好的设计师？这样做，当然是对我的鼓励，也是师生情谊的纪念。从1980年起，陈先生就开始了《杜甫评传》的写作。那时他的左眼视力已很差，我几次看到他倒茶时打碎杯子，因为看不清桌子的边沿。就在这样的情况下，他一边指导我们，一边写作。每天坚持工作到深夜两点，用五年的工夫完成了这部百万字的巨著。这是先生一生研究唐诗的结晶，也是二十世纪杜甫研究的一个里程碑。可是这样一部重要的学术著作，他竟请我这个刚毕业的门生为他作跋。写跋文的那些天里，我每天在先生家看他的手稿，师母为我做可口的饭菜。真是神仙般的日子！通过这次写跋，我对先生的学术路数有了更深刻的体会，担心的只是自己不能把先生大著的精微之处充分表达出来。《杜甫评传》出版以后，我看到书里赫然印着"葛跋"的字样，大吃一惊，极为不安，对先生说我怎能当得起这样的位置！后来先生接到程千帆先生、傅璇琮先生等前辈的来信，都称赞这篇跋文写得好。我才明白先生的苦心，是要把我早早地"拔"进学术界去。十二年以后，先生的《梅棣盦诗词集》出版，先生又让我升了一级，用文言为这本书作序，请他的博士生钱志熙写跋。我没有直接评论先生的创作艺术，而是把我所了解的先生的人品和性情作为序文的重点。我认为自己是懂得先生心事的。当我把序文读给先生听时，他竟像孩子一样哭出声来。那时我又明白先生心里的积郁其实很深。这或许是他对学生的关爱和期望特别深切的原因吧！

在先生的学生中，我跟先生的时间最长，先生待我如自己的女儿。但先生并不偏心。无论是正式入先生之门的硕士、博士生，还是跟先生进修的国内外学者，先生都把他们当儿女看待。学生在先生家吃饭已是常事，师母也从来不嫌麻烦。学生进修结业或毕业远行，先生总是依依不舍，挥泪相送。外地大学请先生参加评议或主持答辩，他都是尽可能肯定别人的长处，同时又认真地给予指点。我近年来接触了一些中青年学者，见面时往往提及先生当年对他们的鼓励。先生去世之后，我们收到全国几百份唁电，其中有许多仍不忘先生的旧恩。

在做人的道德方面，先生对我们的言传身教更是难以忘怀的。刚留校的第一学期，教研室分配我教宋元明清文学史。我觉得非常为难，因为这不是我的专业方向。先生鼓励我努力完成任务。他说对于领导分配的工作，他从来不说二话。"文革"中，他在江西鲤鱼洲当伙头军，腰痛病发作，他还是挑着几十斤重的担子，坚持行军50里。听了这话，我不但在留校的第一学期里写出了二十多万字的教案，而且在备课中发现了"太学体"的问题。此后我无论遇到多么难做的事，都能咬牙挺下来。

八十年代中，在一次学术会议上，一位日本学者说，中国经过"文化大革命"已经没有文化了，提出要派日本学者来帮助我们。这事使在场的中国学者特别是一些老先生大受刺激。陈先生屡次对我提及此事，谈到应当成为国际学者，学术上要敢于攻坚，要为国际同行所承认，要为我们民族争气。先生提出的远大目标，使我在学术的追求上有了一股定力。无论学术界刮什么风，我只认准自己认为有长远价值的课题去做，不求一时的热闹，不图一时的浮名。二十年来，我在学术上没有走弯路，也逐渐得到了海内外学术界的认可，应当深深感谢陈先生在潜移默化中培养了我的独立精神。

先生对于在学术上占他人便宜的行为最为忌讳，常说成名之后，这类事往往难免，要特别警惕。以前教研室集体编写的事比较多，总有干多干少，不那么平衡。先生常常干得多，从没什么怨言，说宁可干得多，得的少，也不愿干得少，得的多。有一次，另一位老师带的一名研究生在李白研究方面有一点新见，向陈先生请教。陈先生很赞赏，让他写成文章，要帮他推荐给学术刊物。这位同学写了好多遍也没写成，泄气了，对先生说："我把这创见送给葛晓音，让她写吧！"先生不同意，但把这件事告诉了我，说："他的创见我不能告诉你，那是他的。"直到今天，我仍然不知那究竟是什么创见。还有一次，我把当研究生时听陈先生谈治学的笔记整理了一部分，发表出来。这篇文章很受欢迎，被多次转载，每次转载都有稿费。我把稿费交给先生，他无论如何也不收，说："话虽是我说过的，但说过就完了。你记录整理了，是你的劳动，这钱我不能要。"先生的生活一直比较清苦。他曾告诉我，刚成家的时候，工资不够用，每个月都要向林庚先生借钱，还了又借，循环不已。八十年代稍有好转，但仍觉拮据。他待人又慷慨大度，特爱留人吃饭，当然更加紧张。可是在稿费的计算方面，他始终不肯多占一分一厘在他看来是不属于自己的报酬。先生最后主编《全唐诗笺注》，是他最无奈的一件事。当初有人来劝陈先生出面任主编，我任副主编，我和先生都认为这是一件大而无当的工作，坚决不同意。岂料牵线人到南方游说，说是陈先生已经同意。南方的一些先生来信热情支持，硬把陈先生拉上了马。后来由彭庆生先生和陈铁民先生任副主编，实际工作都是这两位先生做的。先生为此非常不安，多次对我说："我上了贼船！"但我想倘若先生不病，他还是会勉强履行主编职责的。因为我深知先生不愿当挂名的主编，这不符合他一贯的处事原则。

先生平生最不喜争竞，常说："人生犹如战场，只有老人和孩子不必参与，所以我最喜欢老人和孩子。"他又不喜学术争论，认为争论容易使人偏激，把话说过头。对于不同意见，他一般不太在意，总是说："不要和人吵架！说你自己的就可以了。读者自会评判。"他当《文学遗产》编委时，编辑部曾寄来一篇与他持不同见解的稿子。他没有利用自己的审稿权压制别人，而是签署了同意发表的意见，也没有再写和人争辩的文章。由于先生宽宏大量，我也曾大胆地向他表示过一些不同看法。正确的意见先生常常是笑而纳之。

先生很希望我学习旧体诗的写作，而且也确实花了一些时间教我具体的作法，认真地给我修改那些不像样的作品。可我写了几首就没有再坚持下去。一方面是觉得好诗让古人写尽，再也写不出什么新意来；一方面是因为自己总在疲于奔命，对于生活没有陈先生这样高的兴致。其实先生饱经世变，对世事看得很透。但他随时都能从身边细事中发现诗意，他是那样热爱生活，热爱生命！追随先生多年，我很惭愧自己一直缺乏先生那种朝气蓬勃的精神状态。可是，这样一个鲜活的生命，天竟不假以年，命运待先生实在是太不公平了！

先生去矣！从此以后，那翠竹环抱的书房里再也没有他的身影。但他书房里的灯光在我心里永远不会熄灭。我相信，在金山的松风明月之下，北大古代文学教研室的先辈们还会照常开他们的学术讨论会。他们朗朗的谈笑声将穿过悠远的时空，永远启迪着后人的心智。

（原载葛晓音、钱志熙编《陈贻焮先生纪念文集》，北京大学出版社，2002年）

追念傅璇琮先生

2016年1月23日下午，我忽然收到张明非学姐的一条短信，说是听说傅璇琮先生逝世了。我们都认定这是谣言，因为一周前她才到医院探望过，还发了照片过来，傅先生精神很好。接着她又发短信过来，觉得不放心，要我打听一下。我就赶快给中华书局的一位朋友发短信，结果收到她转来的陈尚君的微信，竟然是真的！想到唐代文学研究界从此失去了领路人，不由得悲从中来。

1982年夏，我从北大硕士毕业时，傅先生曾是我硕士论文答辩委员会的委员，所以可说是我的座师。记得答辩委员会由林庚先生任主席，委员有冯钟芸先生、业师陈贻焮先生、傅璇琮先生、倪其心先生。那时研究生数量少，老先生们又特别认真，答辩会的气氛之紧张，不亚于当今的博士论文答辩。对我的毕业论文，各位先生都给予了充分的肯定和鼓励，但也有不少严肃认真的批评。傅先生谈了很多意见，都非常具体和精辟。我一时记不下来，瞥见他手里拿着我的论文，每页周边的空白密密麻麻地写着好多铅笔字。于是答辩结束后，就向傅先生请求，用我手上的论文把他写批语的那本换下来，以便认真学习。傅先生答应了，但是没有马上交给我。后来再给我时，我发现上面有些铅笔字被擦掉了。

但是仔细辨认纸上印迹，可以看出其中有一句似乎是"囫囵吞枣"。我顿时明白，因为我的硕士论文题目是《初盛唐诗歌的发展》，要在五万字的篇幅里论证这个大题目，肯定有很多疏漏和来不及消化的东西。傅先生在把论文交给我之前，仔细删改了上面的批语，是不想让我有心理负担，但我仍然很感激他的提醒，从此以后也对傅先生的细心和认真有了深刻的印象。

硕士毕业留校后，在八十年代的很长一段时间里，我很少见到傅先生，虽然他和北大古典文学教研室的老师们很熟，和陈贻焮先生也是好朋友。但是一来因为我只是小字辈，不会参与到老先生们的交往中去；二来是傅先生来北大，主要是去古典文献教研室谈工作。北大的古典文献和古典文学分为两个教研室。好处是专业分工更细，缺陷是导致我们这些小字辈不太关注文献的整理研究工作，与长于文献整理的学者来往也少。尽管如此，我仍然能感到傅先生对后辈的关怀。八十年代后期，陈贻焮先生的《杜甫评传》上卷出版后，接着写中、下卷，完工后要我为他写一篇跋文。我当时惶恐至极，因为上卷的序是林庚先生和傅先生这样的大学者所写，我一个入门刚十年的弟子，有什么资格写跋呢？但在陈先生的坚持下，我只好战战兢兢地写了。没想到陈先生把出版后的《杜甫评传》中、下卷分别寄给他的朋友后，很快收到了傅先生的回信，信里特别称赞了我的"跋"，还说下次再版可以把这篇文字列在林、傅两位先生的序后作为"三序"。陈先生给我看了傅先生的信后，我简直不敢相信。这才知道原来傅先生也像陈先生一样不讲论资排辈，可以为提携后生学者而提出这样超越常规的建议。

从九十年代初参加厦门大学的唐代文学学会的年会后，我才有了见傅先生的较多机会。此前虽然在山西会议上，我已经进入唐代文学学会的理事名单，但因为孩子太小，一直不能出门开会，与学界几乎没有来往。1992年第一次参加大会，正好是唐代文学学会换届，从这一年开始由傅先生任会长。后来，我由常务理事到副会长，一直在傅先生的领导之下。加上在北京和外地开学术会议，每年的论文答辩评审等，常常能见到傅先生。傅先生每有新著出版，总是赐我一册，我有书也一定呈请他指教。我知道他的工作非常繁忙，头绪也多，一般情况下不敢打扰他。但是有什么会议请他出席主持，他从不拒绝，也从不敷衍了事，总是认真发言，提出许多非常有建设性的意见。有一次去北师大开会，在校内马路上遇到他，他问我，你知道今天与会的都有谁吗？我说不知道。他就笑着说，你参加会议不把这些都了解清楚吗？我这才知道原来他参加每个会议之前都是认真做功课的，事先一定把会议的宗旨了解清楚，做好准备，所以在会上才永远不会发空论，而且每次都有新鲜的意见。我常常想，如果把傅先生每次在学术会议上的发言搜集起来，不但可以清晰地看出这三十年来我国学术发展的历史进程，而且能证明他的许多意见都是有前瞻性的，对学术的发展是有指导意义的。所以傅先生不但是唐代文学学会的当家人，而且一直引导着全国古典文学研究的发展路向。

傅先生以自己的学术著作及其主持的大量项目实践了他的种种建议。他的《唐代诗人丛考》是唐代文学研究者人手一册的必读经典。其结论和方法的影响已经持续了三十年，而且将永远指导一代代后起的学人。同时他的研究视野又不限于考据和文献，《唐代的科举与文学》以及《李德裕年谱》《唐翰林学士传论》等都是研究唐代文学发展的社会原因与文学关系的典范之作。这些著作给我们的启发不仅仅是具体的结论，更重要的是方法和视野的启迪，尤其是《唐代诗人丛考》前言中的指导思想：以某一发展阶段为单元，研究这一时期的经济和政治、群众生活和风俗特色、文坛人物的变迁、作家的活动和交往、文学创作的高潮和低谷，让后学明白了要研究一代文学，必须研究文学赖以发生发展的社会土壤；要了解唐诗的高峰，必须了解形成高峰的高原。这些思路引导了三十年唐诗研究的主要方向，出现了大批为国内外汉学界注目的成果，而且影响到其他相关方向的研究。

傅先生为新时期中国的古籍整理工作做出了重大贡献,他长期担任国务院古籍整理小组成员、中华书局总编辑,与顾廷龙先生主编了《续修四库全书》,后来又与杨牧之主编《中国古籍总目》,并担任《全宋诗》第一主编,此外还有《全宋笔记》《宋登科记考》《宋才子传笺证》等重大项目。他从不挂主编的虚名,每个项目都是亲自选题策划、参与编写,直到落实出版,精力之旺盛实在惊人。他还组织许多青年学者加入到《唐代文学编年史》《唐才子传笺证》等大型项目中去,为唐代文学的研究奠定了宽广而扎实的基础,也培养了许多学界新人。关于这一点,很多参与项目的同行朋友比我有更深刻的体会。他对青年学者的热心扶持,是有口皆碑的。我也曾亲眼得见:九十年代中,北大历史系和唐史学会得到美国一位爱好唐代文化的巨商资助,成立了唐研究基金会,每年可以资助一本《唐研究》的刊物和几本唐研究方面的著作,资助的著作要经学术委员会严格审查讨论。由于基金会以史学界学者为主,文学界任学术委员的极少,傅先生是当然的委员,我也忝列其中。傅先生每次开会必到,积极推荐唐代文学研究界出现的新人。记得有一次他推荐陈尚君的论文可以结集出版,亲手写了很长的推荐书,详细论证陈尚君著作的学术价值和创新性,使这本《唐代文学丛考》得以顺利通过,整个过程使我非常感动。

傅先生为人的谦和也是众所周知的。2004年我在香港浸会大学任教,文学院要我组织一个"名贤讲席",要求邀请全世界最顶尖的古典文学研究者来讲自己的最新研究成果和思路方法,每位讲者配一位专家做讲评。我们邀请了傅先生、美国普林斯顿大学的浦安迪先生、日本东京大学的田仲一成先生,以及当时在港任教的台湾大学的吴宏一先生和北京大学的张少康先生。我在排场次时,请傅先生讲第一场。他看到讲席程序表以后,把我叫到一旁,悄悄说:"你把我安排在第一讲不合适,让外宾先讲吧！"我认为傅先生应该最先讲，这是当仁不让的。他推让再三，我还是坚持请他最先上场。傅先生就是这样，尽管已经是国内人人敬仰的权威，却从来不在场面上摆大学者的架子。

前几年，台湾"中研院"发起设立"唐奖"，每年在全球汉学家（不限华人）中推选一名获奖者，评选办法类似诺贝尔奖。评奖前，先邀请一批学者作为推荐人。我也收到了署名"李远哲"的邀请信，得以参与推荐。虽然我知道第一次评奖，国内学者几乎没有获奖的希望。但是这个奖的名称令我第一时间想到傅先生是最有资格的获奖者。由于推荐过程要求严格保密，我没有告诉傅先生，而是利用我掌握的所有资料，从他本人的研究成就，以及在学术组织方面引领国内古典文学研究的贡献着眼，详细阐述了推荐的理由。后来虽然没有评上，但我更希望借评奖的机会，让世界上更多的汉学家知道，国内最顶尖的汉学家是在怎样的工作条件下获得了如此卓越的成就。

傅先生去了，从此再也见不到他在各种学术会议上的身影，但他将会与他的著作和巨大影响力永远活在后学者的心中！

（原载吴相洲主编《唐代文学研究年鉴（2016）》，广西师范大学出版社，2016年）

追思周先慎老师

近十几年来，北大中文系古代文学教研室的大部分前辈老师都陆陆续续地走了，周先慎老师是硕果仅存的几位先生之一。2018年年初，在校医院门口遇到他和师母，交谈了一会儿。他说心脏做了搭桥以后，二尖瓣又有问题，非常难受。医生说只要各项指标合格，就可以用手术彻底解决病痛。他决定等开春复查合格以后，就去做手术。周老师晚年多病，但非常坚韧，常常能捱过难关。当时听他这么说，也认为他做完手术一定会好的，没有多想，只是祝他一切顺利。春节期间，我们又加了微信，都说以后联系就更方便了。谁知到4月中旬，噩耗突然传来，说周老师手术后昏迷了，此后一直没有醒来。这个结果实在令人无法接受，我总在想，如果他不做手术呢？但是听说周老师手术前曾对医生说，他还想写一本书，医生告诉他，手术成功他还可以写十本书，这该是周老师执意要手术的原因。他要的是有质量的生活，是还能工作的生命，所以才甘愿冒这么大的风险。他在昏迷前还是信心满满的，离去时可能不会感到任何失望和痛苦吧？这或许是对生者唯一的安慰了。

周老师走后，每当想起他，我的眼前就立刻浮现出五十多年前，和他一起在小红门公社龙爪树生产大队参加"四清"运动的情景。1965年，我还在北大中文系读本科三年级。当时参加"四清"的主要是六二和六三两个年级，六二级和系里部分老师去了江陵。我们六三级和部分老师被派到北京东郊，充当"四清"工作队员。龙爪树大队有七个小队，第一、二、三小队同在一条小街上，工作人员的住处离得最近。记得唐作藩老师和胡双宝老师在一小队。我们三小队和二小队的男老师住在相邻的两个院子里，周先慎老师在二小队，从我们队男老师的住处就经常可以看见他。我知道周先慎老师是教写作课的，但没有上过他的课。当时北大中文系很重视学生的写作训练，专门设有写作教研室。洪子诚、刘烜、马振方、赵祖谟等年轻老师都在这个教研室，当时洪子诚老师是我们六三（3）班的班主任，马振方老师是六三级的年级主任。写作课一般由本班班主任教，所以我没有机会听周老师讲课，但是因为"四清"的缘故，我们很快就熟悉了。

那时周老师大概还不到30岁，和学生相处没有一点架子。虽然工作不在同一个小队，但是每当要到公社或者片区的集合点大红门去开会的时候，我们常常一起走。周老师有一辆旧自行车。我们这三个小队的工作人员中只有我一个女生，年纪最小，也比较娇气。周老师为了照顾我，总是让我坐在自行车后车架上，捎我去公社。那时的大红门和小红门公社，到处都是庄稼地，道路也大多是土路，交通十分不便。而我们这些参加"四清"的女生，大概是因为吃多了棒子面窝头和贴饼子，大部分都像吹了气似的迅速发胖，我的个子又高，体重至少有140斤。周老师很瘦弱，驮着我骑车非常吃力，看着他弓起背在土路上用劲蹬车的样子，我心里非常过意不去。每当上下坡时，我就赶快跳下来走一段。但是周老师毫不在意，有时还和我开玩笑："把你驮到大红门去，可以卖个好价钱！"因为大红门是当时有名的屠宰场，当地人如果说别人肥，就说驮到大红门去。在龙爪树的十个月里，只要公社有会，周老师总是招呼我上他的自行车："到大红门去啰！"引得大家开心地大笑一阵。多少年过去了，周老师费力蹬车的背影在我的脑海里始终是那么清晰。

1966年5月，"四清"运动还没结束，"文革"就开始了，之后到1968年底毕业前，学生和老师们基本上不再来往。毕业后更是不通音讯。直到1978年我考上"回炉班"，1979年又考取古典文学研究生，才回到北大。此时原来教写作的几位年轻老师都各自去了不同的教研室，写作课也取消了。周老师进了古代文学教研室，主要从事宋元明清文学的教学和研究。我的学习方向是魏晋南北朝隋唐文学，所以在读研期间，向周老师请教的机会很少。留校以后，和周老师成为同事，在教研室的政治学习和业务讨论会上，才常常见面。

八十年代和九十年代初期，文学史的教学和研究扭转了五六十年代的教条主义和简单化的倾向，转向重视文学本身的美感和价值。我们古代文学教研室的袁行霈老师、周先慎老师都在这方面率先做出了成绩。加上教研室开会时，讨论最多的是教学的改革，老师们最重视的也是课堂教学。对于在文学史基础课上如何让学生多读经典作品，大家想了不少办法。这也促使老师们非常关注经典作品的阅读和鉴赏。赵齐平老师曾负责为当时一本著名的刊物《阅读和欣赏》组稿，邀我和周老师发表文章。我这才有机会拜读到周老师的大作，很佩服他分析作品的细致深入，尤其文字的干净精致，给我留下很深的印象。他对文章的规范性和文字表达的要求很高，难怪他的文章《简笔与繁笔》能被选入高中语文课本。平时和周老师聊天，也常听他对报刊的文字发表意见，尤其《北京晚报》的错字病句之多，屡屡被他诟病。有一次他注意到我分析韩愈《谒衡岳庙》诗的一篇小文，对我鼓励有加，让我很受鼓舞。在后来的研究中，无论是写论文还是鉴赏，我都非常注意文字表达，写一篇文章总是要反复修改多次。除了林先生、陈先生的言传身教之外，周老师对我的影响也是不小的。

周老师擅长分析作品的特点，使他走出了一条独具特色的学术路子，形成了自己的学术个性。八十年代中期以后，学界掀起一股赏析热，出版了大量鉴赏辞典，太多了自然难免泥沙俱下。不少人以为鉴赏很容易写，殊不知这类文章最能见出评鉴者的悟性、眼光、学养和文字功力。鉴赏类文章虽然充斥市面，但有真知灼见的实在是凤毛麟角，周老师的鉴赏就是少见的精品。他的多种代表作都是以鉴赏为主的，如《古典小说鉴赏》《中国四大古典悲剧》《古诗文的艺术世界》《明清小说》《古典小说的思想与艺术》《中国文学十五讲》《细说聊斋》，等等。他提倡对文本的细品深研，因而从不人云亦云，常常能在鉴赏中提出与众不同的新颖见解。同时他也没有停留于单篇作品的分析，而是对文学史有整体的观照，能在大量细读作品的基础上，深入联系作家生平思想、广阔的历史背景和丰富的社会生活知识，写出许多具有独到心得体会的学术论文。如论三国有《从〈赤壁之战〉看〈三国演义〉的战争描写》《〈三国演义〉描写战争的艺术》，论聊斋有《论〈聊斋志异〉清官作品的思想基础》《〈聊斋志异〉：继承与总结》《论〈聊斋志异〉的意境创造》《奇异世界中的现实人生》《〈聊斋志异〉的艺术美》《蒲松龄的劝世婆心》等系列论文，都能将作品研读中的体会上升到更高的理论层面。除了《三国演义》《水浒传》《聊斋志异》《红楼梦》等几大古典名著以外，他还广泛涉及六朝笔记、宋元话本、明清小说，并打破文体壁垒，跨入诗歌领域，对大诗人苏轼和陆游也颇研究有得。可以说他的研究成果全是由细研作品的体会积累提炼而成，因而具有相当的广度和深度。时至今日，面对古代文学研究界很多后学忽视文本、读作品缺乏感觉的困境，才能见出像周老师这样既有敏锐细腻的文学感悟，又能以准确精辟的文字剖析作品的能力是何等难能可贵。

九十年代初，教研室为了解决课堂教学抄黑板费时的问题，让学生们多读一些作品，决定编选一部《中国文学史参考资料简编》，指定由我编注先秦到五代段，作为上册，周老师编注宋元明清到近代段，作为下册。北大教研室在五六十年代原来编过先秦到魏晋南北朝的文学史参考资料三种，编选和注释质量极高，部头也较大，中华书局出版后，在全国高校中文系很受欢迎。我在本科上文学史课时，就是以此为教材的，可惜到唐代就没有了。这次编选"简编"，就是仿照这套参考资料的体例，但是还要考虑本专业和外专业及外系课堂教学的不同需要，作品自然也少了很多。两册选目全部由林庚先生敲定，上册请陈贻焮先生审定，下册请赵齐平先生审定。我们各自花了一年的时间完成任务。相比之下，周老师的工作量要比我大得多，因为我编上册，先秦到魏晋南北朝部分有教研室原来出版的参考资料作依据，我只需把主要精力放在唐五代部分。周老师编注的部分，基本上是草创，而且涉及各种文体，搜集与作家作品相关的评论资料也不如唐诗方便，但我从未听见他有过一丁点抱怨。资料出版后，九十年代一直作为课堂教学的课本使用。二十一世纪以来，一批年轻教师成为文学史教学的主力，PPT逐渐普及，有些老师开始感到作品选不够讲，这部资料也就慢慢停用了。周老师觉得可惜，多次和我商量做一次增订，请出版社再版。但因为销量的问题，出版社一直比较犹豫，便搁置下来。现在回想起来，这可能是周老师最遗憾的一件事，毕竟他曾经为这本教材费了这么多心血。

周老师为人正派、性格爽直、待人热情、处事认真；看问题有自己的见地和原则，从不随声附和，有不同意见一定会直言不讳地说出来。但他脾气很好，在教研室里是最随和的一位老师。从八十年代后期到九十年代，每年春节的初一上午，教研室的中青年老师都会到老先生的家里去拜年，自然形成一个拜年团。沈天佑、周强、周先慎三位老师是核心，陈贻焮先生、袁行霈老师和费振刚老师也常常参加，我们这些晚辈常常跟随在后。一般先到燕南园的林庚先生家，出来后向北，经过结冰的未名湖，先后到朗润园的吴组缃先生、季镇淮先生家，老系主任向景洁先生家也是必去的。一路上大家不分辈分，说说笑笑，有聊不完的各种话题。冬天的阳光照在身上，格外温暖。记得每年此时，周先慎老师总是最愉快最活跃的。如今老先生们大半凋零，这样美好的时光已经一去不复返了！

　　古代文学教研室上一辈老师们的情谊可能是今天的许多学者无法理解的。这不仅仅是一辈子共事的缘分，更是共同经历了三十年风雨甘苦的生死友情。这是我在读了周先慎老师回忆我的导师陈贻焮先生的文章之后才体悟出来的。他在《学问与童心——忆念一新先生》一文中说："一新先生是一位学者兼诗人。但说来奇怪，我和他接触最多因而对他作为学者和诗人的一面有比较深入的了解，却不是开始于教学岗位，而是开始于'文化大革命'中的五七干校。""我们每天起早贪黑一起打柴，朝夕相处，无话不说，汗水洒在一起，共同体验着劳动和生活的艰辛，因此对他的为人、他的学问和性情有了深入的了解，彼此间建立起真挚的情谊。"陈先生去世后，很多去过江西鲤鱼洲的老师在怀念他的文章中都提到过这段生活，其中使我最震撼的是周老师对陈先生一场大哭的描述："在一个雨天，我们教改小分队的师生几十个人，乘汽车到南昌去教学实习，明知非常危险，却谁也不敢冒活命哲学的罪名建议把队伍带回去。结果有一辆汽车翻到了大堤下，当清华的战友们来帮助把汽车掀起来时，发现有一位老师和一位同学遇难。一新先生本人也是被扣在车底下的，当他爬出来时，看见眼前的景象，竟面对着辽阔的鄱阳湖，放声痛哭起来，没有顾忌，没有节制，那情景，真像是一个失去亲人的孩子，他哭得那么动情，那么真挚，那么富于感染力，直到如今，那哭声犹萦绕耳际。"我想，这场痛哭岂止是对眼前遇难者的哀悼，更是为当时知识人的命运放声一哭。我相信陈先生哭出了所有鲤鱼洲老师们的心声，所以才使周老师如此难忘。这样刻骨铭心的经历，不但使周老师和教研室老师们结下了深厚的友情，也促使他在不惑之年回到校园后，更加珍惜时间，发愤著书，不顾病痛，直到生命的最后一息。

周老师走了！因为没有机会向他做最后的告别，潜意识中一直觉得他并没有走。最近北大出版社寄来了我和他合作的《中国古代文学作品选注》的版税，要我把其中的一半转交给周老师家人，我才痛切地意识到周老师真的已经不在了！从九十年代我们合编的《文学史参考资料简编》出版后，每次领稿费版税，都是周老师招呼我一起去出版社。他做事的认真细致与他的学风完全相同，所以我向来只是甩手跟随，从不操心。后来从《简编》选出一部分作品，编成我们两人署名的《作品选注》。因为我经常在海外教学，每次领版税都是周老师负责，等我回校时他托人转交给我，近几年则改用转账，每次还都附上出版社稿费审批计算表的复印件，以及他分配版税的计算表，一丝不苟，清清楚楚。十几年来总是麻烦他，我几乎习以为常了，从来没想过这事有一天会转交到我手上。当我盯着出版社编辑用微信传过来的稿费审批计算表时，泪眼模糊中，似乎又看到了五十多年前周老师用自行车驮我去大红门的背影。忽然想到：受到过周老师这么多的关照，为什么从来没有答谢他的任何表示？难道是因为太熟了？如今想要表达我对他的深深谢意，却再也来不及了！

愿周老师和教研室的前辈们能在天上重逢，完成他还要写十本书的遗愿。

（原载周阅、段江丽主编《周先慎先生纪念文集》，
国家图书馆出版社，2019年）

学术是他生命的第一需要

——怀念日本唐诗研究著名专家松浦友久先生

东京友人刚传来消息：松浦先生去世了。虽然从三年前得知他患癌的时候起，就经常担心这一天的到来，但又觉得以他强健的体魄和良好的精神状态，他应该能渡过这一难关。即使是在2002年8月下旬，松原朗先生和水谷诚先生来北大谈起松浦先生的病情，告知他已不能说话时，我还是相信他会好起来，因为他还能坚持散步。谁知仅仅一个月，他就猝然离去。

回想2001年秋天9月26日在东京时，松浦先生请我共进晚餐，距今年去世的日子，恰是一周年。想不到那竟是我最后一次和他见面的机会。像以往那样，我如约来到他在早稻田大学文学部的办公室。许久不见，乍见之下，不由得暗暗吃了一惊。他的脸似乎有些浮肿，气色晦暗，已经没有以前的光采。但动作仍然敏捷，一起走出文学部大门的时候，他的步履也很快。去饭店的途中，他告诉我现在仍然给研究生上课；还在写作，年底将有三部书出版。我劝他注意身体，不要太劳累了。他笑着说："著述对我来说就是最好的药方。"我心里一震：从前他曾多次说过，读书写作是他最大的享受。如今在生命垂危的时候，学术仍然是他的第一需要。他让我看到了一个真正的学者超凡入圣的精神境界。这样的人纵然形体消失,他的生命也会永远留存在他的事业和著作中!

我认识松浦先生已有十七年了。1985年,他到北京大学访问,在勺园住了8个月,和我的研究生导师陈贻焮先生结下了深厚的友谊。那时中国大陆对外开放不久,和国外学者的交往也刚刚开始,但松浦先生已为中国唐诗学者所熟知。他和陈先生可谓一见如故,毫不拘礼。平时看书累了,就沿着未名湖边的小路走到陈先生家去聊天,常常乐而忘返。陈先生一向待客热情,见他不习惯勺园的伙食,也时常留他吃晚饭。兴致来了,二人还吟诗唱和。有一次,陈先生对我说:松浦先生想见见我。我觉得很奇怪,对陈先生说:"松浦先生怎么会知道我,一定又是您'吹'的吧?"因为我的老师经常在外面逢人说项,这次自然也不例外。但陈先生很认真地对我说:"不是的,是他自己提出来的。他刚来北大时就说要见两个人,一个是葛晓音,一个是严绍璗先生,请我帮助安排。"严先生做中日古典文学比较研究,去过日本,已有名气,松浦先生知道他是不奇怪的。而我刚毕业三年,文章也才发了十几篇,又不出去开会,怎么会引起他注意呢?但无论如何,松浦先生对于无名晚辈的这种态度使我非常感动。从此以后,我和陈先生便与松浦先生及其弟子们开始了长达十几年的交往。

八十年代后期到九十年代中,松浦先生的高足高桥良行先生、松原朗先生先后来到北大做一年的访问,由陈先生负责指导。陈先生的博士生朱琦毕业后到东京,也承松浦先生多方关照。他在生活、工作乃至家庭问题方面遇到困扰,都去找松浦先生诉说。松浦先生还想办法帮他在大学谋求教职,虽然没有成功,但令人感到他和陈先生都是把对方的弟子当自己的学生看待的。1993年到1995年,我和陈先生的另一位弟子钱志熙先后到东京大学当外国人教师,都受到他的热情款待。1993年秋他带我到大阪去参加日本中国学会年会,帮我订购车票,来回全程照顾,一路畅谈学术,当时情景至今历历在目。后来我又在1997年至1999年被东京大学聘为专任的文学教授，1999年回国后几乎每年都去东京大学和户仓英美先生进行合作研究，和松浦先生见面的机会就更多了。他每有著作出版，都要送我或寄我一本，有的书再次修订，他就再寄一次。无论是日文本还是中译本，无论是论著还是编著，无论是大部头的词典还是微型的诗选，我都有幸成为他第一批的读者。九十年代后期，他的学生增子和男先生和水谷诚先生来北大访问，长女史子来北大进修，我只不过尽了一点地主之谊，他却觉得给我添了麻烦，竟从东京寄了一只贵重的女式公文包来表示谢意，以至于毫无思想准备的我从邮局取出那只包裹得层层叠叠的大纸箱时，着实被吓了一跳。先生待人的至诚由此可见一斑。

作为研究传统文化的学者，松浦先生对日本传统文化的热爱和自豪感是渗透在他的学术研究和日常生活中的，这一点给我留下了深刻的印象。1993年初到日本，他在早稻田大学的大隈饭店请我用的第一次晚餐，就是地道的日本菜。后来又多次请我到他家去，要我"看看日本式的书房"。他的书房是和式的，四壁书架放不下他的藏书，榻榻米上沿着书架摆得重重叠叠，砌成了厚厚的书墙，包围着他的书桌和一张待客用的长茶几。他在家款待我总是在书房里，每次的程序都是一样的：通常先生总是约我下午五点到井之头公园站，他骑着自行车来车站接我到他家，先坐在书房的茶几旁饮茶，用点心，都是传统的日本茶和他用心挑选的日本名点。然后是他夫人一道道上菜，膝行至茶几前放好菜肴，立即退出，关上拉门。这样的规矩我以前只是在日本电影里看到过，觉得礼数太重，作为一个学界的晚辈实在承受不起，常有如坐针毡之感，也曾多次要求和他夫人及家人一起用餐，但松浦先生始终严守着这样的待客传统不曾改变过，也从未请我吃过任何西洋式的食品。一般总是一直聊到九点，饭后必须用完最后一道水果才同意我告辞，然后把我送到车站。因他家离车站很近，我去过两次就认识了，请他不必再送。但他每次请我都坚持亲自接送，从来不肯让我独自走。

尽管松浦先生这样待客的礼遇，令我深感不安，但每次在先生书房里做客聊天，都给我留下了美好的回忆。在我的印象中，我和他谈论的话题都是围绕着学术，有时是各自的研究课题，或某些学术观点的讨论，有时是通报学术界的情况。可说的话很多，几乎没有断线的时候，也极少旁涉学术以外的事情。也正是在这样的交谈中，我对松浦先生的了解逐渐深入，对他的为人和治学精神也越来越敬佩。这种专业讨论式的交谈不免会涉及不少学术界的人和事。但我从未在谈论中听到过他贬低或批评什么人。提及某人时他总是恰当地把该人在学术上的特长举出来，热情洋溢地称赞别人的成绩，包括对他自己的学生也是如此。当然他也并不掩饰他对某些事情或观点的否定意见，但往往表达得非常委婉和客观。我原先觉得这可能因为我是一个外国的学者，对我说话难免小心谨慎、留有分寸，但后来渐渐感到其实更多地还是出于一个大学者的胸怀和度量。人们常会看到学术界有一些气盛的学者喜欢与人争长较短，贬低别人，显示自己的高明。这往往是因为他们还处于需要他人认可的阶段。如果对学术有足够的自信，就会有海纳百川的容量，这是一个大学者自然形成的风范。

一般情况下，一个学者高产和优质是很难两全的。多产便不免粗疏，优质便不免难产。而松浦先生却是一位高产而又优质的学者，这与他超常的勤奋是密切有关的。记得1993年我跟他一起去大阪，上了新干线，刚一落座，他就拿出稿子来看。在大阪开了两天会，回程时他已完成一篇文章了。我在日本先后工作三年，与一些优秀学者交往，感触最深的是他们对学术的投入和专注，是那种珍惜时间的拼命精神。他们很少关注学术以外的杂事，心无旁骛，一切的兴趣和爱好都不离学术，学术已经成为他们生命中最基本的需要。松浦先生就是其中的代表。而中国当代学者对学术以外的事关注太多，学术好像只是通向某个目的地的阶梯。

有些很有潜力的学者，也能够为世务轻易地放弃学术。虽说人人都有选择人生道路的自由，但这种"学而优则仕"的氛围难以造就真正的学者，更毋论出现大家都在呼唤的大师。松浦先生的境界虽然不是一般人可以达到，但这种纯粹的学术精神却为学术界树立了一种很高的做人治学的标准。

松浦先生对中国学术界始终抱着友好和真诚的态度。凡是到日本访问的中国唐诗学者，都希望拜访松浦先生，对于每一位来访问的中国学者他都热情接待。他也很熟悉中国唐诗研究界的人和事，有不少消息还是他先告诉我的。他对古代文学研究动态的了解甚至超过我们许多中国学者。例如赵昌平先生的《开元十五年前后》是一篇很有独创性的论文，但发表在一份不易找到的刊物上。松浦先生看到后，评价很高，立刻介绍给学生。而我读到这篇论文却比他还晚。有一次谈到中日学界之间彼此如何增进了解的问题。他给我看他订阅的一叠《文学遗产》，令我吃惊的是每一本杂志的目录上都用红笔做着各种标记，许多文章都用红线画出了他认为应该注意的段落。显然他对每一期《文学遗产》里的论文都仔细阅读过。我觉得非常惭愧，我自己就没有从头到尾认真地读完过一期《文学遗产》。他对《光明日报》上刊登的每期新出的学术刊物目录也很关注，因此总能掌握最新的研究信息。他说他是研究中国文学的，研究应该得到中国学者的认同，所以对于他的论点在中国引起的反响，非常关注。曾有一位中国学者对松浦先生关于中国诗文里"猿鸣"意义的解释提出批评，并且说伤害了中国人民的感情。松浦先生为此很不安，屡次对我提及此事，说很希望找那位学者恳谈一次，不同意自己的观点没有关系，但希望消除对自己的误解。可惜后来一直没有找到这样的机会。

松浦先生不但喜爱中国文学，而且喜欢汉语，常说普通话发音好听。用汉语和松浦先生交谈，几乎没有什么障碍，这也是他勤奋学习口语的结果。他1985年到中国时，已近50岁，这样的年龄学习口语是比较困难的。但他每天坚持看电视、听广播，提高听力和口语表述能力。他说他最喜欢中央人民广播电台的《午间半小时》的播音。回到日本后，只要有学生到中国去，就一定托人给他带《午间半小时》的录音带。这个节目的主持人名叫傅成励，是我大学时代比我高一年的同学，他曾多次获得全国金话筒奖。松浦先生喜欢他的播音，说明先生在汉语听力方面的鉴赏力是很高的。后来我把这件事告诉傅成励，傅成励还托我带了一张他的照片送给松浦先生，先生非常高兴。

　　松浦先生是中国学界最熟悉的日本学者之一。他的著作很多，思路开阔，富有创见。特别是在李白研究、诗歌节奏和类型、诗体分类研究、诗迹研究、中日诗歌比较研究方面成就卓著，不但在日本国内已形成学派，开辟了许多研究的路径，而且对中国学界也有很大启发。他的主要著作，几乎都被翻译成中文，成为各大学研究生耳熟能详的主要参考书。他很希望更多的中国学者了解他，但他又坚决反对沽名钓誉。有一位中国学者翻译了他的《李白诗歌诗型艺术研究》，但所找的出版社一听说是日本学者的著作，就要他出好几万块钱。他向松浦先生诉苦。松浦先生告诉我这件事，说："我不是出不起这笔钱。但要我用钱在国外买名，我是不会做的。"后来我和上海古籍出版社总编赵昌平先生商量，赵先生慨然承诺在"海外学术名著系列"里出版此书，为学界做了一件好事。2002年春初，虽然松浦先生病情反复，但还是挣扎着写成一篇文章，把他在研究节奏和诗型方面的观点做了简明系统的介绍。《文学遗产》主编徐公持先生建议我用访谈录的形式加以改写，并以最快的速度在2002年《文学遗产》第四期发表出来。最近我从松原朗先生处得知，松浦先生在去世前是看到了这篇文章的。悲痛之余我又感到些许安慰，因为没有给他留下遗憾。这就算是我，还有《文学遗产》编辑部对他的最后一点纪念吧！

中日两国由于历史的原因，学术界在意识形态和思想感情上存在许多隔膜。在中国改革开放以后，第一批冲破这种隔阂，努力促进两国学界沟通的学者不但需要勇气和眼光，而且要有视学术为天下公器的博大襟怀，我们将永远感谢他们为此做出的贡献。松浦先生便是这些开路的先辈之一。如今他和陈贻焮先生虽然都已作古，但他们的友谊已经延续到我们做弟子的这一代。他的女儿也按他的意愿选择了中国古代文学专业，成为东京大学的博士生。对于一个大学者来说，松浦先生未享天年，实在令学界无限痛惜。但他把自己的毕生精力都献给了学术研究和培养后继的事业，这种精神会在中日学界世代相传，使他获得生命的永恒。

（原载《松浦友久教授追悼纪念》特别号，日本早稻田大学《中国诗文论丛》第21集，2002年12月）

真正的学者
——悼念日本中国学会会长丸尾常喜教授

5月10日,打开三天没顾得上看的电子邮箱,东京大学中文系户仓英美教授的一封短信赫然在目:"5月7日晨丸尾常喜先生去世。……"我一下子跌坐在书桌前,眼前一片模糊,只有丸尾先生那谦厚的笑容清晰地浮现在空白的大脑中。实在不愿相信噩耗来得这么快!须知上星期我还刚收到丸尾先生4月20日的一封中文手书,信里说:"我的癌症医生说是很厉害的一种细胞引起的,2008年2月间开始腰部自觉疼痛,检查后查出骨头几个地方被癌细胞转移侵袭了。今月受到14次的放射线投射,结果脊椎、腰椎部分减痛,但其他的地方继续疼,每天服用镇痛药。还有放射线和镇痛药都不能免有副作用,受到的影响和限制非常大。但是您放心!我继续进行鲁迅小说五篇的注释工作。最初打算给十篇小说加注,但最近看着已经加注的作品的情况,变了计划了。鲁迅的文章,虽然很有魅力,但文言、近代白话、方言(吴语)和翻译体等几种要素混合在一起,严密的注释非常困难。幸而日本在吴语研究方面造诣很深的宫田一郎先生(他跟石汝杰先生共同编集了上海辞书出版社版的《明清吴语词典》。他虽然已过了85岁,但非常健康,很积极地帮助我。当然我的基本态度是'鲁迅的事,听鲁迅',《鲁迅全集》是最基本的词典),不惜协力，如果没有突变，可能今秋完成出版。"虽然语气十分平和，却可以想见他忍受着癌症的剧痛奋力工作的艰难。可惜老天连最后的这点时间都不肯给他，就让他这样带着遗憾永远地离去了！

认识丸尾先生是在1993年，那时我被东京大学文学部聘为外国人教师。他刚接任中文系主任。记得他初次和我见面时有些腼腆，一再为他的中国话说得不好而致歉，又强调他的能力不如前任平山久雄先生，不适宜担任系主任，等等。系秘书也在私下里告诉我丸尾先生对于我来任教非常紧张，总怕什么地方招待不周。其实东京大学中文系的教授对中国教授都非常亲切友好。虽然日本教授之间一般没有到家里互访的习惯，但他们常常在自己家里招待中国学者。丸尾先生的招待可以说是每次都竭尽全力，以至于让我因为还不起他的人情而深感内疚。

1997年我再度被东京大学中文系聘为专任的文学教授，丸尾先生邀请我全家到北海道去旅游。他原是北海道大学教授，在札幌多年，调任东京大学以后，那里还保留着一处住所。我们就在他家里住了一周。期间顺子夫人每天变着花样为我们准备丰盛的饭菜。丸尾先生的二女儿开车，陪我们游遍了半个北海道。长时间的中文讲解累得丸尾先生头昏脑胀，因为他所导引的旅游也是学者本色，一路所看的都是日本近代文学中著名作家和学者的遗迹，其中印象最深的是作家有岛武郎的纪念馆。鲁迅先生在写了《我们现在怎样做父亲》这篇文章之后的几天内，读到了有岛武郎的《与幼小者》（1918年发表），把它介绍到中国。丸尾先生认为两位作家的思想中有共通的东西，所以他每次在札幌招待中国友人时，都要带他们参观有岛武郎的纪念碑，给他们解释碑上所刻的《与幼小者》的最后一段文字。这次旅游，丸尾先生还一定要包揽我们全家食宿行的全部费用，为此我们还在一次早餐后发生了争执。他极其认真地对我说："平山先生说过，我应该负责你们的全部费用，这是他留下的传统。"平山久雄先生是语言学权威，东京大学中文系前主任。他在任内十多年，自掏腰包无数次地招待了所有前来任教的中国教授。这种坚持不懈的精神令许多认识平山教授的中国学者都为之感叹不已。丸尾先生搬出平山先生，我没办法，只好威胁说如果他不收我们的费用，便终止旅游，他这才勉强收下，还一再道歉致谢，真让我无话可说。

　　丸尾先生治学的认真，也为中国同行所熟知。一次我在《北京晚报》上看到鲁迅纪念馆馆长孙郁先生的一篇短文，其中盛赞丸尾先生著作的严谨，还与国内的不良学风做了对比。我把文章剪下来寄给丸尾先生，他回信说虽然不认识孙郁先生，但能得到他的肯定觉得非常欣慰和荣幸。我虽与丸尾先生专业方向不同，但也能看出他是处处都留心学问的人。对鲁迅的著作他显然是烂熟于心，平时聊天会不时地引出鲁迅的一段语录。即使旅游也常联想到自己的研究。一次我陪他和顺子夫人游颐和园苏州街，他看到传统的炊具，就问我茅盾的小说里说"从灶后走出来"是什么意思。我便告诉他从前中国南方的灶台是什么结构，还画了示意图。他很高兴，回国后不久给我寄来一篇文章，里边还提到这件小事。有时他和我谈论起中国一些著名的现代文学研究者，总是由衷地表示对他们的钦佩，但也流露出些许迷惘："为什么他们引用的很多资料里时间、地点常常出错，不去仔细地核对呢？"丸尾先生以他严谨的治学态度和卓著的学术成就获得了海内外同行的尊敬，前几年当选为日本中国学会会长。但他待人始终是那样谦厚诚恳，每年都以富有诗意的文字向朋友们报告他一年的工作或是对春花秋月的感悟，袒露他那诗人般敏感的心灵。直到在得知癌细胞扩散以后，还写信来表示歉意："今后也许会有失礼之处，望以宽恕为盼。"

　　研究中国学的日本教授多数是为学问而学问的，孜孜矻矻，心无旁骛，没有中国"学而优则仕"的传统和氛围，学术就是他们生命的唯一追求。无论是健在的田仲一成先生、平山久雄先生、兴膳宏先生，还是已经去世的松浦友久先生、丸山升先生、丸尾常喜先生，都以他们各自的故事感动着与他们有过交往的中国学者。尤其是在人生遇到重大挫折的关头，那种坚忍不拔的学术精神常常令我一次又一次地受到震撼。松浦先生在患淋巴癌之后，照常做他的学术研究。当我看着他灰暗的脸色，劝他注意休息时，他笑着回答："著述对我来说就是最好的药方。"丸山升先生患尿毒症二十六年，最后又得了胃癌，但他一直坚持在大学讲台上，每周担任七节大课。去年春节，丸尾先生在东京主持了丸山先生的追悼会，3月间就遭遇顺子夫人突然因心肌梗死去世的惨重打击。我认为他在8月查出癌症，当与此有关。贤慧的顺子夫人对于他来说，不仅是一生的忠实伴侣，也是学术研究的同道和助手。他寄来了一篇又一篇的悼念文章，文中回忆了顺子一生所受的劳苦，特别强调她性格的刚强，写到在临终时"第一次看到她的眼泪"时，尤其感人至深。在妻子去世后的不眠之夜，丸尾先生只能以翻看《鲁迅全集》来排解自己的悲哀和寂寞。在短短几个月里，连续14次化疗的折磨中，他还能坚持注释鲁迅小说的繁重工作。若非学术信念所赋予他的惊人毅力，又如何能抵御命运如此严酷的摧残？这才是真正的学者啊！

人的一生最难预料的或许就是最后的归宿了，可以把握的只是自己有限的光阴。丸尾先生治学可说是分秒必争，却在刚过70岁时以如此痛苦的方式离世，令人在悲恸之时，不得不质疑"仁者寿"的古语。但他的精神与他的学术研究将会伴随鲁迅的著作长留人间，这是可以坚信不疑的。

（丸尾常喜，1937年日本熊本县人吉市生。东京大学文学博士，历任北海道大学副教授、东京大学东洋文化研究所及文学部教授、中文系主任，退休后转任日本大东文化大学教授。2007年3月前曾任日本中国学会会长，著有《鲁迅》《人与鬼的纠葛——鲁迅小说论析》，译注鲁迅《中国小说史入门》《彷徨》等。）

（原载《人民政协报》2008年5月19日）

几日浮生哭故人
——痛悼赵昌平学兄

5月21日上午，接到陈尚君兄电话，听到他急急问我知不知道昌平兄20日去世的消息，我完全懵了，只是连连地说："不可能、绝不可能！"因为19日我还收到他很长的微信，谈起正构思关于韵律研究的问题，如能成文，明年4月可赴香港中文大学的会议邀约。怎么会一天之间，人就没了呢？查看手机，才看见教研室、朋友圈都转发了上海古籍出版社的讣闻，学术圈里已经一片哀悼声。顿时心如刀绞，忍不住泪如泉涌。

我与昌平学兄相识于五十五年前。1963年夏，我们同时考取北大中文系本科。开学前，因为河北发大水，京沪铁路中断。北大派一位处长专程来上海，组织当年的新生以及滞留在上海的南方同学计一千余人，一起北上。路上五天五夜，乘坐过火车、轮船、公交车等各种交通工具。在烟台往塘沽的轮船甲板上，我们初次交谈，才知都是同系新生。到了北大，上海来的几位同学都分到文学专业。赵昌平在2班，我在3班。除了小班开会以外，大课都在一起上，这才渐渐熟悉起来。

大学一、二年级时，我们常常坐在一起听课，下课后就互相对笔记。他的字迹比较潦草，不易辨识，为此还被我埋怨过。有时在阅览室自习，也会互相留座位。我素来不善于主动和人交往，与同班同学很生疏。加上后来随着社会主义教育运动逐渐深入，我常常成为班里革命同学批判的靶子，所以朋友更少。只有赵昌平在学习上还比较谈得来。但三年级参加"四清"运动，几乎一年不见。"文革"开始后我们都成了挨批的"白专苗子"。之后两年大家都迷失在"文革"的巨浪中，找不见对方了。到1968年底，全年级同学作鸟兽散，他去了内蒙，我去了新疆，以后的十年间没有通过音讯。

再次联系时是1979年，我考上了北大古典文学专业的硕士研究生。听说上一年赵昌平也报考了同一专业，因与第六名仅一分之差而未取。但第八名被调剂到社科院。所以他颇感不平，三次给我写信希望帮他了解原因。我听到传言，说他考得本来不错，但因为林庚先生说他在"文革"中拿走了自己的手稿，所以不取他。我不相信赵昌平会做这样的事，又无法求证，只好硬着头皮不回他的信。直到我留校后，有一次私下问林庚先生有没有这回事。林先生极为诧异，说："我从来没说过赵昌平拿了我的手稿啊！他们那个班我只记得赵昌平一个人，所以我认得是他们班同学拿的，但不是赵昌平。"我如释重负，赶快把林先生的话转告昌平，同时又觉得非常憋屈，流言杀人，昌平真冤啊！

昌平兄1979年考上了华东师范大学施蛰存先生的研究生，到九十年代时，已经成为颇有建树的唐诗研究学者。我曾向系里建议将昌平兄调进北大，金开诚先生也运用他的影响力到处帮我说话，教研室和系里已经表示了赞同的意向。可惜昌平兄后来自己犹豫了，我觉得他的根已经扎在上海拔不动了，不然北大就会多一位杰出的教授。虽然他在上海同样做出了卓越的贡献，但我知道昌平的北大情结是很深的。他曾和我说过，离校十年后重回北大考研究生时，他刚走到未名湖边，便泪流满面。无论我们在北大度过的五年留下了什么样的记忆，他对母校的怀念始终不变。

近四十年里，我和昌平兄因为地隔南北，平时没有交谈的机会。八九十年代，主要是在各种学术会议上见面，有事才书信往来。电邮流行以后，他一直不会用，我则懒于写信，通信就更稀了。但我家在上海，每年探望父母时，一定会到上海古籍出版社去看望他，他有时也到我家来聊天。本世纪初以来，我们又有一段时间都担任唐代文学学会的副会长和《文学遗产》的编委，见面的机会便有所增多。

2003年父母去世后，我回沪的次数减少。但此后的十年间，每年都能在全国两会上遇见昌平兄。2003年到2008年，我在第十届全国人大北京团，他在第十届全国政协新闻出版界别。2008年以后我转到第十一届全国政协教育界别，他也在政协，有时在同一所饭店驻会。加上他为《中华文史论丛》聘请了一批清华、北大的编委，有李学勤、李伯重、张国刚、陈来、阎步克、罗志田、秦晖、荣新江、陈平原、李零等著名学者，我也忝为编委之一。每年他都会利用两会进京的机会，请国刚兄张罗，在清华附近的餐馆召集一次编委座谈会，和《中华文史论丛》的责任编辑一起，请大家看前几期和下期的目录，为刊物提意见和建议。有时还有一些赠书。每年一次的聚会，加深了学者们对上古社的了解，文史哲不同专业的教授之间也得以相互熟识并有所交流。如今这些都已经成为难以忘怀的回忆了。

有机会见面时，我们谈得最多的是当前学术研究的动态。三十多年来，社会风云变幻，学风趋于浮躁，有时确能动摇人的心志。我们有一致的坚持和理念，彼此相互支持，能真切地感受到在学术大道上有知交同路而行的愉悦和信心。而在昌平兄，和我聊天还有一层了解北方高校学界信息，启发他策划出版选题的用意。谈得高兴时，他就会笑着说："其实我觉得自己还是更适合做出版。"我也觉得他对出版事业的投入是超过学术研究的。作为同行，我当然遗憾他为出版耽误了太多的研究时间，否则他的学术成果将会更加丰硕。但也许对他来说，学术成绩只是个人的事，出版却关乎社里的声誉和发展，"还有这么多人的饭碗"，后面这句话我不止一次听他说起。至于他个人在出版界获得的多种荣誉，他却从来不提，我还是从上海古籍出版社的讣告里得知的。

近几年，昌平兄渐渐从总编的岗位上退下来，但继续担任上海出版协会理事长。每逢上海举办夏季书市，他都会协助出版协会邀请各专业的学者到上海图书馆举办文化讲座。这些讲座极受市民的欢迎，经常是一票难求。2014年夏，他也邀请我赴沪，和他一起在上海图书馆为普通听众讲《古典诗歌的文化意蕴》，这是一场愉快的对谈。直到我返京时，他仍然意犹未尽，在机场收到他好几封短信，反复和我商榷王维的"中岁颇好道"究竟指什么"道"。2016年他已经从版协退休，却还为上海的文化传播工程《中华创世神话》写完了40万字的学术文本，以致病倒住院；2018年2月，又帮助上海书画社的"中国书画文献基本丛书"寻找顾问。总之，他的心里始终放不下出版界的工作，只要有事找他，总会全力以赴。

昌平兄的主要精力都用在出版工作上，自己的学术研究则依靠下班回家以后到半夜这段时间。这种工作习惯严重损害了他的健康，加上抽烟太多，很早就患有冠心病。尽管如此，他一直没有放松学术研究，无论是对于自己的方向还是古典文学研究的趋势，都有很深入的思考，也常在不同场合发表。他主张宏观和微观研究的汇通，力求从更广阔的历史文化背景中探寻文学现象更深层的内涵，一点点地从中抽绎出诗史发展的轨迹。他又特别重视对诗歌的感悟力，强调文学的内在规律研究，形成自己的研究个性。这两点我深为赞同，也一直在与他遥相呼应。而他最独到的思考则是将文学史研究中的体悟和古典文论中的理念结合起来，形成自己对古典文学研究本质的理论认识。尤其是关于《文赋》《文心雕龙》《诗式》理论体系的思考，几十年来未曾中断，想法也越来越清晰。他不但贯通了《文心雕龙》各章理论概念之间的逻辑联系，而且还将刘勰的理论体系活用到当前的古典文学研究的理论建构之中。在2013

年《文学遗产》编委会会议的笔谈中,他将文献、文化和文学之间三维一体的关系完全打通,透彻地解释了三者的定位和契合点,从根本上讲清楚为什么文学研究的核心命题是意、言、象的道理,并进一步提出刘勰、皎然等人的理论体系实为"中古文章学",由此分析了以文章为文学本位,必然对文化、文献学提出更高要求的原因。这就超出当前三者研究厚此薄彼、互相轻视的局限,可说是古典文学研究圈内少有的高姿态。他本人也运用这种思考,从更高的理论层面上来认识唐诗,提出过贯通"意兴、意脉、意象"的观点。六年前我在完成《先秦汉魏六朝诗歌体式研究》一书后,请他在序中谈谈对这种实验性研究的看法,他又结合刘勰的理论,提出了"集意势声象于一体"的研究目标。像这样高屋建瓴的通透见解,在当今学界是极为罕见的。

昌平兄同时也用自己的唐诗研究实践了上述的理念。古典文学研究的方法多样,但能够全面掌握的学者并不多。昌平兄则既能做作家年谱考证,以及别集注释等文献整理工作,又能在作家思想艺术研究的基础上,对宏观的文学现象加以总结归纳,从中提炼出规律性的问题。他曾告诉我,他的硕士论文《"吴中诗派"与中唐诗歌》在答辩时曾经有争议,但马茂元先生极力称赞,并推荐他修改后寄到《中国社会科学》发表。多少年后回过头来再看,这篇论文在当时确实开出了一种新路:通过细读第一手文本,从中发现文献和前人研究中从未提及的文学现象。"吴中诗派"不是一个现成的文学史概念,是他首次提出的,这种深层次的问题隐藏在文本背后,需要研究者独特的敏悟才能发现。直到现在,我仍然认为这种研究是难度最大的一种境界。

此外,他在研究唐诗繁荣的原因时,善于将诗歌发展的内因和外因有机结合、相互渗透,由此开拓出多种不同的研究思路。例如《盛唐北地士风与崔颢、李颀、王昌龄三家诗》,是较早从某一地域的士风来考察某一时段诗歌态势的论文。当时几乎没有学者从北地豪侠型诗人群体这个角度，把崔颢、李颀和王昌龄这三位诗人联系起来认识。他从三者共同的行为和心理来解释其诗中的天真狂侠之气以及对七言诗的开拓，便将历史文化的背景与诗歌创作变化的内在机制自然地融合在一起。又如《开元十五年前后》是引用率极高的一篇名作，角度也很新颖。他因殷璠《河岳英灵集》中"开元十五年后，声律风骨始备矣"这句话，引起关于盛唐诗分期问题的思考，并运用考据式的做法，对开元十五年前后诗人群体的新陈代谢、著名诗人在长安登第的情况、社会状况和朝政的变化、诗人地位学问和风气与心态的转向做了辩证的分析，由此指出盛唐诗人大致可分三期，当时存在朝野两种诗史的走向并相互影响，这是盛唐诗秀朗浑成、兴象玲珑之格调形成的主要成因。我后来撰写《论开元诗坛》一文时，虽然重在解释殷璠这句话中"声律风骨始备"的内涵，但其中注意到开元二十三年前后另一批著名文人进士登第与文儒的关系，实是受昌平兄此文的启发。这篇论文中以兴象、气脉论诗的观念，以及重视初盛唐朝廷诗风影响的思路，同样体现在他的另一篇名作《上官体的历史承担》中。"上官体"向来被视为"初唐四杰"文学革新的对立面，几乎没有人关注其诗歌创作。昌平兄联系龙朔年间对上官体的不同评价，注意到小谢体受到重视的现象，认为当时朝廷诗坛实际上面临着如何用六朝声辞来表现新朝气象的问题，上官体正是适应了这种需要；并结合高宗朝文化氛围由儒向文的转变，根据上官仪编撰《笔札画梁》中提出的"六对""八对"和"六志"，重新解读了其诗"绮错婉媚"的内涵。接着文章顺流而下，通过分析上官婉儿对沈、宋诗的评判，指出从上官仪到婉儿，朝廷雅体这一脉如何吸取六朝诗，特别是小谢体的精髓，直接影响到盛唐诗的演进。这些论文观察问题视角独特、思考周密、论述辩证，屡屡受到日本著名唐诗专家松浦友久先生的称赏，也常被本段研究生的学位论文所引用。

在研究唐诗发展的内在规律方面，昌平兄也是开风气之先的。他在

《从初盛唐七古的演进看唐诗发展的内在规律》一文中指出,"对于唐诗繁荣的原因及其规律性的研究,实际上往往有以外部因素,即以对当时经济、政治、文化的研究,代替对更为重要、更为复杂的诗歌演进内在规律的研究之倾向。抽象的、宏观的探索,应当以具体的、微观的分析为基础"。这一见解至今仍有现实意义。他在该文中提出初盛唐七古有三个先后相生、不可分割的发展阶段。在分析这三个阶段的不同特色时,他着重从赋对初唐七古的影响、盛唐七古句式声调的骈散相间、意象的体物探象,布局取势的纵横驰骋等方面总结出唐诗发展的一些规律。我后来也写过《初盛唐七古歌行的发展》一文,正是在他研究的基础上,进一步探讨七古歌行的源起,以及歌行和七古体式的构成原理,可与他的论文相互补充。他又写过《初唐七律的成熟及其风格渊源》一文,最早指出七律的形成与初唐应制唱和风气的关系,成熟于中宗景龙年间的背景,蜕化于骈俪化的歌行的风格渊源。我后来在写《论杜甫七律"变格"的原理和意义》时,就在他的结论基础上论述了七律"正宗"与乐府歌行和应制诗在声韵和格调方面的关系。

我与昌平兄的专业方向都是汉魏六朝隋唐文学,又都侧重在六朝到初盛唐这一段,学术理念一致,研究思路相近,共同语言很多。我们都很关注文学史中一些较为深层的呈阶段性发展的创作现象,偏重于在微观的基础上进行"中观"的研究,对于具体作家的研究则较少。但我们也都从不同角度研究过李白、王维等大家的若干问题,兴趣和话题始终保持一致。当然偶尔也有争论,不过绝不会伤和气,反而更加重视对方的不同看法。九十年代末他在策划"新世纪古典文学经典读本"这套丛书时,还特地来信建议由我写《杜甫诗选评》,他写《李白诗选评》,借以纪念我们的学术友谊。我欣然同意。这本小书也促使我后来继续探索杜诗艺术和辨体的关系,写了一本新的专著。可惜我再也听不到他对这本书的意见了!

昌平兄是一个至情至性的人,是那种责任心极强的、非常老派的上海绅士,上自父母、师长,下至朋友、晚辈,都能竭诚相待。他是个孝子,在家里是长兄,虽有姐妹和弟弟,但父母一直跟他一起生活。八十年代我第一次拜访他家时,他还住在简陋的两居室里,小卧室给已经长大的儿子住,父母住大卧室,他就和夫人包国芳打地铺。这样的窘境一直到他当了总编辑,社里给他解决了一套三居室才有所改善。但即使如此,仍然住得很紧张,因他父亲有帕金森病,须有保姆照料,日常的生活都要以病人为中心。由于他和夫人的悉心侍奉,两位老人家均以寿终。他有两个弟弟和两个妹妹,高考恢复时,他一个个为他们复习功课,帮助他们全部考上大学。我曾经笑说他无论在社里还是在家里,都像是巴金笔下的"觉新"这个人物,他对此倒是默认的。

对于老师,昌平兄总是一心想着帮他们做点事,回报他们的知遇之恩。他和马茂元先生合作《唐诗选》的故事,已为学界所熟知。林庚先生九十大寿时,他帮助重版了林先生早年备受批判的《诗人李白》,并以上海古籍出版社的名义写了一篇热情洋溢的《新版说明》,高度评价了林先生在此书中提出的著名论点,林先生非常高兴。他还屡次对我说,一直很想为施蛰存先生做点什么,但施先生从来不让学生帮忙,为此一直觉得遗憾。我的导师陈贻焮先生去世时,他特意以上海古籍出版社的名义定了一个鲜花做的小花篮,嘱咐我一定要放在陈先生身边。其实,陈先生在上古社出版《杜甫评传》,主要是由陈邦炎先生负责,和昌平兄并不熟,但昌平兄认为自己既为总编辑,就要尽到向师辈作者致敬的心意。

对待一般关系的作者,他的认真负责更是令人佩服。我在香港浸会大学任教期间,文学院长曾提出邀请两位身兼出版家和著名学者双重身份的内地专家来系工作两周,帮助教师们提高科研能力,昌平兄是其中之一。他到任后,不但认真审阅老师们提交的每篇论文,还提出了许多具体的修改意见,每份批语至少在两三页以上。我说他太过认真,他却说既然请他来,当然要对得起人才行。况且已经形成习惯,在社里看稿时常常如此,最多的一次修改意见长达一万多字,相当于自己写一篇论文了。我建议他把这些审稿文字收集起来，将来成书出版，也是很有益于学界的，他却没有在意。昌平兄这次来浸大，还帮助一些老师将改好的论文发表在内地刊物上，给老师们留下深刻的印象。过了两年，文学院又提出邀请内地专家的建议，全系老师一致要求昌平兄再次来系，于是又有他的第二次浸大之行。日前昌平兄去世，浸大中文系致送的唁函，充分表达了老师们对他的深深感念。

　　我和昌平兄的夫人也早就熟识，深知他们伉俪情深，老而弥笃。2014年国芳做过肺部切除小结节的手术，当时以为并无大碍。2016年冬在复旦大学，我和他们夫妇再次见面，国芳的情况看起来还不错。谁知2017年8月，就接到昌平兄来短信，告知国芳已经因肺栓塞猝然离世！国芳是典型的贤妻良母，陪伴昌平兄五十八年之久，无论是长久的别离，还是生活的煎熬，都从无怨言。好不容易等昌平退休，可以安稳地共享晚年了，却撒手而去，昌平兄的极度悲痛是可以想见的。朋友们都为他担心。12月，我利用到复旦大学开会的机会去看望昌平兄。他在书房里为国芳设了一个"花之海"，用鲜花将国芳的遗像围在中间，每天更换鲜花，每顿饭更换供品；又写了大量的悼亡诗，每天晨起和睡前对着遗像朗读。拜祭过国芳后，我们在他那间陈旧的客厅里，长谈了7个小时。为了让他缓解悲哀，我努力把话题转到学术上来，告辞时我觉得他已经可以控制自己的心情。回到复旦宾馆后，还向焦急等待消息的尚君兄报告了探访经过，大家都稍觉放心。又怎能料到才几个月，他就匆匆随夫人离去！告别会前夕，上海连降暴雨，想必是老天也在为他痛哭吧？

　　昌平兄未完成的唐诗史，已成绝笔。但他的学术理念会与他的传世之作一起，继续影响后起的学人。他的音容笑貌，也会永远鲜活地留存在知交们的记忆之中。

（原载《文汇报》2018年7月13日第W11版）

书刊因缘

北大图书馆的变与不变

我在1963年考入北大中文系，此后除了"文革"十年动乱中不在学校以外，迄今为止，在北大已经学习和工作了四十多年。这半个世纪中，北大的变化之大，只有过来人才有深切的体会。但北大也有永远不变的一面，这就是人的精神和传统。我所熟悉的图书馆就是如此。

六十年代的北大，主要的校区就在燕园的虎皮墙范围里。教学和办公的建筑物大都是燕大时代遗留下来的。我上大学时，现在的图书馆所在地是一片空空的操场，北边有一排平房，据说原是附小。但印象中从未见过孩子们在这里上课和出操。全校没有一座集中的图书馆，只有几个分散的阅览室。建筑面积最大的老图书馆与办公楼邻近，是一座古色古香的三层楼房。从学生宿舍走到这个图书馆，要经过勺园。那时勺园一带还是一片水田，一条狭窄的柏油路像堤埂一样从中间穿过，两边是茂密的柳树。不过平时中文系学生们很少到这个图书馆来看书，大都去文史楼以及大饭厅（现在的百年讲堂）路东的几个阅览室。这些阅览室分散在地学楼和二教之间的平房区，横竖布局也没有规则，都是从前的老房子。因为宿舍拥挤，同学们都喜欢一下课就跑到阅览室占座位自习，所以阅览室里总是人满为患。

六三级的大学生实际上只在校内上了两年课。1965年全体参加"四清"运动,去北京郊区整整一年。1966年5月就开始"文化大革命"。课是早就上不成了,图书馆也关了门。从1966年夏天到1968年底离开北大,两年半里没进过图书馆的门,似乎也没有人再关心图书馆是否存在。

1976年打倒"四人帮",国家拨乱反正,一切回到正常轨道。1977年开始恢复高考。1978年因为北大师资奇缺,中文系和数学系办了"回炉班"。我考取"回炉班"后,只读了一年,因为教育部不承认这个班的学历。1979年转考研究生。1982年毕业留校,从此便在北大生根。这次回校,发现校园最大的变化是原来的附小操场西侧建起了一座四层的图书馆。这个图书馆比"文革"前的任何馆区都大,已经有总馆的规模,借书也比以前方便多了。读研期间,我几乎天天泡在图书馆里。每天早晨和师姐张明非一起吃过早饭,7点钟就到了图书馆的223室门外,一边背外语单词,一边等着开门。那里是文科教师和研究生的专用阅览室,里边的书架排列在两排长桌之间的走道和阅览室后部的空间。我总是挑选紧挨着过道书架的座位,书架上摆着我们平时最常用的二十四史、《资治通鉴》、《全唐文》、《全唐诗》等基础书,一站起来就可以拿到手。阅览室的书库可以任教师和研究生进去浏览,所以我也常常在书库里挨着排地巡视翻阅,很多想读的书放在哪个架子上都能了然于心。我的导师陈贻焮先生有事总是到223室的这个固定座位来找我,读研的三年里没有变过。在阅览室工作的几位管理人员也都对我和师姐非常熟悉,因为我们两个每天最早进馆,最晚离开,又形影不离。毕业后,师姐去了外地高校。我照常去图书馆。负责223室的鹿老师见了我还常常问:"你那个伴儿呢?"

北大图书馆对我的吸引力,除了藏书以外,更在图书馆工作人员的服务态度和敬业精神。记得有一次我找老北大图书馆所藏的一本书,按卡片记录遍寻无果。一位中年馆员告诉我老北大红楼的藏书还有一些没有整理出来，他帮我找找看。我跟着他来到一间大厅，他进去翻找，我在门口等。从门外看去，厅里遍地图书堆积，尘土飞扬。在我看来简直无从找起，他竟然找到了。当我拿到这本来之不易的书时，心里的感动难以言表。那时我并不认识这位老师，也不知他是图书馆哪个部门的。后来他调到古籍善本室，我认出了他，但还是一直不知他的名字，只跟着别人称呼他为丁老师。善本室的工作人员与他一样，对读者极其耐心。读者不知道怎样查找卡片，他们会亲切和蔼地指点，而不给你一点压力。北大没有的书，他们会教你如何从各大图书馆的目录去寻找，甚至帮你联系。善本室的主任张玉范，自己承担着很重的科研任务，也是卓有成就的学者。但是每天坚守在柜台前，不厌其烦地解答着各种问题。另一位王老师细声细语，永远面带微笑，让人一看就觉得亲如家人。

在图书馆的新楼加建之前，善本室面积很小，两面墙还排着一整套《四库全书》，阅览桌就放不下几张了。在这里可以见到北大研究文史哲的许多名师。季羡林先生就是善本室的常客，他总是穿着一身褪色的蓝布中山装，拎着一个布口袋，慢慢地走进来，有时查完书就走，有时会逗留很久。这里也接待校外乃至国外的研究人员。曾有一次见到一位美国学者来找一本老燕大图书馆的书，善本室的管理人员不但全体投入，尽力查找，还想到从1952年院系合并以前的图书馆老人那里打听，又托我去请教曾经在向达先生之前担任过图书馆馆长的林庚先生。尽管结果还是没有找到，但是那位学者看到了工作人员的竭尽全力，走的时候一再表示谢意。

北大图书馆合并了老燕大和老北大图书馆的藏书，就储藏量来说，在全国是名列前茅的，尤其是古籍特藏，有许多珍贵的藏书。对于研究古代历史文化的学者来说，查阅特别方便。但从八十年代中到国家经济起飞前的一段时间，北大图书馆的经费相当紧张。新书购买的数量不足，也不够及时。特别是四楼展示海外学术期刊的阅览室，新刊物少得可怜，主要靠海外赠送。要想及时全面地掌握国际学术界的研究动态就比较困难。九十年代我到东京大学任教时，看到那里不但图书种类丰富，海外学术刊物齐全，而且绝大部分都是开架的，心里十分羡慕。好在我是学古典文学的，北大图书馆的这点欠缺，对我的影响还不大。

近二十年来，随着国家经济飞速发展，图书馆面貌大变。原来的老图书馆外加盖了新楼，形成了现在东西两座楼并列相通的形制。后来西侧的老楼又加以翻新，新楼和老楼之间的通道安置了许多阅览桌，供学生自习，又增开了工具书、方志、教学参考书、新书、学位论文等特殊阅览室，使开架书的数量空前增多。古籍特藏室比以前宽敞阔气多了，可以安放许多套开架的大型丛书。图书馆新楼的大厅非常气派，并列着许多电脑，各阅览室也都有电脑备用，供读者随时查阅。信息化程度大大提高后，不必再遗憾不能及时看到海外的学术动态。在家里也能和图书馆联网查找目录，比以前手翻卡片省力多了。加上数据库收录了许多种电子版古籍库，不用再像以前那样经常跑图书馆了。对我这个习惯了翻卡片、看纸质书的人来说，反而有点不习惯。有时到图书馆，看到一届届学生依然挤满了阅览室，用书包占着座位，而以前熟识的阅览室工作人员却都因为陆续退休而换了新面孔，整个环境显得隔膜又透着陌生，不禁感叹自己已经是个落伍的老人了。

近年来因年纪的增长，跑图书馆已远不如年轻时频繁，但仍发现工作人员虽然大都换了年轻的新人，敬业精神却还是一如既往，甚至更加细致负责。随着信息化程度的提高，图书馆与时俱进，设立了信息咨询部，专为教师科研提供服务。部里负责联系中文系等单位的栾伟平常常用电邮向师生们通报图书馆新购资料库的消息，又将教师们的需要反映给采购部。有一次我在图书馆目录中没有查到古代音乐方面的资料，向栾伟平问询。她立刻反馈给采购部，采购部迅速回复了我需要的资料在图书馆的哪个阅览室已经收藏，索书号是多少，哪些尚未采购。接着没过几天又再次来电邮，告知新书已经购置的消息。这种速度和效率在八九十年代是不可想象的。伟平原来是夏晓虹的博士生，毕业后分到古籍特藏室工作，与我并不相识。一次她见我在古籍室翻查目录卡片，就主动过来帮忙，并提到老师们现在都住得远了，有什么需要查找的，可以发电邮给她，她愿帮忙查找。这本是她分外的事，我当然不好意思给她添麻烦。但后来遇到困难，还是有几次求助于她，每次都是立即得到她的回应。前两年她调到咨询部，了解到一些年龄较大的老师不大会使用数据库，便决定办一个讲座，现场教老师们如何使用查找。当我接到这一消息，担心因其他事情错过讲座时，她又回复请我放心，说即使只有我一个人来听，她也会专门为我讲解。后来她仔细问了我对数据库的意见，知道最大的不便是数据库的电子版与原版书的页码对不上，便不厌其烦地向我推荐新出的数据库请我试用，看能否解决核对页码的问题，甚至到我上课的教室来告诉我最近古籍特藏室的变动。这些贴心的服务都比十年前大大提升了一个层次，也使我不止一次地深受感动。

  伟平以外，图书馆各阅览室里让我感到亲切的陌生面孔还有不少。有一次去保存本阅览室，打算核对二十多种图书的页码，因怕一次借书太多，管理员会不耐烦，便采用每次先借三本、查完再借的办法，如此这般反复了三次以后，管理员看出我的意思，便微笑着说："你还要查多少种，不如一下子把索书条都给我们，你先看着，我们慢慢帮你找，更节约时间。"他们两位轮流帮我把要查的书都找出来，高高地堆满了一桌子。从上午九点多到下午三点多，始终没有丝毫厌倦，最后确认我不再需要其他书以后，才和我说再见。又有一次我在目录上查到一本书只有宿白先生捐赠的图书室里有，我不知道要通过学位论文阅览室外借，冒冒失失地就闯了进去。管理宿白先生图书室的女孩委婉地向我说明了借书程序，我赶快到学位论文阅览室去等。谁知刚一进门，她也拿着书随后赶到了，和管理员说清原委后，她说我用完后只要放在这个阅览室的柜台上就可以，不必再办其他借阅手续。诸如此类给读者提供方便的小事，或许他们觉得天天都有，十分平常，但对于借阅者来说，不但节约了时间，而且觉得暖心。

从二十世纪六十年代初到今天，北大图书馆度过了五十多个寒暑春秋，经历了两次建筑环境的大变，管理人员也先后更换了三代人。但是图书馆门口不论假期还是平时永远放满学生自行车的情景不变如昔，图书管理员认真负责的敬业精神也始终不变。当然不变的更有馆内的百年藏书对一代代北大学人的巨大吸引力，以及读书人踏进图书馆以后愉悦宁静的心境。

（原载《精神的魅力2018》，北京大学出版社，2018年）

名刊品位与编辑作者的坚守

从二十世纪五十年代以来，内地社会科学的学术名刊只有少数几家。八十年代以来，学术刊物虽然大量增加，但能从一开始就坚持高品位至今的名刊，在这三十年间也并不太多。本文仅从《中国社会科学》一个老作者的角度，回忆该刊的老编辑如何发掘和培养青年作者，以及名刊对作者学术路向的影响，借以说明学术名刊保持传统的关键，在于编辑和作者对于刊物宗旨和品位几十年不变的共同坚守；并联系目前学术界的现状，结合《中国社会科学》杂志社举办这次研讨会的主题，谈谈我对什么是国际化和高品位的看法。

一般来说，能称为名刊的学术刊物都要有较长时间的历史积累。和一些中华人民共和国成立初期的老牌刊物相比，《中国社会科学》草创于八十年代初，历史不算太长。但从创刊之时开始，就定位于全国最高等级的人文社会科学刊物。八十年代前期，学界对于这一定位还没有太多认识，甚至多少觉得《中国社会科学》是否有点"高自标榜"。但是三十年过去了，这家刊物坚持了自己的品位，现在已经成为学界公认的内地最高等级的学术名刊。而在八十年代初期同时创刊的有些定位很高的学术刊物，包括五十年代初草创的、到八十年代还很有影响的一些名刊，近些年来却有点黯然褪色。褪色的原因比较多，不少是因为改换编辑或者主编，刊物宗旨有所变化。当然作者队伍的更替也是重要原因。但是《中国社会科学》在这三十年里也经历了同样的变化，为什么能够一直坚持原来的品位，而且声誉日隆呢？这是很值得探讨的一个现象。

我觉得要办好一份刊物，最重要的是编辑和作者的关系。尤其是在目前优秀稿源较为缺乏的状况下，能否将有限的好稿子吸引过来，而且保持一个稳定的高质量的作者群，几乎是名刊长期保持高品位的关键。而反过来，这种高品位的保持又正是刊物能够吸引优秀稿源的基本原因，这是一个双向的选择。我从1983年第一次投稿给《中国社会科学》到现在，差不多二十五六年了，平均每两三年一篇。能一直坚持下来，主要是因为作者和该刊的编辑可以长期地保持一种毫不掺杂私交人情的君子关系。

因为从事古典文学研究，我所熟悉的主要是文学组的编辑。从我二十多年前第一次投稿的经历，可以看出《中国社会科学》编辑为什么能保持对作者的吸引力。1983年我把自己的硕士论文《初盛唐诗歌的发展》整本地寄给了《中国社会科学》，没有做任何整理和加工。如果按照现在的形势，不会有任何一家刊物理睬我，但是素不相识的老编辑周孟瑜先生却热情地约我面谈，耐心地建议我提炼修改后再投稿。这篇文章经"动大手术"以后改名为《论初盛唐诗歌革新的基本特征》，1985年发表于《中国社会科学》，曾得过北大首届人文社会科学一等奖、北京市首届人文社会科学二等奖。然而论文里包含了周老师多少心血，却很少有人知道。那年月因为没有私人电话，联系很不方便。在改稿期间，周老师不辞辛苦，屡次到北大来找我，细心到连一个词的写法都不放过，当时所受的感动令我终身不能忘怀。

正因为有了这样一个开头，以后凡是自己觉得比较有分量的论文，我一定首先寄给《中国社会科学》。从周孟瑜老师到申坚老师，从马自力到现在的李琳，虽然古典文学的编辑换了几代人，但是他们的敬业精神和严谨认真、细心的作风都是相同的，在数据的查核以及内容的补充等方面，都曾给过我很多宝贵的意见。这种长期的合作关系无形之中也影响了我的学术路向。《中国社会科学》要求每篇论文都有较高的原创性和前沿性，而内容则要求凝练浓缩，一篇通常包含几篇论文的含量。所以我也渐渐偏好于在宏观和微观之间取中间道路，致力于文学史发展的某一个阶段中某些重大现象的研究，或是某些重要环节的发掘，力争能够对文学史的研究有一点推动，解决一些比较重要的疑难问题，既不流于细碎的考辨和小问题的分析，但也绝不做空头文章，不写看似宏观而不解决任何问题的大论文。这种路向也就是我所理解的《中国社会科学》的宗旨和品位，而且二十多年来一直被该刊物所接受，说明我的理解和坚持与编辑是一致的。

上面所说只是我个人的例子，其实还有一批长期与《中国社会科学》保持联系的古典文学研究者，和我的感受应该是相同的。这说明一份学术名刊如果能和编辑培养起来的作者一起成长，坚守其原定的宗旨和品位，就一定能越办越好。

我之所以强调学术名刊的品位要靠编辑和作者的共同坚守，还因为三十年来，内地学界不断受到各种思潮的冲击。也许是以前国门关闭太久，一旦开放以后，国人首先出现的心态就是不自信。所以学术界常见摇摆和动荡，总是害怕我们的学术研究不够国际化。三十年来我们走过的弯路和兜过的圈子在学术刊物中都有反映。有的刊物一度迷恋于学得半生不熟的新方法，有的刊物过度强调宏观结论和普遍意义而不要资料，欣赏空中楼阁式的论文，再加上各种非学术因素的干扰，使得一些主张在坚守传统中创新的学者对这些刊物渐渐敬而远之。这些变化说明我们有些刊物的编辑和作者在什么是国际化的问题上并未取得共识。

近年来，华人学界还面临着另一种压力，在内地表现为因过度崇拜海外汉学家而带来的盲目自卑；在香港，则表现为对华文论文的轻视。目前在香港的大学教师的各类科研评审中，使用华文的论文和刊物一般处于弱势，包括文史哲等中国传统学科都不例外。这种现状自然会影响华文学术刊物的生存和发展，可见学术管理层对国际化的认识也存在误区。

我认为学者的国际化不等于一定要做到中西兼通，只要是在各自领域走在前沿的、被国际同行认可的高水平研究成果，都是国际化的，不管它发表在哪里，也不管用什么文字撰写。以传统文化研究来说，二十世纪的学术大师陈寅恪、钱锺书、季羡林、徐复观等虽然为我们树立了中西兼通的典范，但他们的主要论著都是用华文写的。如果说我们这一代缺乏大师是以前闭关锁国的历史原因所造成，那么八十年代以来出国留学的学生数量越来越多，现在三十年都过去了，为什么中西兼通的大师还是没有出现呢？关键在于这一代人的国学根底太差。所以就目前作为中坚力量的这一代学者来看，英文程度和学术水平难以两全的问题在海内海外都是普遍现象。此外，出不了中西兼通的大家还与学术发展的趋势有关。二十世纪前半叶的学科还没有现在分得这么细，教授和学生的人数也不多，许多领域的研究都处于起点甚至空白。近几十年来，学术队伍迅速膨胀，学者人数越来越多，同一课题被多人反复研究的现象越来越普遍，各学科的专门化程度也越来越高。而人的精力是有限的，当代的学者面对信息量的爆炸，即使是最有成就的学者，也难以做到在文史哲各科兼通的基础上处处走在前沿，更遑论中西兼通。而我们的刊物面对的就是这样的现实，因此对于如何才能做到国际化，应该有一种实事求是的态度。

同样，我认为刊物的国际化也未必体现为用英语写论文，引用多少种西方论著，使用海外的新方法，最重要的是体现为对学术评价标准的共同认识。近十几年来，内地学者出国学术交流的机会很多，眼界已经大大拓宽。以古典文学研究界来说，不少学者对于日本、欧美、我国香港和台湾的研究状况很熟悉，研究生的论文也注意尽量搜罗海外的相关研究成果，对于海外的学术路向及其优势和弱点了解得越来越清楚。香港的大学接触海外著名学者的机会更多，连一般研究生都会评判海外研究成果的水平高低。从他们的反映中，可以见出内地学界公认的有质量的论文其实同样也会受到海外学界的认可。尽管海内外研究的方法和思路不尽相同，实际上评价论文的标准基本上是一致的。我们应当学习海外科学的学术理念和研究方法，但这不等于说传统的治学方法都是陈旧过时的、非国际化的。实际上无论什么方法，归结到最后，原理都一样，都是要尽可能全面地搜罗原始资料，从中发掘其内在联系，以独到的眼光和视角提出问题，实事求是地解决问题，使有关研究的深度和广度有所拓展。如果不能守住这种具有共识性的评价标准，盲目追求表面的国际化，那么即使是名刊恐怕也很难保住其原定的品位。

当然强调学术评价标准的共识，也不是说形式问题不需要改进。就名刊的发展而言，抛开学术泡沫、低水平重复研究这些问题不说，如果以高标准要求的话，目前国内作者的明显不足主要是英文表达的能力较差，不少刊物的英文提要不过关，尤其是我们古典文学这一行，有很多专门术语，在海外有约定俗成的表达，但不是在海外专攻古典文学的学者，往往难以掌握，这就容易在中外学术期刊交流中影响名刊的声誉。这些技术性问题确实需要认真解决。但是也不必因为英文表达水平一时难以提高而妄自菲薄，更重要的还是国际化的实际内涵。总而言之，强调评价标准的共识，正是要求在学术上不断发展创新，尤其对于历史悠久、积累丰厚的学科来说，高水平的研究越来越难，这是一个大趋势。已经学有所成的研究者只有不断地超越自己，才能源源不断地写出吸引国际同行关注的论文，守住名刊的学术品位。

以上的一点体会，仅限于古典文学研究这个已经被边缘化的学科领域，或许不符合社会科学研究的整体状况。不当之处，请批评指正。

（2011年12月2日在《中国社会科学》杂志社、
香港城市大学中国文化中心联合举办的
第四届两岸四地学术名刊高层论坛上的大会发言）

刊庆的随想

《文学评论》建刊六十周年了。接到主编陆建德先生约我为刊庆撰写纪念文章的邮件，赶快检点以前曾经刊载在《文学评论》上的论文，恍然发现原来数量这么少，不由感到愧疚。反思自己投寄稿件的去向，首选是综合性的社科类刊物和学报比较多，这与各地刊物编辑约稿的频度有关。其次是做古典文学研究的，一般都先往《文学遗产》投稿，总觉得《文学评论》包含古今中外的文学史以及文学理论，给古典文学的版面不一定那么多。不过数量虽少，自问凡是投给《文学评论》的论文，还都是很下了功夫的。例如《王维·神韵说·南宗画——兼论唐代以后中国诗画艺术标准的演变》《论李白乐府的复与变》《论诗经比兴的联想方式及其与四言体式的关系》等，大体上能反映我所涉及的几个主要研究方向，当时也引起过一点反响。其中还有一篇《论初盛唐绝句的发展——兼论绝句的起源和形成》获得了《文学评论》的优秀论文奖。而数量少的原因可能和大多数学者一样，心目中有一把衡量《文学评论》水准的尺子，所以不敢轻易投稿。

早年间，除了《文学遗产》以外，国内绝大多数学术刊物是没有匿名评审制度的。因此保持一家刊物的质量主要依靠编辑部的操守和专业眼光。刊物在几十年里所赢得的声誉和坚守的传统也就成了作者们衡量其水准的尺子。《文学评论》审稿和录用文章的流程是怎么样的，我并不知道。但有一个事实很清楚：这么多年来，《文学评论》一直保持着它在学术界的崇高地位，与《文学遗产》成为中国文学研究界的双璧。记得有一年我被邀担任中国社会科学院全部学术刊物评奖的评委，当时是江蓝生副院长主持这项工作。经过了很严苛复杂的评审程序，最后评出的文学类优秀学术期刊，还是《文学遗产》和《文学评论》。我在东京大学任教的时候，东京大学中文系的阅览室里，只摆着两种中国的学术期刊，也是这两家。东京大学的教授们已经把这两份刊物看作反映中国文学研究动态和水平的主要窗口。最近，教育部规定的文学类学术刊物的A刊中，《文学评论》名列第一位。这充分说明《文学评论》六十年来的成绩得到了全国乃至海外学界的充分认可。

在刊庆时回顾以往的辉煌，自然也会瞻望将来的路向。眼下我们已经进入了数字评估时代，一切都要以量化的标准来衡量。无论人文学科的学者们如何质疑评估程序的烦琐和不合理，这个紧箍咒嵌在头上是摘不下去了。明知道那些从理工科套来的标准不一定符合人文学科的学术规律，还不得不面对。那么今后的学术刊物是否就要受这些数字的制约呢？比如退稿率，听说有的刊物为了提高退稿率，发动在校学生大量投稿，不合格的文章多了，退稿的数量自然大大增加。近来又有报载一些名校学报的人文社会科学版因为影响因子不达标而被剔出CSSI的核心版。这些学报很不服气地说，有些地方的学报为了提高影响因子，串通起来相互引用，或者干脆要求作者本人安排引用，甚至达到一定引用次数还可以发奖金。如果不肯这样做，就只好出局。也有的学报说，因为传统文史哲学科的学者一般不太征引他人，所以刊物的影响因子低，以后要增加影响因子高的政治类、社科类论文的比例。姑且不论这类评估标准是否会促进学术造假，至少就影响因子这一项而言，就危及文史哲类学科及其专业刊物了。因为人文学科专业方向繁多，有比较热门、研究者众多的专业，也有相对偏冷、研究者和受众都很少的专业。再缩小到文学专业，也同样有热门和冷门的课题和研究对象。热门课题关注度大，影响因子就高；冷门课题关注的人少，影响因子就低。但专业和课题的冷热不能决定学术水平的高低。有时，很多难度大、原创性高的研究往往出自这些冷门。有时，一些水平并不高，却可能招来不少研究生模仿追随或者在学界引起争议的论文倒会产生很大影响力。因此影响因子的测算，虽然未尝不可作为一个参考数据，但要作为评判刊物水平高低的主要标准，恐怕就欠缺科学性。

在这样的评估环境中，能否坚持学术的良心，既考验着正在一线工作的研究者，也考验着学术刊物的编辑们。虽然像《文学评论》和《文学遗产》这样的刊物应当不愁优秀稿源，还不至于落到要造假的地步，但是受到干扰是在所难免的。我觉得一家刊物的自处，正像一个学者的立身。要在风风雨雨的侵袭中，始终保持既有的定力，必须基于对以往走过的学术道路的自信。因此在六十年刊庆时，认真总结《文学评论》究竟依靠什么力量保持了在学术界不变的地位，或许对今后的发展是至关重要的。衷心祝愿《文学评论》进入下一个甲子以后，焕发出更加活跃的学术生命力！

（原载《〈文学评论〉六十年纪念文汇》，
社会科学文献出版社，2017年）

我和《文学遗产》

六十年代的中文系学生，对于《光明日报》的副刊《文学遗产》并不陌生。我在上北大以前，就常常阅读上面的文章了。入大学以后，更是每期必读。那时对于老一辈学者的了解，主要是通过《文学遗产》，所以这个副刊在我们心目中是很神圣的。五十年过去，《文学遗产》已经发展成一家在国内外享有盛誉的学术刊物，依然保持着它不同于一般刊物的风骨和传统，成为古典文学学术领域的标杆。而我也从一个读者变成一个作者和编委，虽然在《文学遗产》发表的论文不算太多，却和它有过一段曲折的关系。

我的第一篇论文是在《文学遗产》复刊号上发表的，现在回想起来，仍然可说是一份殊荣。"文革"以后，我考上北大中文系古典文学专业的研究生，跟随陈贻焮先生攻读魏晋南北朝隋唐五代文学史。陈先生多次自豪地说起他在"文革"前曾经担任《文学遗产》副刊的通讯员。以前在文章里见过的那些老前辈的名字，也因为他的回忆而更加熟悉。1980年，《文学遗产》要改报纸的副刊为定期刊物，这是古典文学学术界的一件大事。但是作为无名小辈，我根本没有这个胆子去复刊号上投稿，纯粹是陈贻焮先生把我推上去的。读研期间，陈先生对我的要求非常严格，每两周就要交一篇读书报告。平时赶读书进度，到寒暑假才能把读书报告中有点心得体会的东西整理成文章。其中有一篇关于陶渊明诗歌艺术的报告，因为联系形神关系和诗画关系来思考，陈先生觉得较有新意，就鼓励我先把这一篇改成论文。修改过程中，才知道从报告到论文有多难，改了七八遍也通不过，最后还是经陈先生为我在稿纸上逐字逐句改了一遍才定稿。投寄给《文学遗产》后，没想到竟被复刊号采用了，当时的激动是难以言喻的。须知经过十年动乱，老先生们积压的成果该有多少，复刊号当然应该尽量刊发他们的论文，可是居然能给我这个还在读研的学生留出一席之地。这里包含着前辈们对古典文学研究后来者的多少期待呢？多年后，当我给自己的研究生推荐论文的时候，甚至是自己主办刊物，遇到该不该发表研究生论文的争论时，就常常想起这件难忘的往事。

研究生毕业留校以后，我陆续发表了一些论文，也曾有三篇投寄给《文学遗产》，但连续三次都被退稿了。当然这些文章都没经陈先生修改过，水平比不上第一篇发表的论文。其中有一篇关于庾信生平和思想的小论文，因为张明非也有一篇论庾信诗歌艺术的论文投寄，编辑部曾经建议我们俩合成一篇再修改发表。可是因为种种原因没有写成，这一篇论文我也始终没有再拿出去。由此我觉得编辑部对我们这些后辈还是很宽容的，说到底还是自己的实力不够，所以就再也不敢投稿了。直到有一次《文学遗产》编辑部主任吕薇芬老师带着一位编辑来北大看我，问我为什么不给《文学遗产》寄稿子了？我老老实实告诉她因为老是被退稿，没自信了。吕先生亲切地鼓励我不要气馁，并详细地说明了《文学遗产》对于来稿的要求。她的这次探访，令我在感动之余又振作精神，同时也反思了那几篇稿件分量太单薄的问题，决心好好读书，增加积累，等写出一些比较厚重的论文之后，再试着投稿。

进入九十年代以后，因为集中做初盛唐诗歌繁荣原因的专题，在反复细读大量文本的基础上，有了一些新的思考角度。于是接连写了《创作范式的提倡和初盛唐诗的普及——从李峤"百咏"说起》《初盛唐七言歌行的发展》《盛唐"文儒"的形成和复古思潮的滥觞》等长篇论文，先后投寄给《文学遗产》，很快都发表了。前一篇得了《文学遗产》第一届优秀论文奖。评委的评语都刊登在《文学遗产》，编辑部还举行了隆重的颁奖仪式和座谈会。后来又有一篇得了第三届优秀论文奖。这对于我是极大的鼓励，但是也产生了很大压力。事实上，研究过程中不可能经常有新发现和新创获，问题难免有大有小，论文分量也有轻有重，要始终保持在同一水平是很困难的。不过在《文学遗产》这类重要刊物上发表的论文，可以视为自己前进路上的一种标尺，不断提醒自己要战战兢兢地对待学术研究，虽然不敢说总有进步，起码也不能故步自封，更不能倒退。所以后来每次给《文学遗产》寄出的稿子，总是写完后要搁置半年到一年之久，中间不断拿出来看看还有什么问题，再三修改之后才敢寄出去。

　　回想八十年代前期我被《文学遗产》连续退稿到九十年代中在《文学遗产》上连续得奖的经历，正是一个初学者在学术道路上逐渐走向成熟的过程。从这个意义上说，我们这一代学者确实是《文学遗产》这样的刊物培养和扶持起来的。但是《文学遗产》的这种传统，目前能有多少刊物保持下来呢？现在的刊物越印越讲究了，各种规范化的条条框框也越来越多了，投稿人成几何倍数增长，看起来是一片学术繁荣景象，然而优秀的论文并没有与之俱增。各种关于学术刊物评比的烦琐制度，迫使编辑们为了争取转载率和引用率，无法下功夫去发现和培养学界的新苗，只能争抢那些成熟的学者。这就令我特别怀念八十年代那段在学术道路上磕磕绊绊地走过来的日子。那时的我们虽然在论文形式上不够规范，论证过程可能也不够严密，但是都有一股创新的冲劲，敢于大胆提出问题。我们在一篇论文思考成熟之前，都没有预设的结论，要在文本的阅读中不断质疑，不断否定自己，最后得出的可能是与最初的想法完全不同的见解，但那也许正是最有价值、最有创新意义的结论。现在的课题申报制度造成了一种预定成果的研究模式。书还没来得及读几本，对于前人的研究成果已经有一大堆批评，对于课题今后的发展方向已经有一番高瞻远瞩的指点，甚至许多非我莫属的"重要突破"和"创新点"在大纲里就都已经形成了。每年看到这些申报表的时候，就觉得我们的学术界似乎是过于成熟了，熟得研究任何问题都成了一个套路，熟得大家都没有了学术的个性。而学术的创新恰恰是和"生"联系在一起的。最近看到一篇台湾学者的小文章，指出目前世界流行的课题申报制度将会毁了人文学科的学术，我也深有同感。事实上这种制度的"成效"已经显示出来了。近日曾听到南方一家学术刊物的编辑不无忧虑地说，现在已经感到古典文学研究的优秀稿源难以为继。今天我们纪念《文学遗产》六十周年，是否也有必要反思一下目前的困境，找找突破的路径呢？

（原载《〈文学遗产〉六十年》，社会科学文献出版社，2014年）

《北京大学学报》
——培养青年学者的园地

从1981年第一次投稿算起，迄今二十四年间，我在《北京大学学报》上一共只发表过八篇论文（不计书评类文章），在我全部的论文中所占比重不大。但是这八篇论文却能从不同角度反映出我所走过的学术道路的阶段性，特别是早期几篇论文的发表过程，在我的学术生涯中留下了难忘的记忆。《北京大学学报》，作为培养本校青年学者的园地，始终是我投稿选择的最重要的学术期刊之一。

我于1963年考取北京大学中文系。在校五年，赶上一年"四清"运动，两年"文化大革命"，只念了两年基础课。又熬过十年没有书看的动乱时光，知识功底的薄弱成了我们这代学者的先天性缺陷。七十年代末，我考上了北大中文系古典文学研究生。为了弥补失去的时间，我们这批已经年过30岁的老学生个个豁出命去发奋学习。我有幸投师唐诗专家陈贻焮先生门下，他对研究生的训练极其严格，要求每两周便交一篇读书报告。因此我们读书既多，产出也快。每到寒暑假，我就把陈先生认为比较好的报告改写成论文，投给学术期刊。三年硕士生期间，我写了大约40万字的读书笔记，投出去十篇论文稿。其中有一篇就是给《北京大学学报》的，题目是《李白一朝去京国以后》，主要内容是探索李白被唐玄宗赐放还山以后到南下之前十年间的行踪和思想。八十年代初，学术思想开始解放，古典文学的研究虽然还是集中在重要作家上，但是思考已经比较自由。在导师的鼓励下，我们努力学习在阅读原始材料的过程中发现问题。我在通读《李白全集》时，注意到李白在离开长安后为什么"十年客梁园"的问题一直没有学者论及，而这一时期又正是李白创作的高峰期，所以有必要搞清楚。在反复细读了他这一时期的全部作品后，发现原因是他始终没有放弃重回长安的幻想，由此对李白这一时期的思想及其变化有了更深刻的理解。以现在的眼光看，这篇论文的题目似乎小了一些，分量不够厚重。但当时敝帚自珍，觉得颇有新见。《北京大学学报》的编辑对这篇论文曾有不同看法，先是搁置了一段时间，或许是为了鼓励学生身份的新作者吧，最后还是发表了。后来《新华文摘》把这篇论文列入了选文目录中，这对我固然是个鼓舞，不过我也感觉到《北京大学学报》对稿件质量的要求之高，决心要等写出更好的论文以后，才向学报投稿。

我给《北京大学学报》的第二篇稿件是《欧阳修排抑太学体新探》，论文只有五千字。但我自己十分看重这篇文章。这是我1982年留校之初，为教宋元明清基础课，在备课时发现的一个问题。北宋诗文革新是宋代文学史上的一个重要现象，但是革新的对象是什么？五六十年代乃至更早的许多权威性文学史教材都没有说清楚，以为欧阳修所反对的太学体和西昆体、五代体是同类的文风。我在查阅了许多原始资料以后，基本上搞清了太学体是古文，而西昆体是时文，并深入考证了太学体的流行时间、代表人物、内容和文风的特征，进而对欧阳修的文学思想提出了新的解释。当我把这篇五千字的论文交给《北京大学学报》编辑部时，编辑陈明燕女士十分肯定此文的价值。但过了不久她又告诉我：四川大学曾枣庄先生已经发表过一篇关于北宋古文运动的论文，里面也谈到太学体是古文，要我看看我的意见是否同他重复。经她提醒，我赶快找来曾先生的文章，一看果然曾文已经指出太学体是古文，不过幸好我考证的主要内容在曾文中都没有提及。于是我对论文做了进一步修改，把自己文章中与曾文意见一致的部分都归属于曾先生的发现，同时也强化了对自己考证成果的论述。后来我又在此基础上撰写了关于北宋诗文革新运动发展过程的长篇论文。经过二十多年时间的检验，这些观点基本上已为学术界所接受。但是每当回想起这篇论文的出笼过程，我依旧有点后怕，也非常佩服陈编辑的敬业精神。当时由于我自己的专业在汉魏六朝隋唐段，对宋代文学的已有成果不太熟悉。在发现问题的冲动之下，没有来得及仔细地查阅前人全部的成果，就急忙把文章交出去，是很不慎重的。如果没有编辑的提醒，论文中就会有小部分内容发生无意中掠他人之美的问题。这件事给了我难忘的教训，也养成了我后来在撰写论文之前尽可能多读前人相关论著，力求在最大程度上避免与他人重复的习惯。

我在汉魏六朝诗歌研究中影响较大的一篇论文《论齐梁文人革新晋宋诗风的功绩》，也是发表在《北京大学学报》上的。八十年代上半期，我倾力研究八代诗史，注意到历来的文学史研究因受传统观念的影响，对于齐梁文学始终持批判态度，一般的文学史论著给予的篇幅也很少。这样就使六朝文学研究出现了一个断层，唐代诗歌的许多问题也得不到切实的解释。我在全面阅读齐梁诗歌以及有关史料的基础上，指出齐梁文人在文学史上的两点贡献应予充分肯定：一是他们在晋宋诗歌走到生涩僵滞的绝境时，通过学习乐府古诗和南北朝乐府民歌，懂得了必须从当代口语中提炼新的语言才能使诗歌获得新生的规律，大力提倡流畅自然的诗风，促使诗歌完成了由难至易、由深至浅、由古至近的变革；二是他们批评晋宋诗过于典正、酷不入情的弊病，强调文学吟咏情性的特点，在理论上提出了文笔之辨的重大问题，在创作上则使日常生活普遍诗化。这是我国诗歌史上第一次自觉的革新之举，只是与淫靡的宫廷文学搅在一起，不容易做出恰当的评价，因此需要对此现象进行实事求是的辨析。这篇论文交给编辑部以后，得到编辑龙协涛先生的好评，很快在1985年第3期上刊出。又因为此文带有给齐梁文学翻案的性质，发表之后在同行中引起了相当大的反响。有一次我到《中国社会科学》杂志社去，老编辑周孟瑜先生告诉我，他们收到了几十篇响应我的论文。但编辑部认为"葛晓音在她的论文中已经把问题谈得非常透彻，观点也很辩证，所以这些论文都没有发表的必要了"。所以把论文都退了回去。尽管如此，后来我在其他刊物上还是看到不少进一步给齐梁文学翻案的论文，有些走得更远，与我当初写此论文的初衷已完全不同了。但无论大家的观点是否一致，《北京大学学报》发表的这篇论文对齐梁文学研究的开拓还是有所贡献的。九十年代初，《北京大学学报》编辑部首度评选1980—1990年度的论文，这篇论文有幸获得优秀论文奖，我非常感谢学报和诸位评委老先生给我的鼓励。

  以上所说的三篇论文都是在1981年至1985年期间发表的，短短四年间，我已经由粗疏走向成熟。这几年也是我从修读硕士研究生到留校任教之初的人生转折阶段。因为"文化大革命"荒废了十年，我们这批人的学术年龄都比我们的实际年龄小十岁，所以在北大可说是真正的小字辈。但是《北京大学学报》编辑部并不以名气取文，而是细致认真地发掘每篇稿件的价值，帮助作者把研究做得更完善。我相信不少和我同时代的北大学者都有过和我类似的经历，或许这只是学报编辑应做的日常工作，但正是在他们长期地默默地奉献中，一批又一批的青年学者逐渐成长起来，成为北大的学术骨干。回顾以前走过的学术道路，我深深体会到：一家最好的学术刊物，应该是善于发现人才、培养人才的刊物。知名学者总是从无名小辈开始的。当此《北京大学学报》五十庆典之时，我不禁又想到：在时下这个浮躁的环境中，不知还有几家刊物能够保持八十年代的踏实作风？我深深期望《北京大学学报》能够延续当年的优良传统，将北大严谨、创新、求实的学风通过这块园地传送给每位北大学子，在培植学术人才方面成为全国学术刊物的表率。

（原载《北京大学学报（哲学社会科学版）》
2005年第42卷第5期，标题有改动）

新著撷英

吴淑钿《近代宋诗派诗论研究》序

  中国古代文学批评史的研究自二十世纪前期发轫，到二十世纪末已成为一门独立于古代文学史以外的学科。继罗根泽、刘大杰、郭绍虞的权威著作之后，八十年代至九十年代又陆续出现了一批高质量的批评史论著。不少博士论文更以批评史中的文论名著或理论派别为选题，使这门学科的研究日趋深入细致。然而后来的研究者也就因此而更难于从事较大规模的开拓和发掘工作。

  与一些同类选题的博士论文相比，吴淑钿女士的《近代宋诗派诗论研究》的难点主要有三方面。首先，宋诗派的历史跨度较大，若从源头算起，要一直追溯到清初，而一个诗派形成的过程，也就是其理论主张或创作倾向逐渐明确的过程。宋诗派又与肌理说、浙派、桐城派有复杂的关系。这些横向和纵向的线索都要绪理清楚，就必须融会文学批评史研究常见的几种路数，诸如名词术语的探讨和诠释，文论观点的演变和发展，文论派别的形成和主张的异同等，这是本文选题的难点之一。其次，近年来，关于宋诗派的研究成果不少，虽然大多是局部问题的论述，尚无一部系统而全面的研究专著。但在综合吸取前人成果时，如何超越前人，形成自己独特的思路，又是一个难点。再次，近代宋诗派在理论上已没有太多的发展，又是在新文化运动兴起时，作为封建文化的最后代表退出历史舞台的。如何恰如其分地评价这一派别在中国文学批评史上的作用，更是一个难题。

《近代宋诗派诗论研究》能够较好地解决以上难题，我以为最重要的原因是能够高屋建瓴地从以下三个方面来把握全书的基本思路：

首先是对宋诗派在文化史上的意义的评判，改变了以往仅从新旧文化交替的角度视其为封建文化余孽的传统观点，转从外来文化和传统文化的关系着眼，做新的审视。论文联系近代宋诗派处在鸦片战争以后社会结构、文化思想急剧变化之际的时代背景，对这派文人希望维护中国民族文化传统的心态及其积极意义给予恰当的估计，既肯定他们"并未漠视时艰"，"用温和的态度，希望恢复一个治世"，"与改良派的以改善为职志殊途同归"，又客观地批评了他们"保守性较强"，"沉迷在个人的仕宦的前途里"的弊病。显然，论文指出这批文人"对文化的保守性的认同感"的根源在于"内外的社会忧患"，比简单化地指责他们阻碍中国文化"近代化"的流行看法更切近历史事实。

其次是对于宋诗派总结传统诗学的功绩做了公正的分析。唐宋诗的门户之争自明代以来成为中国文论史上的一大公案。尽管中国文学的鉴赏和创作理论在争论中不断发展，但也不免产生极端化的偏颇，以致明清诗论少有能脱出这两派牢笼者。近代宋诗派由于宗尚杜、韩、苏、黄，重理性，尚古典，一向也被归入与唐诗派对立的门户派别之中。本书则侧重在发掘这派文人调和两派争端的理论，强调其在艺术上的宽容精神，指出清中叶后的宋诗派名义上宗宋，宋诗却并非他们宗尚的唯一风格类型。他们实际是"兼融唐宋两种类型，或更贴切地说，他们是将唐宋作为一个诗学系统而非两种类型。从这个意义来说，它是使一个长久以来的困局渐次打开，使中国古典诗在最后树立起一个更完满更博大的诗学类型"。这一创见贯穿始终，使全书对于近代宋诗派审美观、诗法、诗体、风格理论方面的分析都围绕着这一主要论点，从而在整体思考上显示出新意。

再次，本文研究宋诗派诗论，没有局限于对诗论本身的分类排比和阐释，而是从考察宋诗派在多大程度上接受宋诗的问题出发，处处探讨宋人和清人论诗在重经术、重学问、以文为诗等一致之处的大前提下，各自的侧重点及其差异所在；指出宋诗派在理论上虽无大的创新，但能在前人丰盛的遗产之中做出判断选择，表现出自立的精神。顺着这一思路开掘，本书在分析近代宋诗派那些看起来并不新鲜的理论时，便有了新的眼光。

以上三条思路在全文中是有机地交织在一起的。由于总体构思能别出手眼，具体分析中也就不时见出精彩。例如论近代宋诗派以识为根柢一节，指出其注重创作主体的识，与他们的宗宋精神有关。"宋诗重议论，议论最能见出作者的识见"，"所以重主体学问与重宋诗的两个立场便成为一个整体的诗学主张"。又如论宋诗派对理、才、气之关系的看法，体现出理性的精神和冷静的性格；论宋诗派主张学问性情为诗，其真诗的标准最终仍不离德性的审美判断。其"人与文一"之论的深层意义亦在于士心与诗心的统一，等等，都能将这一诗派各种论点之间的内在关系打通，从中提炼出诗论的核心思想来。

中国文论的特点是理论与创作关系密切。诗论家本人多为诗坛作手。研究中国诗论，如不懂创作，仅仅从理论到理论，便只能停留于名词概念的注解。淑钿女士在着手宋诗派诗论研究前，曾对江西诗派及其代表作家陈与义做过全面的研究。其硕士论文《陈与义诗歌研究》已修订成专著出版。所以本文虽是以宋诗派的诗论为研究对象，却能以论者对作家作品的体悟为基础。最后一章拈出诗体、风格和诗文合一这几个诗论中的老话题，论证宋诗派辨析古典诗歌各种风格体裁的总结性意义，均得益于论者对宋诗的理解和作家研究的涵养。

我与淑钿的相识是在1984年同在澳门大学任教之时，至今已有十二年了。她原来擅长散文，常在报刊发表。文笔清丽而有韵味。从攻读硕士学位起，走上研究古典文学的道路，与我成为大同行。多年来我们虽分隔港澳、北京两地，但我对她在茫茫学海上独立行舟的艰辛知之甚深。同为女性学者，治学生涯中的甘苦自然更容易相互沟通。不过令我最为感佩的还是她无论处于何种境地，对学问始终孜孜矻矻、锲而不舍的精神。这种精神终于使她学业有成，不仅获得了香港大学博士学位，也在宋诗及清诗论的研究界占有了自己的一席之地。如今她的博士论文《近代宋诗派诗论研究》即将付梓，命我为序。我于宋诗和清诗涉览不多，不敢妄充内行，只能写下这点粗浅的读后感，以略表旧雨之情。

（原载吴淑钿著《近代宋诗派诗论研究》，文津出版社，1996年）

新思维与传统治学方式相结合的成功尝试
——评钱志熙《魏晋诗歌艺术原论》

　　从事古典文学研究的人，与其研究对象一样，作品的风格、器局，往往与作者的才性有关。也可以说，一个人能否找到自己的发展方向，发展的速度如何，大半取决于对自己的才性有无清楚的自我认识。钱志熙君的成功正得益于他在这方面的自觉意识。钱君先前在杭州大学随吴熊和先生读唐宋文学硕士研究生。毕业后因一篇论黄庭坚诗与禅学关系的论文，受到陈贻焮先生的赏识，遂投考北大，随陈先生攻读魏晋南北朝隋唐文学博士研究生。三年学习期间，显示出好深思、有悟性，又肯潜心钻研的长处，尤其善于从哲学和文学的关系入手，探讨较深较难的课题。由于能就才性之所近，充分发挥本人所长，他找到了魏晋文学和宋代文学在学术文化背景方面的相似之处，立志从中蹚出一条自己的路来。这本在博士论文基础上修改加工而成的《魏晋诗歌艺术原论》，就是作者的才性与研究对象正相契合的产物，也是作者形成独特研究风格的一个标志。

　　汉魏六朝文学研究自近代以来，重点一直在乐府。自刘师培、鲁迅始，才注意到社会政治、文人生活、学术思想与文学创作的关系。王瑶先生又受鲁迅启发，对这段文学史的学术文化背景进行了全面系统的研究，在研究范围和方法上多有开拓。当代的研究者，循此思路，继续挖掘，并吸取了史学、哲学界的许多研究成果，关于学术文化环境的考察，渐成为文学史研究的热点。这就促使学人们开始重视汉魏六朝文学以晋宋为界，分为前后两期的阶段性，以及两期文学的重大差异和各自特征。魏晋时期是中国历史上文人的哲学思维最为活跃的时代，与文学的关系又极为密切。这虽是区别于南北朝文学的最重要的特色，也是引发本书作者研究兴趣的一个重要契机，但作者没有简单地以历史分期作为文学史分期的划分标准，而是通过对全部原始材料的深入考察，明确地提出东汉中后期到晋宋之交的诗歌可以构成一个完整的诗歌艺术系统，并以此划定了本书研究的范围，这对汉魏六朝文学的分期研究是一个新的突破。

值得重视的是，本书确立这一诗歌艺术系统的依据，并不是简单地搬用"系统论"的概念或框架，而是从魏晋文化的内在统一性和外在整体性出发，将一般综合研究中通常考虑到的政治、经济、门阀士族制、儒学玄学的发展等多种因素融为一体，找出其内在的深层联系，使文化背景成为一个有机的整体。这种思维方式已经超越了传统的"综合研究"机械罗列文学发展诸多因素的惯用方法。同时，作者又避免了全方位的融合容易导致类似目前流行的文人心态研究的倾向，能从一个更高更集中的角度，来宏观地审视学术文化与诗歌的关系。其原因应在于作者找到了贯串于这些复杂文化现象之中的一些基本思路，这就是书中经常提及的"诗性精神""艺术原则""艺术精神""人格理想"等概念。毋庸讳言，这些概念有的来自西方，有的甚至是自撰的，使用是否准确妥当，能否为一般研究者所接受，尚可讨论。但必须指出的是：书中运用这些概念，与时下一些套用西方文论新名词的论著完全不同。作者只是借用这些概念来表明他综合考察学术文化环境时的一些意图。如"诗性精神""艺术精神"的提法，是为了从诗的发生学这一角度，探索诗的新鲜原质，产生诗歌创作活力的根本精神，这也正是本书题为"艺术原论"的用心所在。又如"艺术原则"的提法，是为了探索诗与散文、哲学的重要区别，诗歌容纳理性的限度和方式，确认诗歌重在自然，表现情感活动等特质这一系列问题。"人格理想"的提法，则是针对魏晋时代文人群体在思想行为上共性较为显明的特征，及其在诗歌艺术形象中的反映，将诗性精神的探源最终落实到对诗人群体素质的研究上，通过时代精神、人格表现等中介环节，来探索学术文化背景对诗人审美活动及诗歌创作的影响。新的理论框架和新概念的提出，只有在解决传统的思维模式所不能囊括的问题时，才有实践意义。倘若仅仅追求名词术语的更换，不过是换汤不换药而已。但钱志熙君所使用的这些概念，是在广泛参考现当代文论的基础上，经过反复思考比较而选取的、能大体上表述其思路的一些术语。因此，这些概念本身就体现了作者不同于流俗的思维方式。

古代诗歌研究的演进，一如诗歌自身的发展，大势是由初具规模而趋于全备，由勾勒轮廓而渐入精刻细描。后人在前人基础上深入发掘，广为开拓，烛幽显微，纠谬厘正，认识逐步接近历史事实，这原是纯学术研究的一般规律。近年来，古代文学研究界受开放大潮和其他学科影响，新一代学人已不满足于这渐进的发展态势，纷纷在思维方式、理论框架方面另找新路。这种努力趋向大致可借用叶燮的一个比喻来说明。叶燮曾论文章不过"理、事、情"三语，"譬之一木一草，其能发生者，理也。其既发生，则事也。既发生之后，夭矫滋植，情状万千，咸有自得之趣，则情也"(《原诗》)。这三语也适用于古代诗歌研究。传统的研究方法相对侧重于"事"和"情"的阐述和发现，而当今学界新人则趋向于"理"的解释，应当说这是一个可喜的进步。只是"理"的解释如果脱离了"事"和"情"的阐发，便只能停留于解释他人的发现和结论，这也是时下不少论著引进新的理论框架而实际上创获无多、难有建树的重要原因。本书的意向也同样是追求"理"的解释，以探索魏晋诗歌艺术精神的发生之理为主要目的,而其所以能高出于当今一些新人的同类著作之上,就在于作者所寻绎的"理"来自原始材料的深细发掘,而不是抽象地搬用理念。在"理"的解释中对"事"和"情"做新的阐发,使本书的创获主要并不表现在新的概念术语和理论框架上,而是体现在全书精彩纷呈、新见迭出的具体论述中。

书中的创获,大致可以从以下几方面来看:

首先,作者思考的基本脉络,是由各时代政治情势的变动所导致的士人群体思想文化意识的变化,考察其人格理想对诗性精神的影响,以及一代学术文化的风貌如何通过士人的思想模式和人格模式的中介对文学发生作用。作者由这一思路掘进,确实使许多原来认识流于浅表的问题得到了深入一层的解释。如论东汉中晚期文人群体诗性精神发生的历程时,先是指出汉代知识阶层与艺术精神隔膜的原因,在于经生、法吏、侍从文人这三个主要组成部分都先天缺乏个性自由、人格独立的自觉意识。而东西汉之际和东汉前期出现的思想新颖的文人,反对偶像、重视创造、重视文章才艺的风气,正是诗性精神恢复的前提。接着又将东汉中后期诗学观念的变化、骚学的复兴,以及因儒林分化而产生一批代表新士风、新学风的士人群体等现象联系起来分析,发现了无名氏诗人都是当时最新的士风和学风的积极参与者,其中不乏参与处士横议风潮的人物。他们思想自由活跃,长于清谈,自由通脱,因而能突破正统观念的制约,成为魏晋诗歌基本精神的先导。这就找到了汉末五言诗兴起的重要社会思想根源。沿此思路直贯而下,作者还探索了何晏、王弼与阮籍、嵇康同样尚玄而前者不能成为诗人的原因,认为何、王因耽于哲学的思辨方式,加上其玄学本身的功利目的,所以和产生文学艺术的根本精神相悖。而阮、嵇玄学则是一种充满艺术精神的浪漫哲学,"他们以丰富的想象力和深刻的内心体验去捕捉'无''自然''大音''大象'这些观念,从而诱导出艺术创作的巨大能量,深刻地影响了阮、嵇用艺术表现现实的视角"。他们在否定现实之后,肯定的只是存在于心灵中,而不存在于现实中的真善美,追求的"是一种审美化的、充分体现自由精神的人生境界"。在此基础上,作者还通过对阮籍《清思赋》和嵇康《声无哀乐论》的重点分析,指出他们对超现实美和"神感"境界的追求,导致其诗赋在取材和处理题材的方式等方面与邺下文人的重大区别。尽管研究者们可以从其他不同的角度得出与此相近似的结论,但本书从诗性精神的发生这一视角切入,无疑是对阮、嵇的玄学思维和诗歌精神的关系解释得最为透辟的一个角度。

作者赋予"人格理想"这个概念的内涵,是从许多文学史现象中抽绎出来的,带有某种规律性的认识。他认为"历史上,每个时代的士人群体所塑造的理想人格,常常没有在现实中真正实现,而是在艺术中寻找它的归宿,使得一些具有理想精神的艺术形象得以产生"。当他运用这一经过深思之后得出的观念去解释某些大作家的艺术精神时,往往能触发精彩的见解。如论曹植后期因孤独和现实的压力,转为对浪漫艺术的追求,将儒家的文学传统和庄骚的文学精神融合到五言诗和乐府诗中,所以不少作品具有"思若有神"的特点;论陶渊明追求的实际上是一种艺术化的人生,他的诗真正将人生与艺术合为一体,使魏晋理想的人格在艺术中得到完美实现。这些论断不仅富于启发性,而且颇有哲理思辨的光彩。人格理想和人格模式的观念似乎特别适用于解释西晋与东晋文人群体的素质,因两晋士人群体在思想行为方式上的共同特征比较鲜明,尤其东晋盛行人物比较和人物品鉴,确有一种趋同的人格和文化理想的追求。作者细致地区分出西晋士族与寒族士人在政治心态和学风方面的差异之后,先确认寒族文人群体为文学创作的主体阶层,进而详明地论述其儒玄结合、柔顺文明的人格模式特征及其成因,指出文学精神的失落,乃是西晋文人不乏学问和文学技巧而骨力柔弱的深层原因。同样,作者对东晋士人群体人格的特点如超脱、雅量、弘裕的表现和实质所做的深刻分析，也为东晋好尚识鉴、赏誉和品藻的原因提供了新的解答。这些创见，正是由"理"的解释进而带动"事""情"之阐发的最好例证。

其次，由于作者的主要思路比较集中，而且在全书贯串始终，这就有利于对各时期学术风尚、文人思想、文学观念的发展进行前后比较，使文学的纵向演进之迹比一般的断代文学史显示得更为分明。比如作者论建安文化的特质，一直紧紧扣住东汉文化的影响，指出两汉文化的积累，使建安士人群体形成了一种尊重文化、注重思考的素质，使其面临大动乱时仍能关注文化。建安诸子的治学意向在于通过学术和文章培养思想能力和实际的务政能力。这种务本尚用的主张，与东汉子家一脉相承。汉末子学对建安政治所起的实际作用，也刺激了建安作家著书立说的热情。而建安文人重视艺能和辞辩，则是对汉儒轻视艺能文章，斥为"浮华"这一正统观念的反驳。建安与东汉学术思想的这种深层联系，由作者剔抉出来，对于人们深入了解建安文化的渊源，以及文学独特风貌的成因，具有重要的启迪意义。又如西晋文人的人格卑下一直为史所鄙称，一般研究者只是用当时特殊的政治情势来解释这种现象。作者则细致圆到地分析了正始文人向西晋文人人格模式转化的过程，揭示出西晋文人与建安、正始之间的联系和区别，便使这个问题得到了具有更深历史内涵的解释。由于思路的纵向脉络清晰，有些不为人重视的小问题，也会在这条轨迹上显示出新的意义。例如殷仲文和谢混的诗，历来视为大谢山水诗的先导，根据只是二人的诗已具山水诗形态。而本书则指出了他们在感物怀古方面对晋宋宴游诗的影响，及其引发和恢复西晋诗歌重视性情之传统的作用。显然，作者是将这个问题置于晋宋之交同归、总结汉魏诗歌艺术系统的主线上，才产生了这一新的认识。

再次，作者长于哲学思辨的特点，使本书对魏晋儒学和玄学的研究，没有停留在一般性地借用哲学界已有成果的水平上，而是能够扣住哲学对士人群体思想模式的影响，以及与文学观念的关系，有所发明，有所深入。

考察哲学与文学的关系，首先必须真正懂得哲学。如果仅仅满足于简单地引进哲学家的结论，或只是在古代哲学著作和文学理论著作的片断论述中寻找对应之处，研究结果必然是浮光掠影而毫无价值的。钱志熙君不仅能深入钻研儒学和玄学的一些基本命题，而且能从大量原始材料的分析归纳中得出自己的结论。如论西晋文人之所以形成儒玄结合的人格，与他们的玄学更多地是吸取易老哲学有关。这一创见，是在仔细地辨析了老子与庄子的区别，以及西晋玄学和正始玄学对待老、庄的不同态度之后得出的。又如论西晋人的自然观，主要是用汉儒天人合一、天人感应的自然观认识自然中包含的天道意志，考究天地运行、阴阳变化的规律，以求在政治情势复杂多变的时代寻求祸福盛衰之理，并常以自然景物来表现这一主题，从而形成西晋诗中多节物感应之作，同时取象以天体运行和季候变化为多的特色。这就找到了西晋人虽然尚玄却还不可能视自然为审美客体的深层原因。这一重要的见解，显然也是在确认了西晋自然观儒玄结合的特点之后所获得的灵感。又如西晋和东晋士人都尚玄，思想行为方式却大不相同，以前的研究者虽曾指出过这一差别，但对其中的社会原因和哲学依据，尚不甚了然。本书作者从分析魏晋玄学的基本命题"自然与名教合一"论着眼，详明地论证了两晋文人对这一命题的不同理解，指出东晋士族反对西晋士人的虚无放诞，将自然玄远的作风和崇尚事功的精神相结合，是东晋士人尚玄不同于西晋的主要原因。此外，在探讨东晋后期玄谈风气的衰落时，作者指出玄谈由普及变为专家之学，谈辩为文章所取代，也是不可忽视的原因。从这些见解都可见出作者对魏晋哲学的深刻理解。

考察学术思想对审美活动及文学思想的影响，是古代文学研究中的一个难点。前些年常用的将二者加以单纯的类比、对照的方法，已和目前研究的进展不相适应。只有在深入理性思辨的基础上，认真辨析学术究竟在何种程度和何种层面上对审美活动和文学观念发生影响，才可能深细地揭示出其中微妙复杂的关系。本书在这方面的探索是多层次的。作者首先注意到的是学术观念向文学观念的渗透。例如《毛诗序》一向被视为儒家说诗的经典之作，近年来，由于对儒家文学观中的功利观念批评较多，源头亦往往上溯至毛诗。而本书则在联系汉代古文经学和今文经学对立的背景考察四家诗后指出：《齐诗》和《韩诗》是用神学政治学的方法研究诗经，而《毛诗》则基本上是用史学和社会政治学的方法研究诗经。这种区别与三者受两派经学的不同影响有关。《毛诗序》启迪人们从个人情志方面去寻找艺术的本原，促使汉代诗经研究摆脱神秘的先验论，走向更接近真正诗学的方向。这一论点无疑有助于辩证地分析儒家文艺思想，摆正毛诗在中国诗论史上的地位。又如论建安时期"文质"的概念是对社会生活的各个层次进行整体把握时所使用的一对范畴，作者不但对建安诸子"文质"观的思想来源进行了细致的辨析，而且仔细区分了邺下文人对"文质"关系的不同理解，认为阮瑀、应场的文质观各自代表了建安时对政局重建、人文复兴的局面的两种不同态度，也反映了建安文人不同的生活态度和审美个性。曹操、曹丕、王粲、阮瑀偏重尚质，曹植、刘桢、应场、徐干等偏重尚文。作者又将这种差别追溯到儒道两家思想的不同影响，认为王粲受易老柔克思想的影响，使他的诗风古质，而又具有柔情的色彩。曹植尚儒，因此所塑造的文学形象，也常渗透着儒家的道德伦理色彩。他和刘桢等人的主要贡献是恢复了被汉儒所汩没的先秦大儒尚文的观念，并将通儒的理想人格成功地表现为文学形象。这就丰满地阐述了儒道两家学术思想如何在尚文和尚质两方面影响建安文人的审美观，并进而渗透到诗人的性格、理想及创作特色之中的完整过程。

作者所考察的层面，除了观念的渗透以外，还有思维能力的影响。

例如，他认为汉魏之际学术门径阔大，旨趣高远，培养了延伸性很强，探根寻极、全方位地把握问题的思维能力，阮籍咏怀诗正是将这种思维能力与丰富的艺术感受结合起来，形成了宏阔的艺术视野。这样评论阮诗的艺术特征，是相当新颖而又精当的。又如作者通过对支遁所说"即色游玄"的悟道方法的分析，指出东晋诗人以感性方式去体悟理性内容，使他们的审美介乎理性思维和直观感受之间，诗的表现介乎描写和玄理之间。以此来概括玄言诗的艺术特色，也是十分确切的。应当指出的是：作者对于学术与文学之间关系的认识比较通达，并不硁硁拘守于直接影响的层次。例如关于山水的自觉审美意识在东晋产生的原因，目前学术界的探讨正渐趋深入。本书第五章用一整章的篇幅，层次分明地阐述了东晋文人如何彻底摆脱汉儒天人合一、神学目的论的自然观，建立了人与自然乃至宇宙的平等关系，为自然美走进人们的审美领域，做了一次较彻底的启蒙。同时论证了佛教的色空观对玄学有无论的渗透，引发东晋士人悟玄的对象由社会人事走向自然界的过程。虽然在佛玄哲学启发下山水审美观走向自觉的过程，还可以再找到一些更直接的转化环节，但作者对于这一演进过程的论述仍是通达而有说服力的，至少是从一个新的角度探明了东晋山水审美观产生的宏观背景。

当然，如果能发现学术观念直接影响文学的环节，作者也不会轻易放过。例如前辈学者认为清谈对文学的影响是间接的。本书作者则从东晋士人吸取清谈品鉴人物的方法入玄言诗，以及清谈重才藻音韵之美的艺术对玄言诗重名理奇藻的影响等方面，找到了清谈和文学之间的某些直接联系。又如论谢灵运早年对"情物"关系的认识，是对汉魏西晋艺术思想的回复，但当他进入佛老境界后，更重在用理来支配情物、物我关系，这也是颇有启发性的看法。总之，作者把握住魏晋哲学与文学密切有关的总体特征，从多种角度细致探索了不同的政治情势导致学术思想的变化，进而在不同层面上影响文学发展的原因，这是本书最鲜明的特色。

最后，本书虽然适当地吸取了现代美学理论中的某些观念，侧重于从学术文化的角度研究诗歌艺术精神的发生，但因始终立足于传统的研究方法，从材料出发，而不是从理念出发，所以在前人研究较多的一些范畴如时代风尚、社会生活、音乐语言等方面也有不少自己的创获。

大体说来，凡是先确立了理论框架和主要思路的研究模式，都会遇到一个难以克服的障碍，这就是思维单调和直线化的问题。主要思路所经之处，碰到问题有时如开锁一般，能做出比较新颖而且深层的解释。但当碰到一些非本书的主要思路和框架所能囊括的问题时，论述就不免显得空泛和一般化。如果研究的出发点或理论原则定得太高，主要观点一捅到底，就更是如此。因为研究对象是立体的、不规则的，每种研究的视角都能发现一些接近事物本质的东西，而不能顾及全面。即使锲入深层，找出许多问题的内在联系，也很难都拧到一条主线上。本书既是采用这种模式，自然也难以完全避免这种先天的不足。不过，作者在主要思路之外尽可能多方发掘，使本书没有被规定的理论框架套住，这也是它优于同类著作的原因之一。

例如关于音乐、语言和魏晋诗的关系。前人的研究成果虽然很多，但作者仍能找到空白点加以填补。一般认为东汉五言诗是文人模仿乐府民歌的产物，作者注意到东汉文人诗虽源于乐府民歌，但不是直接模仿下层民间的歌谣，而是通过流行于上层民间的新声俗乐这一中间环节产生。其语言带有歌词特点，正与上层社会音乐繁盛的背景有关。由于以哀乐之情为美的观念在东汉的普及，清商乐成为五言诗的音乐基础，遂形成了早期五言诗风格柔丽、以抒情为主的特点。又如论晋宋诗运转关的问题时，作者对当时民间新声变曲与文人拟汉魏乐府的风气流行的情况勾稽甚详，并指出这种新旧音乐系统交替的迹象，是这一时期诗歌系统向齐梁诗歌系统转化的背景，这也是善于吸取前人研究成果并做出新解的例子。类似这样的发现还有不少。如作者在论述建安时代的人格理想时，同时指出邺下文人在曹魏政权集团中所产生的压抑、失落的情绪，也是其理想与现实的矛盾之一；论西晋寒族与士族的区别时，注意到寒族重经史文章、士族尚玄谈交游的不同学风；分析东晋尚清通简要的学风时，指出博学能文之士多为次等士族或寒素；寻找晋、宋之交文运变革的原因时，发现当时儒生文士重视经史百家、文章诗赋、朝章国故的整理纂集，有利于打破玄学独尊的局面，和继承汉魏的文学传统；并能从范晔《后汉书》、裴松之《三国志》注、《世说新语》的编辑这些似乎各不相干的事件中，看到他们在自觉总结魏晋历史文化方面的共同点。这些都是为以前的研究者所忽略的，由此可见作者研究的深细入里，与他充分占有第一手材料有关。

钱志熙君是中华人民共和国成立以来的第四代学者，这本书显示了这一代人探索学术新路的实绩，也是将现代美学理论、新的研究结构与传统治学方式相结合的一个成功的尝试。最值得称道的是书中理性思辨的深入，突破了魏晋文学的传统研究中最薄弱的一面。当然，深思也会带来言不尽意的问题，如何使语言文字的表达跟上思路的发展，使深曲的思绪了然于心，了然于口与手，让更多的读者理解？这是值得作者继续探索的。从一代学术的发展来看，这种由深思而带来的理性色彩，又使人不能不注意到当前新派研究愈趋理性化的普遍倾向。新与理性化并无不解之缘，从三十年代过来的许多学者都受过新理论和新方法的熏陶，但始终没有忘记作为研究客体的文学具有给人艺术感受的性质，并不纯粹是科学思维的解剖对象。因此，如何使古代文学研究所应兼备的感性和理性这两种特质完美地统一起来，这也是值得作者和所有新一代学人深思的一个重要问题。

（原载《文学遗产》1993年第3期）

孙明君《三曹与中国诗史》序

二十世纪五十年代以来，建安文学一直是中国古代文学研究的重点。这自然是因为十七年间衡量文学价值的几把尺子，如"人民性""现实主义"和"浪漫主义"等，都适用于建安文学的缘故。既然是重点，评价也就定型，以至于进入八十年代前期，人们对于建安文学的认识仍不免受十七年观点的拘束，至八十年代后期，才受当时思潮的影响，逐渐解放。这一变化，明君在绪论中用"现实说"和"觉醒说"加以概括，是很简明切当的。其实又何止于建安文学，整个汉魏六朝文学的研究趋势莫不如此。

文学研究既是学术，总不免受时代思潮的影响。而中国学界与文化界一样，又是很容易形成潮流的。有了潮流，便有了赶潮流的人群。能冷静观看潮流的人倒反而显得落寞寡合。但这样的人却往往能自立其说，另开境界。明君在理智地分析了"现实说"和"觉醒说"的长处和不足以后，榷其中论，力求客观地对建安文学的全貌和本质做出准确的分析，这既要有学者独到的见识，也要有敦诚君子的品格。

明君的《三曹与中国诗史》是在系统地研究了五十年代以来，特别是新时期所有关于建安文学的论著之后写成的。至少在我所见的有关这段文学史的论著中,还从未有人如此认真地分析过前辈时贤的得失,并把各种论点归纳总结,使自己的论述建立在充分掌握已有成果的基础之上。这可以说是本书的一大特色。这样做的好处很多。首先是这本书的绪论和附录具有较高的资料价值,使人一编在手,便对四十多年来建安文学研究的概况一目了然。其次是中间三大篇的各个专题都能在广泛征引和检讨已有论点的同时突显出自己的见解。通过析论和驳论展开自己的论述,并精确地引出他人论点的出处,这本来是学者应当遵守的规范,也是起码的道德。然而近些年来,能够恪守学术规范的人不多了,而不客气地照搬并"镕铸"他人成果的皇皇巨著却日见增加。对照之下,明君的诚实,尤其难能可贵。本书的构架也正是出自这种老实的态度,"不求面面俱到,只选择了若干自己有感想、有新见的问题分别展开论述。这样,本书合之虽为专著,分之则为论文集","每一章即为一篇首尾完整的独立论文"(孙明君《三曹与中国诗史·绪论》)。这种写作形式不能像几十万字、上百万字的新编文学史和诗史那样,大块地"包容"他人成果,必须实实在在地说出自己的见解。虽然文字不多,部头不大,但两相比较,价值孰高孰低,明眼人一望便知。

明君在考察了建安文学研究的历史和现状之后,选择"三曹与中国诗史"这一题目,"旨在从中国诗史的流变中把握建安时代三曹诗歌的艺术精神、创作体制、创作方法的继承性与革新性,进而对三曹及建安诗歌在诗史上的位置进行新的界定"(同上)。这一角度的选择是对建安文学研究现状的突破,也有相当大的难度。目前已有的建安文学专著一般都是按传统的文学史编写法,分时代背景、作家思想、诗、赋、文、文学理论几个部分梳理归纳。这种框架并非不能出新,但缺乏一种宏观把握的魄力,不易更新视角,使研究向纵深发展。本书内篇三章,提出中国诗史三源一流说,认为三曹恰处于三源一流的关捩期,并以此确定他们在题材、气象、诗体、人格等方面开辟中国诗史之流的贡献。外篇六章主要分为曹操对原始儒学的诗化、曹丕诗歌中的生命意识、曹植诗歌中的人格建构方面，也都是抓住三曹对中国诗史最重要的影响立论。这样，虽然各章独自成篇，却又自有内在联系，使外篇与内篇形成分论与总论的关系，较完整地体现了全书的基本构想，这可以说是本书的另一特色。

当然，判断一本专著学术价值的高低，最基本的标准还是看它解决问题的多少，有无作者的独见和创获。古典文学研究与美学、文艺理论等学科的不同，在于理论研究者可以用史学研究的成果构筑资料基础，以第二手乃至第三手资料为论据，建立自己的理论体系。而文学史研究应当是以原始资料为论证依据，切实地解决一些史学上的问题。但凡以同行研究成果为资料依据、构筑理论框架的论著，不是失于架空，便是缺乏新意，原因就在于这种宏观概括如果没有自己独到的微观研究做基础，往往从论点到论据都是一些已知的常识或他人的成说。因而文学史研究必须求实，切忌虚浮。本书的主要长处是能够以实证为依据，对建安文学研究中许多流行的概念和观点进行追根溯源的清理和辨析，进而对这些概念和观点是否适用于评价建安文学提出自己的看法。例如内篇第一章在梳理了先秦两汉的"诗言志"说之后，指出真正将原始儒学"诗言志"的理想落实到创作中的是曹操。第三章详细考察了建安时代"文的自觉"说的由来，指出日本学者铃木虎雄最早提出"魏的时代是中国文学的自觉时代"，并谨慎地分析了鲁迅征引铃木之说的本意，以及这种观点在学界流行的情况；继而又在检讨"觉醒说"的各种观点之后，提出建安时代"人的觉醒"包含政治思想层和生活方式层两个层面，"文的自觉"体现在诗歌创作方面而不表现为与儒家传统文学观念决裂。外篇第四章不赞成以往认为曹操逆违儒家思想的一般看法，通过分析汉末形势及曹操的政治策略、法治思想和原始儒学的人才观，有力地论证了曹操的主导思想表现为向原始儒学人文精神回归的观点。第七章据《艺文类聚》卷五十六所录《典论·论文》、王粲归附曹魏的时间、阮瑀的卒年等史料，论证此文作于建安十六年，推翻了流行的"黄初初年"说和"太子时期"说；又通过对《典论·论文》内容的全面分析，指出"经国之大业""不朽之盛事"均为先秦两汉儒家成说，不是"文的自觉"的号角。文章只是为改变文人相轻的陋习，劝告文人安心于翰墨工作。作者的见解或者可容商榷，但其论证则都基于实事求是的考订，不仅仅是为成说翻案。此外，第八章分析曹植的人格特征的前后变化，将关于曹植行为的史籍记载、曹植在诗文中的自我表白联系起来，探索其建立儒道互补的人格结构的意义。第九章对汉儒"温柔敦厚"的诗教说产生和发展的过程予以辨析，中肯地分析了这种理论被汉儒歪曲的原因，指出诗史上"怨而不怒""温柔敦厚"的情感特征由曹植首次在创作上完成也都颇有新意。"温柔敦厚"说在古代被抬高，在当代被贬斥，向来缺少公允的评价，这里的分析体现了辩证的思维方法。这种思维方法贯串于全书，也是作者多有创获的重要原因。

明君多年来师从霍松林先生。1993年获文学博士学位后，随陈贻焮先生继续研究，成为北大中文系第一位博士后。其为人忠厚谦和，文风也老实严谨。常言道"文如其人"，虽不尽然，对于明君却是适用的。做学问最要紧的是老老实实、谦虚谨慎的态度。明君以此见长，又能勤奋耕耘，必然会有丰厚扎实的收获。他在博士论文《汉末士风与建安诗风》出版之后不到四年，又有这部新著问世，便是学业有成的明证。今明君嘱我作序，遂拉杂写下这些感想，希望与明君共勉，也借此表示祝贺之意。

（原载孙明君著《三曹与中国诗史》，清华大学出版社，1999年）

六朝隋唐诗歌格律、
体式演进问题及其研究进展
——兼评杜晓勤《六朝声律与唐诗体格》

声律和体式在六朝至唐代的诗歌研究中具有重要的意义,但其难度也显而易见。首先是古往今来,关于声律的研究成果不计其数,然而进展却十分缓慢,很多难点和疑点积千年之久不能破解,前人的争议无法决出定论;其次是六朝到唐代是诗歌声律的形成发展期,尤其在中唐以前,诗人们对于声律的认识有一个由生到熟的过程,对于体式的分辨和规范一直在探索之中。即使到明清时代,相关的诗学理论也没有达至完备。因此,要从事这一选题的研究,不但需要深厚的诗歌声律学的功底,要善于在纷繁的歧见中寻找合理的见解,更要通过自己对这一历史时段全部诗歌创作的声律分析,找出接近事实的答案。没有极大的学术勇气和耐心是很难取得超越前人的成果的。

晓勤从二十世纪九十年代中撰写博士论文开始,就选择了这条难走的道路。他曾对齐永明到唐神龙年间五言新体诗的声律情况进行逐字逐句的分析、统计和归纳,在量化分析的基础上,以大量的数据和明晰的表格,来说明各历史时期新体诗的声律模式和声律发展情况,同时结合着文学风尚的变化和社会文化因素,对新体诗声律发展的原因进行探讨,写成了《从永明体到沈宋体：五言律体形成过程之考察》一文。这一研究，在当时就已得到海内外同行的关注，同时也为后来更深入的探索打下了基础。时隔二十年，晓勤又奉献出这本在系列论文基础上写成的《六朝声律与唐诗体格》，看起来所采用的依然主要是声律的分析统计和归纳法，但是较之二十年前的研究，无论是攻克难点的勇气、将问题穷追到底的锐气，还是视野的开扩以及思考的细密，都大大地上了一个新台阶。就范围来看，如果说早年的研究主要集中在永明新体向律体的进化过程，那么本书在此基础上又将唐代的齐梁体、新乐府体这些争议最多最难以辨清的问题推上了学术前沿；就方法来看，本书在原来的声律分析统计的基础上，又利用日藏善本的比勘还原及历史文献的考辨，结合社会政治背景的阐发和历代诗学观念的梳理，对相关论题从多个角度做出透辟的分析，因而得出了不少可以作为定论的新见，使声律和体格的内在关系得到了切实清晰的展现。这些论文或许没有构成系统的"诗律史"，但是目前学术界并不缺乏各种自构体系的"史"，缺的是对"史"的链条上各个疑点和难点问题真正一扎到底的深透研究。如果能切切实实地解决几个问题，其学术价值远远高于全面系统然而只是泛论的"史"。

近二十年来，关于永明体和律体的关系仍旧是声律研究的热点，各种新说的出现，既开出了新的研究思路，也形成了更多的迷雾，因此本书上编选择了几个争议较多的疑点逐一剖析。如沈约曾经说过："子建'函京'之作，仲宣'霸岸'之篇，子荆'零雨'之章，正长'朔风'之句，并直举胸情，非傍诗史，正以音律调韵，取高前式。"以前曾有学者用近体诗律分析他所称道的这四首诗。晓勤敏锐地看出这种分析法缺乏历史意识，指出应该用永明律去衡量。但究竟什么是永明诗律，目前并没有定论。他通过分析比较近年来各种关于永明诗律的论著，选择参考何伟棠先生的研究成果，将何先生提出的12式永明律句、七种84式永明律联简化为几种永明律格式，全书涉及永明体的诗歌分析均以这些格式为据。由于研究者不一定都认同这种格式，这样做似乎有点冒险，使用者是需要一定的判断力的。我也读过何先生的大著，从采用的分析法来看，确实比以往的分析更有新意。只是有点疑惑他的统计以沈约、王融、谢朓、范云四位永明诗人的全部诗歌为基础，分母是否有扩大之嫌，因为这四人的诗显然有古调和新体之别。不过我很赞同晓勤的出发点——考察永明体应当跳出用近体诗律作为衡量标准的传统思维模式，也同意晓勤所说何先生"首次指出永明诗律是一种四声分用、二五异声且上下句声调亦别的声律格式"，因为"二五异声"有《文镜秘府论》所引沈氏声病说为证。晓勤后来用他简化的这些格式分析永明体诗时，得出的某些结果也可以为何先生助证。例如以之分析沈约用以代指魏晋诗篇的那四联，与永明律甚为相合，能够说明沈约从"音律调韵，取高前式"的角度欣赏这几首诗的原因。又如以之分析晋宋吴声西曲歌辞和晋宋齐文人五言四句诗时，可以看出齐代的吴声西曲和文人五言诗无论是永明律句和永明律联都高于晋宋。这一事实反过来也可以说明，即使对其所使用的永明律格式有疑虑，但其得出的结论与诗歌发展大势相符，因而有其可信度。

  关于汉语四声理论的提出者，学界一直存在着周颙、沈约两种说法。近来又出现了"王斌首创四声"这一新说。本书中"辨误"一章通过追根究底的考辨，指出齐梁时期至少有三个王斌，一为曾任吴郡太守之琅琊王斌（一作琅邪王份），一为曾任吴兴郡太守之琅邪王彬，一为"反缁向道"之洛阳（或略阳）王斌，三人生年均晚于沈约，其中前二人未见有论四声之作，沙门王斌虽撰有声病著作，然生年可能比刘勰、钟嵘还晚，更遑论周颙、沈约了，所以如果按照年长者方有可能首创四声之目的逻辑，此三人都不可能早于沈约提出四声之目。这一考辨中最精彩的是发现王份与《续高僧传·释僧若传》中之王斌实为同一人。如果没有细读史料的耐心和敏感，是很难注意到这一点的。

不过在永明新体向律体发展的这一链条上，晓勤最重要的贡献还是对大同句律这一节点的阐发。梁大同年间永明新体在形制、风格上的变化，以前已经有学者论及，但与之同步的声律变化还没有人注意到。本书首先指出，从永明律的"二五异声"到律体的"二四异声"，是五言诗单句律化进程中的一个重要环节，这一变化的转折点在大同年间；然后在全面统计齐梁陈作家五言诗句律的基础上，进一步阐明了发生这一变化的原因在于"二二一"句式的增加，以及"二二一"句式中韵律结构与语法结构易于一致。作者根据五言句中由词组组合变化而形成的不同节奏点，将"二二一"句式细分为五种类型，并且联系汉代到宋齐以后这五种句式的变化趋势，发现"二//二/一"式，特别容易符合二四异四声的大同句律和二四异平仄的近体句律，认为此种句式可分为上二、下三两个小句，两小句内部又自为主谓结构，或者说明两件事情，或者描写两个物象和场景，而且前后两个小句所表现的事理、物象之间，多存在着平列、因果、对比、转折或相互说明的关系，二者之间又形成一种艺术张力，更增加了诗句的表现深度，最终产生了"1+1>2"的艺术效果。所以这种句式在被谢灵运使用之后，经永明三大家尤其是谢朓的发展，继而被梁代宫体诗人萧纲、刘孝威兄弟、徐摛、庾肩吾等人所推广，到庾信诗中数量更多、诗意更佳。同时，又由于这种句式的第二音节和第四音节本来就是鲜明的节奏点，极易形成平仄异声的声律格式。这就说清了句式结构促成声律变化的原因。我以为这一研究思路特别值得重视，因为句式和诗歌表意功能的关系，目前研究虽已有所涉及，但还少见；声律变化与表意功能的关系，更是罕见有人阐发。而这恰恰是律诗形成和发展的原理所在。诗歌形式的研究，归根到底要落实到诗歌的表现功能，只有深入到原理的探索，一切形式的研究才能显示其意义。

齐梁体、齐梁调、齐梁格，都是唐诗在律化过程中出现的现象，也是历代诗论一直没有说清楚的问题。当今学人也因此而众说纷纭，莫衷一是。本书中编对这一问题的分析，是我近年来所见过的最全面透彻的答案。宋人严羽及近现代学人据王昌龄《诗格》认为盛唐有所谓"齐梁调诗"，作者首先通过遍照金刚的两部著作《文镜秘府论》和《文笔眼心抄》的对照，辨明"齐梁调诗"就是"齐梁调声"，王昌龄《诗格》标目之原文当为"齐梁调声"，指的是齐梁体诗调谐声律之术；接着通过《诗格》所举四首"齐梁调声"的诗例的分析，指出盛唐人已经总结出齐梁体诗联内调声的两种方法，即首句第二字用平声、第二句第二字用仄声的"平头齐梁调声"术，和首句第二字用仄声、第二句第二字用平声的"侧头齐梁调声"术，这两种调声术均可有效避忌永明声病说中的"平头"病。这应该是近体诗律成立之后，盛唐人尝试用新的诗学理论和创作思维对永明体、齐梁诗格律特征的一次新审视、新规范。这一分析与《文笔心眼抄》关于"平头齐梁调声"和"侧头齐梁调声"的记载正相符，并且借此可以看出其记载与《文镜秘府论》的差别所在。这一问题的论证具有很强的说服力，应该可以解开关于"齐梁调诗"的迷误。

作者又在以上论证的基础上，辨析了杜甫、皮日休、陆龟蒙的"吴体"和"齐梁体"的差别，晚唐五代齐梁体的格律特征等问题，其中最重要的是考察了唐开成年间的"齐梁格诗"。通过对白居易、刘禹锡"齐梁体诗"的声律分析，作者发现它们不仅与沈约等人提倡严分四声、避忌八病的永明体诗律不完全相合，而且病犯严重程度和非律性均有过之而无不及，但与白居易所作《金针诗格》所列"齐梁格"也是有意犯病的病范格相同。由此又关系到如何辨别"格诗"和"齐梁格诗"的问题。前辈一些权威学者对此也存在歧见，一种认为二者是一回事，一种认为"格诗"是古诗。作者将白居易几次自编文集的作品分类标准和卷首标注方式的差异列出表格，在分析其差异的成因之后指出：白居易编订《前集》时虽已确定体例，但在后来多次续编时体例又有所改变，而且他对诗体之分类标准、细分程度和加注格式存在一定的随意性。他在

《后集》及《续后集》中除"律诗"外的各卷卷首均标上"格诗"二字，即谓卷中所收非律诗，是他对古体诗之统称。而"齐梁格诗"是刻意模仿齐梁诗且有意犯有声病的五言诗，体式与近体五律迥然有异，所以属于古体诗——"格诗"这一大类。这样的结论以其分析的翔实超越了前辈学者的分歧，对"格诗"和"齐梁格诗"的辨证关系做出了最切近事实的阐述。

开成元年省试改用齐梁格，是晚唐诗歌史上引人注目的一件事。究竟怎样评价，以前学界因为不明白这"齐梁格"究竟是什么体，只是根据"齐梁"二字想当然地以为是提倡齐梁华美雕琢的文风。本书不但通过对当时留存下来的两首齐梁体格省试诗的声律分析，确认其体实与白居易、刘禹锡的齐梁体相近，而且进一步分析了这次进士试改革的背景与牛李党争有关，书中用丰富的史料说明文宗改革的方向与李党文化观、诗学观较为接近，其目的在惩戒整个官场、文坛的浮华文风，使之复归典正质实。其中较为精彩的分析是将文宗自出试题《省试霓裳羽衣曲》和他"诏奉常习开元中《霓裳羽衣舞》，以《云韶乐》和之"这两件事联系起来，又将他出的另一道诗题《太学创置石经》与李党中坚郑覃大和四年奏请校刻儒经到李德裕开成二年立石经于国子监的事实联系起来，有力地证明了开成二三年间进士科的改革措施和方向——歌咏当世盛事、文风雅正，显然受到李德裕、郑覃等人影响，体现了李党儒雅中正的文化观和揄扬鸿烈的文学观。根据以上分析，本书进一步辨明了文宗所提倡的"齐梁体格"，与齐梁诗歌的题材、意境和风格关系不大，应该主要指的是诗歌体式和格律，即要求举子打破近体诗律限制，任意用韵，不必粘对，不避病犯。这就澄清了目前学界对"齐梁体格"的误解。

唐代文集的分类是考察唐人分体观念的重要依据，由于唐代作家中，白居易对自己文集的编撰、保存意识最强，具有极为自觉的诗文辨体观念，其自编文集的文体分类也很复杂，因此本书下编主要选择了从《白氏文集》的考察入手，并利用作者在日本工作期间搜集到的《白氏文集》的旧抄本、手定本，以及日本学者研究白集版本的最优成果，对其编撰体例和诗体分类，做还原性的探讨。书中有关这些日藏旧抄本的文献价值的介绍，对于国内学者来说，本身就是大开眼界的。而作者利用这些善本的考证对白居易本人的辨体观念进行细入的研究，更是在诗歌体式研究方面打开了一条新的思路。

由于白氏手定本唐末五代即已散佚，宋以来中国所传各种版本屡经编排刊刻，已经失去了白集手定本编撰体例的原貌，所以学界对于白集尤其是《前集》的分类有很多不明之处。本书参考日藏旧抄本所存抄写格式，再用南宋绍兴本和那波道圆本补齐抄本缺卷之信息，将白氏手定本《白氏长庆集》（即今存《前集》）前十二卷非律诗部分的卷首旧貌还原出来，可以知道前十二卷卷首标注格式和顺序的共有五个层次：一是用大字标出"古调诗""新乐府""古体""歌行曲引"和"律诗"诸体，做第一层标注；二是在非律诗部分各诗体后，再用小字标注"讽谕""闲适""感伤"等题材，做第二层标注；三是用小字标出"五言"或"杂言"等体式，做第三层标注；四是又用大字标出该卷所收作品数目，做第四层标注；五是在卷六卷首标注信息，比其他各卷多出一层，在体式和数量之间插入一个篇幅特征——"自两韵至一百卅韵"，所以有五个层次。作者还联系萧统《文选》的编排结构做对照，指出白居易这种先以诗体分类，然后在各体下再按题材分类的做法，沿用的是与《文选》相似的编撰体例。这一还原工作建基于对各种日藏旧抄本的仔细比较和辨析，不但勾勒出最接近唐本的白集手定本的编撰体例，而且清晰地显示了白居易的辨体观念。

又由于《白氏文集》历经几次编集，其中有元稹的参与，其中有些体式概念的关系仍不清楚。如"古体"和"古调诗"并见于白集，二者体式有无区别？本书将《前集》各卷诗歌分类及创作时地等信息用表格一一列出，找出元稹后来在编《白氏长庆集》五十卷时调整的痕迹，得出的结论是："《前集》卷十一所标的'古体'，与卷九、卷十所标的'古调诗'，名异而体同，均指五言古诗。"作者的论证还不止于此，他联系梁陈到中晚唐许多关于"古体"和"古调诗"均指与"律诗"相对的五言古诗的资料，为这一结论佐证。接着，他又根据元稹在不同年份编辑《白氏长庆集》时对古体诗的不同称谓加以比较，指出元稹的诗体观念有一个演变过程，这与他和白居易创作心态的改变有关。由此又更进一步考出，《白氏长庆集》中的"古调诗"与"古体"虽然体式相同，都是五言古诗，但在题材范围上，又有一些区别："古调诗"可涵盖"讽谕""感伤""闲适"诸类五言古诗，是白居易元和十年所编十五卷诗集之旧称；而"古体"则可专指非讽谕类的五言古诗，系元稹于长庆四年编《白氏长庆集》时为白居易近作所加之新标目。这就使这一问题的解决达到了十分完足的程度，其思路的密致和方法的新颖都是值得称道的。

而关于《白氏文集》的考订，最有价值的是对白居易"新乐府"体式观念的确认。关于中唐是否存在一个"新乐府运动"，是九十年代以来学界开始质疑、但没有定论的大问题。本书同样运用白集旧抄本的编撰体例，指出白居易的新乐府仅指其"新乐府"五十首，其体式特征为以杂言为主的七言体，是一个诗体概念；而向来被视为属于新乐府的《秦中吟》则是古调诗，属于五言，二者体式迥异。同时，作者还从写作目的、体制特征和创作方法等方面，分析了二者的明显差异。以上论证可以有力地说明白居易本人确实是将新乐府视为一种诗体来看待的。在这一论点的基础上，本书还辨析了元白和郭茂倩关于新乐府概念的差别，并回溯到杜甫，认为向来被视为新题乐府的"三吏""三别"都是古调诗。并通过梳理宋元明清诗话到现代新文化运动的相关论述，指出从中晚唐至明代，人们多将白居易《秦中吟十首》视为五言古诗，而非乐府诗，更未将之与白居易新乐府或李绅、元稹的新题乐府相混。从清初开始，宋荦、李重华、杨伦等人之所以把白居易《秦中吟》也当作新乐府，显然是对宋人蔡居厚误说及其袭论的推扩。他们无视元白本人对五言古体与乐府诗、新题乐府的诗体之别，不仅将杜甫"三吏""三别"等感慨时事的五言古体误为新题乐府，而且把白居易受杜甫此类作品影响的，体式和作意均与之相近的五言讽谕诗，包括《秦中吟》十首，甚至《贺雨》《哭孔戡》《宿紫阁村》等单篇作品，也当作新题乐府或新乐府。到二十世纪初，胡适《白话文学史》又提出"新乐府运动"，经六七十年代几部《中国文学史》的推弘，这种混淆才相沿至今。

　　以上辨析，从白居易和元稹本人的诗体观念出发，对新乐府的体式特征做了明确的论断，区分了新乐府和用古调诗撰写的讽谕诗之间的差别，将以往对新乐府的各种论述大大推进了一步，也给唐代文学史的研究者提出了一个问题：究竟如何处理原生态的呈现和文学史的当代评价之间的关系？从近代到当代，研究者混淆二者的原因在于没有从体式去考察，而仅仅是将新乐府当作一种继承乐府创作传统、讽谕时事、因事立题的重要文学现象加以推崇。如果单就白居易式的"新乐府"体的创作数量来说，当时确实没有构成"运动"的规模。但如果"运动"是指白居易以前及与之同时代的诗人写作了不少讽谕诗的现象，那么研究和评价的重心应当移至杜甫到白居易这一时段新题乐府的发展过程。除此以外，杜甫及其后的中唐诗人对五古和乐府体式的认识未必一致，也是应当考量的因素。杜甫虽然没有提出"新题乐府"的概念，但他自立新题、反映时事的诗主要是采用乐府体的"行"诗，而汉魏以来"行"诗原来就包含五言和七言，且以五言为多。魏晋后逐渐形成与五言古诗有别的创作传统，鲍照对此已经有自觉的认识。杜甫的新题乐府大多数是七言歌行，但"三吏""三别"这样的五言，采用了汉乐府用三字立题的方式，以及用代言体叙事的乐府创作传统，从表现来看显然是有古乐府作为参照的，这恐怕是清人视之为新题乐府的原因。杜甫以后不少诗人的讽喻诗多为七言歌行体，但仍有不少五言乐府类诗，这说明白居易之前的诗人们对乐府的认识还是比较宽泛的。到白居易的"新乐府"才一律采用以七言为主的杂言歌行，将古体五言一律归为古调，当是对新题乐府从体式上进一步加以规范的结果。晓勤强调白居易对"新乐府"和古调诗体式的区别，可以启发研究者在考察杜甫到白居易这一段讽喻诗的潮流中，联系各家诗人的创作深入探索其辨体意识，对文学史做出更贴近原貌的描述和评价。

除了上述种种创获以外，这部著作还为声律的统计、归纳分析法展示了新的前景。书中最后所附的关于《中国古代诗歌声律分析系统》的开发经过和使用功能的说明，将其方法提升为所有研究者都可以使用的软件系统，使古典文学的传统研究法和当代科技的发展接轨，无疑是功德无量的大好事。同时晓勤也以这部书中的研究实践说明：这种分析和统计只是研究的工具和基础，必须和文献考证、文本体悟以及文学史背景的研究紧密结合，落实到问题的提出和解决，才能有所突破，有所前进。

联系晓勤早年研究诗律的专著来看，这部近作不仅显示出他在学术上达到的新境界，而且已经建立起他独特的学术个性：由于曾花三年工夫写过一部百万字的二十世纪隋唐五代文学史研究综述，他善于广泛搜集前人的相关成果，且能敏锐地从中发现问题。对于电脑软件等新科技的熟悉，又使他的工作具有很高的效率。他不追求新颖宏大的选题，而是踏踏实实地在自己熟悉的领域内深耕细作，根据论题的延伸自然扩大研究的范围，努力解开文学史链条上的一个个悬案，以追穷寇的精神反复考索论证，得出坚实可靠的结论。这正是值得在当前学界大力提倡的学风和方向。所以在衷心祝贺这部佳作面世的同时，我更为他形成了自己的学术特色而欣喜，并期待着他更大的成功。

（原载《安徽大学学报（哲学社会科学版）》2016年第40卷第1期）

刘宁《唐宋之际诗歌演变研究》序

　　进入新时期以来，唐宋诗歌的宏观研究一直以渐进的方式持续地向前发展着：最初的宏观研究只是大概地综合文学史上已知的一些现象，勾勒出一个基本的轮廓；以后逐渐注意到结合文学发展的外因和内因进行时段研究，但外因的阐述大多还是相关学科的现成研究成果的综述，而不是自己的钻研结果。这种背景研究基本上是大全景式的扫描，实际上与文学本身的关系并不密切；再后来才认识到从文学的独特角度审视一切社会历史文化现象，并深入到原始材料的内部，找出内因与外因之间的有机联系，对文学的演变过程做出更为切实的阐释。这是一个由浅入深、由粗到细的过程；特别是随着大批博士论文的出现，很多问题被后来人重新捡起，铺开了总结性研究的摊子。前人的意见被不断地修正，材料的解读愈益细致，得出的结论也就离事实越来越近。可以说到目前为止，宏观研究已经进入了一个良性循环的发展轨道。

　　尽管唐宋诗的宏观研究已经取得可观的成绩，但是刘宁选择"唐宋之际诗歌演变"这个课题，还是显示了一种难得的学术勇气。因为近二十年来，唐诗研究和宋诗研究基本上是两个学术分野，虽然也有一些学者从研究杜诗的角度打通二者，但总的说来，认真地对唐诗和宋诗这两种诗学类型进行比较的工作，主要见于文学批评史领域；而能从创作上说透唐宋诗如何转型的力作还是较为罕见的。从刘宁的学养来看，她本来出身于文献学专业，从本科到硕士，接受古文献方面的训练较多；要从文学和美学的角度较为准确地描绘出唐宋诗的不同风貌及其变化过程，也有相当的难度。但是刘宁在读硕士期间参与了《全宋诗》的整理，增加了她对宋诗的感性认识；随我读博士期间，大量阅读唐人诗集，又跟陈贻焮先生学作古体诗词；博士毕业后，随启功先生读博士后，还得到了聂石樵、邓魁英先生的指导，既转益多师，又善于吸收，因而能够在五六年的时间里不断深化对这一课题的认识，提高理论表述的水平，取得了可喜的成绩。

九十年代以来，研究诗歌演变的博士论文很多；通常的做法是全面综述诗歌风貌的基本特征，再从政治、经济、哲学、宗教、文化、社会习俗等各个方面阐述形成这种风貌的原因，几乎形成一种程式。刘宁则从诸多外因和内因中各取其一，从元白的"元和体"在中晚唐和宋初的创作影响入手，考察唐宋诗歌的转型；同时又找到与"元和体"关系最密切的士人"文官化"的问题，来考察诗歌创作主体的精神面貌的变化；也就是说，从创作实际出发，寻找与这种创作现象关系最密切的外因，而不是泛泛罗列各种外部因素。这种由内向外的思路，避免了外因和内因成为两张皮的粘贴，是保证这类宏观研究能够继续深入的前提。这样的思路，还较好地解决了问题研究和理论框架之间的矛盾。一般来说，一部借用外来理论作为框架，或者以某一条主思路贯穿全书的著作，比较容易建构自己的理论体系；这类著作往往依靠先有的理论或思路去阐释文学史资料，有时能对一些常见的问题做出很新鲜的解释，但不一定能以深入发掘问题见长；而注重从文学史的原始材料里发掘问题、提炼问题的思考方式，又不一定能将这些问题都归纳在某一个理论框架中。刘宁以元白的"元和体"的影响作为考察唐宋之交诗歌演变的主线，并不是事先设定的一条思路，而是通过大量原始材料的阅读，从中晚唐和宋初的诗歌创作中提炼出来的一个重要的文学现象。她原来的思路是由北宋欧阳修倒溯到五代唐末。在全面分析了唐末五代的各种诗人群形成的原因及其创作倾向之后，又发现想说清唐末五代的创作渊源，非上溯到中唐元白的"元和体"不可；而与北宋士人精神面貌密切有关的"文官化"特征的形成也要溯源到元白。这就使内因和外因的两条线自然地纠合在一起，形成了思考这一课题的主线；而当她将思路正过来，由中唐顺流而下时，随着这条主线的展开，又将姚贾诗派、许浑、杜牧、李商隐等中晚唐的主流诗人以及他们与元和体的关系全面铺开。从唐末五代的全部诗人群体到宋初的白体、昆体和晚唐体，几乎都不能脱离这条线索的干系；这就使作者所理清的这条思路具备了较大的涵盖面，使面和线的关系得到较妥善的处理，并在此基础上形成了自己的论述框架。我一向以为能够从具体问题的提炼上升到理论框架的形成，是比较理想的一种建构方式。刘宁走的正是这条路。

由于本书的主思路是从原始材料中发掘出来的一个大问题，因而全书有许多创见，解决和解释了不少以前所不清楚的问题。主要有以下几个方面：

首先，立足于诗体和诗派的长远影响，对元白的"元和体"、晚唐体的艺术精神和创作新变做出了新的解释，辨清了这几种创作现象之间的复杂纠葛：中晚唐的这些诗体和诗派，前人的研究已经很多，对其基本特征的评价虽然见仁见智，但理解相去不会太远。本书作者则从这些诗体诗派在后世的影响中看出了前人所没有注意的一些变化。她把元白的"元和体"的主要特色归结为追求入实、注重反思、感悟和理趣的特色，认为"元和体"五律以淡语求味，基本上排斥了咏怀的精神旨趣；七律则开拓了理性品质，表现为采用一种经过压缩的散文句式，大量引入反思现实的议论，通过具体的经验领悟人生哲理；绝句发展了感悟人生的理性内容和工巧的构思。晚唐体的概念历来比较笼统含混,一般指姚贾的五律和许浑的七律;刘宁则将它们放在与"元和体"的关系中去认识,指出姚贾较多地吸取了"元和体"的艺术旨趣和表现艺术。二人虽然都注重苦吟和锻炼,但贾岛求奇,姚合求味,是他们五律艺术旨趣的显著差别。这种差别与他们不同的人生经历以及各自受韩愈前期创作和白居易后期创作的不同影响有关。杜牧、许浑则表现出对"元和体"的疏离和反拨。李商隐的七律却接续了白居易"元和体"七律开拓理性品质的努力,并做出创造性的发挥,形成了情思并重的特色。在近年来研究中晚唐诗歌艺术的丰富成果中,这些见解以其思路的独特而令人耳目一新。

其次,对唐末五代诗人群体的分布及其不同的创作倾向做了全面清晰的梳理:唐末五代文学的研究是唐代文学研究的一个薄弱环节,诗人的交游和分布的情况一直是模糊不清的。近年来虽然有一些研究论著陆续发表,但大多数限于单个作家或"芳林十哲""咸通十哲"等当时命名的群体。本书将唐末诗人群分成寒素、贵胄、干谒、隐逸四类,虽然是不尽相同的概念层次,但大体上反映了诗人的不同人生际遇及其近似的创作倾向;至于五代诗人群按地域划分,则不仅是因为五代十国分裂割据的局面造成地域文化和创作风气的不同,也和各地的文学基础有关。例如南唐诗的繁荣,就因为它有地方诗歌创作的坚实基础,庐山是当时全国有名的诗学中心。经过这样的区划,不但便于看清这一时期诗人的活动情况,而且有利于阐明唐末五代作为诗歌从中晚唐到宋代的过渡阶段,究竟发生了什么变化。

在区分诗人群体的基础上,本书又从诗歌各体的创作状况着眼,分别论述了唐末五代的五律、七律、绝句及古体的基本特征,指出五律主要是接续姚合"求味"的旨趣,局限在清雅闲适的一种滋味中;七律主要接受"元和体"和晚唐体的共同影响;绝句则发展了议论风格,抒情方式的探讨穷力追新,叙事功能也有所开拓,显示出旺盛的创作生命力。以上论述没有满足于一般风貌的描述,而是细致地区分了不同诗人群体的不同取向,以及同一类创作传统的前后变异。例如作者认为寒素、隐逸诗人的近体诗直接影响南唐诗人,他们都接受了元和体的入实趣味,但前者较多吸取许浑一派的语言风格,而后者更多地恢复了元白"元和体"中反思现实、感悟人生的理性品质。又如同是接受"元和体"的影响,贵胄诗人由于思想的成熟和对李商隐七律的浸润,在人生的反思中渗透了丰富的感情,以韩偓为代表的七律成为唐末七律最值得重视的艺术成果;干谒诗人则多以讥讽为主,接近元白的开合议论,然而由于器局的限制,讥弹、讽刺多于深邃的思考。这类分析不仅照顾到纵向和横向的联系,而且突出了各群体、派别中最有代表性的或成就最高的诗人,因而能够条理分明地展示出唐末五代诗坛的基本面貌。

再次,在理清诗歌演变轨迹的同时,本书深入探索了这一演变流程的政治文化背景,从士大夫的出处进退这一直接关系到诗人精神面貌和生活方式的角度切入,找到了促使中晚唐到宋初政治环境变化的主要原因,即文官政治的兴起和门阀政治的衰落。文官制度的观点虽非本书首创,史学家早有论述,但本书作者受此启发,创造出"制度意识"这一概念,来考察政治上的这一重大变化对于朝野士人的精神状态造成了什么影响,士人们在这样的社会转型期如何调整自己的心态和行为。应当说确实抓住了中晚唐到宋代士人务实精神和理性气质形成的主要原因。

本书不仅通过列举大量历史事实证明了士人的"文官化",而且将这种变化与士人创作紧密地联系起来,解释了"元和体"特征的生成原因。作者认为元白在诗里流露的反思现实、沉潜自适的理性气质呈现出一种新的人格特点,它在很大程度上来自对文官政治制度的理性认识,这种制度意识在中唐以后逐渐加强,深化了士人对政治的理性认识,促使士人的精神面貌更加理智和内敛。在考察"元和体"的影响时,作者还特别注意到"元和体"与晚唐体之间的中介，认为白居易在晚唐台阁唱和中的核心地位，使元白的"元和体"诗风对台阁诗人产生了显著的影响。这就通过台阁士人对白居易的接受说明了这种制度意识的普遍性。作者又分析了杜牧、许浑等身居州县和幕府的诗人的精神气质，指出他们的理想气质与白居易等人消极制度意识的冲突，是他们排斥"元和体"诗风的根本原因。这又从对比映衬的角度进一步阐明了制度意识的鲜明特点。而唐末五代幕府文人的文官化及其消极发展，则更证明了文官制度意识的逐渐强化。这些看法，都较以前的同类研究深入了一大步，充分展示了中晚唐到五代士风发展的曲折性和连续性。

正因为全书清晰地梳理了元白"元和体"从中唐到五代的影响，本书最后一章论宋初诗坛的沿革才具备了前所未有的说服力。关于宋初诗坛的问题，新时期出现过一些较有分量的力作，也存在一些不同的看法，但从来没有从宋初流行的几种诗体的源头去探讨过它们的发展历史和表现特征。本书论述这一问题可说是水到渠成。前面的源流清楚了，宋初"白体""晚唐体"和"元和体"的关系、宋初讽谕诗与元和体的联系和区别自然也就容易解释了。更重要的是，欧阳修提倡平易、革新诗文的意义从诗歌史的角度得到重新认识，各种歧见也可以迎刃而解。

前面所论固然是本书的主要学术价值所在，但我以为更值得重视的是从作者的思路中透露出来的新一代学者的发展苗头。刘宁是七十年代出生的学者，除了小学时代受到"文革"的一点影响以外，所受的基础教育大体是完整的。作为北京市文科状元考入北大中文系，应当可以代表这一代习文的学生中最好的水平。她的成长过程说明：即使是完全脱离了六十年代以前传统教育的环境，只要受到良好的学术训练，也还是可以接续古代文化研究的传统。当然这一代学者在研究中不可避免地会带来一些学养方面的缺陷。例如本书评论唐末五代的诗学批评，虽然与当时诗歌创作联系起来考察，有其独到之处，但批评似乎过苛。唐末和元代兴盛的诗格、诗式类著作其实是模仿创作的摹本，类似书法的临帖、绘画的画谱，与诗话类欣赏性的批评不同。因此今人评论的尺度也应有所区别。不过这类问题待作者学识积累较多之后，自会有更通达的看法。我更关注的是她对古代诗歌创作肌理的探索。她的论述，没有停留在一般的风格、意境的说明上，而是力求发掘诗歌体裁与表现内容及创作艺术之间的内在联系。例如前面所说作者注意到白居易和李商隐开拓七律的理性品质，与七律的体裁特点有关。又如分析唐末议论性绝句的得失，指出绝句和五、七律议论的不同，认为唐末议论性绝句的不足并非议论这种方式本身的局限，而在诗人思考和语言功力的不足。又如探讨唐末古体的衰落原因，认为诗人们普遍缺乏一种关系到古体诗写作的关键素质，这就是由富于理想的心灵所激发的创作冲动和想象力。又如论咏史和怀古的区别，认为咏史更关注对历史做理性的反思，怀古则偏向今昔之慨的情感抒写。又如论诗人的经验和体验是不同的概念，经验是外在的经历，体验是经验在内心的转化，对创作产生直接影响的，是诗人的体验。寒素诗人在动荡时世中的经验不可谓不丰富，但他们对生活遭遇的理解往往不能超越一己的穷通荣辱，不能获得更广阔和富有深度的认识，因而对生活的体验缺少提升的意识。这一类的思考虽然还有继续深入的余地，但透露出新一代学者将进一步突破表面现象的描述，趋向探究深层的创作思理的消息。

最后想特别指出的是：本书对许多作品的分析体现了作者对艺术的较高感悟力和文字表达能力。例如说李商隐的《锦瑟》："在诗人的静观之下。往昔的情感滤尽了它一切的曲折的经历化成纯粹的存在，就像含泪的珍珠与生烟的美玉，美丽而又带着哀怨的朦胧。"说李商隐的《蝉》"一树碧无情"："诗人仿佛化身为栖息于森森树叶中的一只秋蝉，从弱小的眼中感受到象征着现实的一树碧叶的冷酷与压迫。"又如说吴融的《新安道中玩流水》："人生中许多因为身不由己而失之交臂的东西，看上去虽然细小，但使我们感受到人生的缺憾和命运中许多难以左右的事物。"作为一本主要探讨诗艺的著作，如果缺乏这类点睛式的、富有启发性的解说，就会变得索然无味。作为刘宁的导师，我深知她在这方面是经历了一个苦练和提高的过程的，因而尤其欣慰。当然如果以更高的标准来要求的话，我希望这类精彩的段落再多一些，有些论述语言也还可以提炼得更精致一些。文学研究的论著犹如创作，字斟句酌，精益求精，不但使读者愉悦，于自己也是一种美好的享受。

这是刘宁的第一本学术专著，和时下许多出版很快的博士论文相比，它的出版似乎慢了一些。但这种慢速是与质量成正比的。我希望她永远保持这种从容的心态，认真负责地对待自己交出的每一篇文章和每一本著作。无论外面的世界多么嘈杂，只要产出的是真正的珍珠，自能在静默中闪光。

（原载刘宁著《唐宋之际诗歌演变研究》，
北京师范大学出版社，2002年）

陈桥生《刘宋诗歌研究》序

　　根据王朝的划分来探讨诗歌史，近来已经受到某些研究者的质疑。但是中国诗歌史的发展又确实与王朝的盛衰有不可分割的联系，所以唐诗、宋词、元曲的说法能够深入人心。刘宋作为南朝的第一朝，能否切出来作为诗歌史的一个阶段呢？从萧子显的《南齐书·文学传论》对鲍谢的评论，到清末诗论以刘宋为六朝诗运之转关的说法，都确认了刘宋可以视为中古诗歌史上一个独特时段的事实。也就是说，以刘宋诗歌作为研究对象，不是因为王朝的切分，而是取决于这一时段的诗歌在中古诗歌史上的独特地位。

　　桥生君的《刘宋诗歌研究》是他十年前的博士论文，至今才修改成书。这十年间作者一直没有在学术界工作，而汉魏六朝文学研究者的人数已经成倍增长，研究成果也有了长足的发展。因此拿到书稿以后，颇有些担心此书是否会"落伍"。但是读完以后，发现作者是能够与时俱进的，由于阅读和参考了大量近年间的有关著作，他不但保住了十年前博士论文中的主要创获，而且还在不少方面有新的拓展。全书以"情与理""才与学""雅与俗"这三对既对立又统一的概念作为构架，说明作者能够从宏观上把握刘宋作为诗歌转关阶段的三个主要特征。这种架构突破了一般论述王朝诗歌史常用的先时代影响、后文本研究的老套，使全书有了鲜明的问题意识。许多已经为前人论及的问题也有了新的视角或者更深细的研究。

在全书各章之中，我最感兴趣的是作者对文笔之辨的远源的梳理。文笔之辨是齐梁文学理论中最重要的一个问题，自晚清以来，关于文笔概念的争辩就不绝于书。争论的焦点之一是宋齐梁几代的文笔说，内涵究竟是否一致？有没有前后期的变化？是否有传统派和革新派的区别？这些问题至今存在截然不同的认识。本书的最大功绩是认真辨析和清理了文笔说的来源，对于解决这一争论有重要意义。作者从最早区分言笔的《世说新语》开始考察，通过仔细地统计该书中关于"清言"的全部记载，认为《文学篇》中的"言"和《言语篇》中的"言"性质有异。正始元康间清谈以言约旨远为尚，咸康至永和年间，以辞条丰蔚和才藻新奇为美。《文学篇》的编排，前65条为"清言"范畴，后39条为"笔"的范畴，这说明在东晋以前的清谈家眼里，言和笔相当对立，但到东晋则有不少人兼长言与笔了。清谈由西晋的重言轻笔发展到东晋的言笔并重，与清谈由西晋的贵简约发展到东晋的贵华丽是同步的。玄言诗的出现便体现了这种文学观念的过渡性转变。《文学篇》中后39条中的"笔"包括诗、文两类的各种书面形式，说明在《世说新语》里文和笔是混用的一个概念，但刘义庆已经朦胧地感到其间的区别。同时作者又证明颜延之、范晔与刘义庆的看法基本一致。因此颜延之提出言、文、笔的概念，是在总结当时人特别是刘、范观念的基础上，概括了宋人对文学特征的认识，从而反映出晋宋之际文学观念的一个典型侧面。他不仅明确区分了清言和文笔，而且开始对文和笔进行辨析，这就开启了南朝的文笔之辨。由于作者辨明了颜延之所说之"言"并非如朱东润所说为"别立一名"，而是承魏晋清言而来，这就清晰地勾勒出从西晋到刘宋，从言笔之分逐渐发展到在笔中再度区分出文与笔的过程，同时也有力地证明了刘宋时文笔的观念还处于由朦胧到清晰的阶段。此后刘勰批评颜延之，提出有韵无韵之说，对文与笔有了较清晰的辨析标准，而到萧绎、萧纲等人对于文笔之分的概括，已不限于有韵无韵，更体现了对于文学特征的明确认识，由此可见从晋宋到齐梁，人们对文笔之辨的认识确有一个逐渐明晰和深入的过程，并非前后一成不变。

山水诗在刘宋时出现是文学史上的重大现象，有关研究已经汗牛充栋，很难再有突破。作者却找到了一些独特的角度。如历来对于谢灵运是否真想归隐都持怀疑态度，因此一般认为其山水诗多以玄理掩饰真情。作者通过细考，认为谢灵运有肺结核，在始宁山居期间即调养此病。因此他抓住前人不曾注意的大谢诗中的病患意识，将大谢的仕隐观念、人生感触和病患意识综合起来分析，细致地探索大谢求隐的真实心态。认为他那些求隐的表白真实地表达了内心的思考和苦闷。由此对于大谢山水诗中求仙养生的内容也做出了更通达的解释："以游历山水为怡情养生之途，于其中灌注其全部生命的热情，是谢灵运之前未所闻见的，这正是谢灵运所以能赋予山水以崭新意义的重要原因。"也正是由此认识出发，作者注意到大谢山水诗对于初生态景物的特别关注，这些都是在深入触及大谢心灵以后对山水诗内涵的新鲜领悟。又如江淹和鲍照的山水诗前人研究较少，作者对于二者在大小谢之间的过渡作用做了清晰的论述，展示了山水诗中的玄言被逐渐汰洗的过程，从而填补了这一块空白。又如关于山水诗为何在刘宋兴起，又在后期走向羁旅行役，作者也在前人众多的解释之外，找到了自己的研究角度。他检索了汉代以来史书中所有的隐士传，发现一百多位隐士中性好山水的只有18人，而其中7人在刘宋，这和晋宋庄园的发达有关。但是当庄园经济改变，人们对于庄园的"情赏"变成了"要利"之后，山水诗就走出了赖以发展的庄园，而转为以羁旅行役为主了。以上创见既突现在关于刘宋山水诗发展趋向的顺序论述中，又始终贯穿着情与理的辩证关系，因而能够较为完整地构建起本书第一座支架。

关于才与学的关系，作者主要抓住宋诗讲究博学、好用事的特点做深入考察。

颜延之固然是元嘉诗风尚博的代表，但作者没有局限于元嘉三大家，而是根据《文选》所载刘宋诗，统计了所有卒于元嘉的诗人，这就更能说明风气的普遍性。南朝用事风气之盛的原因，自王瑶先生开始，就有许多论述，不过大多注目于齐梁。作者从出身寒微的刘宋王室与旧士族进行文化较量这一视点，探寻了刘宋时代崇尚博学的根源。又对颜延之好用事的心理原因和性格因素做了深入分析，认为颜延之的诗歌审美观念本来是接近自然的，但由于当时王室和士族风气的主导，为了逞才炫博，维护其政治地位，才大量用典。所以颜延之能够欣赏陶渊明，而自己的诗风却迥然不同，这样的解释也可说是别出手眼。

如果说才与学的关系比较容易用材料做切实的说明，那么雅与俗的关系相对难以把握。作者对于大明泰始年间诗风由雅变俗的趋势分析较为辩证，认为这时诗风的主流仍是殆同书抄，但鲍照和江淹接灵运之后，已变雅趋俗，两股诗风并存，相互激荡。俗的表现主要是宋后期诗人对南朝乐府民歌的接受和模仿。作者在这一问题上多有精彩的创获，例如利用《世说新语》中的材料分析晋时吴歌多出自王公贵族的原因。同时举出有力证据说明不少宋代民歌实际是诸王仿作，其中宋孝武帝起了重要的作用。又如考察了刘裕即位时以及元嘉时下诏采风、命拟《北上》等史料，指出宋初一度有"访求民隐"之采风，这就解释了南朝乐府民歌内容复杂的根源。此外，作者还指出西曲歌的产生时代晚于吴歌，与荆州存在着雅乐传统有关，直到刘宋诸王守荆州，才大规模拟制西曲，而西曲的进入朝廷已到萧齐之时。这些新见都深化了南朝乐府民歌的研究。

除了以上三方面以外，书里还有不少值得称许的地方，例如佛教对文艺论的影响，是相当复杂的问题。作者虽然主要是吸收理论界已有成果，但也时有发挥。特别是对《高僧传》的研读很细致，并用大量材料论证了宋代僧人的学问修养、生活方式的世俗化等问题，解释了艳诗的发展、宿命论在文学中流行等现象。基于对刘宋诗歌的全面深入的理解，本书最后分析《文心雕龙》中有关刘宋文学的评价，就比仅从理论上探讨《文心雕龙》的论著说得透彻而辩证。

桥生君原为兰州大学中文系林佳英先生之门生，十年前随我攻读博士以后获得学位。为人笃实朴素，聪明颖悟，又善于钻研问题，博士论文中的部分内容在读书期间已经发表。毕业后在报界工作，虽未能从事专业研究，而始终不忘专业。十年后还能将博士论文加工成这样一部有深度、有创见的著作，着实不易。十年来，博士生越来越多，但像桥生君当初那样有鲜明问题意识的论文却越来越少见了。十年来，学术固然是在发展进步，但是又有多少著作能够经得起岁月的消蚀呢？希望以后能够多看到几本经得起十年时光考验的博士论文，这是我读完此书后的最大心愿。

（原载陈桥生著《刘宋诗歌研究》，中华书局，2007年）

力求摆脱依傍的唐传奇研究
——评李鹏飞《唐代非写实小说类型研究》

古人用"一空依傍"的评语来称道作家或作品的独创性，是极高的评价。对于学术研究来说，本来不应当提出这样的要求或做出这类的评论，因为学术研究必须以前人的全部研究成果作为基础，才能有所超越，有所前进。但是因为近年来看到不少论著特别是博士论文过度依傍别人，便逐渐将能否努力摆脱依傍看作一种评判论著质量的标准了。这里所说的"依傍"，不是指了解和把握前人研究的成果，而是指思考和论述过分依赖他人成说的启发。较常见的有这几种情况：一是在某个专题研究范围内，把前人所有的说法加以全面综合，间或有些自己的小判断；二是在某一种流行的思路和框架之内统合前人各种成果，重新梳理，使旧说改头换面；三是在前人的某个大观点内再做深细的阐发，或从他人著作提出的问题中寻找课题。此外还有整块地或零碎地照搬他人之作融入己作的做法，这就不仅是依傍的问题了。以上所说的三种依傍情况不同，其成果的价值也不能一概而论。一般而言，只要是自己真正在原始材料上下了功夫的，能在具体论述中提出或大或小的独见的，多少都会有其存在的价值。但是依傍过度，总让读者感到不满足。如果依傍成为普遍风气，就会限制和削弱学者的创造力，对个人来说，将形成一种难以突破的思维定势；对整个学界来说，则将造成一种缺乏锐气的平庸。

摆脱依傍是不容易的，唯一可行的办法是付出艰巨的劳动，在深入细致地钻研全部原始材料的基础上，将自己一点一滴的阅读体会积累起来，从中提炼出独特的见解，再寻找这些见解之间的内在联系，加以贯通和提升，凝聚成更大一些的观点，得出更深一层的认识，才能在确定论旨和具体论证中不跟着他人现成的思路走。北大中文系讲师李鹏飞的博士论文《唐代非写实小说类型研究》便是下了这样的功夫才完成的。在选定论文题目之前，他对汉魏六朝到唐代的全部笔记小说资料进行了竭泽而渔地搜集考订和整理，收集了海内外的许多重要版本。在对作品的时代、作者、内容的辨析过程中，他既充分地尊重前人已有的成果，同时又对所有现成的结论再做审慎的考辨，力图使自己所有的论证都能立足于坚实可靠的第一手资料。特别值得赞扬的是作者研读作品的苦功：可以说他对汉魏六朝至唐代小说的每一篇作品都做过认真的思考和分析，文中的全部基本观点也是他在这些细心的阅读中积累归纳出来的。这种坚忍的耐力不仅保证了本书严谨的学风和厚实的功底，更重要的是使他从创作文本的过细研究出发，找到了一条深入探索唐传奇的新思路，这就是本书题目所揭示的唐代非写实小说艺术表现中的类型化倾向。

文学中的类型研究不是新鲜的方法，从作者在"绪论"里所详细列举的前人论著就可以看出，当代中西方文学理论和小说理论中都有文学类型研究的论述。中国古代小说分类的传统更是源远流长。八十年代以来古典小说分类研究的论著也不可胜数。而我以为本书的类型研究思路之所以体现出"力求摆脱依傍"的可贵品质，主要在两方面：一是从唐传奇研究的现状来看，自二十世纪初以来，唐代小说研究的成就最突出的是基本史料的考订和纂集，而作家作品的研究则基本上囿于个案的分析，即使是唐代小说的专史或是中国小说史中的唐代部分，也都是作家作品的串连，缺乏深入的史和论的综合研究。本书是从表现类型的角度，对唐代非写实小说的艺术发展进行纵向和横向的全面研究，这一思路和框架在目前的唐传奇研究中还是首次见到。

二是从类型研究的实质内容来看，二十世纪八十年代以来分类研究唐代小说的论著并不少见，但绝大多数是题材和主题的分类，如婚恋、豪侠、神仙、道教、精怪、梦幻等等，这些分类的做法仍然是以重要作品为中心进行鉴赏式的分析。这样就很难真正以史的眼光来考察这些作品的生成环境及其艺术表现的来龙去脉。本书作者认为这种分类不是现代意义上的自觉的类型研究，他分析了当前在小说研究方面出现的一些新动向，考察了几位在不同类别的小说研究方面成绩显著的研究者的不同长处，注意到类型的论定既要考虑一个作品系列在形式技巧方面的关联，又要注意其叙事模式背后的文化内涵，更要具有较强的理论自觉意识，从而对自己的类型研究提出了更新的要求：突破根据题材和主题分类的传统做法，把题材主题和叙事方式、表现手法结合起来，综合考虑唐传奇类型的确定。本书只取唐传奇中非写实小说中的三种类型，即谐隐精怪类型、遭遇鬼神类型、梦幻类型。谐隐精怪类完全是作者从文本阅读中总结出来，并加以定名的。遭遇鬼神和梦幻类虽然与前人的类似提法差不多，但本书分析的角度和视野都与他人不同，因而三种类型的思路都可以说是自出机杼。最重要的是作者对这三种类型的确立抛开了以往围绕名篇印象式地分类的做法，而是在逐篇分析全部作品的基础上，找出确实在叙事模式和前后传承上具有某些规律可以归为一个系列的依据，这就是作者在"绪论"里说明的三个类型确定的原则："一是这一类型可以包括相当数量的作品，尤其是应该包括一些重要作品；二是这些作品都具有形式、手法，或题材上的内在延续性；三是这一类型或其所含要素在唐代以前有较长的渊源。"这样归纳出来的类型，不但可以解释唐传奇的题材主题和形式技巧生成的部分原因，及其对汉魏六朝小说的继承和发展，而且也使许多名篇在类型的发展史中得到重新审视；甚至可以为唐以后的中国古典小说的许多艺术表现找到渊源，这就达到了以史的眼光研究唐传奇的目的。

一

找到一种新的思路并不能保证全书在论点和论证方法上多方面的创新，本书在基本观点乃至具体的作品分析上都能做到很少蹈袭前人，另一个重要原因是对唐传奇三种类型的源流都做了长线追溯，不但溯源到汉魏六朝小说，许多手法的表现更追寻到先秦。中国的小说是经过了漫长的酝酿阶段，在不自觉的过程中逐渐从笔记杂说中脱胎而出的文体类别，在进入自觉的创作阶段之前，吸取了先秦以来各种思想观念和各种他类文体的表现方式；其渊源之驳杂，头绪之繁多，若无极大的耐心，是很难摸索清楚的。本书作者没有仅仅限于小说类文体的阅读，而是将视野放宽到诸子百家、史传、诗赋、散文、骈文乃至俳谐文等各种与该类型有关的资料，以惊人的阅读量为基础，多方发掘并清晰地总结出三种类型的发展过程，因而能够提出许多重要的创见。

例如精怪小说虽然是一个陈熟的概念，但作者在中晚唐的这类小说里发现了一种将谐隐手法和精怪题材结合在一起的类型。谐隐作为一种具有戏谑性质的俚俗文体或表现手法，一直被学界忽视，仅有少数学者做过零星论述，也没有和唐传奇联系起来研究。刘勰在《文心雕龙》中设《谐隐》一篇，但表述比较笼统。作者不仅根据该文所引《左传》《史记》等先秦两汉文献例证对谐辞和隐语的概念和特点一一加以辨析，而且联系先秦诸子、汉赋、南朝俳谐文、隋唐各种具有俳谐性质的文章，对谐辞、隐语及谐隐三类手法的源流分别加以清理，对其表意机制进行分析、归纳，全面追溯了这三种手法从先秦到唐代的发展历程，辨明三者在表现手法方面的关联和差异，指出其功能最初在于讽谏、交际，以后逐渐变为游戏、娱乐。另一方面，作者又对精怪小说从六朝到唐代的发展进行了长线追溯，指出精怪类题材又分为动物和器物两个小类，其叙述模式都存在着"显—隐"的对比结构。由于这种追溯紧紧扣住表现手法的性质特点，于是指出谐隐手法与精怪题材在唐代融合的必然性也就水到渠成：谐辞、隐语和谐隐本来就存在着表层义和深层义的对照，而精怪题材的叙述模式的显与隐的对照，也正是物与人的对照，这种表意结构上的同一性便成为谐隐和精怪题材融合的必然前提。同时作者又论述了二者从初唐开始融合到中唐而成为一种类型的发展过程和艺术特色，精彩地描述了这类小说中"物和人两个世界通过各种谐隐手法被双关地融合到一起，成为一个难分彼此、相互映衬、内涵丰富而又谐趣充盈的艺术世界"；并且指出这种类型"为作家提供了一种凝练俭省的叙事表意的方式"，"为后代小说树立了可资借鉴的范例"。由此可见，作者对谐隐精怪类小说形成过程的长线追溯并不是一般的资料梳理，而是始终立足于探求其创作的内在原理和表意机制，这就使精怪类小说的研究在理论上深入了一层。

遭遇鬼神的类型比较复杂，存在着不同层次的亚型和各种表现手法的交叉和融合。如表现再生、情爱、诗文意趣、怖怪意趣、谐谑意趣、内心欲望等亚型是从小说的旨趣来区分的，而人神、人鬼，还有人间女子和男性神灵等则是从故事人物的关系上来区分，因此这一类型的研究如果仅限于琐碎的分类说明，很难抓住大观点。作者在分别论述各种亚型的同时，始终注意通过把握其发展大势来总结类型的共同特征。他首先追溯到先秦，指明这类题材都与巫祭的风俗有关，在六朝时期即已成为文人创作的对象，同时着眼于人和鬼神的关系，分辨出人神和人鬼遭遇这两种不同亚型的不同来源，及其在六朝小说中的不同表现；然后在对各类亚型的具体分析中总结出唐代这类小说在其发展过程中形成的艺术特点。

例如作者指出人神遭遇类小说在其演变过程中存在着文人化和现实化两个重要的并立趋势。这一思考的着眼点主要是区分小说处理题材的不同手法和理念，并融合了情节设计和写作目的等多种因素。所谓文人化，主要指小说中文人情趣的表现，这类作品取材多与前代小说文本有密切关联，而与现实生活的距离较远，情节的展开主要凭作者的虚拟，写作目的是表现各种细腻优雅的情感体验或思想意念。形式上追求穿插诗赋和文词的精致优美。指出这一倾向，不但展现了唐传奇人神遭遇类小说对前代小说在题材上的继承和创变，同时也揭示出中国小说取材具有传承性的特点和部分原因。更重要的是抓住了中国文人小说的一个本质特点：尽管小说的主要特点在于叙述故事，但在诗赋和散文已经得到高度发展的唐代，文人仍然可以将小说转化为抒写通常在诗赋和历史传记中表现的传统情感和理念的一种新体裁。因此唐传奇的诗意，不仅仅在于其穿插了多少诗赋，有多少诗情画意的描写，而且在于其创作的目的和旨趣。故事和叙事只是借以寄托感慨的材料。要看出这一趋势，必须对中国诗文的传统观念和基本主题有透彻的理解。作者在研究小说之前，曾经研修过一段时期的诗文，这就为他打通各类文体、理解唐传奇文人化的趋势打下了良好的基础。

所谓现实化的倾向，指"作品多以一种写实的手法来处理人神遭遇类题材或者在作品中容纳更多的现实社会生活内容，比如把人神恋爱转化成世俗的婚姻事件，或者使神女（有时是男性神）的言行符合现实社会的礼仪和规范，或者在小说中表现更多的日常生活场景等。与前一种情况相较而言，这类小说也更加讲究叙事的技巧，其中因果的链条（虽然并不完全符合现实的逻辑）也更为明晰和曲折"。这一种倾向虽然前人也曾论及，但作者不仅在艺术手法的分析上更加丰满详尽，而且进一步深入到唐人小说的创作心理，探究其对于现实与非现实世界关联方式的想象如何产生，其思考是很有启发性的。

至于人鬼遭遇类小说，作者认为其旨趣以及在汉魏六朝的发展径路与人神类迥然有别，主要由再生和冥婚故事演变而来。但到唐代表现的形态非常丰富，所以主要从表现手法来归结其共同特征：一是部分作品"以一种人情化的方式来想象鬼魂的思想、情感和生活世界"；二是部分作品"注重将历史题材、历史人物和人鬼遇合题材融为一炉，并通过文中女鬼的言谈和吟咏来表现对人生浮沉与历史沧桑的感叹，具有浓重的抒情意味"；三是部分作品"以生活化的场景、日常口语或滑稽对比来营造谐趣，以女鬼、夜叉食人等独特的题材或幻觉的形式来表现怖怪意趣"。应当指出：以上这些特点和趋势的归纳并非易事，因为大量非写实小说的文本状态不但复杂细碎，甚至看似没有意义。这些倾向或特征也不是鲜明地体现在每一篇作品之中的，需要敏锐的艺术感觉才能把握"草色遥看近却无"的趋势，观点提炼的难度也正在于此。

梦幻类型虽然已有前人提及，但缺乏系统的研究。本书借鉴了不少研究梦文化的社会心理学成果，首先全面追溯了叙梦手法在六朝以前的史传文学、哲理散文和抒情文学中的运用，从而辨明了唐代各种叙梦手法的源头；指出三类文学对唐传奇的不同影响：1.在"史传文学中出现了有梦必占、有占必验的叙事模式，发展出预叙、铺垫、呼应、欲擒故纵和控制叙述速度等多种手法以强化叙述效果，此外还提供了二人同梦、梦中变形等叙梦构思——这些在唐代表现梦验的小说中都有所继承"；2."在《庄子》《列子》以及佛教的说理散文中，则主要是在抽象思辨的层面，从梦、觉对立的角度来叙梦，其中的各种梦寓言、梦的构思及叙梦手法都对唐代的哲理梦幻小说产生了直接影响"；3.在"抒情散文（主要是赋）中则把梦作为情感的载体来使用，其主要影响到表现相思之情的唐代梦魂类作品"。与此同时，作者还将梦的艺术思维与古人对梦的理性认识加以对比，他注意到先秦两汉的知识阶层对梦的现象本身已经有了初步的理性思考，但这些思考并没有促使后代小说按照传统的理性认识来表现梦，这就进一步说清了以上三类文体中的叙梦对唐传奇的影响主要是艺术思维。

在辨清梦的艺术思维的源头之后，作者又着重探讨了"梦—梦验"模式的各种表现形式，分析了托梦、占梦、梦验和民间叙梦手法的传统；特别是唐人对这一模式中所包含的神秘、奇巧意趣及叙事潜能的极大关注，如二人同梦、梦境重现、虚梦成实等奇特情况在唐代叙梦小说中的丰富表现，等等。作者还将叙事视点和梦幻想象与读者的接受结合起来，对唐人小说演绎"魂行成梦"观念的方式做了深细的探讨，指出唐人在离魂、勾魂、摄魂、梦魂各种亚型中对"魂""梦"现象本身加以想象和表现，并在这类小说中运用了他人旁知视点、梦视点（或曰灵魂视点）以及现实视点交替并存的手法，从而使读者的想象能够穿梭于现实与幽冥之间，获得虚虚实实、亦真亦幻的感受。这些研究都已触及对艺术想象的心理分析等更深的层面。以上在长线追溯基础上揭示出来的艺术演变趋势，使本书所论的三种类型都能以作者自己提出的重大论点为骨干，保证了论文的全面创新。

二

通过长线追溯以及对三大类型各种表现手法及其原理的探讨，本书对于唐代小说中的许多重要作品也有了更深透的领悟，因而不少艺术分析令人耳目一新。如《东阳夜怪录》在以往的文言小说史中没有得到充分重视，本书认为这是一篇集谐隐手法之大成、艺术技巧十分高超的杰作。它不仅在题材和叙事技巧方面吸收和改进了前代小说的艺术经验，而且调动了前代谐辞和隐语的一切手法，把它们组织到叙述、对话、描写之中，营造出似真似幻、扑朔迷离的叙事效果，从而扩大了小说的内涵和意趣。作者还指出韩愈戏仿史传体的《毛颖传》因其谐隐和叙事的完美结合，对于《东阳夜怪录》有直接的影响。又如唐传奇中的名篇《柳毅传》，前人分析虽已非常充分，但是本书将它放在遭遇鬼神类里，和同时期描写人和龙神的其他小说如《湘中怨解》《许汉阳》《刘贯词》《灵应传》《萧旷》等相比较，才更清楚地看出这篇小说叙事和人物塑造及环境描写技巧的成熟和高超。尤其是在"行文节奏与风格的设计"方面，"采用一种汪洋恣肆、博大恢宏、雍容华美的风格来表现时空的苍茫和迅速流转，表现龙族驱使风云雷霆的宏大气魄以及文中人物刚肠激荡、情义干云的广阔襟怀"，"文中的遣词用语、句式的调配、句群的布局都为造成这种雍容、连贯、恢宏的气势而服务"，这一分析角度也是别开生面的。又如论人神遇合的代表作《感异记》是一篇"由诸多前代小说文本所孕育、聚合而成的高度虚拟化的作品"，从其情节、构思、表现手法与《游仙窟》的相似，可以看出其创作心理"更多的是对一种受制于文人趣味写作惯例的因袭"。类似这样的分析在全书中随处可见，精细灵动的艺术分析本来就是此书的一大长处，作者将它与类型的纵向研究结合起来，就使具体的作品分析超越了一般的鉴赏，能在每一类型表现艺术发展的轨迹中显示出作品的价值和作用。

从类型角度来解读作品，还可以发掘出作品被忽略的意蕴。如本书从梦与梦验的角度来重新解释《谢小娥传》及《王诸》等重要作品。有前辈学者指《谢小娥传》文笔笨拙，疑非李公佐原文，认为篇中前后说梦中语言，复沓可厌。作者通过细辨该文在情节和叙事上的艺术匠心，指出此文实由公佐在汉魏六朝以来托梦、占梦及公案题材影响下虚构而成，对梦的重复叙述是破解梦中隐语的叙事需要，是他对六朝同类故事设梦手法的精心改造。又有学者认为温庭筠《王诸》篇是写王氏"娶二妻后造成的家庭悲剧"，作者则将该文置于梦与梦验模式的叙事传统中审视，指出作者巧妙地利用唐人对梦验的阅读期待，在已成熟套的叙事模式中找到制造震惊效果的叙事契机，其创作意图在于破除人们过于相信梦验的心理。

　　对梦和梦验表现模式和魂梦想象的演绎方式的探讨，促使作者对唐人哲理性梦幻小说的内涵也有了更进一步的认识，并在此基础上指出了《枕中记》《南柯太守传》表现理念的同异。他认为这类小说反映了唐人对现实人生的反思、对新的出路的寻索。在中古文学中，表达对历史和人生的虚幻性质的体验是一个常见的主题。中唐时部分叙梦的传奇以叙事的形式将这种体验明确表述为"人生如梦"这一观念，这显然是从《庄子》《列子》和佛教义理中吸取而来，前人已有见于此。但作者认为就每一篇具体作品而言，它们的主题、手法和动机又有所不同。如《枕中记》主要借梦的形式表现富贵荣华的虚无易逝，同时又从相对主义的角度出发说明人生之"适"与"不适"并非一成不变，以此劝诫那些汲汲于仕进的人安于本分、知足常乐。而《南柯太守传》则是从时空相对的角度将蚁国、人世和宇宙（后一组类比是隐含的、暗示性的）加以两两类比，传达一种普遍的人生微茫之感。此外，《古元之》与《张佐》等文则以梦的形式对理想中的人生道路加以象征性描述，其中也处处体现出庄子的相对理念。这就比以往笼统地把这类小说都视为表现庄子虚无思想的认识更贴近作品的实际。当然对这类小说含义的细致分辨，也需要作者对庄子以后玄学思想的发展以及文人传统的人生理想等重大问题具有准确的把握，才能做到。这些看法深化了对此类名篇意蕴的认识，证明了类型研究确是一个可以更新人们解读唐传奇的传统思维定势的视角。

　　本书虽以三大类型的纵向研究为主线，但又能根据不同类型的表现艺术开拓出多种研究的视点，并深入到叙事模式所蕴含的文化心理层面，这是作者在具体作品的分析中能摆脱依傍的重要原因。中国古典文学作品的艺术分析如何摆脱套式化的思路，是一个值得探讨的问题。以诗歌来说，由于我国诗学研究的积累过于丰厚，前人为今人准备了一系列的名词术语，提供了许多现成的鉴赏角度，如情韵、格调、意境、辞藻、情景、神韵、声律、用典等等，致使今人阅读诗词，无论如何也跳不出这些圈子，顶多加上现代流行起来的意象（其实古已有之）、通感等等。虽然这些都是规律性的总结，仍然适用于今人的阅读。但创作实践是千变万化的，艺术研究也要向前发展。如何能够做到既细心体会每篇作品的独到之处，又在综合这些阅读体会的基础上总结出一些前人没有说过的原理和规律？这可能是今后文本研究的重要任务之一。小说也是如此。由于古代小说研究的积累不如诗歌，从二十世纪以来，人们多用现代小说研究的一些视角，不外乎主题、人物、情节、语言、结构等等。近些年来，才流行起叙事方式、描写视点等等术语来。这些当然也是放之四海而皆准的道理，但是对于中国古代小说特别是文言小说而言，应该还有一些独特的品评角度，因为文人写小说的用心往往在笔墨趣味。本书作者有鉴于此，在阅读文本的过程中，除了对类型作品系列的整体情节模式这种比较易见的共性加以总结以外，特别注意许多作品在共有模式之外的语言、风格、内容和细节经营的手法技巧，并且找到了很多切入点，如谐隐类型的表意机制、戏仿、离合、谐音、双关、用典、体物、反切、结构的"显—隐"对比等等；遭遇鬼神类型的虚拟、营造意趣、文人化、生活化、人情化、预言式框架等等。梦幻类型的占梦、梦验、预叙、铺垫、呼应、欲擒故纵、控制叙事速度、二人同梦、梦中变形、梦觉对立、虚梦成实、梦视点、现实视点等等；这些术语都是作者吸取了其他文体研究的长处，通过大量文本的阅读和细致分析而提炼出来的。它们不仅大大拓宽了思考的广度，而且启发我们想到：这是未来的文本研究必定要走的一个方向，也是推进文言小说研究的一条新的出路。

当然，任何一种探索都不免会伴随着一些不足。本书的特点在于从大量文本的阅读中提炼总结观点，由于汉魏六朝唐代小说数量众多，界定模糊，许多作品的价值衡定还处于初期阶段，因此从微观上升到宏观有相当的难度，需要把握总体的气魄和力度。或许是因为小说研究要说明一个论点，举例的文本篇幅较长，分析所需的篇幅更长，这就导致论点前后呼应的距离较远，加上作者的分析极为细腻，因而有时会令人产生陷在文本分析中、模糊了主线的感觉。以本书作者的理论思维能力，如能再加一些火候，还可以将繁富的内容组织得更为匀称些，笔力也可以更加收放自如。此外，本书以类型研究为题。类型的界定是最容易招致争议的，因为界定标准很难统一在一个概念层面上。而作者又是最不愿意为求面面俱到而在论著中添加水分的，没有独见的内容宁可不写。这样也造成了这三大类型的内涵和标准的不太平衡。因为谐隐精怪类是手法和题材的结合，而遭遇鬼神和梦幻类则偏重于情节处理。这些问题还有待于进一步摸索，但在作者继续进行唐传奇艺术类型研究的过程中自然会逐渐得到解决。而我以为对于一个擅长于过细的文本分析的学者来说，更重要的还是善于从资料中跳出来，善于从许多心得体会中提炼更大的创见，争取升华到更高的理论层面，建立更大更新的学术格局，我相信这将是作者今后更上一层楼的努力方向。

本书作者李鹏飞君随我在北大学习有八年之久。记得初识的那一年还是他在读大三的时候，我负责指导他的学年论文，他自己选择了李贺诗歌语言研究的题目。初稿拿来后，觉得有些凌乱，给他提了几条意见，第二稿交来便可以一字不改。我为他加了一句结尾，便将此文推荐到《古典文学知识》杂志，编辑也颇赞赏，很快发表出来。这件事令我惊异于他的敏悟和成熟的表达能力。此后他的学士论文也由我指导，不但在《中国文学研究》发表，还作为高校学士论文的样板刊登在教育部的杂志上。本科毕业后又以全年级排名第二的优异成绩被推荐为硕士生，随我攻读魏晋南北朝隋唐文学，先用一年的时间研读诗歌。后来教研室考虑到目前学术界缺乏文言小说研究的人才，始劝他改攻小说。鹏飞的阅读面很广，古今中外无不涉览，悟性极高，善于融会贯通，又肯下超常的苦功钻研原始材料。最难得的是无论在观点提炼、论文组织还是文字表达方面，完全不需要导师耳提面命的指点，学习的主动性以及独立思考的能力之强，在他这一代学生中是罕见的，因而很快在唐传奇的研究上取得可喜的成绩。硕士论文做了唐传奇八篇作品的个案研究，篇篇都有独到的思路和创获。到随我念博士时，已发表了八九篇高质量的论文，并得到北大研究生"学术十杰"的荣誉。博士毕业后，留校任教至今又是一年了。回顾他成长的历程，深感古典文学研究人才之难遇。志、学、才、识固然不可或缺，而更重要的是毅力。当代青年学者的学术环境虽然胜过老一代，但所要承受的竞争压力也是前所未有的。最终能否成正果，还要看自己能否矢志不移地在这条艰难而枯索的学术道路上走到底。但我相信鹏飞既已在备尝甘苦之后进入了学术研究的自觉状态，就一定能朝正确的方向坚持下去，我期待着他在不久的将来创出自己的局面。

（原载《北京大学学报（哲学社会科学版）》2005年第42卷第2期）

冯志弘《北宋古文运动的形成》序

北宋古文运动是中国文学史上的重要文学现象，从二十世纪以来所有的文学史论著和教材都认为这是一场以古文取代西昆体骈文的文学革新运动。这一认识虽然大体符合事实，但仅仅局限于文体变革的层面，而对这一现象的历史背景、发生原因和渐进过程则缺乏深入探讨。因此前人的有关描述存在着不少疑点和含混之处，甚至连运动各个阶段代表性人物的针对目标都不十分清楚。自八十年代以来，学界对于这次运动目标的认识有了较大的突破，曾枣庄先生首先根据史料指出欧阳修嘉祐二年知贡举所反对的是太学体古文，而不是以杨刘时文为代表的骈文。与曾先生同时，我也在备课时发现了这一问题，并且进一步考察了太学体古文产生的时间、背景，指出这是范仲淹庆历四年设立太学之后流行起来的一种古文，其代表人物主要是在太学任教的石介、孙复、胡瑗等，流行的时间大约是十三四年。欧阳修排抑太学体不仅使文风由怪诞变为平易，而且有力地扭转了古文复兴之后一味歌功颂德、脱离社会现实的倾向。接着，我将北宋古文运动的发展过程归纳出批判五代体、西昆体，及太学体三个阶段。在分析了这三个阶段的历史背景之后，指出仅仅以"反对形式主义"来概括这次运动的性质是很不全面的。宋初以来近百年间的文风几经反复，高言空文、以道求名与务实致用、切于世务这两种复古宗旨的分歧，始终贯穿在各个阶段之中，构成了各种矛盾中的基本矛盾，重道与重文的不同倾向可以从中找到根源。北宋诗文革新虽然从一开始就被纳入政治改革的轨道，然而欧阳修没有沿袭晋唐以来传统的文章观，而是批判地继承了中唐古文运动和诗歌革新的精神，一方面强调在承平之世同样要发挥诗文讽喻怨刺、批判现实的作用，将文学内容的变革置于首位；一方面又小心谨慎地处理道学、政治与文学之间的关系，尊重文风变革的自身规律，以辩证通达的态度对待艺术表现的特殊性质，从而基本上纠正了西晋以来尊雅颂、贬风骚的传统观念，确立了有宋一代平易典要的文风。这些看法基本上已获得学界认同。在此基础上，不少学者继续对有关的某些问题进行深入探讨，八九十年代研究北宋古文运动的专著和论文陆续问世，取得了许多成果。

面对前人丰厚的积累，该课题的研究要想有所推进，具有较大难度。而志弘君在硕士阶段所从事的是现代文学研究，缺乏古典文学研究的基础，因此当他确定以此为博士论文题目时，我也曾经有所踌躇。但是他非常聪明勤奋，而且颇有初生牛犊不怕虎的劲头，敢于大胆质疑现有结论，我认为这是从事学术研究者的重要潜质。果然，他在潜心阅读大量原始资料和前人研究成果的过程中，能够敏锐地发现前人没有注意的地方，不断提出自己的见解。而在积累渐多的过程中，他的治学态度也从粗率逐渐变为谨慎，很快进入了良好的状态，并且在二年时间内完成了这一长篇论文。接着又在答辩之后，以一年多的时间对论文中的问题进行了仔细的修改，完成了他的第一部学术专著。

与其他同题的论著相比，这部著作的新意主要在于将着眼点放在"运动"的形成过程上。作者力求突破前人偏重于研究三个阶段中的若干代表人物和古文大家的思路，努力发掘北宋古文运动从缘起到形成的过程中的各个环节，考察与运动有关的政治背景、地域文化、学校教育的变化，以及在不同程度上参与了这一过程的各种不同派别的人群的错综关系、不同观念的碰撞、交流和相互影响等等，将运动形成的复杂性和曲折性尽可能实事求是地揭示出来，使人们对运动的"单线性"认识转为多层面的认识，这种研究思路是很有新意的。我以为该书取得的重要创获有以下几方面：

首先，作者始终把握住唐宋古文运动"文以载道"的核心思想，以两条主线贯穿全文，一是以北宋人对于韩愈的态度和认识作为切入点，细致辨析了不同时段不同人群对文道关系的不同理解：可能是由于对唐宋古文运动连续性的认识已经没有争议，以前的研究者很少追究北宋人究竟如何看待韩愈这个问题。而作者回到这一基点上，便发现了宋初以来，人们对于韩愈的认识其实有各种不同层次的差别，而这种差别与人们对于文和道的不同认识是联系在一起的。这就围绕着这一主线，把许多看似与"运动"无关的人群组合在一起，展示了导致北宋古文运动产生和形成的更为深广复杂的思想背景，也在一定程度上突破了原来研究古文运动总是以重道和重文、时文和古文划分两大对立阵营的惯性思维。与此相关的另一条主线是通过揭示不同派别的观念中"道"的内涵的变化，比较实在地揭示了"文以载道"这一观念如何随着运动的形成而逐渐明晰的过程，进一步证明了古文运动成功的关键在于如何认识文学中的颂美和怨刺，及其与社会现实的关系。

其次，作者发掘出北宋古文运动形成过程中前人较少注意的一些环节，填补了一些空白，如梳理了宋仁宗天圣七年诏发布前后政治形势的变化与复古思潮的关系，解释了欧阳修特别重视天圣七年诏的原因，阐明了从陈从易、杨大雅到晏殊知贡举的政治背景，及其对于天圣复古的启导意义，在梳理欧阳修古文革新思想形成的过程中，注意到苏氏兄弟、尹洙兄弟、谢绛对他的不同影响，以及从穆修到欧阳修这一派古文提倡者的思想如何逐渐明确，成为北宋古文运动的主导思想的过程，等等，从而更丰满地描述了运动形成的前因后果和连贯性。

再次，辨析了北宋古文运动形成过程中不同思想、不同派系的人群之间的相互关系，及其在"运动"形成中的作用和影响，解释了一些为前人所忽略的现象，如指出五代体中除了衰飒的一面以外，还有其强调颂美的一面，对于宋初文学观念有影响，又如从宋初柳开和王禹偁都提倡古文而二人却不相交往的角度，以及穆修和这两派的关系，解释宋初提倡古文者没有形成合力的原因，又如从杨亿和北宋前期古文家的关系辨析他的文道观，他与推崇韩柳的古文家的分歧所在，以及他对"道"的认识被北宋前期古文家认同的原因，又如通过考察范仲淹和欧阳修一派及太学"三先生"之间的复杂关系，更具体地论证了范仲淹对太学体的影响，以及与欧阳修的思想分歧，等等，都能从不同的视角对表面现象深挖一层，使认识更贴近历史事实。

以上创获都是作者通过细心全面地阅读原始资料认真思考的结果，体现了较为辩证客观的认识问题的学术态度，对于本课题的研究确实有所推进和深入。王水照教授在答辩会上充分肯定了论文的价值，认为强化了北宋古文运动前期形成过程的研究。吴宏一教授也对本文做出了很高的评价。当然论文在提交答辩时也存在一些问题，例如作者在写作过程中，为了避免过多重复他人已有成果，采取了人详我略的表述方法，其写法是按问题和时序排列，这样虽能突出自己的创见，但个别人物的论述分散在不同章节中，难免前后重迭。此外还有一些在赶进度中限于时间和学力没有看到的问题或错误。在答辩时得到王水照教授和吴宏一教授的悉心指点后，这些问题在后来成书的过程中已经得到改正。

在修订书稿期间，作者对原来的一些粗糙的不成熟的观点和表述也有一个反思和更正的过程，因此书稿较之论文答辩时的状态，又有了进一步的提高。书中最有创见的部分，大多分别写成论文，已有几篇发表在较有影响的海内外学术刊物上。近十年来，在我指导过和参加过答辩的博士论文中，能够抽出几篇有分量的论文拿出去发表的实在是凤毛麟角。因为大多数博士论文都只是在前人研究的基础上细化，或者把前人的结论换个角度来说。增加材料虽多而问题意识薄弱，较大的创获极为罕见，至多是在综述发挥他人已有成果的同时小有发明或者纠错而已。而一本著作，如果抽不出几篇独立的单篇论文来，就说明其中水分太多，"干货"太少，其学术价值之高低也可想而知。

志弘君从大学本科到硕士博士都在香港浸会大学接受教育。浸大中文系有一个优良传统：本科生都热爱创作小说、散文和诗歌，每年获得文学创作奖的数量在全港大学中总是名列前茅，甚至拔得头筹。在这样的传统中产生了一些著名的校园作家，志弘君便是其中之一。他的新诗和散文都曾得过香港乃至海外华文创作的许多大奖，而且已经出版了一些诗集和文集。创作方面的才气对于学术研究当然是有益的，但创作和研究毕竟是不同的思路。志弘君的成功不仅在于他的聪明和才情，更在于他的刻苦努力和虚心学习的精神。在学的三年间，他几乎没有休息日，每天在研究室孜孜不倦地啃书到半夜，总是最后一个离开学校。虽然他的古典文学基础相对薄弱，但他是那种一点就通的学生，非常善于理解和接受导师的意见。他也非常善于辨析他人的成果，从中找到最有用的东西；而且思维敏捷，逻辑清晰，工作效率很高。当今社会追求学历、攻读博士者越来越多，而能成为学者的人才却越来越少。这是因为先天的聪颖和后天的努力，缺一不可。志弘君能兼备二者，是难得的学者种子。但第一本专著只是学术生涯的开端，最后要成大器，还必须在古典文学和史学方面有深厚的功底学养，有毕生献身学术的决心和毅力。我期待他在营养丰富的土壤中，长成一棵参天的大树。

（原载冯志弘著《北宋古文运动的形成》，上海古籍出版社，2009年）

考证与辞章研究相结合的成功探索
——孙羽津《中唐政治的文学镜像——以韩愈诗文为中心》序

韩愈是中国思想史和文学史上的重要人物，关于他的争议，自二十世纪初以来一直没有止息。随着时势和学术的发展，今日可以不必再怀疑韩愈以文载道的性质和历史文化意义，是学界的幸运。但是对于韩愈的认识，远远未到止境。八九十年代，韩愈研究曾经兴起过一股热潮，清理了一些模糊和矛盾的看法，大致确认了韩文和韩诗的基本风格特点。热潮消退以后，尽管近十几年来学界兴趣趋向于文献，大作家的研究明显减少，但仍然有学者继续寻找韩愈及其同道尚奇文风形成的原因，思路逐渐深入，本书著者即是其中之一。

全书的论题和结构可谓独特：从韩愈的讽刺寄托类作品入手，通过深入考察其本事，研究韩愈的奇诡诗风及俳谐文风的成因。论点相当集中，诗文只选七篇，方法则是用考据成果与辞章研究相结合。这样的研究存在两方面的风险：一是诗文本事的考证如无实据，很容易流于穿凿；二是考据一般有助于"知人论世"的义理阐发，用来直接解释诗文的辞章艺术，还很少有成功的先例。那么著者能否避开风险，探索出一条自己的思路呢？

先看诗文本事的考证，这是全书内容的重点。韩愈不少诗文，明显含有寄托，早就有不少注家指出，但究竟因何事何人而发，往往众说纷纭。本书的考证成果大致可以分为两类：一类是在前人之见以外自立一说，发前人所未发；另一类是在众说之中选择较合理者加以辨析，再得出自己的结论。

前一类如《城南联句》中"皋区扶帝壤"一段，一般只是视为铺叙都城景色、人物之盛。本书则通过对两《唐书》、《通鉴》以及笔记小说、出土墓志等诸多史料的爬梳，考出中唐名将马燧三世行实及其家族盛衰变迁之细节，又举韩愈《猫相乳》和《殿中少监马君墓志》等文章为证，说明韩愈兄弟与马燧父子的关系，指出"罢旗奉环卫"一段，大致反映了韩愈在贞元三四年间初入马燧府邸的见闻，表现了马氏家族昔日的盛况，论证均确凿可信。又联系中晚唐诗歌中围绕马氏宅第所发的"伤宅"之慨，认为此前"暮堂蝙蝠沸"一节，不无以"冢卿"废宅兴起马氏今昔盛衰之慨的可能，也是谨慎合理的推测。又如柳宗元的《天说》引韩愈之说，此文历来被视为天人论辩的哲学著作，本书则联系韩愈论天旱人饥的疏状内容，认为韩柳之作《天说》，非为穷究天人，而是反映了贞元十九年君聩臣喑、权邪横行的严酷政治环境，既体现了韩柳二人愤世疾邪之同声相应，也体现了韩柳二人在政治立场上的异路扬镳。又如《毛颖传》的本事，古今诸家考证颇多，广涉代宗、德宗、宪宗朝事，结论各异。本书据柳宗元《读韩愈所著〈毛颖传〉后题》所说读《毛颖传》的时间，考察韩愈历经的五朝中与此最相符的年份，认为《毛颖传》之作年在永贞元年九月至元和元年，即唐宪宗即位之初的可能性最大。并指出此文讽刺的对象为德宗，毛颖所托喻的人物为陆贽，亦能发前人之覆。

后一类如韩愈《记梦》诗，历代学者虽然认为此诗有托讽，但都感慨"真诠难得"，唯方世举《韩昌黎诗集编年笺注》指出此诗因韩愈从江陵归，郑𬘡"索其诗书，将以文学职处之。有争先者谗愈于𬘡，又谗之于翰林舍人李吉甫、裴垍。因作《释言》自解。终恐及难，遂求分司东都"。此说颇受质疑。本书根据这段笺释，对照韩愈《释言》和李翱所写《韩公行状》，指出方说存在三点疑问，认为所谓"文学职"只可能是翰林学士一职，接着循此思路深挖，考出《记梦》一诗的深层背景：李吉甫、裴垍在元和元年领掌翰林学士院，为"选擢贤俊"，曾引荐李绛、崔群，二人皆为韩愈挚交，与韩愈三人符合诗中所说"我徒三人"，而韩愈最后不肯趋附李吉甫，是韩愈未得入院的直接原因。这一考证最初虽从方笺的分析入手，但由此发现了韩愈与翰林学士失之交臂的一段秘史，则完全是本书的创获。又如最为奇奥的《陆浑山火》一诗，前人都认为"实无意义"，唯沈钦韩指出此诗与"牛、李等以直言被黜"有关，但沈说语焉不详，解释也未尽善。本书受此说启发，对元和制举案做了彻底的梳理，将其中关键人物和政治势力与《陆浑山火》中火神、水神、上帝的关系相对照，指出此诗全面托寓了唐史上的重大政治事件——元和制举案。这一结论建立在详尽的资料分析基础之上，已远远超出沈钦韩最早的揣测。又如《月蚀诗》寓意明显，旧说都认为是刺宦官，方世举认为是讥王承宗。本书取方说，详勘王承宗祸乱的始末缘由，与诗意一一对应，而且进一步落实了韩愈诗中东方苍龙、南方朱雀、西方白虎、北方玄武"四象"所暗讽的的四镇藩帅，使韩愈效作《月蚀诗》的意图得到更为清晰的阐发。又如清人皆认为《石鼎联句》刺时相，但究竟何人，其说不一。本书取魏源"去序取诗"的独特视角，赞成诗意针对皇甫镈之说，但为证成其说，做了大量工作。首先确证"轩辕弥明"为韩愈假托，然后将皇甫镈之生平为人与李吉甫加以比较，得出此诗作年晚于元和十三年十一月的结论。这类论证的细致深入均非首唱者的简单猜测可比。

以上两类考辨无论是首创，还是辨析他人之说，都立足于翔实周密的论证，因而结论可信，解决了韩愈诗文本事中的一些悬案。但此书最令人惊异的还是考证本身的用力之深和方法之难。由于韩愈诗文托寓隐晦，一般本事考证所采用的以文本与史实相印证的做法已经不敷所用，作者善于根据不同作品采用不同的方法，有时缺乏最直接的实证，需要合理的推测，也能以逻辑严密的求证为基础。例如考《毛颖传》中毛颖之原型为陆贽，先将该文戏拟毛颖仕历的细节和阶段性特征分为四组，然后将德宗时期的三十一位宰相分类比较，采用排除法，得出符合四组条件的唯有陆贽一人的结论，十分精彩。考《石鼎联句》中轩辕弥明为韩愈假托，同样采用比较法，则是先将韩愈联句和唐代非韩愈所作的联句加以比较，先说明二者在结构上的迥异之处，然后将《石鼎联句》的结构与韩愈联句相比，证明在整体篇幅、联句频次、单人句数三方面，《石鼎联句》都远远超出非韩愈联句之规模，呈现出韩愈联句独有的形式特征，由此断言《石鼎联句》确属韩愈联句的典型作品。运用创作形式的比较进行考辨，虽容易被视为软证据，但此处以统计数字为依据，就很有说服力。

著者在考辨过程中，除了运用一般的史料以外，还根据韩诗内容调动了不少易卦和古代天文学的资料。例如考《记梦》中"神官"和"仙人"两个角色是喻指翰林学士李吉甫和裴垍，本书参照现存最早之唐人全天星图（S.3326），先解释"罗缕道妙角与根，挈携陬维口澜翻"两句所示星象位置，然后根据《史记·天官书》《隋书·天文志》《开元占经》等资料，以之与"天王帝廷"之格局对照，认为诗意是先以"角与根"暗寓天子所居之东内大明宫，后以"陬维"点出翰林院，同时引证资料补充说明了翰林院被唐人视为"神仙殿""神山"的依据，遂使"挈携陬维"暗寓主政者欲擢拔韩愈为翰林学士一事得以坐实，所用材料均非治文学史者所常见。又如考《陆浑山火》为刺宦官，受旧注刘石龄所说《易·说卦》谓《离》为火""为日""为甲胄，为戈兵"的启发，认为继火象之后的水、雷二象当亦本诸《易》，以此证明火象乃宦官集团之

考证与辞章研究相结合的成功探索

寓,为火所沴之水象相应地寓指被斥逐的制举人与考官群体,雷象相应地寓指暂与宦官集团形成一致立场、共同制造制举案的宰相李吉甫。又通过对诗中"上帝"安抚水神之语如"女丁妇壬传世婚""视桃著花可小騫,月及申酉利复怨"等句中包含的卦象详加解说,指出韩愈是借汉易卦气之说,暗寓上帝有意制衡宦官和南衙两种水火不容的势力。这些考证过程的复杂和难度都超出了已有的同题研究。

值得指出的是:作者虽然尽可能调动了一切可用的史料,但使用极为谨慎,如考《陆浑山火》时,首先梳理关于元和制举案的记载,将新旧《唐书》和《通鉴》的史料分成三类,指出三类均已失真,应当借助真实程度较高的未受牛李党争影响的史料,一类是元和三年制举对策,一类是制举案目击者的相关文字,如白居易《论制科人状》和李翱的《杨公墓志》。著者通过这些资料详考制举覆策的经过和细节,充分证明了元和制举对策主要指向宦官以后,又在考察韩诗关于火象的铺叙时,进一步利用《周礼》《汉书》《唐六典》等史料中关于礼乐舆服的记载,结合当代学者对唐代宫内诸司使机构的研究,指出每段火象的描写分别与五坊使、内园使、武德使、辟杖使、中尚使、营幕使、尚食使、酒坊使对应,而这些司使机构均属于宦官集团。这就更有力地证明了此诗中的火神确为宦官,而且透辟地说明了此诗从多种角度渲染炽烈山火的用意。总之,材料使用的审慎翔实和丰富保证了考证的可信度,而将材料挖掘到前人尚未触及的深度,根据文本选择最恰当的论证方法,又保证了考辨的科学性,避免了穿凿附会的风险。这是全书诗文本事考证的最大亮点。

将作者考辨的结果运用于韩愈诗文的辞章分析,是本书的努力目标。韩愈诗文的讽喻性很明显,即使不知本事,大致也能说出其艺术表现的特点,那么如果考出其寓意的具体所指,对理解作品有没有更多的帮助呢?我一直认为,读懂文本是一切学问的关键,虽然历史上多少研究韩诗者都没有完全读懂韩愈，也能做出各自的评价，但是彻底读懂和半懂不懂是不一样的，这关系到对韩愈认识的深浅。本书的考证揭开韩愈有意蒙在这些诗文表面的奇诡面纱，使其真正的喻指变得透明，有助于更真切地看到韩愈如何利用文学的镜像反映中唐政治生态的真相，可以对韩愈托喻类作品讥刺现实的方式和创新意义理解得更透彻。如《毛颖传》讽刺君王刻薄寡恩，已为众所熟知，但著者考出德宗的性格和陆贽的仕历，指出《毛颖传》的结构包含戏拟形象、托寓对象、日常物象三重要素，其中每重要素都与其他两重密切相关，交互映射，这种繁复的创作模式，超越了同主题纪实作品的言说困境，也非后来者所能成功模仿，就对这篇文章的创造性提出了独到的见解。又如考出《陆浑山火》的寓意指向后，著者发现此诗"以火、雷、水三象关系为基础，构筑了一个繁复而隐秘的托寓结构，有效地弥缝了皇甫湜原作'出真'之疵病，全面托寓了唐史上的重大政治事件——元和制举案。其中，卦气学说之运化与上帝形象之构建，乃由超越现实而观照现实，由思想文本敷衍文学文本，充分实现了文本与现实的互动"。由此再反思韩愈奇诡诗风之形成，便获得了一点新的认识："以往谈及韩愈乃至韩孟诗派的奇诡诗风，多从审美倾向上立论。事实上，为了全面而深入地托寓诡谲险恶的政治形势以及在此种形势下的坎壈仕途，采用'增怪又烦'的铺叙手法是势所必然的，这直接决定了作品的奇诡风格。"这就说透了《陆浑山火》由内容的深刻复杂而导致其表现怪异烦冗的逻辑关系，澄清了以往认为此诗"止是竞奇""徒聱牙辖舌，而实无意义"的模糊印象。

除此以外，著者在考《城南联句》中孟郊和韩愈表达的差异时，推断在联句初步完成之后，作者亦当有一番润色修改的过程，认为正是"商量""润色"的创作方式，确保了《城南联句》在主题表现上得以扩展深化。考韩柳之作《天说》，发现"其非为穷究天人，实为寄托现实幽愤的一种修辞，由是前人'瑰异诡乔'的审美感受便得落实，此文长期以来被忽视的文学属性藉以显现"。这些论述虽然还可以做更充分的发挥，但都是使考辨成果直接为辞章研究所用的有益尝试。

当然，造成韩愈之"奇"的内因和外因还有很多，但本书主要从穷究韩愈托喻用心的单一角度考察韩愈奇诡诗风和俳谐文风的成因，便于始终扣住文本，从文本解释的需要出发，寻找直接相关的外部原因，同时通过对作品内容的分析，讲清艺术表现的问题，正如著者所说，既能在宏阔的历史轨迹中展开贞元元和时期的政治生态和士人境遇，又"得以窥见韩愈'独旁搜而远绍'、'尽六艺之奇味'的创作过程"。确实是一个有利于兼顾内因和外因的角度。相信这一研究将可启发学界进一步探求"奇"的趋尚在韩愈文学创作中的性质和表现形态，将课题的前沿推向更深的层面。

我与羽津君原本不熟，前两年因应《清华大学学报》的稿约而有了一点交往。2020年由微信得知他去新疆建设兵团党校援疆一年半，而且所属农六师的驻地五家渠，正在我曾工作过七年的昌吉州，顿时增加了几分亲近感。本书是他在博士论文基础上修改而成，已付人民出版社。前月嘱我作序，便欣然命笔。正好我最近也在研究韩孟诗派的尚奇之风，展读之下，受益匪浅，深为此书思维的缜密、钻研的深细以及文字的老成所震动。后生可畏，此言不虚，期待本书的出版能给当今的青年学坛带来一股清风。

（原载孙羽津著《中唐政治的文学镜像》，待出）

潮头点滴

第一义的研究是学术持续发展的主要动力
——略谈七十年汉魏六朝文学研究的成就和经验

七十年来，汉魏六朝文学取得的成就是学界有目共睹的。五六十年代老一辈学者为本段文学史的研究奠定了坚实的基础，尤其在乐府诗和乐府背景、中古文人的生活方式、门阀士族与寒士文学、曹植、陶渊明、谢灵运等名家的研究，重要作家别集的整理和笺释等方面，以萧涤非、余冠英、王瑶、王运熙等先生为代表的相关研究著作，已经成为本段研究的经典文献。八十年代以来，汉魏六朝文学迅速发展的势头尤其令人瞩目，而且迄今为止尚未出现停滞衰退的局面。简略回顾本段文学研究四十年来的成绩，大约有以下几个方面：

首先是思想方法的改变，提出了许多全新的观点，开辟了许多新的研究角度和方向。例如文选学的蓬勃兴起，如今已经几乎成为一门独立的学科，又如从八十年代齐梁诗的重新评价开始，南朝文学的成绩及其对唐诗的影响，越来越受到学界的关注；又如北朝文学研究原来几乎是一片空白，在曹道衡先生的带领下，不但打开了全新的研究格局，而且启发一些年轻学者在这片领域上陆续做出了可喜的成绩；又如南北文化和文人的交流，近二十年来，也是研究者渐次增多的一个新课题；又如秦汉文学的研究，近年来运用自然地理学和历史地理学的方法，结合传统的编年，研究历史文化地域的特色、文人群体的形成及文学的发展轨迹，拓宽了秦汉文学的研究视野，在方法上具有很高的创新意义；再如魏晋文人心态与玄学、汉魏六朝文学与宗教、文学思想与各类文体的系统研究，都是近四十年的新方向，其中诗歌体式的研究，尤其汉魏五七言诗的研究，也逐渐为学界所关注。

其次是对原有的课题范围加以拓展，例如从重新认识谢灵运及其山水诗的性质和意义出发，带出了对玄言诗的深入探讨，使王瑶先生最早提出的玄言、清谈和山水的课题得到广泛的开掘。永明体以及声律的形成，格律诗从新体走向近体的发展过程，虽然在八十年代以前曾有探讨，但从来没有达到现在这样深入细致的程度。陶渊明研究原是一个旧课题，然而五六十年代受评价标准的局限，对于陶渊明在中国文人思想史、文化史和诗歌史上的重大意义，缺乏足够的认识，如今拓展到其家世背景、哲学思想与政治风云、魏晋风流的关系，就连陶渊明的接受史也成为一片可以继续开掘的沃土。乐府文学本来是五六十年代文学研究中成就最突出的一个方向，如今也发展成乐府学的专学。

再次是在文献整理和研究方面，取得前所未有的成果，为本段文学奠定了扎实的史料基础。尤其值得一提的是中古文献史料学、中古文学文献学的建立，同时《文选》版本研究、《玉台新咏》版本的考订等等也都是富有开创性的工作。

总体说来，我认为汉魏六朝文学研究四十年来开拓力度之大，观念转变之新，解决问题之多，与中国文学史其他各段的研究相比，都是处于前列的。对于一段资料相对较少、研究基础较强的文学史来说，能做出这些成绩尤为不易。一般来说，学术研究的重大变化和发展主要出现在大批新资料的发现或一次思想解放运动以后。本段文学史的新资料相比其他时段不算多，这些重大变化主要是改革开放所带来的思想解放所促成的。如果具体总结其中的经验，我认为最重要的一点是：本段文学史每个方向、每个领域和每个角度的开拓，都是由第一义的研究带动的。

也就是说，每当一个新问题的提出打开一片新的研究视野以后，后续的研究群体就会循着由粗到细、由浅入深、不断调整评价、逐渐填补空白的方式跟进，经过一段时间的积累，便扩大成一个研究的范围。虽然其他时段的研究也同样有这个特点，但本段研究所开辟的领域边界特别清楚，问题意识也比较突出，形成了多个专题的规模，正是这些专题支撑了本段研究的繁荣局面。

在总结成绩的同时，必然会考虑到学科今后的持续发展。虽然本段文学史还有很多具体问题可以深入开掘，比如文人与政治生态的关系，诗、赋等各类文体艺术思维的联系，诗歌本身多样化的艺术表现方式，诗歌前后沿革的内在机制等等，这些都是从目前已有研究中可以看到的薄弱环节，除此以外，当然还有更深层的问题潜藏在已知的现象之下，但要想从整体上再挖进一层，如果不能发现更有开拓性的课题，很可能会出现停滞不前的局面。

就古代文学的专业性而言，它与任何一门学科一样，也有高难度的尖端课题。如何发现并解决这些前沿性问题，是本学科继续发展的关键。我提倡第一义的研究，就是希望能提出并解决高难度的前沿性课题。所谓第一义，应该是一空依傍，有高度的独创性，能解决研究领域中的某些关键问题。研究者的观点不是从别人那里借来的，或者是受什么流行思潮的启发，而完全是通过自己钻研第一手材料，通过发掘材料之间的内在联系取得的。而通过他的论证，或使人们模糊的感觉变得清晰，或使原来没发现的问题受到注意，或使前人错误的看法得到纠正，从而使其他的研究者触类旁通，可以运用他的观点或思路去解决其他问题。一个有开拓性的大学者，必定有一些观点是可以长久传世的。即使后人再做补充、修正，也不能越出其基本观点的大范围。本段文学史的成绩主要依靠这种第一义的创新取得，想持续发展仍然需要以此为主要动力。在研究者队伍已经更新换代的当下，能否出现一批研究领域的拓荒者和新思路的开掘者，以带动全体研究人群，就是本段文学史能否继续发展的关键。

开拓者学力的深厚与否，素质的高低如何，关系到一代学术的整体水平。二十世纪五六十年代的学术带头人，都是三四十年代的过来人。他们不但以其富有前瞻性的研究启发了一代学人，而且为八十年代后继人才的培养做出了不可磨灭的贡献。但五六十年代频繁的政治运动，不但浪费了老一辈的光阴，也限制了下一辈的思维自由。再经过"文革"十年这场文化和学术的浩劫，学术发展的断流，研究人才的断层，思维模式的僵化，社会文化基础的薄弱，对于二十世纪最后二十年的影响是显而易见的。在五六十年代接受古代文学教育的一辈人，不可能具有老一辈那样深厚的经史诗文的功底，早年所受教育的时代烙印，也不可避免地会在后来的研究中显露出来，这种先天的缺陷非研究者个人的天赋和智慧所能弥补。所以我寄希望于新一代的学者。

新时期的学术环境是否有利于第一义的研究，目前我还不能判断。第一义的创新要求学者能沉潜于学术之中，不断深入发掘，不断提炼升华，有时须花费很长的时间，除了学者本人的定力和毅力以外，还需要一个宽松的环境，因而决不是定时计量的评审机制所能催生的。而当前鼓励学术发展的种种评审和奖励办法层出不穷，目的都是促进"重大成果"的快速炮制。由制度所催生的急功近利的心态，对青年学者的毒害更深，如果不改变现状，这个时代恐怕难以造就有一定数量的真正具有创新思维的带头人群体。不过令人欣慰的是，我已经看到部分年轻学人具有清醒的学术头脑，能够不为时风所惑，仅凭学术兴趣探微发覆，对问题的钻研可达到前人所不及的深度。尽管其成果还只是一些幼苗，长成大树尚待时日，但只要坚持下去，推动本学科持续发展的希望就在他们身上。

（2019年7月6日在《文学遗产》编辑部与中国人民大学文学院联合举办的"汉魏六朝文学研究七十年学术研讨会"上的发言）

由外向内和由内向外
——七十年来唐诗发展外因研究的两种切入方式

前些年在一次唐代文学研究年会上，有几位学者对当前史学研究和文学史研究的成绩谈了一些不同的看法，对唐诗的外围研究应当采取什么方法和角度也有一些争议。当时陈伯海先生的一句话给我留下很深的印象："我主张外围研究应该由内向外！"我理解他所说的"内"，是指唐诗的文学文本的各种问题，也就是我们通常所说的诗学观念、体式、审美、表现艺术等方面的文学内在特征和自身发展规律。"外"是指影响唐诗发展的外围因素，即政治、社会、宗教、学术等方面的历史文化大背景。由内向外，就是从唐诗本身的问题出发，寻找相应的外围原因，对文学现象做出贴切的解释。既有"由内向外"的说法，自然存在"由外向内"的另一种做法。回顾七十年来的唐诗研究，其实与中国古代文学史的研究一样，外因研究的切入方式，无非是两种，一是由外向内切入，一是由内向外切入。

二十世纪在古代文学研究现代化的进程中逐步建立起来的史学方法，主要是从现象和原因两方面来考察文学发展的轨迹，寻找某些带有规律性的特点。而原因中又分内因和外因。中国古代的文学批评重视创作和欣赏，对于文学发展的外因很少涉及，只有少数论者着眼于科举、游览、世变等方面，又失于零散。系统地从内因和外因两方面来考察文学史，应当说是二十世纪古代文学研究逐渐进化的表现。唐诗研究也不例外。如谢无量的《大文学史》中唐代文学部分涉及唐初学术风尚，经史的编撰已作为文学的背景来看待。胡小石的《中国文学史讲稿》注意到影响唐代文学的诸种外因，如政局、选举、交通、生活、外乐等，已为二十世纪的唐诗外围研究指出了许多基本的课题。与此前后同时出现的一批唐诗概论、通论、综论类著作，则把讨论重心放在唐诗繁荣的原因上。如苏雪林《唐诗概论》、杨启高《唐代诗学》等都注重于从时代背景和学术思潮来研究"唐诗隆盛之原因"。四十年代，陈子展《唐宋文学史》及刘大杰《中国文学史》（中卷）考察唐诗演变的原因，已形成政治、经济、宗教、艺术、科举、文化交流等多种视角。

五六十年代，与其余各段文学史一样，文学与政治的关系成为唐代文学研究的主线。相关成果在知识的系统性、学术的规范性，以及对唐代文学研究的基本课题的开拓方面，为二十世纪后半叶的学术发展奠定了基础。游国恩等和中国社科院文研所主编的两部大文学史，也正是在这种特定的学术环境中，对古代文学发展的外因做了进一步的梳理，将二十世纪前半叶逐步形成的多种视角，整理成社会、经济、政治、哲学、文化、艺术的系列，几乎奠定了文学史研究的主要模式。除了文学史通论以外，一些专题性研究，也都把重心放在政治社会背景上，例如关于中唐古文运动和新乐府运动发生的原因，主要是从中唐社会矛盾激化的大背景去找。总的说来，这些外围研究多为宏观概述，独特的视角很少，与文学的关系只是粗线条的勾勒。

五六十年代在外围性研究方面虽然做了不少基础性工作，但留下大量空白，因而成为新时期古代文学研究者用力最勤，成果也最多的一种研究路数。八九十年代涌现的大量文学史论著都很注意外因研究，对史料的发掘也远较以前深细。同时在理念上有很大的更新，不少问题的研究有明显推进。至于外部因素与文学的关联，则大多数遵循由外向内的切入方式，一般都是从时代背景说起，依次论述当时的社会生活、阶级矛盾、政治事件、学术思潮，然后再论及该时段的文体源流、创作方法、作家作品。这种方式对八九十年代研究生选题的影响也很大。当时北京大学古典文学专业方向的学位论文选题几乎都是按时段横切，论述某一个时期的文学发展，所以无论思考还是写作，都是按这一程序操作。

八九十年代外围研究最突出的是楚辞、汉魏六朝文学和唐代文学。与楚辞有关的楚文化研究吸取了最新的考古成果，几乎成为一门专学。汉魏六朝诗中，外围研究做得比较深入的有士庶问题、门阀政治、魏晋玄学和佛学、南朝帝王宗室文学集团、南北文化的交流和相互影响等等。这些问题与每个时期诗风的变化都有直接关系。而随着研究的深入，一些学术文化的专门问题也渐渐浮现出来，比如南北僧侣的来往在传播文化中的作用、佛教义理和玄学的融合等等。

唐诗外因研究的视野也大大拓展，主要表现为因旧课题的纵深发展而开出新课题的动向。例如唐代文学与科举关系的研究：在七十年代前，唐代以诗赋取士向来被视为唐诗繁荣的主要原因之一。八十年代后，从神龙年进士始试诗赋的考订和论争开始，引出进士行卷、干谒等相关问题的研究，产生了《唐代进士行卷与文学》《唐代科举与文学》等力作和一批有分量的论文。而有关研究又带出了唐代试策、铨选、职官升迁制度的专门研究，再引出翰林学士、郎官等和文学有关的特殊官职的研究。又如关于边塞诗产生的背景，也从八十年代初对盛唐开边战争性质的简单化争论，转向对文人游边、入幕的关注，并进而发展为对唐代方镇幕府与文人关系的专题研究。像《唐方镇文职僚佐考》这样的著作，已跨入史学的领域。再如唐代山水田园诗和别业的关系一经提出，便有了唐代园林别业研究的专书；此外，唐诗和唐学，乃至唐代诗歌的传播、出版等等也都进入了研究者的视野。其余如唐诗与音乐的关系，从胡乐入华的一般风气、《教坊记》的整理和考订，扩展到对唐声诗、杂曲歌辞、敦煌曲辞的全面研究，乃至于对唐代乐舞背景、敦煌乐谱、舞谱的专业性考证，显示了沟通唐诗学和敦煌学的发展方向。

又如对社会政治背景的考察，也从泛论政治兴衰的影响，深入到对文人的社会关系及其所属政治集团的细致考辨。其中关于中唐两大诗派的研究，是新时期收获较大的一个课题。研究者突破了五六十年代仅用社会矛盾和时势变化这类一般性原因去解释新乐府的固有思路，探索了白居易谏官之诗和韩愈学者之诗产生的深层背景，辨析了前人对"元和体"的各种解说，阐发了中唐诗歌大变的各种文化原因。同样的思考方式被应用到对"四杰"、陈子昂、盛唐诸家、大历诗派，以及晚唐诗人群体的研究中去，成为唐诗嬗变的外因研究在思想方法上的重要进展。至于宗教与文学的关系，更是自八十年代初以来便未曾衰歇的热点。以王维和禅宗的关系、道教对李白的影响为核心，扩大到柳宗元、韩愈、白居易等许多作家的宗教思想研究。使用的方法，也从佛经或道藏字句与诗句的对应比照，转向思考宗教对文人思想观念、审美意识的影响，寻找宗教与文学之间的中介。其余如儒家思想和文学观及创作的关系，文人的隐居求道、交游贬谪、文会酬唱、狎妓宴饮等各种生活方式对文人心态的影响等等，都曾相继成为研究者注意的问题。

时至今日，唐诗的外因研究已经全面开花，所切入的角度多种多样，不妨粗略罗列如下：唐代进士行卷与文学、唐代科举与文学、文学传统与道家佛教、禅与诗学、唐学与唐诗、唐代使府与文学、诗歌高潮与盛唐文化、考古发现与唐代文学研究、唐代集会总集与诗人群研究、唐代翰林学士与文学、唐代家族与文学、文学与制度、音乐文化与唐代诗歌、唐诗传播与唐诗发展之关系、唐诗与女性的研究、唐代诗歌与东都洛阳、唐代文学与西北民族文化、唐代礼制文化与文学、唐代的私学与文学、初唐弘文馆与文学、唐代官学与文学、盛唐士人求仕活动与文学、唐代教育与文学、唐代文馆文士社会角色与文学、初盛唐礼乐文化与文士、文学关系研究、唐代干谒与文学、晚唐政治与文学、牛李党争与中晚唐文学、唐诗与类书、唐代园林与文学，等等。可以说到了几乎搜尽所有的外围角落的程度，也可以说唐诗发展的外因从来没有像今天这样得到如此多面的解释。

回顾以往唐诗外因研究所取得的成果，可以看出：唐诗的外围性研究的重要成果，都是在综合大量资料、进行严密考订的基础上取得的。尤其是近三十年来，研究者已不满足于对相关史料的一般性引证，或借鉴史学界的现成结论，而是力图通过自己对史实的全面把握，从研究文人和文学的角度，发掘出史料之间更深隐的内在联系。因此，这种微观与宏观研究的结合，使这类成果显示出前所未有的力度和厚重感。

从大量外因研究的切入方式来看，由外向内，已经成为大多数学者的习惯性思路。这种研究只要是从第一手史料出发，都能将唐诗研究从某个方面推进一步。但一种思维方式形成习惯以后，也会产生另一种倾向。尤其是近十几年来硕士、博士论文的选题，只要是做外围研究，基本上都是以上罗列的类型。他们毕业后，学位论文拆成单篇论文，在各家学术刊物上发表的也是这类题目，而其中一部分研究生在高校和科研单位工作以后，申请科研项目又是在这些题目基础上的延伸。于是研究生群体选题的重复率就越来越高。相对唐诗文本研究而言，很多研究生选题比较偏重于外围因素也可以理解，因为做外围研究可以借鉴史学界、哲学界的很多成果，找题目比较现成。他们研究的切入方式，往往是从搜寻大范围的历史背景材料出发，把该选题范围内的方方面面都做到，然后再看哪些问题可以和文学创作勾连上，只要多少搭上点关系，一篇"唐代XX与文学"的论文就可以完成了。至于有多少新意，解决了多少问题，却难以一概而论。因为先从史学或哲学等相关学科找来的选题，有的可能与文学有密切关系，有的可能没有直接关系。而且当选好一个方向以后，研究者必须对相关研究有深入了解，要有相当的学识积累。陈贻焮先生曾说，你要做史学界的题目，你起码应该是讲师的水平。但是对于文学专业的研究生来说，短时间内很难做到，这样就容易出现以下常见的问题：一是简单化地用史学界研究成果和文学史问题对应，中间缺乏有机的联系，形成两张皮贴在一起的现象；二是不能全面把握历史背景，看问题片面，逮住一点他自以为的新发现，就敢于大胆地给文学史上的定论翻案；三是外围因素和文学问题的联系不紧密，有的学者研究某类历史社会现象花了很大力气，但是能解决的文学问题很少，好像一个小脑袋上戴了顶大帽子；四是由于重复选择前人做过的选题，即使是研究外围问题本身，也只能在堆砌材料、细化论述上下功夫，很难提出较大的新问题。如果能在细化过程中发现一点新意，就很不错了。

七十年来的外围研究虽然基本上是由外向内切入，但老一辈学者的研究建立在他们对文学文本烂熟于心的基础上，很多外围角度的拓展是从解决文学史问题出发的。论述方式看似由外向内，但研究的思路是由内向外，落脚点在于考察外因对文学的切实影响。例如关于科举对唐诗繁荣的促进作用，本来就有赞成和反对的不同意见，傅璇琮先生研究这个问题，通过对历史材料的清理和辨析，首先确定了进士试诗赋的固定格局是在唐朝立国一百年之后，然后以大量材料辩证地论述了进士试诗赋对文学发展产生的消极影响，以及刺激声律对偶、推动文化普及的积极作用。这就打破了前人简单化地将唐诗繁荣归因于科举的定见。类似这样的思路，还体现在其他学者对唐代幕府制度、唐代干谒方式、唐代礼乐观念、春秋学派等儒学思想、唐代歌舞音乐等等外围问题的研究上，这些研究最后都会落实到厘清和解释唐诗史中的一些问题。

更重要的是，在以往的外因研究中，还有一些学者实际上采用了由内向外的切入方式，使他们的研究视点更加集中，针对性也更强。比如五十年代由林庚先生的《诗人李白》所引起的怎样认识盛唐文学性质的争论,虽然导致一场学术批判的轩然大波,但开出了研究盛唐诗歌背景的一些新课题,如盛唐气象的再认识、唐代诗人的求仙访道、任侠漫游风气、布衣和权贵之争等等,对于新时期盛唐诗的外因研究产生了深远的影响。八十年代程千帆先生的《唐代进士行卷与文学》,据先生自己回忆,就是从读王维的《送綦毋潜落第还乡》引发他注意到"对唐代文学起着积极促进作用的,并非进士科举本身制度,而是在这种制度下形成的行卷这一风尚"(程千帆述、张伯伟编《桑榆忆往》第58—59页,北京大学出版社,2015年)。先生联系行卷作品中展示的思想、感情、才能和风格,有力地说明了行卷风尚在唐代盛行的情况及其对各类文学样式的影响,这就使外围因素与文学问题扣合得非常紧密。正如先生自己所说,"它在很窄的范围内开掘得很深",可说是彻底解决了唐诗外因研究中的一个重要问题。又如赵昌平先生的《开元十五年前后》一文,最初因殷璠《河岳英灵集》中"开元十五年后,声律风骨始备矣"这句话,引起关于盛唐诗分期问题的思考,然后运用考据式的做法,对开元十五年前后诗人群体的新陈代谢、著名诗人在长安登第的情况、社会状况和朝政的变化、诗人地位学问和风气与心态的转向,做了辩证的分析,由此指出盛唐诗人大致可分三期,当时存在朝野两种诗史的走向并相互影响,这是盛唐诗秀朗浑成、兴象玲珑之格调形成的主要成因。陈尚君教授《杜甫为郎离蜀考》和《杜甫离蜀后的行止原因新考》两篇论文的写作,也是因为在阅读杜诗时,注意到杜甫出蜀在严武去世之前还是之后的疑问,根据杜诗文本的详细分析,确定其任郎职在离幕之后,去蜀在严武去世之前的时间后,再去考证唐代检校官在初盛唐意为未实授,到中唐成为虚衔的演变过程,确证杜甫被授检校工部员外郎在代宗时期,低级郎官仍然用未实授的原义,有力地证明了杜甫离蜀是因为赴京任职事官,而非因严武之死的事实,由此可以解释杜甫后期的行止、思想的不少重要疑问,对杜甫晚年的创作也可以得到新的认识。以上各篇论文可说是由内向外,又由外返内的范例。

由此可见，由内向外的切入点首先要建基于对文学现象的深入了解，要有明确的问题意识，善于找到需要解决的问题。这问题可以是人所熟知的旧问题，也可以是作者自己在阅读文本过程中发现的新问题，如果是前人未曾注意的文学现象，当然更有创意。但这对研究者的要求更高，没有较为敏锐的艺术感觉，是不容易发现的。其次，由内向外的切入点要集中，要根据问题寻找最适当的切入方向，不要求像写通论那样面面俱到，远近兼顾，只要在一个很窄的范围内做深入的开掘。这样的视角属于文学研究者的原创，与史学或哲学研究者的关注点不同，能做出我们自己的特色。再次，由于自内向外的切入方式便于聚焦，对文学的解释可以从风气兴衰这类宏观现象进一步拓展到具体的文学问题中去，诸如某一时段或诗派的文学观念、作品的思想倾向、作家的精神面貌，甚至是艺术创作的某些变化等等；而且更有利于锻炼研究者发现材料之间内在联系的思维能力，在表层的答案已经不足以解释复杂的文学现象的情况下，就必须深入思考外部环境与文学之间的辩证关系，发掘更深层次的问题。

总之，对于古典文学研究者来说，无论是由外向内还是由内向外，目的都是解决"内"的问题。当然，文学史上还有很多纯粹属于自身发展规律的现象，并非都能从外围找到直接原因。究竟偏重于外围研究还是文学内部研究，更取决于学者的才性、兴趣和专长。本文所说的由内向外切入也只是站在解决文学问题的立场上做外因研究的方式之一，但相比大撒网式的由外到内的研究程式，与文学问题的贴合显然更为紧密。尤其是在唐诗研究的外围角度几乎扫荡殆尽的当下，如何再进一步向前推进，或许要寄希望于切入方式的转换了。

（2019年5月26日在中国社会科学院文学研究所主办的"中国文学研究70年"学术研讨会上的发言）

吸取新方法应以传统治学方式为本

《文史知识》编辑部组织"八十年代怎样治学"的讨论，要我谈谈自己的看法。在古典文学研究领域里，我还是个刚入门的小学生，实在谈不出多少经验，只能就我所写过的几篇论文谈一点学习体会。

我于1968年从北京大学毕业，"文革"前只念了两年本科。1978年考回北大中文系，1979年考上研究生，对学术研究可说是一无所知。导师一方面鼓励我确立自信心，一方面要求我扎扎实实地读书，一个作家一个作家地啃。交读书报告务必有自己的心得体会，不许人云亦云。经过三年严格的训练，我在四五十万字读书报告的基础上写了十来篇论文，初步摸到了治学的门径。毕业后又陆续写了十几篇论文。经过这几年的钻研，我逐渐体会出这样的道理：尽管我们这代人起步晚、底子薄，又缺乏从容念书的环境，若论功底，怕是一辈子也赶不上老前辈。但老先生们的满腹诗书，也是长期读书积累所致。书总是要一本一本地念的，研究却不一定要等一辈子的书都看完，把老一辈走过的路重走一遍之后才能做。因为在研究某个课题时，仍然可以在局部范围内，尽可能掌握现有的全部材料和前人的研究成果，有所创获。目前，文学史的研究还大有潜力可挖，用传统治学方式仍然可有新的突破。首先，有些领域还是生荒地，需要从头开掘。其次，如果把某些开发过的领域比作捡过一遍的白薯地的话，实际上前人也并没有把地里的白薯都捡光，有许多地方，甚至漏掉了很大的白薯。例如我在毕业后第一年备课时，写到北宋古文运动一节，把几种文学史一对照，就发现关于欧阳修嘉祐二年知贡举一事打击的究竟是西昆体骈体还是古文，说法含混不一。当时曾枣庄先生在一篇文章中指出欧阳修打击的是太学体古文。我又进一步研读了欧阳修的全部文章以及其他史料，考证出太学体流行的背景、时间、原因和代表人物，弄清了这股文学逆流的来龙去脉。这一问题的解决，关系到透彻理解欧阳修的诗文革新理论，以及对北宋古文运动发展历程的重新评价。类似这样的问题还有很多，只要读书细心，脑子里多建立几个触发点，遇见疑问深挖一层，就不难有新的发现。再次，解放前后所出的各种文学史论著虽有不同体系，大体发展趋势是由粗到细，但多以介绍分析作家作品为主，较少联系每个历史阶段的经济、政治、宗教、哲学、文艺等背景，综合研究文学发展的外部原因以及艺术表现的特殊规律。对于各时期文学题材、内容、形式、风格变化的原因以及前后因革关系的研究还很不够，这也给我们这一代人留下了研究的广阔天地。那么，要承担起这样的研究任务，是不是必须把传统的治学方式丢掉，另找既可以少读书又能快出成果的新方法，才能开创新局面呢？

　　我认为从事科学研究没有取巧的捷径可走。老老实实从第一手资料着手，在掌握全部材料的基础上提炼出自己的见解，用马克思主义的历史唯物主义和辩证法作为指导，这种最基本的方法是永远有生命力的。而学术界从五十年代以来在研究方面走了许多弯路，进展较慢，并不是因为这种传统方法过时了，而是由于受到极左思潮的干扰，把形而上学的方法论当成了辩证唯物主义。有些文章并没有深入全面地钻研原始材料，只是为了迎合一时的形势而作。打倒"四人帮"以来，学术空气自由了，不少文章能以客观辩证的态度分析问题，就对传统看法有所突破。综合研究的文章也在不断出现。从这些文章中可以看出：传统的治学方式与吸取新的研究方法并不矛盾。就以我所主攻的魏晋南北朝隋唐文学史来说，这一段几乎没有什么新资料可挖掘，又是前人研究最多的一块领域。这就迫使我必须学会从旧材料里发现新问题。我的努力方向是用实事求是的态度重新阅读陈旧的资料，找出其内在的联系，还历史的本来面目，以期得出新的结论。在这种研究过程中，如能从宏观的、发展的角度看问题，多方比较，往往可以解决一些在小范围内不易发现的问题。例如我在作研究生毕业论文的时候，力图从政治、经济、宗教、哲学、音乐、美术、社会风俗等各方面综合研究诗歌发展的背景和脉络，阐明初盛唐诗歌承前启后、不断完善的几个发展阶段。为此我详细读了《资治通鉴》、新旧《唐书》、《唐会要》、《通典》、《全唐文》中全部有关的史料，参考美术史、音乐史、兵制考、交通考等各种今人著作，从黑格尔的《美学》、恩格斯的《反杜林论》、西方作家论创作等理论书籍中吸取营养，把《全唐诗》中初盛唐部分一首一首从头念过，并尽可能搜集了历代诗话和各种唐诗选本的所有评论。从作品出发，把握总体倾向，以创作实践检验当时的文学理论，终于找到了初盛唐诗歌的基本精神，发现了我国诗歌革新中的风雅观念在不同时代有其不同含义。正是本着这种发展的观点，我在写出毕业论文之后，又就这一问题从不同角度深入研究，写出了五六篇系列性的论文，弄清了建安气骨的基本精神，晋宋齐梁诗歌的因革关系，"文笔之辨"的背景，南北朝隋唐文人对屈宋、建安文人不同评价的焦点所在，诗教说从汉魏到盛唐的演变，初盛唐诗歌革新的基本特征等一连串问题，李白《古风》其一和杜甫《戏为六绝句》中某些疑点也迎刃而解。如果说这种前后比较、纵横联系地看问题的方法就算是多层次、多角度研究的新方法的话，那么它也是建立在传统治学方式的基础之上的。不但不省力，而且还要多花好几倍读书的功夫。如果不从第一手资料下功夫，任何方法都是架空的。

当某个作家或某一种文学现象被研究到无法深入的地步时，改换新角度确乎很有必要。例如我在1980年读陶渊明的作品时，试着从诗画关系去研究我国文艺思想中形神观的发展，把陶诗的艺术成就放在晋宋时期艺术观的背景上来考察，当时被认为是比较新颖的角度。但改换角度同样要大量读书，尤其是将两种不同的学科联系到一起，必须对另一学科有较深的了解才行，否则就会闹笑话。我原来学过画，对画多少有点感性认识。为研究这个问题，我把晋宋以后所有的画论、画史及今人的绘画研究专著都找来读过，又查阅了各种《世界美术全集》中汉魏隋唐的作品，才敢得出自己的结论。如果书读得不扎实，势必只能撷拾另一学科的某些名词术语，看起来很新，实际上解决不了任何问题，这就不利于学术的进步。近几年很流行用禅宗思想解释王维的山水诗，有些文章生搬硬套佛教名词概念，对号入座，把王维山水诗说成是佛教理念在山水中的印证和投影。如果是这样，那么王维的山水诗和玄言诗、佛理诗还有什么区别？当前，开拓研究领域，广泛了解新学科，吸取新方法，是大势所趋。但改变角度、方法只是手段而不是目的。"五四"以来，学术界接受的外来概念并不少，来一个套一个，五十年代也有这个问题。今天如果我们对新学科、新方法一知半解，不加消化便用来解释中国文学，那么这和五十年代又有什么两样？至多是把苏联的概念换成西方的概念而已。近年来，新名词层出不穷，但也有不少成为明日黄花，主要原因就在这里。所以文章有无理论深度，不在于作者是否能用新奇时髦的名词术语把已经解决了的问题阐述得更加深奥复杂，而在于能否用明快易懂的理论和概念解决前人所未曾提出和未曾解决的问题。新方法应当吸取，但必须真正弄懂它，分清利弊，扬长避短，为我所用。我们最终的目的还是吸取众家之长，融汇成真正适用于研究中国民族文化的科学方法。只有真正属于本民族的东西，才是有世界意义的，学术研究同样如此。

（原载《文史知识》1985年第10期）

让研究者沉下心来做学问
——关于学科建设的一点想法

目前,对于学科建设的重视超过了历史上任何一个时期。各大学、各科研单位,都在热烈讨论这个问题,伴随着各种基地、中心的成立,博士点和硕士点的申请,各单位乃至各地方的领导也给予前所未有的关怀和支持。应该说,这是一件好事,特别是若干趋于冷落的传统文化学科,也借着这种热闹的氛围分得了一些阳光雨露,改善了教学研究的条件。所以加强学科建设的必要性是毋庸置疑的。

所谓加强学科建设,归根到底是要使本学科形成一支力量雄厚的研究队伍,出一批高质量的学术成果。"文革"以前,各高校学科阵容的形成是五十年代初院系调整的结果,一些著名的中文学科,各有所长,不存在互相比高低、要当龙头老大的竞争心理。到了九十年代末,解放后的第一代和第二代学者逐渐退尽,第三代人数稀少,第四代分不出高下,大家站到了同一条起跑线上。加上学科建设的好坏,又直接与各种名誉和经济利益挂钩,于是有条件的学科无不奋勇争先。所以即使是从这种现实的考虑出发,大家都要加强学科建设也是可以理解的。

但是现在学科建设的标准,和以前有所不同了。我们看每年填的表格,在数量面前人人平等:论著的数量、科研经费的数量、得奖的数量、对外合作的数量、召开研讨会的数量……这些数量固然可以反映出一定的真实情况，但是决定学科水平高低的质量从表格上是看不出来的。就以评奖来说，除了许多非学术因素以外，各参评单位的利益争夺和平衡几乎是放在首位的，为照顾单位名额比例而牺牲优秀成果的例子举不胜举。更何况各种奖项太多，逐渐也就令人失去了新鲜感和荣誉感。然而这些表格上的标准已经确立了一种牢不可破的评价体系，不管你愿意不愿意，只要你在岗，你就必须根据这些标准去设计自己的前途，快速炮制"重大成果"、积极申请各种科研项目、召开各种大造声势的会议。热闹的结果是：我们固然催化了一些高质量的成果，但也同时制造了许多学术泡沫，更可悲的是一些"名家"学者抄袭剽窃的丑闻不断曝光。

我们为加强学科建设忙得不亦乐乎。现在的研究者可真是忙啊！即使是不担任行政职务的教师，甚至是退休的学者，每年要开多少会？要看多少硕士博士论文？听说北京一位已退休的著名学者五六月份收到了29本博士论文。他就是三头六臂，也不可能在一个月内看完这么多论文，那么他的评审能是认真的吗？然而我们正是这样年复一年地忙着各种必须的形式和程序，扩大招生的数量，生产出越来越多的博士和硕士。我们的学者一年之内光是评审就要耗费多少时间？更不用说无休止地申请、填表、演讲、开会、对付种种检查以及各种意想不到的杂事了。我们的工作量增加了许多倍，可我们用在教学和研究上的时间不但没有增加，反而大大减少了。我们整天在讨论如何加强学科建设，可是教学和研究这样的正事却反而被搁置到一边，这是怎么回事呢？

一个人的时间是常量，你整天风风火火，忙里忙外，当然就只能牺牲自己的科研时间。一年到头，能有几天坐下来安安静静地看几页书？写几行字？而我们这些传统文化学科偏偏又是最需要时间的。且不说写一篇论文要读大量的原始资料，就是读了许多资料也未必能写出高质量的论文。我们的研究已经进入了需要深挖深刨的阶段，尤其是主要依靠常见资料的传统学科，如果不下功夫沉潜到材料内部去，很难再有什么重要的发现。这就需要时间，需要沉下心来，而我们现在最缺的正是时间。

我常常想到国家教委第一次评选的优秀成果奖，很多获奖论著是积作者十几年，甚至是一辈子的工夫才完成的。这样的著作才真正当得起优秀奖。而现在呢？年年评，月月评，各种名目层出不穷。这次刚获了什么奖，或评上了什么重点学科，马上就要考虑下一次怎么办，短短的两三年、三四年，就能出什么重大成果吗？没有创新，只好"炒冷饭"，重复自己，甚至抄袭他人，其实职称、基地、中心……一切需要不断评审和不断检查的"成果"都是如此，这就是当前加强学科建设给我们带来的困惑。

我这样说，并不是说学科建设不用抓，应该任其自然，而是说如何抓才得法。我觉得各级管理部门应当学学柳宗元的《种树郭橐驼传》，这篇文章说：有些种树的人"爱之太殷，忧之太勤，且视而暮抚、已去而复顾。甚者爪其肤以验其生枯，摇其本以观其疏密，而木之性日以离矣。虽曰爱之，其实害之。虽曰忧之，其实仇之"。柳宗元以此道"移之官理"，"得养人术"，我以为此道也可以移之于学术管理，得养学者术。学术的"道"就是潜心钻研，不能投机取巧，不能心浮气躁。对于被管理的学术研究者来说，要出大成果，必须给予时间，"不害其长"，"不抑耗其实"，才能"蓄吾生而安吾性"。否则，学科建设的前景实在是可忧的。

（原载《江汉论坛》2002年第11期）

回眸时的沉思
——中国古代文学研究现状衡估与思考

  古代文学研究从八十年代以来，进展较快。也许和现当代文学及文艺理论相比，显得动作不大，也不那么热闹，但就这个学科本身而言，这十七年的成绩还是相当可观的。无论是从问题的发掘、视野的开拓，还是思路的更新来说，较之八十年代以前，水平都有很大的提高。我以为最重要的进展是在以下三个方面：

  首先是纠正了五六十年代学术研究中存在的教条主义和概念化的倾向，确立了求实创新的良好学风，研究的深度和广度都有较大的拓展。八十年代初，我们处于打破五六十年代学术禁区的转关时期。这一机遇，给八十年代初进入学术界的一代中年学者提供了广阔的开拓空间。在实事求是而又比较自由的学术空气中，我们纠正了以前的一些极左的、僵化的观点；填补了很多研究的空白；对以往认识比较肤浅的若干重要问题做了较为深入的思考，有不少开拓性的研究成果出现，为后来者打开了思路。当然这种进展仍然偏重在评价性方面。认知性的研究虽然与此不可分割，但并不多见。八十年代中到九十年代初，随着思想界的愈益开放，西方的很多理论被引进人文社会学科，古代文学也受到冲击，不少中青年学者试图运用这些进口理论来解决问题。尽管这个过程走过一些弯路，但还是渐由不成熟到成熟，从机械搬用发展到力求融会贯通。这对于开拓多方面的视角和扩大眼界是大有好处的。古代文学研究也在与政治、社会、经济、美学、宗教、哲学、民俗、艺术等多种学科发生密切关系的同时得以深化，特别是在解释文学发展变化的原因等方面确实大有进步。

其次是研究者的思维能力和论述能力有了很大提高。由于宏观理论思维的提倡，古代文学研究在纵向和横向的贯通方面取得了突出的成绩。新一代学者在总结较长时期的文学现象、阐述文风转变等大问题时表现出来的理论概括能力和综合分析能力，是超过五六十年代的。

再次是出现了一支以博士为主力的年轻学者队伍。从八十年代后期开始，博士逐渐增多。博士论文往往要求对某一段文学史或某一时期的文学理论做全面深入的研究，这就使一些专题研究愈趋细致。这些研究又大多是在对前人的成果做了总结的基础上进行的，所以某些专题几乎做到了个题无剩义的地步。博士生中的不少优秀人才目前已成为学术界的活跃人物，为古代文学研究带来了朝气和活力。

当然，任何事物在发展中都难以避免偏差，有时成绩和缺憾是交织在一起的。我以为，前一时期研究的成绩是主要的，但也存在一些问题。有的国外学者批评我们八十年代后期的文章大致有"三多"：大话空话多，新名词术语多，内容重复的多。我觉得基本上是符合事实的。我们有些文章不注意全面搜集资料，只想借助某种新理论把人人皆知的常识重新解释一遍，以为既不费力气，又能出新，结果是貌似新异而内容空洞。还有少数文章片面追求理论表述的深度，不但堆砌许多艰深的名词术语，甚至连句法都弄到难以索解的程度。实质上正如苏东坡批评扬雄所说的，不过是"以艰深文其浅陋"而已。这样的论著，纵然一时骇人视听，也是经不起时间考验的，多了就会败坏学风。

我觉得研究者应当克制浮躁，清醒地认识到：古代文学研究悠久的历史决定了这门学科要取得每一点真正有价值的创获都是很不容易的，指望一鸣惊人，效果只能适得其反。内容重复的现象目前仍很普遍。我想可能是因为有些地区比较闭塞，作者看不到或不看别人的成果；此外由于研究愈益深入，学术刊物编辑如果不够内行，就看不出创见所在，有的甚至连作者把新的说成旧的、把旧的标榜成自己的创新都分辨不出来。当然还有评职称的原因：管他别人讲没讲过，先发一篇再说。现在发表论文与出版专著的学术规范也不严。不少作者大量用别人的观点，却从不注明出处，混在自己的论述里。这就关系到学术道德的问题了。最近北大规定学位论文如出现这类问题，作者要受处分。我认为学术刊物和出版社也应建立严格的学术规范。

以上这些问题，我相信随着时间的流逝，新一代作者的成熟，是可以自然解决的。值得好好思考的，倒是古代文学研究的未来。进入九十年代以后，古代文学研究似乎又到了一个转折时期。这主要表现为研究人员结构的改变。八十年代初进入学术界的我们这批中年人现在成了老作者，比我们小一辈的新作者——三四十岁的研究者已成为学术界的主力。研究者结构的改变带来了学术方法和风气的全面转变。未来的研究会是什么样的呢？现在很多人都在思考这个问题。美国拉尔夫·科恩主编的《文学理论的未来》里收集了20多篇思考文章，作者都是在六七十年代提出过影响世界的文学理论的欧美文论名家，如接受美学、女权主义批评、结构主义理论的创始人等等。但这本书似乎回顾多而前瞻少。对于二十一世纪的文学理论将会怎样发展，他们几乎都没有什么明确的预测和构想。或许重大理论观点和理论派别的建树是越来越难了。也许学术研究的重大突破一定要在更加深入的研究过程中，发现学术视野的某种缺损才能实现。对于古代文学这样一个老学科来说也是如此，依靠现成的理论是难以预测未来的。如果我们把目前流行的各种概念术语、研究角度都用上，来集中研究某一时期的文学，就会发现这样做的结果是一下子就使自己今后的研究陷入了无路可走的困境。所以即使是在理论上有重大建树的名家也无法根据他已有的成果预测未来。

我这样说并不是主张大家只顾低头拉车，不要抬头看路，而是想说几点不成熟的思考。首先，我们的古代文学研究应当努力摆脱对一些现成理论的依傍。当然，完全一空依傍是不可能的，但要尽量自己从材料中发现问题。与丰富生动的文本和史实相比，外来的理论永远显得单调苍白，研究的灵感应来自古代文学自身。以前我们依傍他人的理论太多。王运熙先生曾指出，我们许多文章跳不出明清诗话的概念范围，确实如此。而前几年的博士论文中，被引用频率最高的则是韦勒克·沃伦的《文学理论》，有的基本思路都是借助外来理论或流行理论打开的。这样治学的起点不高，更谈不上展望未来。我以为一个有前途的研究者应当是在自己的领域里不断地开掘，一点点扩大研究的范围。问题的发现、理论的建树都有一个从量到质的积累过程，只要坚持不懈地钻研下去，许多材料之间、现象之间的内在联系就会看得越来越清楚。人类的认识过程大概就是这样的，就像从电子元件到集成电路，总要不停地认识、改进、提高，最后才能有飞跃。从目前研究中的不足之处来看，今后的研究比较理想的方向是实证和理论的结合。不是用实证去证明现成的理论，而是从大量实证中提炼出自己的理论。

其次，我们的古代文学研究是不是已经到了该做总结的时候？我认为还远远未到时候。近年来，新出的各种文学史、诗史着实不少，都忙着总结这十七年来的成果，有的甚至将他人成果兼收并蓄，融为己有，不管这些成果能否构成一个和谐的体系。但能使人耳目一新的文学史仍很少见。这是因为八十年代以来所解决的问题还是不系统的，而且表层多而深层少，很多人们熟视无睹的问题还没有圆满的答案。今后的研究如能全面深挖一层，把表层现象下面的内在联系理清楚，等到许多问题能成系列地解决，文学史发展中的各个环节也都大致搞通之后，面目全新的文学史著作自然就会产生。所以目前我们最迫切需要的还是高质量的论文，而不是各种大同小异的文学史通论。

最后还想谈一点认知和评价的关系：评价性研究比较侧重在表层现象，认知性研究重在深层发掘。因此今后古代文学研究要想继续深入，向认知性发展是大势所趋。但单纯强调认知，很容易产生评价的偏颇。不管什么时代，文学艺术作品总有价值的高低，不要为求认知而把很多价值不高的东西不适当地夸大。如果再缺乏对作品本身的准确把握，就更没有是非好坏的标准了，这就不可能有科学的认知。而准确把握文本，对于新一代学者尤为重要。年轻学者往往偏重于理论思维能力的提高，但对于文学本身的感受和体悟，比老一辈，特别是三四十年代过来的学者要差得多。文学不能等同于单纯的理论思维学科，注意文学的自身特点，也是今后的研究应当特别强调的。但对于文本的研究也应进入一个更高的层次，不能老是停留在欣赏和审美上，而应当在准确把握、独到理解的基础上进一步讲出一些创作的道理来，这种"理"便是将文本研究提升到理论高度的基点。

（原载《文学评论》1997年第4期）

文学遗产的古为今用

二十世纪初以来，由于新文化以摧枯拉朽之势扫荡着旧文化，关于如何处置文化遗产的问题也就成为革命文学理论中的一项需要反复探讨的内容。五十年代提出的"古为今用"四个字，可以说是最精辟地概括了二十世纪后半叶对待古代文化的态度。这四个字表明：古代文化遗产中还有可以为今人所用的东西。所以要取其精华，去其糟粕。这一原则无疑是正确的。只是以前的"用"字似乎一直局限在"实用"的观念上，而且主要是为眼前的政治任务、阶级斗争所用。例如五六十年代古代文学中可肯定的主要是反映下层人民生活和思想感情的、批判封建社会的内容。这与当时的政治形势是相应的，但标准未免狭窄了些。而到了七十年代"批儒批孔"运动中，古代文学中可利用的便只剩下反映法家思想的部分作品了。在八十年代以后商品经济高速发展的新时期，我们又惊诧地发现，传统文化似乎已被看成是中国积弱的根源。除了供影视"戏说"和娱乐以外，文化遗产已经无处可用。于是，很多学者不免有失落感和边缘化之叹，认为五六十年代古代文化研究一直处于社会政治中心的地位，现在与政治之间的纽带断裂，学者们又回到了为学术而学术的边缘地位。我以为所谓中心地位和边缘化的区别，正与我们怎样看待

"用"的性质有关。如果把"古为今用"理解为必须是能够对国计民生直接产生效益的"功用",实际上与过去视古代文化为斗争工具和影射载体的传统观念并无二致。所以一旦失去了其所以为用的时代条件,自然就找不到"用"于社会的位置了。

近年来,思想界正在努力为传统文化定位,探讨在新时期的文化重构中,传统文化特别是儒家文化的作用。古代文学研究界也面临着同样的问题。我想解决这一问题的前提恐怕是抛开过去狭义的"实用"观念,从"今"的变化着眼,或许对于"古为今用"四字能获得较为通达的解释。古与今的关系是随着时代的变化而不断改变其内涵的。目前的"今"是一个快速进入商品化、信息化的时代,也是理想信仰、价值观念重新建构的转关阶段。与经济发展的国际化相应,全民族的文化素质和精神生活水平正亟待提高。此时重新评估自二十世纪初以来屡受冲击和批判的文化遗产的价值,及其在新时期民族文化结构中所应占有的位置,是很有必要的。

其实,任何一个民族的精神产品都是难以用物质计数的方法来估量其价值的。如果说科技和经济发展最根本的目的是为了提高人类的生存质量,那么文化的继承和创造则是为了促进人类更健全的发展,使人们在满足衣食住行的物质需要以外,有更高级的精神享受。同时发现人类自身的创造能力能达到怎样的水平。从这个意义上来说,前人所创造和积累的文化,都是今人创造更高文化的基石,是建构新世纪民族文化的重要资源。文化遗产又是一条流动的长河,不是沉积的淤泥。历史上的各种文化样式和思潮都有它的生长期和衰落期,即使是儒家文化,也经历了多少次演变,产生过许多不同的派别。凡是真正的精华,自然会经受住历史的淘汰而保存下来,融汇成这个民族的文化的主流。文学遗产同样是如此。尽管各个时代的评判标准可以随时变化,但真正的精华历久而弥新,在不同的时代会显示出不同的意义。

古典文学是中国传统文化遗产的重要组成部分，有长达三千年的悠久历史，但又能不断地自我更新。因而每种新的文学样式都得到了充分的发展，有过辉煌的全盛时期，产生过许多不朽的名作。其艺术形式的精致和文学语汇的丰富，在世界文学中是罕有其匹的。中国又是一个诗的国度，古典文学以抒情见长。优秀的戏剧小说都离不开诗词的涵养。可以说中国文学是最富有诗意的文学。而诗意的内涵，主要是对人格理想的追求，对自然和真淳的讴歌。在多少次兴亡盛衰的轮回之中，一代代优秀的作家以他们执着的人生信念和博大的人文关怀为我们这个民族点燃了希望之火。可以说，中华民族关于道德和美的理想主要是在文学遗产中体现出来的。因此，说到古代文学怎样古为今用，我们或许可以举出许多具体的例子。比如作品中所包含的丰富的社会生活经验和智慧；志士仁人的历史使命感和社会责任感；关于人生价值和精神不朽的思考；不断开创和积极进取的意气；对气骨和节操的崇尚；对自然与和谐的追求，等等。但是，所有这些"用"都不应仅仅视为解决现在和未来社会问题的一帖帖祖传药方。它们只是中华民族文化之魂的基本组成部分，是民族赖以发展的生命之根。它们应当通过一代代新人的教育化为民族的血液，被自然地吸收到当代生活中去，在此基础上生长出更丰富的新文学和更高层次的审美境界。

至于说传统文化是否阻碍了中国的现代化，这是一个需要具体深入地进行辨析的问题。但从发达国家的经验来看，没有一个国家是在全盘否定自己的传统文化的基础上实现其现代化的。事实上，有些同样具有悠久历史的发达国家，之所以能使全民的文化素质达到较高的水平，主要是因为经历过普及本民族高层次文化的历史阶段。中国的传统文化本来对周边国家的发展产生过重要影响。但是前清至近代，儒家文化圈的外国学者常常提到，他们从经典和文学作品中了解的中国，与他们亲眼看到的中国社会的文明程度之间反差太大，以至于动摇了他们研习中国文化的信心。这并不奇怪。中国古代文化虽然博大精深，但经典文化主要掌握在少数知识精英的手中，下层民众则得不到起码的教育。保存在经典和文物古迹中的中国文化尽管极为丰富，反映在社会现实生活中的中国文明却是另外一副模样。如果我们要使中国具有广泛接受高层次文化的民众基础，首先应使全民普遍得到较高程度的教育。而这样一个高层次文化的普及阶段，又是必须以较长时期的经济繁荣和社会安定为基础的。目前我国已进入小康时期，经济的发展已为我们提供了这样的机遇。当物质生活提高到一定程度时，人们自然会对精神生活提出更高的需求。如果我们能够把本民族的优秀文化和先进的外来文明结合在一起，使之渗透到广大民众的思维方式、审美趣味乃至于行为习惯中去，使物质文明与精神文明的发展同步而行，那么不但可以避免因偏废一端而造成的社会失衡，而且可以加快现代化的进程。因此只要超出功利的观念，从延续和发展民族文化、构建现代文明的角度来审视全部的文学遗产，那么我们一定会发现：它们应当并且可以在新世纪的文化建设中发挥前所未有的作用。

（原载《光明日报》2001年3月28日）

唐代文学高峰对当今文艺建设的启示

中国古典文学发展到唐代，进入了历史上的高峰期。诗坛上出现了李白、杜甫、白居易等伟大诗人，代表着唐代诗歌的最高成就；文坛上也出现了韩愈、柳宗元这两位散文大家，开启了以唐宋八大家为代表的中国散文的繁荣时代。唐代之所以可称为文学的高峰，不但因为产生了这些足以雄视百代的大作家，令后人难以超越，更在于众多各有专精独诣的名家也留下了大量经典作品，至今广为传诵，历久不衰。那么唐代文学的高峰是怎样形成的？对于当今的文艺建设是否仍有启示呢？

唐代文学繁荣的原因很多，有些时代条件是难以复制的。例如唐诗正处于中国古典诗歌发展的抛物线的中点，各种诗歌形式已臻于成熟而尚有变化的余地，各种题材也还有较大的开掘空间，因而作品往往具有恰到好处的天然魅力。但唐诗之所以能达到高峰，也有文人们的自觉努力，其中有些因素仍然值得当今的文艺工作者思考。

启示之一，一代文人为时代而创作的使命感是文学高峰形成的前提。唐代经历了由盛而衰的变化过程，但在治乱两种不同的时世中，文学都取得了极高的成就。其中至关重要的原因是文人们在不同的时代条件下都能将个人和国家的命运联系在一起，具有为时代而创作的强烈责任感。例如初盛唐是社会走向兴盛的时期，文人们能站在观察宇宙历史变化规律的高度，对时代和人生进行自觉的思考。将欣逢盛世的自豪感和自信心转化为积极进取的精神和健康乐观的情怀，创作出能充分体现时代风貌的优秀作品，从而形成文学繁荣与社会繁荣相一致的盛况。陈子昂的《感遇》三十八篇，通过"幽居观天运"思考人类的生死、朝代的兴没、世情的播迁，探寻自己在"天运""物化"中的位置，寄托了冀遇良时、奋发有为的壮心。开元诗人以同样的思维方式观察天道人事，感到的则是"明圣不世出""千载一遭遇"（张九龄《荆州作》）的庆幸。这就大大拓宽了他们的胸怀和视野，并激发起及时建功的热情，以及对于光阴的加倍珍惜："日月千龄旦，河山万族春。怀铅书瑞府，横草事边尘。不及安人吏，能使王化淳。"（张说《送宋修远之蜀任》）"大力运天地，羲和无停鞭。功名不早著，竹帛将何宣。"（李白《长歌行》）放眼千载，满目河山，无论是在朝廷、边塞还是地方，都可建立使人民安定、风俗淳朴的功业。站在这样的高度来观察时代，审视自我，使开元诗人们树立了高远的人生目标，也使他们的诗歌情调更为爽朗，境界更为宏阔。

正是在这样的思潮中，李白在《古风》其一中提出了乘时而起的创作主张："圣代复元古，垂衣贵清真。群才属休明，乘运共跃鳞。文质相炳焕，众星罗秋旻。我志在删述，垂辉映千春。希圣如有立，绝笔于获麟。"唐玄宗早年励精求治，李白也和多数诗人一样，认为开元年间已经复兴了尧舜垂衣而治的太平之世。看到才子们生逢盛明时代，纷纷趁此时运，各展才能，像鲤鱼一起跃过龙门，写出文质兼备、光采辉映的诗歌，自己更是希望像孔圣那样总结一代的政治文化，令著述照耀千秋。李白在此赞美盛唐诗坛群星灿烂的盛况，表达了盛唐文人开创"文质相炳焕"的一代诗风的共同使命感，以及登上文化高峰的强烈自信心，正是出于不愿辜负"休明"时代的自觉性。

而在安史之乱中，杜甫处于家国兴亡的危急关头，写下大量忧国忧民的传世名作，同样是出于"忠臣词愤激，烈士涕飘零"（杜甫《喜薛据毕曜迁官》）的创作激情。他怀着期待国家中兴的热切希望，用诗笔纪录了这一历史时期的所有重大事件，并深刻地揭示出人民在官府的诛求和战场的血泊中呻吟的苦难命运。正因如此，他的诗歌被后人誉为不朽的"诗史"，在千载之下仍有震撼人心的力量。中唐时期，白居易更明确地提出了"文章合为时而著，歌诗合为事而作"（白居易《与元九书》）。这时的唐朝已经处于衰世，诗人们面对的是一个陷于多重矛盾和危机中的社会。因此白居易指出诗歌的作用是"救济人病，裨补时缺"（白居易《与元九书》），并以许多讽喻诗广泛触及了中唐的各种社会政治问题，反映现实的深度和力度都是后人所不能企及的。由此可见，无论是盛唐还是中唐，文学高峰的产生都与诗人们为时代而创作的自觉使命感密切相关。

启示之二，文学高峰的形成与文学风气和文学形式的大力变革有关。

唐代的诗歌和散文都是经历过不断的革新才达到高峰的。以诗歌来说，汉魏六朝诗以其开创性的成就为唐诗奠定了基础，在题材内容、形式风格等各方面积累了丰富的创作经验。但是由于齐梁陈隋时期诗风愈趋浮靡，唐朝为吸取前朝覆亡的教训，从开国之初就将政治革新和文风的革新联系在一起。从初唐到盛唐，诗歌经历过三次重要的革新，其主要方向是提倡诗歌的文质兼备，而核心内涵是发扬比兴寄托的风雅传统，肃清浮华绮丽的文风。"初唐四杰"在继承贞观功臣的理论主张的同时，针对唐高宗龙朔年间"以绮错婉媚为本"的"上官体"诗风，明确提出要廓清诗赋的"积年绮碎"，强调刚健的气骨和宏博的气象。他们本人的创作也以广阔的视野和远大的抱负引导了初盛唐诗歌的健康发展。继"四杰"之后，陈子昂标举风雅兴寄和建安气骨，肯定了革新诗歌的关键在于恢复建安文人追求人生远大理想的慷慨意气，批判齐梁诗的"彩丽竞繁，而兴寄都绝"，提倡"骨气端翔、音情顿挫"的诗风。他的《感遇》三十八首从内容到形式都实践了自己的理论主张。到初盛唐之交，两位先后在开元年间任宰相的政治家兼诗人张说和张九龄更进一步提出作文要风骨和文采并重，典雅和滋味兼顾，鼓励多样化的内容和风格，并提出了盛唐诗歌应当以"天然壮丽"为主的审美理想。张九龄继陈子昂之后作《感遇》十二首，用比兴寄托的方式表现了坚持直道和清节的高尚情操，并提出了乘时而起、功成身退的处世原则，这些思想对盛唐诗人的影响最为直接。

经过这三次革新，建安气骨在开元中为诗人们广泛接受。而政治气象的更新又促使诗人们把共同的时代感受反映到诗里，并意识到他们渴望及时建功立业的人生理想正是建安气骨和时代精神的契合点。所以李白才会将歌颂"休明"时代的"大雅颂声"和建安气骨并提，以建安气骨为核心的"盛唐气象"也正是这样形成的。所谓盛唐气象，就是开元时代那种蓬勃的朝气、爽朗的基调、无限的展望、天真的情感，这正是盛唐诗特有的魅力所在。而到天宝年间，由于朝廷政治变质，李白又写下《感遇》《拟古》《古风》《寓言》等一系列运用比兴抨击现实的诗歌，在安史之乱爆发前夕揭示出盛明气象下隐伏的政治危机，大大深化了开元诗"风骨"的内涵，将盛唐诗歌革新推向新的高潮。杜甫、元结等批判现实的诗歌也同时汇入了这一高潮。可以说李白和杜甫都在革新的潮流中达到了他们成就的最高点。

以散文形式的变革而言，中国古代散文的第一个高峰是在先秦两汉时期，但当时文学、哲学和史学没有分家。魏晋南北朝时期，逐渐兴起了以双句为主的骈体文，讲究声律、对偶、辞采华美和使用典故，由于南北朝时期文学观念发生变化，对文学形式和艺术技巧的探索更加深入，骈文便逐渐取代了散文。南朝文人又提出要把应用文章和文学作品区分开来，散文只能在少数历史地理著作中保留一点自己的地盘。唐代骈文更加盛行，又大多用来歌功颂德、粉饰太平，变得越来越空洞浮夸。安史之乱后，唐王朝由极盛转为极衰。不少文人认为国家动乱的根本原因是儒家思想的衰落，而儒学衰微又因为浮靡文风的流行。所以李华、元结、独孤及、梁肃、柳冕等文人纷纷起来反对"俪偶章句"，提倡恢复上古时代的淳朴文风。但他们推崇的古文，主要以古奥的典诰之文作为最高标准，还没有意识到这种文体既不能适应时代发展的需要，也无法在文学性和艺术表现上与骈文争夺优势。这就使他们本人的散文成就受到局限。韩愈和柳宗元意识到要以古文表达儒学之道，首先必须对古文自身进行革新，并自觉担当起创造新体散文的历史使命。他们在学习先秦两汉散文的基础上，广泛吸取前代各种文学形式的艺术经验，根据当代口语提炼新的散文语言，创造出以奇句单行为主、有条理、有规律，适宜于说理、叙事、抒情的新散文。在他们的指点和影响下，又涌现出一大批古文作家，这种新散文便成为中唐以来最流行最合用的文体。后来北宋的欧阳修等散文大家又继承了韩柳的革新精神，进一步将散文导向平易自然的方向，才出现了我国散文史上的第二个高峰。

由此可见，唐代诗歌和散文高峰的出现又与文人们革新文风和文体的自觉努力密切相关。当不良的风气和形式影响到文学的健康发展时，总有一些有识之士出来力挽颓风。经过几代人前后相继，最后才会出现既有清醒的理论认识，又有创新能力和过人才华的大家，总结前人的得失，推动文学的变革，使之登上新的高峰。而摆正文与质的关系，要求形式为健康充实的内容服务，反对绮靡浮夸，提倡宏博刚健、朴素自然的文风，则是这一系列革新始终坚持不变的方向。

启示之二，唐代文学的许多作品之所以具有持久的生命力，是因为唐代诗人善于提炼具有普遍性的人情，表现人生的共同感受，使之达到接近生活哲理的高度。因而在百代之下犹能引起最广泛的共鸣。

人类的社会生活、阶级属性、时代环境虽然千变万化，但是总有一些共通的，至少是本民族共有的情感体验，例如乡情、亲情和节物之感，等等。中国古诗中为大众接受度最高的多数是盛唐诗，其重要原因之一是盛唐诗人既能在日常生活中捕捉人所共有而未经前人道过的感受，又能以透彻明快的语言将其概括为人类生活中普遍的体验："少小离家老大回，乡音难改鬓毛衰，儿童相见不相识，笑问客从何处来。"（贺知章《回乡偶书》）离乡太久以致儿童不识的情景寄寓着人生易老的深刻感触，这正是多少人老来还乡的共同体会。"举头望明月，低头思故乡"（李白《静夜思》），李白的这首诗家喻户晓，也是因为诗中望月思乡的情景是天下游子都经历过的时刻。"夜来风雨声，花落知多少？"（孟浩然《春晓》）春去春来、花开花落的无限启示，是人们在节物变换时常有的感慨。"独在异乡为异客，每逢佳节倍思亲"（王维《九月九日忆山东兄弟》），既是王维的心情，又超出了时空地域的局限，为后人所共有。"莫愁前路无知己，天下谁人不识君"（高适《别董大》），是高适勉励友人的高唱，又成为后代留别题赠的格言。"白日依山尽，黄河入海流。欲穷千里目，更上一层楼。"（朱斌《登鹳雀楼》）日落归山、黄河入海的壮伟景象，激起诗人再上一层、放眼千里的万丈豪情，又蕴含着登高才能望远的人生哲理。"烽火连三月，家书抵万金"（杜甫《春望》），战乱之中亲人的平安消息比什么都珍贵，这个道理高度提炼了人们在同类境遇中共同的体会，以至于成为后世常用的成语。这类诗歌多数是绝句，富有乐府民歌的新鲜风格。民歌本来大多是人民的集体创作，表现的是个人当时还没有脱离民族生活及其旨趣的思想情感，因而"能代表一种民族情感"（黑格尔《美学》第三卷下）。盛唐绝句取法于民歌的这一创作原理，同时又比民歌更自觉地在人民生活中提炼出共同的民族情感。其语言之纯净，情韵之天然，体现了最高的诗应是最单纯、最概括并最富于启示的艺术本质。因而易记易诵，广布人口，历千百年之久仍能触动人心，又如才脱笔砚一般新鲜。

与这类表现人生共同感悟的作品同样具有持久生命力的是唐代的

山水田园诗，其高峰也出现在盛唐。山水田园诗不仅以高雅的艺术品格成为后世绘画、园林等各种艺术的审美典范，而且体现了中华民族重视天人关系的理性精神。人与自然环境能否和谐共处，是全人类在任何时代都要面对的问题，这是唐代山水田园诗至今仍然具有现实意义的根本原因。

中国的山水诗和田园诗因玄学思潮的催化而形成于晋宋之际，因而自诞生之初，就包含了深刻的哲理内蕴。在老庄自然观的影响下，文人们认为宇宙万物的运转有自己的规律，自然之道蕴含在天地山水草木的变化之中。而要观察自然之道，必须使心胸澄明，在清虚静默的观照中"坐忘"，遗落一切，心灵与万化冥合。这就使山水田园诗形成了人与自然合为一体的基本旨趣。因此表现人对大自然活跃生命的深沉体悟，向往回归自然的淳朴和纯真，是山水田园诗的基本主题。从南朝到唐代，与其他题材相比，山水田园诗的表现艺术发展得最为充分，而且解决了中国美学中的虚实、形神、意境、兴象等一系列重要问题，为中国的诗歌确立了一种极高的审美标准。尤其盛唐的山水田园诗，意境优美，气势壮阔，反映了繁荣开明的盛世气象，能唤起人们对祖国山河的无限热爱，给人以生活哲理的积极启示，使人的心灵得到净化，其成就更是达到了前无古人、后无来继的巅峰。

从学术研究的角度来看，唐代文学高峰形成的原因还有很多，但以上三方面至关重要。在登临巅峰的过程中，唐代文人追求完美和高远的精神风貌，可能在当下尤为欠缺，因而对今后的文艺建设最有启发性。

（原载《人民日报》2017年11月10日第21版）

在研究的实践中探索学术转型的方向

从二十世纪八十年代以来，中国古典文学研究界一直在探索学术研究如何创新和发展的问题，主要关注的焦点在方法。近年来，在相邻学科的压力和被边缘化的焦虑中，开始思考转型的问题。转型的意义所涵盖的范围要比方法更宽，据我的理解，应该包含思想观念、思维方式、研究方法、实证材料等许多方面的重大变化。而转型本身并不是目的，只是一种现象。转型的结果在于学术的创新，提倡转型的目的是突破现状，进一步推动学术的发展。我以为学界的倡导对于推动转型固然有必要，但转型是在研究实践中自然发生的，要通过许多研究者的探索和努力，在取得了较明显的成果之后，回过头来再看学术界是否普遍发生了方向大体一致的变化，才谈得上是否实现了转型。

学术转型的概念或许来自社会转型，那么是否因为目前我们正处于一个社会转型的时代，就必然要实现学术的转型呢？从清代以后学术发展的历史来看，社会转型确实往往是引起学术转型的基本原因。但我以为，学术转型其实是有两种类型的，一种是突进型的，如二十世纪初古代文学研究在新旧文化的激烈冲撞和变革中所发生的重大转变。还有一种是渐进型的，即在常态研究中的逐渐拓展和深化。突进型的转型固然有社会转型的因素，但是学术界自身的条件和海外学术界的环境也很重要。前些年里，我因为有关课题的需要，查阅了大量二十世纪初到二十世纪七十年代海外研究的成果，主要侧重在印度学、西域史、中外交通史、敦煌学以及考古史方面，这些学科正是当时国际学术的显学，最突出地体现了学术转型的特色。当时欧洲和日本学界在这些领域内取得了惊动世人的成果，而且带动了历史学、哲学、语言学、音乐史、美术史研究的变革和发展，出现了很多大学者。例如在日本汉学界，二十世纪前期，尤其是活跃在三十年代到七十年代的一批学者成就最令人瞩目。他们不仅在研究的选题上富有前瞻性，而且方法非常科学严密，令后人难以超越。海外的这种学术环境反过来影响了国内文史研究的变革。而在国内，除了清末民初社会的重大变革和新旧文化的斗争以外，还有大量地下材料的发现，以及一批曾经留洋、具有较为深厚的中西文化学养的学者。这是国内学术界的自身条件，海内外环境和条件的相互作用，促成了二十世纪初到三四十年代学术的转型。

突进式的转型是可遇而不可求的，每一次突进的转型各有其特殊的社会条件，但是也有些相同的因素，例如二十世纪八十年代，我们由于国内政治形势的改变，一些思想的禁区被打破，文史哲研究发生了重大的变化，也可以说是一次重要的转型。在文学界，最重要的转变就是对历史人物和作品的研究从评价型转向了认知型，思想方法从机械教条转向辩证客观。而且八十年代前期掀起探索新方法的热潮，很多也是受到西方思潮的影响。许多西方学术著作被译介到国内。到九十年代以后，大量地下资料的发现，再次引起学界的重视。这些情况与二十世纪初的情况有些相似。但是这两次转型也有很多不同，最基本的差别是学者队伍的构成和素养。八九十年代以来的文学研究队伍的主力是五六十年代的中青年教师以及他们在八九十年代培养起来的研究生。这两三代人大多数在历次政治运动中受过冲击，耽误了许多时间，而思维方式又不同程度地受到五六十年代模式的影响，更缺少阅读西方文献的条件和能力。特别在八十年代，对外交流的机会也很少，因此对于海外学术的了解是皮毛的。同时，海外的学术环境也发生了很大的变化，二十世纪七十年代以前的汉学研究高峰已经过去，虽然不乏优秀的学者，但已经没有一种冲击性的整体氛围。九十年代海外学者所经常引用的一些理论，大多是二十世纪五六十年代甚至更早的西方学者的著作。汉学研究的成果无论从开拓性还是深度难度而言，相比二十世纪七十年代以前，显然处于相对低落的时期。这两方面的因素加起来，使得八十年代以来学术转型的力度大大减弱。但是我这样说，并不是否定八十年代以来国内古代文学研究界所取得的巨大成就，只是想说明，即使是突进式的转型，也会因为时代条件的不同而造成不同的状况。

随着九十年代以后中国学术界对外交流的增多，海内外学术信息的互通愈益方便，海外学术界所带来的新鲜感和冲击力也越来越小。这就导致当今学术的转型必然以常态研究为主。所谓常态的研究，就是学者一代接一代地在各自耕耘的领域中密切关注学术发展的前沿和空白，不断开拓、不断深挖。或许在外行看来没有多大动静，但是学术真正的进步就是这样由每一点小小的推进积累起来的。在常态中实现学术转型，需要较漫长的一段时期，短期内看不出显著成果，但这种转型是更为扎实，也更经得起时间检验的。突进式转型中得出的某些结论，仍然要在常态研究中重新审视。近年来，对于三四十年代一些权威性结论的重新思考就是例子。以古典文学研究界而言，我们就经过了新方法的引进、宏观研究的提倡，又经过了对无根的虚浮学风和生搬硬套西方理论的反思，再回到重视文献的实证学风。这样的反复本身就会促进学界追求理论和实证的结合，这正是当初王国维所提倡的一种更高的研究境界。至少目前我们的主流学者已经不再像开放初期那样需要拐棍，不再依傍任何外来的理论，而且能够辨别和判断海外学术水平的高低，自己探索新的思路和开辟新的领域,这就是一种潜在的转型。

在常态的研究实践中自然地完成学术的转型,可以促使学术朝更理性和更健康的方向发展,在更坚实的基础上逐步提高研究的水平。这种转型要求研究者具有更高的素质:要有不断地自我反省、自我突破的自觉;不畏艰难、敢于攻坚的勇气;还要有善于思考、发现问题的能力。夜郎自大、浅尝辄止、固步自封,甚至步趋他人,是谈不上自我更新的。而研究者自身能力的提高,似乎是目前更为迫切的问题。经过改革开放三十年的新陈代谢,第二、第三代学者都成了"老人"。第四代学者也开始登场,他们的外语基础普遍超过上一代,有些能阅读和利用外文资料,具有更开阔的国际视野。在研究中,也开始显露出不满足于现状的思考动向,并已经有一些收获引人注目。这就自然会形成一股推动力。当然研究队伍的现状仍有不少值得忧虑之处:一些学者跳不出习惯的思路,总是踩着自己的脚印走路;一些研究者找不到已有成果的前沿,以至于在同类课题中不断重复前人的见解,甚至并不自知其倒退。一些研究者对文学作品缺乏敏锐的感觉,只能泛泛地使用现成的理论术语套用于各种不同类型的研究对象。一些研究者不能细读文本资料,下功夫钻研材料之间的复杂关系,而满足于用电脑搜索罗列资料。而更多的博士生找不到论文题目,只能依傍前人思路将已有的结论放大或细化,填充堆砌材料以敷衍成篇。有的甚至理不清论述的逻辑,缺乏提炼材料和理论概括的能力,导致这些问题的历史原因和现实原因是众所周知的。但作为研究者,只要不为喧嚣的名声所惑,不为浮躁的风气所动,心无旁骛,坚持不懈,仍然可以在不利于学术发展的环境中努力提升自己的素质和水平。如果不能努力突破自己,也就谈不上突破学术前沿,更谈不上转型。

古典文学是我们先祖留下的一笔丰厚的文化遗产,在当代既然成为一门学科,那么总有其存在的理由和价值。今后它或许会因为没有大师而继续被边缘化,但这也是各类学科分工愈益细化的必然结果。如果说在二十世纪前半叶还可能出现兼通中西古今的大家和大师,那么随着研究信息的爆炸,人才成长模式的变化,已经不可能出现在本学科里每一方面都走在前沿的通才。但学术本身仍然会在常态研究的坚持中继续发展,这是可以确定无疑的。

(2011年5月5日在山东大学《文史哲》刊六十周年纪念大会上的发言)

学术自信和价值判断

　　进入二十一世纪已有十个年头了，《文学遗产》编辑部联合安徽大学举办这个研讨会，对本世纪十年来的古典文学研究进行反思，很有必要。刚才《文学遗产》的四位编辑不但分段做了总结性的回顾，并且提出了他们对今后发展的若干思考，相信大家都很受启发。二十世纪末很多学者从各种角度做过类似的回顾，那时的调子比较乐观。但近几年来在一些学术会议上，听到的议论则趋向悲观。古典文学研究似乎受到多方面的压力，一是相邻学科的压力：很多学者认为古典文学研究不如历史学；还有一些年轻学者觉得现当代文学出成果又快又多，不像古典文学研究那样灰头土脸；二是海外汉学的压力：觉得西方汉学的观点方法比我们新，加上近年来从官方到学界都特别尊崇欧美学者，似乎国内学者总是低人一头；三是我们自己的压力：这些年古典文学研究突破性成果不如二十世纪八九十年代多，连日本学者也有类似的评价。此外还有学术刊物评估的压力，比如《文学遗产》，因为古典文学研究属于二级学科，办得再好，在各高校的评估中，也总是比属于一级学科的《文学评论》低一个等级。总而言之，古典文学研究目前似乎是处于不太景气的状态。

　　我觉得对学科研究现状的不满是好事，只有承认不足，才有改进的动力。不过目前首先还是要确立学术的自信。所谓自信，不是盲目自大，而是对学术现状要有客观的估量。先从学术刊物的评估说起。现在评估的标准非常烦琐，学术界的人都知道有些标准是不合理的、非学术性的，但是又不得不屈从这些标准，因为涉及很多实际利益。我觉得对于《文学遗产》这样的老牌刊物来说，标准只有一个：只要被国内外同行认为是最好的刊物就行了，不用顾忌其他因素，这就是一个学术刊物的学术自信。《文学遗产》从1980年复刊以来，一直受到海内外学者的好评。比如日本著名学者松浦友久先生长期订阅这本刊物，我曾看到他放在案头的一摞《文学遗产》，几乎每篇论文都画了好多红线，连笔谈类文章都不放过。他自己也对我说过，主要是通过《文学遗产》来了解中国古典文学研究的动态。一本刊物能达到这样的水平，就是很高的标准了。所以在遭遇那些非学术因素的时候，我们需要一些学术的骨气，否则就没法做学问了。

再说西方汉学的压力，这是华人学界面临的共同压力。在内地表现为因过度崇拜海外汉学家而带来的盲目自卑；在香港则表现为对华文论文的轻视。这些都是缺乏学术自信的表现。我们不妨回顾一下二十世纪初以来海外学术的变化：上世纪日本、欧美都出现过一些大学者，对我国在二十世纪初和八十年代开放初期的学术界的影响是很大的。前些年我因为有关课题的需要，在日本查阅了大量二十世纪初到七十年代海外研究的成果，主要是侧重在印度学、西域史、中外交通史、敦煌学以及考古史方面，这些学科正是当时国际学术的显学，欧洲和日本学界在这些领域内取得了惊动世界的成果，而且带动了历史学、哲学、语言学、音乐史、美术史研究的变革和发展。引领这些学科的大学者们不仅在研究的选题上富有前瞻性，而且方法非常科学严密，令后人难以超越。海外的这种学术环境反过来影响了国内文史研究的变革。时至今日，二十世纪八十年代以前的汉学研究高峰已经过去，虽然仍有一些成就卓著的学者令我们钦佩，但已经没有一种冲击性的整体氛围。我们所能看到的当代海外研究成果无论从开拓性还是深度难度而言，相比二十世纪八十年代以前，显然处于相对低落的时期。随着大批学者走出国门，许多海外学者进来，加上年轻学者们越来越注意搜罗域外的相关研究成果，国内学界对于西方的学术路向了解得越来越清楚。香港的大学接触海外著名学者的机会更多，连研究生都会评判其研究成果的水平高低。内地学界公认的有质量的成果其实同样也会受到海外学界的认可。西方汉学确实善于发明和总结新方法，但是文学创作千变万化，研究方法也要根据具体的研究对象不断变化，并无定法。因此我们应当以平等的态度看待国内学术和海外汉学的长处和短处，在借鉴西方科学的学术理念和研究方法时，不要失去我们的自信和骨气。

再说如何面对相邻学科和本学科的压力，关键是对学科自身的特质和以往的成绩有正确的认识和充分的自信。三十年来，我们在古典文学的外围研究、艺术形式研究、作家研究和文献整理方面取得的成绩是有目共睹的。由于五六十年代的学者积累较多，八九十年代思想一解放，学术进展自然就比较快，当时出现了一批高质量的研究成果，而且能够开拓出一些重要课题，使后来者能在这些领域中继续深挖下去，从而使古典文学研究的水平从整体上提高了一个层次。从二十一世纪以来，国内学界其实越来越走向理性和成熟，但像以前那样具有开拓性的研究成果确实相对减少。我觉得最根本的原因是古典文学研究已经发展到的高度对学者的研究能力提出了更高的要求。

在经历过八九十年代的一段学术跃进以后，随着研究者呈几何级数增长，古典文学研究中未经开发的生荒地的范围越来越小，浮在表层的问题越来越少。学术的每一点真正的进步都要付出更艰巨的劳动。我向来认为古典文学研究有自己独特的难度，因为我们既要有历史学和哲学研究的理性思维，又要有文学研究的悟性和表达能力。我们要像历史学者一样以极大的耐力和细心潜入到各种材料的深处，找出其内在的联系，才能发现和解决一些浮在表层所不能解决的问题。同时要熟练地掌握并综合运用古代文学研究的特殊手段，在融会贯通中不断深化自己的思考，多元地立体地观察复杂的研究对象，找到最适合于研究课题的独特思路；这些能力是需要在长期的研究过程中逐渐培养起来的。对于成熟的学者来说，能找到一个比较好的选题，而且可以持续地做一个时期，已经很难。对于从本科一路念到博士的年轻学者来说，要想在六七年里大跨度地超越前人，又谈何容易。更何况当代学子在古典文学根底和各种专门训练方面的欠缺也是前所未有的，这就与研究难度的加大形成一种反比。

要将这门古老而陈熟的学科继续推向前进，当然需要努力的方面很多。不过我以为在研究者的诸般能力中，最重要的是培养判断学术价值的敏感和能力。尽管海内外研究的路子不尽相同，实际上评价成果的标准基本上是一致的。我们目前存在的很多问题，都与价值判断的能力有关。就以近几年看到的专著和论文来说，有些八十年代就已经解决的问题，还在纠缠不休，甚至还没有前人说得透彻，这是不会辨识学术前沿所致。目前的古典文学研究成果中博士论文占据了相当大的比重，但是在校博士研究生找不到论文题目，要导师给题目、给大纲、给观点，甚至改论文的情况非常普遍。这也是因为不善于在大量资料中发现真正有学术价值的问题。所以如果没有价值判断的能力，其他努力都是没有方向的。

那么什么是有学术价值的成果？简单地说，凡是提出和解决了某一方面的问题，使同时和后来的研究者在研究同类问题时必须参考你的观点，这就有学术价值。问题有大有小，可以小到只是对一个字的解释，也可以大到阐明一个重大的历史现象或文学发展过程，等等。学术研究和文学创作一样，有第一义的，它应该是一空依傍，有高度的独创性。不依傍他人不是说不看前人的研究成果，而是指研究者在提出新问题或是解决历史悬案时，有自己独到的思路、角度和方法，他的观点不是从别人那里借来的，或者是受什么流行思潮的启发，而完全是通过自己钻研原始材料发现的。通过他的论证，人们模糊的感觉变得清晰，或原来被隐埋在深层的问题受到注意，从而使别人可以触类旁通，可以运用他的观点和思路去解决其他问题。与此相对照，当前古代文学研究较常见的路子有以下这几种：一是把别人讲过的观点转换一种表述方式；二是借助目前流行的概念或研究方法提出论题；三是在前人已经提出的大论点范围内再做些发挥和细化的功夫；四是大量综合他人的同类研究成果，间或对别人观点有所修正和辨析，搭成一个总结性研究的架子。这几种路子都离不开依傍他人，能够填补些空白，或有些小创见，就是好的了。因此虽然论文越做越细，材料越堆越多，但含金量高的实不多见。其他等而下之的就不再一一列举了。

实际上第一义的研究是不多见的，因为这类研究不但对学者的才性要求很高，还要学者能沉潜其中，不断深入发掘，不断提炼升华，不断自我超越，因而绝不是定时计量的评审机制所能催生的。但前辈大师们确实为后人指出了向上的这一路，其余的各种路子也正是以此作为对照，才显出各自的利弊。有了对这种高标准的辨识能力和自觉追求，我们才会摆脱种种干扰，以一种独立自由的精神去寻找学术研究的真正价值和意义，也才能在面对各种压力时保持学术的自信。

（原载《文学遗产》2013年第6期）

深层研究是文学史书写的基础

　　从二十世纪初以来，古代文学史的编写一直没有中断。不同时期的文学史书写可以反映该时期的文学史研究成果和当时的研究水平，千禧年前后也已经出现过许多关于总结二十世纪文学史研究的讨论。进入新世纪已经将近二十年了，这些年里，似乎编写新的文学史没有上世纪后期那么热门。影响力较大的古代文学史以袁行霈先生主编的《中国文学史》作为标志，暂时告一段落。

　　那么以后的文学史研究如何进行呢？我一直认为，文学史的研究和文学史的编写是两回事。文学史的研究指的是以史的眼光来研究文学发生发展的过程，文学史的编写则一般是由个人或集体对某一段文学史加以描述。前者比较自由，可以选择某个角度、某个时段，或者某种题材、某类文体去做，只要是将研究对象放在史的发展线索中去观察思考，都属于文学史的研究，这类研究不受体例的限制，容易深入，可以发现文学史发展中某些现象、环节、转折点、高潮低谷中的各种问题。编写则不然，由于体例的限制，无论编写者熟悉还是不熟悉的内容，都必须顾及，力求水平的大体一致、全书内容的基本平衡，所以编出来的史，某些有见地的创获可能会被抹平，某些薄弱的段落可能没有太多的新意，所以编写文学史一般适合作为大学本科和研究生的教材，不太适合给专门的研究者使用。

但是，因为高水平的文学史编写总能在一定程度上反映某个历史时期文学史研究的总体水平，所以我认为当某一段的文学史研究在取得了较明显的进展以后，是可以通过文学史编写来加以总结的。问题就在如何判断这明显的进展。我觉得，进展至少应该是体现在以下几个方面：

一是对于某段文学史发展的大趋势及其原因（包含文学发展的高潮、低谷之间的辩证关系，题材、文体产生发展的内因和外因等）有了较为深入而全面的认识。

二是对某段文学史中以前不能透彻解释的现象和转变环节（包括诗文革新的发生、不同流派的出现等），有了较为明晰的能为多数学者接受的研究成果，或者有了更新的发现。

三是对重要作家作品有了比以前的文学史著作更深入的阐释；能在史的横断面上厘清作家之间的人事联系及其创作活动的交叉和不同的倾向，能将纵向和横向的关系打通。

以上三方面其实也是编写文学史的着眼点，这三方面的突破都要求学者有很强的问题意识，能看到目前文学史研究中的空白或者薄弱环节，透过现象深入本质，发现材料之间的内在联系，能提出新问题，推动文学史研究的深入。但是，哪些问题与文学史的关系比较直接，哪些比较间接，也是需要判断的。以唐诗研究为例，新时期以来，外因研究非常红火，一切与唐诗可能有点关系的外围因素几乎都被发掘出来了，涉及政治、社会、经济、制度、文化、艺术、学术思潮、民俗等等各种相关学科，这些外因研究对于深入理解文学发展的环境条件是有益的，但是不是都能收入文学史编写的内容之中呢？如果以文学史编写的标准来衡量，很多研究成果与文学史的关系显然是比较疏远的。以我自己为例，我在九十年代出版过一本《诗国高潮与盛唐文化》的系列论文集，目的是考察诗歌从初唐走向盛唐高潮的过程，讲清盛唐诗歌繁荣的原因，当时把很多能想到的角度都做了一番研究。但是如果在此基础上编写一本初盛唐诗歌史，其中有些角度的研究可能是收不进去的，比如初唐宫廷女性专权与诗歌的关系，初唐《易经》的流行对于文人思想的影响之类。这就说明文学史的编写对研究又有一个反制作用，它要求我们尽量关注那些和文学发展关系最密切最直接的问题，这些才是我们使文学史的研究全面深入一层的关键。

从目前古代文学研究的状况来看，我觉得至少是汉魏六朝隋唐五代文学这一段，还不到重新编写文学史的时候。因为近二十年来的研究成果发展是不平衡的，文献研究的热度空前，确实可以为文学史的重新书写填补很多空隙，使作家的时代、生平等问题梳理得更加细密准确，而且也可以纠正很多关于作者作品归属权的错误。大量相关学科研究也能为文学史发展补充更多的外部原因。但是关于文学史本身发展的问题，还有大家和名家的研究，在这二十年来缺乏成规模的进展，很多重要作家的研究还停留在初步评介的层面，即使在某些方面有所推进，比如文体研究，但还不足以使一部文学史具有令人耳目一新的吸引力。

所以我认为目前还是应以文学史的深层研究为主，为文学史的书写打下扎实的基础。有志于文学史研究的学者，未必一定要将文学史书写当作终极目标，只要扣住史的发展线索，在文学研究的某些方面有所开拓，就能对文学史的整体研究有所推动。其实从二十一世纪初以来，回归文学的呼吁一直没有停止，而且声浪还越来越大。也有很多学者在朝这方面努力，但成果不尽如人意，因为文学本身的研究要有所拓展，有所推进，难度极大，没有良好的文学感悟力，不能通过阅读理解文本提出新问题，不能辩证地把握作家的创作思想和实践的关系，不能深入到错综复杂的文学现象内部，是很难有所创获的。而现在的考核制度和人才竞争制度，都在逼着学者多出成果、快出成果，也不管文章究竟有多少分量，解决了多少问题，这就导致一些年轻学者只求发表，有的专门从别人的论文中套取理念（"idea"），而不是自己老老实实地从原始材料中发掘问题。这些风气也侵蚀着在读的博士生们，而且后果已经显现。这一代学者中已经有些人失去了判断学术价值的基本能力，这是极其危险的趋势。如不及时纠正，深层研究又从何谈起，而没有深层研究的基础，再写多少本文学史也是无济于事的。

（2019年10月20日在北京外国语大学中文学院"历史与建构：文学史研究与书写"高端学术研讨会上的发言）

国学研究和教学中"问题"意识的培养

　　学术研究的目的可以简单地概括为八个字：发现问题，解决问题。国学研究同样如此。一篇论文可以只提问题，如钱锺书先生著名的论文《中国诗和中国画》，在大量中国诗学、画学批评的资料中发现了诗画批评的标准不同的问题，虽然没有解答，却给后人提出了一个重要的研究课题。更多的研究论著是努力解决老问题。因为国学中有待解答的疑点、悬案太多，能够解决一点就是可喜的进步。当然，如果在阅读资料中既能发现新问题，同时又能提出较圆满的解释，就是更为上乘的境界了。学术的进步，就体现在不断发现和解决新旧问题的过程中。

　　当代学术非常强调研究方法。方法固然重要，但目的还是为了解决问题。虽然国学研究的路数很多，但任何一种专学的方法，都是因为发现或者解决了一些前人没有解决的问题，才具备学术价值的。不能解决任何问题的方法是没有任何意义的。如乾嘉学派有注释、校勘、训诂、辑逸、辨伪等许多种专学和治学的方法。考据学重取证，重辨诘，喜欢做窄而深的研究，反对游谈无根的风气，自然看重对具体问题的深入研讨。那么新时代的学术目的如何呢？二十世纪初以来，随着新资料的大量发现及欧美东方学家治学态度和方法的引进，学术思想发生了极大的变化，文史研究开始了现代化的进程。关于国学研究的路向也出现了不少歧见，问题与主义之争，就是其中的一波。随着时代思潮的急剧变化，学术谈主义是必然的趋势。凡是积极关注社会改革的学者，往往重视学术的思想性，国学研究同样如此。当然，即使是谈主义，其实还是要落实到对一个个问题的具体解决上。以文学史的研究来说，当时古史辨派最突出的成果是把《诗经》还原为民歌，从而形成新史学。虽然章太炎指责它是一味空谈、疑古，但它的目的还是想解决传统诗经研究中的疑难问题。王国维提出著名的二重证据法。陈寅恪总结王国维的治学方法有三点：一曰取地下之实物与纸上之遗文互证，二曰取异族之故书与吾国之旧籍互相补证，三曰取外来之观念与固有之材料互相参证。他曾预言："吾国他日考据之学，范围纵广，恐亦无以远出三类之外。"这个预言已经为将近一个世纪以来的文史研究实践所证实。陈寅恪先生自己更加肯定经过许多代人不断整理的既存文献材料，同时也非常重视地下可能出现的资料，这样对于学者能够起到积极的规范作用。但是他也认为，新方法和新材料归根到底是解决问题。他曾提出著名的"预流"的论点，说："一时代之学术，必有其新材料与新问题。取用此材料，以研究此问题，则为此时代学术之新潮流。"（《陈垣敦煌劫余录》，见《金明馆丛稿初编》，上海古籍出版社，1980年）这话虽有具体的针对性，但是要求关注学术的最新进展和最新问题，并且能参与进去，能够用新材料解决新问题，这一观点已经被现代学者普遍接受。也就是说，新时代的国学研究，同样要求学者具有解决问题的意识。

从学者的造就来看，一百年来的学术发展历程已经充分证明，凡是能够被称为大师的学者，或是在本专业能够推动学术前进的研究成果，都是因为真正解决了一些问题，才成为学术发展中的里程碑。当我们回想起王国维时，首先想到他的主要贡献是利用殷墟卜辞考证出殷商的先公先王，使《史记·殷本纪》和《帝王世纪》等书所传的殷代王统得到了物证，并且改正了它们的讹传。他对汉魏博士制度的设置、博士制度的教学以及博士的产生等许多难解的问题做出了解答。他的《观堂集林》中的论文，大至殷周制度、上古民族，小至《诗经》中的一句解释，都是就一个个具体问题展开的论述；他的《宋元戏曲史》也不是资料和前人观点的汇编，而是对中国戏曲的渊源和流变提出了开创性的论点；对于汉乐府、角抵戏、唐大曲、诸宫调、宋元杂剧、转踏、曲学、脚色性质等一系列问题的综合考述亦是如此。想到陈寅恪时，我们首先想到的是他对隋唐政治制度出于三源的论述，他的著名的"关陇本位政策"论，以及他对唐代外族盛衰之连环性和外患与内政之关系的论述。这都是众所周知的例子。以我们古代文学中唐诗研究的著名前辈来说，也是一样。想到程千帆先生，一定会联系到他关于唐代进士行卷与文学之关系的论述；想到陈贻焮先生，一定会联系到他关于中唐两大诗派特征的研究。当然他们的成就远不止以上所举的例证，这样讲，只是为了说明，学者的成就，往往是与他解决的重大问题和提出的重要论点联系在一起的。

以上从方法和学者成就两方面来说明国学研究的目的，似乎都是老生常谈。之所以旧话重提，是因为从当代海内外学术研究的趋势以及古代文学研究生培养的情况来看，问题意识越来越淡薄了。虽然学者的队伍越来越壮大，研究资料的检索越来越方便，个人专著越来越多，研究领域也越来越宽，但是真正能够解决一些问题、提出一些重大论点的成果却是凤毛麟角。人们常常批评现在学术垃圾和学术泡沫太多。这除了剽窃以外，大量的重复乃至倒退亦不鲜见。的确，除了其他功利方面的原因，也与学界缺乏对于学术价值的明确判断标准有关。联系这些年的博士论文来看，大约有以下几方面的问题：

首先是对于理论框架和宏观研究的误解。强调专著的理论框架和史论专著的系统性，本来是学术的进步，但建构理论框架的目的，是有助于学术问题的解决。日本著名唐诗学者松浦友久先生研究中国古代诗型，主要以节奏论、功能论构成其专著的理论框架，同时立足于解决中国诗学中的几个悬案。他提出的休音理论虽是一家之言，但确实从特定角度对他要解决的几个大问题做出了解释，这种理论框架就是成功的。而二十世纪八十年代到九十年代中叶，我们有不少博士论文热衷于引进某种西方理论作为论文框架，结果，只是把原来的问题换个角度重新阐释一遍，真正的创获很少。

有系统的史论专著也是能够解决问题的，陈寅恪的《隋唐政治史稿》就是范例。但是像这样有分量的专题研究的论著，在二十世纪以来的古代文学研究中不多。文学史的编纂成为二十世纪古代文学学术著作的主要形式。五十年代以前，个人的文学史专著很多受到西方思潮和方法的影响，有各自的角度；五六十年代的文学史都是集体编著，在当时的形势下，难免有评价和认识上的局限；八十年代以后的文学史力求纠正以前的偏颇，吸收了当代学术的成果，改变了思路和框架。但是，由于文学史的功能主要是提供尽可能准确和完备的教材，由多人编著，有统一的体例和写作规范，要顾及内容的均衡，不可能表达太多的个人意见，又不能在某些问题上用太多的篇幅。因此，难以指望文学史编著能解决多少学术问题。如果用写文学史的方式来写博士论文，问题意识就会被掩埋在文学史教材的框架中。

二十世纪八十年代以来，古代文学界提倡宏观研究和综合研究，这当然是对以往只限于作家作品等微观研究的一种突破。宏观研究应当以微观研究作为基础，将具体的细小的创获逐渐提炼出来，才可能上升为对于较为宏观的文学现象和文学史的新认识。但是，自八九十年代以来，我们的博士论文形成一种普遍的程式，即联系某个时段的政治、经济、文化、学术、社会等多方面的现象来解释文学风气的演变。由于时间和学力的限制，论文不可能对各个与文学有关的领域做深入研究，只能大量引用相关研究成果等第二手资料，这样就很难使思考深入到某些问题中去。还有一种宏观研究，则是把一些众所周知的现象和知识再加归纳，总结出文学史发展的某些"规律"。假如这种归纳找不到问题，就难免流于空泛。

其次是随着专题研究的细化，资料性多于研究性。二十世纪九十年代以来，古典文学研究界对以前宏观研究中的空疏现象有所反思，开始强调资料的丰富和扎实，这说明学界正在走向成熟。古典文学研究者都比较重视打通文史，与文学有关的外围因素被逐步开掘出来，并且分割成很多具体的课题。很多学者在自己选定的课题内，尽可能做到竭泽而渔，资料掌握全面、辨析细致是空前的，这是从九十年代到今天古代文学界最明显的进步。但是，任何事情都有它的反面。由于材料罗列过多、要解决的问题相对单一，所以往往整部书里提炼不出多少有分量的问题和论点。

最后还有西方重视阐释学的方法对于我们的影响。对于旧传统的新阐释，或是对文本内涵的深入阐释，本身是学术的进步。一些成功的阐释性论文，往往新见迭出，富有启发性；而一些不成功的论文，虽然材料极为丰富，但是往往掺杂太多的主观发挥，所以读至终篇，对于该文解决了什么问题，提出了什么论点，仍然印象模糊。

以上所说的三个方面，还是就以前博士生论文写作中存在的问题而言的，如果就当下研究生的教学和培养过程来说，情况又要等而下之了。近几年来，古代文学研究生找不到课题，或找到了课题又发现不了问题的情况越来越普遍。相当一部分研究生都要靠指导教师给选题，给了选题还要给思路、给大纲，甚至给具体观点，否则就做不成论文。其原因究竟何在呢？

首先，这与研究生的选拔方式有关。目前硕士研究生的考试方式和高考已经没有太大区别，基本以笔试为主，博士生入学也是如此。试题内容差不多，只是分量要求不同而已。加上外语和政治分的限制，一般录取考生只能以总分为序列，这就排除了一些外语不好而专业上很有潜力的考生。同时随着考研热的不断升温，出现了许多考研"专业户"。他们对专业知识背得滚瓜烂熟，不难拿到高分，但其中一部分人入学后并没有做研究的潜质。

其次，与研究生本人的知识面和学养有关。古代文学研究生应当在大量阅读原始资料的基础上感受文学作品，不断积累心得体会，逐渐触类旁通，最后提炼出问题和观点。但是现在的研究生往往对作品认识较为肤浅，不能深入理解，更不会把多种文史资料联系起来，找出其中的关系。

最后，许多研究生对本专业方向已有的研究状况和最新发展不了解，更不会在大量的论著中辨别和寻找真正有学术价值的问题和观点。有的研究生只看自己老师的论著，有的甚至对本系本专业指导教师的主要研究成果也漠然无知，因此，读书报告中很少有新鲜的想法和见解，做论文时自然就找不到选题。

其他非学术因素的干扰，当然也是不可忽视的重要原因。不过，根本性的原因，还在于学科本身发展的高度和学生基础水平之间的差距越来越大。古代文学研究是一门极其古老而又成熟的学科。由于时代的原因，它的辉煌期已经过去。从历史上来看，国学研究发展的高潮一般出现在两种情况之下：一是新材料的大量出现，如二十世纪初殷墟、敦煌等地下资料的发掘，促成了史学、语言学的巨变；二是新思潮的影响，如二十世纪初新文化运动浪潮和西方思潮对国学的冲击，促使学术方法发生革命性的变化，二十世纪八十年代的学术思想解放也促成了之后二十年的学术繁荣。但是，学术研究更多情况下是在常态中发展的。八十年代初，由于纠正五六十年代的思维方式，填补"文革"十年的学术空白，涌现出一批被积压的成果，也培养出一批善于发现问题、具有创新思维的学者。但是，当表层的许多问题得到基本解决以后，学术的快速发展自然会逐渐放慢。尽管当前论著的数量依然呈上升之势，但是以发现问题、解决问题的学术标准来衡量，质量提升的势头明显趋弱。毫无疑问，学术研究的每一点真正的进步，都要付出很艰巨的劳动。只有以极大的耐力和细心潜入到各种材料的深处，找出其内在的联系，才能发现和解决一些深层次的问题。在此过程中，需要综合运用各种方法熟练地掌握古代文学研究的多种手段，在融会贯通中不断深化自己的思考，找到最适合于研究对象的独特思路；同时，又要尽可能广开视角，立体地观察复杂的研究对象，力求找到能从根本上说明问题的最佳角度。把各种资料的内在联系一点点地发掘出来，使本来混沌不清的现象逐渐透明，这些能力是需要在长期的研究过程中逐渐培养起来的。即使硕士三年加博士四年，也只能达到有限的高度。更何况当代学子在国学根底和各种专门训练方面的欠缺也是前所未有的。这就与国学研究难度的加大形成一种反比，也使研究生教学中问题意识的培养更加困难。

怎样培养古代文学研究生的"问题"意识？目前我所想到的大致有以下几方面：

1.自研究生指导教师本人的研究始，就应该树立鲜明的问题意识。对于学术问题，应有猎犬般的灵敏嗅觉，这样才能对研究生产生潜移默化的影响。

2.在研究生教学中，减少满堂灌的选修课，多开专题讨论课；要求学生自己做导修，锻炼学生发现问题的敏感性和提出问题的能力。即使开选修课，也应该在教学内容的设计中尽量突出问题意识，多提一些能够启发学生思考的问题。

3.要求学生及时交读书报告。在报告的批示中帮助学生寻找有价值的创见，引导研究生从积累细小的体会和发现做起，懂得分辨和判断问题的学术价值。

4.选择专业研究论著中的精品，分析其研究思路和寻找问题、解决问题的方法。先引导学生找到做学问的门径，然后逐步学会把握学术研究最前沿的问题。

以上都是教学培养中的具体方法，能够解决多少问题还很难估计。要从源头上根本解决这一难题，恐怕还要改变现行的招生考试方式，力求做到在选拔阶段就能比较准确地判断出考生有无从事研究的潜质。

（原载《中州学刊》2007年第1期）

中国文学史基础课教学中的若干问题

中国文学史是中文系的主干必修课,从六十年代初出版了游国恩等先生主编的蓝皮文学史以后,国内大学的文学史基础课以此为基本教材,大体上稳定下来。从八十年代初以来,北大中文系古典文学教研室围绕着文学史教学的问题,进行过多次讨论,教学年制和方法也随之来回变化。在不断的讨论和修改中,总有一些始终不能解决的问题。本文主要根据近年来观察到的一些现象,对照六十年代文学史教学的方法,归纳出一些常见的问题,以供探讨。

八十年代前期教研室讨论最多的问题是"一条龙"还是"两条龙"。文学史的线索是一条龙,作品是另一条龙。文学史和作品合在一起讲,就叫一条龙,文学史和作品分开讲,就是两条龙。这一讨论主要是针对文学专业的。因为北大中文系的文学史基础课还有两种:一是对中文系汉语和文献专业等非文学专业开的,一般是开设一年,每周四课时;还有一种是对外系开的,如外语、政治、历史系等,后来只剩下外语系了,也是一年,但每周三课时。对外专业和外系开设的文学史课程一般都较简略,不存在"一条龙"和"两条龙"的问题。而对文学专业而言,古代文学史是最重要的基础课,因此两年的课程、每周四小时,还是不够讲,作品更是讲不了多少。所以在八十年代初,教研室实行过"两条龙"的教学,即在规定的每周四课时以外,再增加两个小时的作品课,为了不影响学校白天的课时安排,这两节作品课放在晚上,作品的选择配合文学史正课的进度。应该说,"两条龙"的教学效果是很好的,尤其在八十年代前期那个特定的时代氛围中,考入北大中文系的学生学习热情极其高涨,很多同学宿舍里贴满了古诗词,天天背诵。这也是文学史基础课上得最扎实的几年。"两条龙"的教学方式虽然没有坚持下来,但留下了一个问题:即史的教学和作品的讲解之间关系如何处理?如何能将二者紧密结合起来,使学生在掌握文学史发展大势的同时尽可能掌握更多的作品?事实上现在从中学上来的学生,除了极少数特别喜欢古典文学、读书较多以外,大多数都只了解中学教材所提供的那些作品。到了大学以后,一般也只能看看课堂上提到的作品,有的甚至连课堂上要求精读的作品都不能全看,考试时背背笔记就混过关了。因此如何在多数学生不能自觉扩大阅读面的现状下,通过教学的方式令其多读作品,是值得研究的。

与以上问题相关的第二个问题是教材和作品选的选择。六十年代北大中文系编了《先秦两汉文学史参考资料》《魏晋南北朝参考资料》。唐以前的文学史教学就以此为教材,那时成绩好的同学都是啃熟了这两部书的。八十年代,主要用朱东润先生主编的《历代文学作品选》,以及林庚先生和冯沅君先生主编的《历代诗歌选》。作品的数量也还不算少。后来,我们还搞过一套上下两册的文学史参考资料简编,分别由我和周先慎先生执笔。选目都是由林庚先生、陈贻焮先生、赵齐平先生和周强先生定的。做这套简编的初始目的是课堂用书,即让学生上课时人手一册,减少教师的板书,节省讲注解的时间,多讲些作品,同时聊补原来的文学史参考资料缺乏唐以后部分的不足。但也产生了负面作用:后来渐渐使学生误以为只读这些作品就够了,于是阅读量就越来越少。近些年来，教研室的一些青年教师已经反映所选作品不够用，其实这本来就不是一套标准教材，只是提供一个最基本的作品量，任课教师完全可以根据自己的教学内容的需要来增加作品量，并指定课外阅读的作品选作为补充。此外在选讲作品的过程中还有一个问题，即文学史中的一些名篇，中学里都讲过，在文学史课上再讲，是否重复？以前处理这类作品一般是采用两个办法：一是倘无新解便略讲；二是从文学史的角度再讲些估计中学里不会提到的相关知识和问题。是否还有更好的办法，也是可以讨论的。

第三是"讲不完"的问题。这一现象很普遍，不但北大存在，其他高校出来的学生也有反映。比如曾经听说某校某系的前半段文学史一般只能讲到六朝，唐以后都没时间讲，接着就教下半段文学史了，以致跳过了整个唐代。北大这边也常有只能讲到中唐，晚唐五代都没有时间讲的现象。这一现象反映了目前我们的课时确实不够用，稍为一放开就会超时。但我认为在无法增加课时的情况下，只能合理分配每一讲的内容，尽量突出重点和主线，相对次要的内容只好割爱。这一问题虽然普遍，但并未引起重视，所以也在此一并提出。

第四是文学史教学要不要课堂讨论的问题。现在我们都是满堂灌，学生背笔记应付考试，因此逃课的学生很多，考试时复印一下同学的笔记就行了。六十年代乃至八十年代中，文学史基础课每学期都是起码有一次讨论课的。不但要求每个学生都发言，还要有争论，教师会认真聆听学生的意见，总结讨论中的问题，拿出至少一节课的时间来回应学生。这对于活跃学生的思维，促使他们自己找资料、思考问题很有好处，这是远的例子。近的例子是现在的香港高校，各门课程都有学生主导讨论的导修课，教师讲课时间和学生导修时间是二比一，凡是到香港的高校访问过的教授都认为这个方法很好。导修的方法是根据听课人数分组，由老师规定导修的内容范围，题目配合教学进度，学生选择题目，各自去找参考书，了解有关研究情况。这一小时内，负责导修某题目的学生主讲半小时左右，剩下二十分钟提问，启发引导同学讨论，最后教师点评。期末学生在闭卷考以外还要写一篇报告。一门课一共是三个学分，所以香港本科生的学分比内地大学难拿。当然我们目前没有条件这样做，因为导修要增加很多课时，香港都是小班授课，比较容易。我们则是大班上课，教室、课时都很难安排。但我们原来的讨论课，目的与此也差不多。不知从何时起，渐渐没有了讨论课。是否要恢复，怎样安排课堂讨论，也是可以探讨的问题。

六十到八十年代前期，北大文学史基础课还有授课教师晚间辅导的制度，一般规定每周一次，教师直接到班上学生的宿舍去答疑。因为同班同学大都住在相邻的几个房间里，教师到一个房间，其他房间有问题的同学都可以过来。答疑时间也可以讨论问题。以前无论多么有名的教授，都亲自到学生宿舍来，风雨无阻。记得六十年代我上大学时做课代表，就曾经有几次打着伞接送林庚先生来学生宿舍。那时的同学们也欢迎老师来辅导，一到辅导时间早早都挤在一个宿舍里等候了。八十年代我留校后这种制度还坚持了几年，但那时的学生已经渐渐不欢迎老师来宿舍，一到辅导时间，大部分都悄悄地先溜走了，给老师留下一个空屋子，后来也就取消了这种晚间辅导的制度。其原因究竟是学生对文学史不感兴趣呢？还是晚上不愿意读书？或是老师教得不好？我至今不明白。当然我不是提倡恢复夜间辅导制度，现在教师们越住越远，这也是做不到的。只是想借以说明，从二十世纪八十年代中期以后，随着社会大环境的变化，以及中文系学生素质的改变，对于古典文学学习的兴趣和热情逐渐淡薄。许多原来行之有效的教学方法和程序都简化了，当然学生所得到的知识和所受的专业训练也随之而大大精简。教学渐趋简化的另一个重要原因是为了适应所谓的淡化专业而削减专业课时。对于文学史基础课的重视程度远不及六十年代，这是在第一线的教师们无法改变的事实。

半个世纪以来，文学史基础课教学发展的大势如何，从以上所说的几个问题也可以窥见一斑。再联系文学史教学师资队伍的变化来看，六十年代我们的师辈读过研究生的很少，大部分都是本科毕业就留校任教，一边当助教一边做研究。虽然经过十年"文革"的磨难，但是后来都成为中国文学史教学和研究的主力军，成就了八九十年代古代文学研究繁荣的局面。这说明他们这一辈人所受的教育主要是在本科期间，他们的根底与文学史基础课的教学非常扎实是有关的。而进入二十一世纪以来，大学教师都必须由博士担任，博士所受的专业教育要比本科多六七年。但研究生的基础如何，看看历年考北大硕士和博士的卷子就可以知道。每年报考北大古典文学硕士的二百人左右，能够合格的只有六七人。而报考本专业的博士生考卷年年硬伤不断，笑话百出，有的报考二段博士的考生，虽然出身名校，却连东晋和西晋的诗人都分不清楚，这些本来在本科就应该掌握的基础知识，竟然在已经细分专业方向的硕士阶段都茫然不知。这究竟是反映了时代的进步呢？还是反映了这个学科的衰落？

时已至此，我们既不可能增加课时，也不可能恢复六十年代至八十年代的教学方式。如果想认真解决一些问题，只能在目前的教学框架里想一些补救的办法。我目前所能想到的可以改进的地方有以下两点：

一是在现有的文学史基础课规定的课时内合理安排好各个单元的教学比例，突出重点，讲清楚文学史教学的三大重点：各个时期重要的文学现象、重要的文学史常识，以及重要的作家作品。要保证各时段教学内容的完整和系统，防止出现因为讲不完而使文学史线索中断的现象。在文学史课上精减下来的内容，可以放到本科生的专业选修课里去发挥，这样也便于分出基础课与选修课的层次。当然这就要授课教师处理好基础课和选修课的关系，避免二者在内容上过多的重叠。

二是教材和作品选的问题。授课教师选择什么教材、用什么作品选，可以有较大的自由度，实际上北大教师也很少有按现成教材照本宣科的，往往有自己对文学史的理解。这就要处理好基础知识和个人见解的关系。我认为基础课教给学生的首先应该是已经成为定论，或者是代表学界一般看法的意见，个人的见解可以适当提及，有争议的问题也要让学生知道，但主要应留到选修课里去发挥。现有的作品选不够用，可以利用目前电脑的普及，用PPT来补充。香港的高校在学校的网络上根据每门课程设计一个网络地址，老师有补充教材发给学生，只要发这一个地址，班上所有选课的同学都可以收到，十分方便。因为节省了板书的时间，实际上也增加了教学的容量。

以上是从传授知识的系统性来考虑可以采取的补救措施；如果从培养学生的能力来考虑，还应该从培养学生独立思考的兴趣和理解作品的能力这方面下点功夫。现在学校已经有一些提供给本科生申报的项目基金，这是好事。就课堂教学而言，可以做的还有两方面：

一是建议每一学期中安排出三节小课的时间用于讨论。两节课讨论，一节课教师做总结回应。如果一个班人数较多，可以分组，请研究生每人负责一个组，整理讨论的问题，教师在各组间巡视，学生讨论的表现作为期末评分的参考。主要目的是借此培养学生独立思考问题的兴趣，从单纯的死记硬背的学习模式中暂时跳出来，了解一点在图书馆查找资料的基本方法，以及学术研究的常规。

二是处理好文学史讲述和作品分析的关系。现在不少学生缺乏深入理解文本和鉴赏作品的能力。从学术的层面上看，分析作品似乎属于低层次的研究，但实际上不少古典文学博士生都过不了这一关。分析作品总是隔靴搔痒，不会判断艺术水平的高低，对作家的用心也讲不出一个所以然，更谈不上精彩的独到见解。我们既然是文学专业，就不应该对文学本身存在隔膜。这个问题不是一般的作品欣赏课能够解决的。因为真正要透彻理解作品，必须有文学史的基础，不同时段的诗歌有不同的创作风貌，看一首作品要把它放在当时的时代背景下，联系诗歌发展的阶段性特征，才能充分理解其创作特色。同时还要考虑体式发展的因素，作家在不同时期的创作风格等等，这些都要联系文学史的教学才能讲得比较透彻。当然我向来认为对文学的感悟力是天生的，但先天不足的也可以靠后天的训练来提高。文学史课进度快，时间紧，不适合做展开式的赏析，最好是能够将作品最主要的特色用几句精炼的评论点透，效果比平平地赏析好得多。

从八十年代以来，古典文学的研究、文学史写作的研究取得了重大的进展，我相信就文学史教学的内容而言，无论是评价的标准还是认识的深度，都已超过六十年代。以上所论只是就教学方法和教学效果而言，未必妥当，甚至可能已经过时，因为我本人离开基础课教学的岗位也有几年了。只是因会议主题中有此一项，所以借此机会提出来做一番回顾，请与会者批评指正。

（原载《文史知识》2010年第3期）

文本阅读的理解力和判断力

9月10日听了一天《中国古典文献的阅读和理解——中美学者对话》，收获良多，也很长见识。我是一向主张细读文本的。不过今天既然是继续10日会议的话题，主要的兴奋点还是在文本疑点的辨析上。我在文献学方面没有研究，但用材料时也知道要小心。比如会上有学者说到陶渊明手抄本的异文问题。其实刻本也同样有异文的问题。我的体会是：有的异文可能对理解文本没有太大影响，而有的异文却关系重大，这确实是不能忽视的一个问题。如九十年代，我在读《全唐文》时，看到开元年间的一篇《令僧尼无拜父母诏》，文中说令僧尼"无拜其父母"，但是《唐大诏令集》里同一篇文章，却说是令僧尼"兼拜其父母"，一字之差，意思完全相反。"兼"字和"无"（無）字形相近，可能是刻印错误，但到底信哪个呢？我根据《旧唐书·玄宗纪》所载开元二年"令道士、女冠、僧尼致拜父母"，再联系唐高宗的《令僧尼致拜父母诏》，判断"兼"字对，"无"字错，这一字之差关系到如何理解初盛唐对待佛教的问题，要拜父母，就是要求僧尼必须遵从儒家礼教。可见一个字的异文，关系到一个观点能否成立。但异文是否涉及文本的真实性，则不可一概而论。辨析文本是很专深的学问，这里只说一点平时阅读的体会。

遇到异文如何采信，与研究者的理解力和判断力密切有关。这不仅反映了研究者的悟性，更体现了不同的思维方式和学术涵养。比如我最近在《文学遗产》上发表的研究杜甫五律的论文中，引述了叶燮的几句话，其中有杜甫的"晨钟云外湿"一句，叶燮非常欣赏，认为是诗歌表现"不可名言之理，不可施见之事"的例子之一，但这一句在仇注、杨注等注本中都作"晨钟云岸湿"，仇注一作"外"，《杜臆》作"径"，如果是"岸""径"，那就没有什么新意。而且这首诗最后还有"柔橹轻鸥外"句，一首律诗用两个"外"字，似乎用字不够精工，这或许是各注本都不采用"外"字的原因。但叶燮就采用了"外"字，但当时我不知其所本。后来8月下旬在南京大学文学院召开的第一届古典文学高端论坛上看到韩国学者郑墡谟的论文，其中引用高丽崔滋《补闲集》（1249年完稿）卷中说"归正寺壁题云：'晨钟云外湿，午梵日边干。'此夺工部'晨钟云外湿，胜地石堂烟'句也。"可见十三世纪传到高丽的杜诗已经作"外"字，叶燮应有宋本的依据，而他在三个异文中选择"外"字，则表现了他对杜诗非凡的领悟力。

理解力和判断力的培养，需要多方面的学术功底，包括文学史知识的积累，对历史文化背景的把握。有时深入了解某一时期的特殊思潮，也会有助于判断真伪。比如王羲之《兰亭集序》中有一段话："夫人之相与，俯仰一世，或取诸怀抱，晤言一室之内。或因寄所托，放浪形骸之外，虽趣舍万殊，静躁不同，当其欣于所遇，暂得于己，快然自足，曾不知老之将至。"这段话见于《晋书》但不见于《世说新语·企羡》刘孝标注，就留下了一个真伪之辩的老问题。因为《晋书》对《世说新语》的篡改是比较多的。一般情况下，二书记载如果不同，往往信从《世说新语》。严可均《全晋文》录此文并加注，认为刘孝标注是节录，余嘉锡认为"今本《世说》注经晏殊、董弅等妄有删节，以唐本第六卷证之，几无一条不遭涂抹，况于人人习见之《兰亭序》哉！然则此序所删除之字句，未必尽出于孝标之节录也"，认为不一定是刘孝标节录，可能是遭晏殊、董弅等删节的。他们都没有怀疑传世《兰亭序》是伪作。清李文田则对《兰亭叙》表示怀疑，郭沫若直接提出《兰亭叙》是伪作，商承祚、逯钦立等先生力辨是真，对郭氏之说多所辩驳。到现在似乎也没有定论。不过他们的争论侧重在传世《兰亭叙》墨迹的书法风格上。逯钦立就提出《兰亭叙》是王羲之作的，不是王羲之写的。我在研究玄言诗对山水审美观的影响时，将《兰亭诗》和《兰亭叙》加以对照，认为由于受支遁《逍遥论》的启发，东晋永和年间开始流行"适足"的观念，这一观念主要反映在《兰亭诗》里。以上所引《兰亭叙》里被怀疑为作伪的一段文本的意思，就是王羲之《兰亭诗》里所说"猗与二三子，莫非齐所托。造真探玄根，涉世如过客。……相与无相与，形骸自脱落"的意思，而诗里"有心未能悟，适足缠利害。未若任所遇，逍遥良辰会""取乐在一朝，寄之齐千龄"等句，也就是序文里"欣于所遇，暂得于己，快然自足，曾不知老之将至"的意思，因此《兰亭诗》和《兰亭序》是可以互证的。"适足"的理念，在戴逵《闲游赞》里有更明确地发挥："况物莫不以适为得，以足为至。彼闲游者，奚往而不适，奚待而不足。"尽管这种"适足"的理念后来在白居易、苏轼的诗文中有更多的发挥，但在一个短时期内，人们基于对人生和"大化"的认识，集中探讨以"适"为得，以"足"为至与欣于所遇、齐之千龄的关系，却仅见于东晋永和年到刘宋初期的诗文中，更何况白居易和苏轼对这个问题的认识和表达方式与王羲之也完全不同。据此我认为以上一段引文是《兰亭叙》中原有的文字。

理解力和判断力的高低，还与研究者对于诗歌语言和文体特点的敏感度有关。最近十几年我一直在做体式研究，诗读得多了，越来越理解古人为什么能够一看作品，就能知道它是什么时代所作。所谓格调、体格，虽然理论上比较玄虚，难以非常准确地用现代语言表述出来，但古人对于各不同历史时期诗歌语言和文体风格的体悟是相当准确的。这种敏悟其实也有助于我们判断作品的时代，比如由于我们今天见到的汉魏诗文本的最早来源多为南朝文献，所以有学者对汉魏诗歌文本的真实性提出高度怀疑，认为"抄手和编者会对文本进行随意的改变"，"六朝文学选集与文学评论作品、保存、整理，也许还在很大程度上修订了存留于手抄本中的一批经过选择的早期诗歌材料"。我们当然无法确认今天所看到的传世文本一定都是汉代的真实面貌，也不否认在编集抄写过程中会有某些修改。但是如果说古诗十九首这类经典是南朝编集者"对一个诗歌短缺的时代做出的慷慨捐赠"，那么这种改变、整理，究竟在多大程度上能制造出一个时代诗歌的总体风貌呢？假设如这些学者所说的那样，曾经存在着一批早期诗歌材料，那么这些早期材料如果被南朝的编集者改变成现在看到的模样，又需要怎样的写作功力和才情呢？我在研究五言诗的形成途径时，读过汉代没有像苏李诗、古诗十九首那样被经典化的其他古诗和民歌民谣，深深理解了为什么汉诗会形成那样一种特殊的魅力和风貌。某一种诗歌体式形成初期的特定形态，后世是无法模仿的，即使有意模仿也是学不像的，就像江淹的《拟古》三十首，他用模拟的方式把每个时代诗歌的主要特点集合在几首诗里，力图区分出汉诗、魏制、晋造的差别，如果从理论上一一分析起来，应该说把握得很准，但是除了拟陶渊明的一首几可乱真以外，其他的都不太像，所以才招致后世对江淹《拟古》像不像的争论。辨体意识如此之强而且还没有受到五言近体侵染的江淹尚且如此，那么其他南朝诗人又如何通过他们"随意的改变"制造出我们今天所见到的汉诗文本呢？谢朓被后人称为尚存古调，但他的古诗就明显杂有近体的句调，如果说像江淹、谢朓这样的大诗人都不能模拟出传世文献中的汉诗原貌，那么还有什么编集者有这样的能力呢？由于不同时代的诗人作诗、拟诗乃至改诗必然受到当时风气的影响，要想丝毫不见痕迹地把古诗十九首炮制出来，我认为是不可能的。

  我在反复阅读了汉魏到梁陈的全部诗歌以后，把五言古诗的发展分为汉魏体、太康体、元嘉体、齐梁体等几个阶段，虽然大致可以说出它们之间的体式、风格等的差别，但是还有更细腻的差别，还是只能意会不能言传，常有辞不达意的遗憾。这种差别不是通过主题、修辞、语法、句式的一一比较就能说得清楚的。离汉魏最近的陆机所拟的古诗十四首就与我们看到的今存汉古诗显示出明显的差异。这就像有人通过整容、改装模仿另一个人，哪怕把步态、言笑都学像了，神态还是不完全相同的。所以在没有文献依据的情况下，判断传世较早的文本都经过后人的改造，看起来似乎经过很科学的推理和分析，但把诗歌看成了可以随便拼凑的模块，完全缺乏对诗歌体格神韵的意会和敏悟。当然也会有人把体格神韵说成只是风格差别，不足以作为判断作品时代的标准。但如果真有感悟力，会意识到这种体格神韵的差别中包含着很深的原理，我们要努力的只是如何用准确的语言把它表述出来。从这个意义上来说，我觉得阅读文本，尤其是做诗歌研究的，一定要培养自己领悟诗歌的敏感性。虽然我认为即使感觉把握得很准了，要用理论性语言表达出来，也只能抓住四五分，但是有这种敏感总比没有这种敏感好。缺乏敏感性的诗歌文本阅读，就是把诗歌切成碎片来分析，理解也不会透彻，更谈不上准确的判断力。

（2015年9月11日在北京大学"中国古典文献的阅读和理解——
中美学者对话"学术会议上的发言）

跨学科研究的探索和实践
——以日本雅乐和隋唐乐舞研究为例

　　古典文学是人文学的一部分，与政治、社会、哲学、宗教、艺术等学科关系密切。为了透彻研究文学发展的外因和内因，跨学科研究是必不可少的，所以学界前辈总是提倡文史兼通。但是在学科分工愈益细密、知识积累近于爆炸的当代，研究者已经很难做到像前辈学者那样博通。多数学者只能从研究某个专题的需要出发，搜寻相关学科的知识和研究成果。那么在这个过程中，如何把握本专业和非专业的相关学科之间的关系呢？以下我想联系自己与东京大学户仓英美教授十几年的合作研究专题"日本雅乐与隋唐乐舞"来谈一点体会。

关于日本雅乐及其研究概况

　　当代的日本雅乐包括三个部分：1.神乐、大歌、倭舞、东游、久米歌等，与日本神祭朝典有关的日本古乐；2.从上古到中古初传入日本的朝鲜、中国、印度、西域音乐，以及日本仿作的同类乐舞，主要在朝廷祭仪典礼或宴会上演奏；3.平安朝以来流行于上层缙绅间的俗谣如催马乐、朗咏之类。我们研究的主要是第二类。据史料记载，唐乐传入日本主要是在公元七至九世纪。中国文献记载唐代曲名是570种左右。这一数字并不精确。而据日本资料记载，日本乐人在唐代学习时，已知有700种曲子，传到日本180种，但各种资料记载的数字出入很大。《大日本史·礼乐志》记载的唐乐有161种，其中有87种不见于中国文献，这87种里，有的是日本仿唐乐，有的是曲名传写错误，有的是中国文献中失载的唐乐。其他的74种曲名里，也有同名不同曲的问题。另外，一部分高丽乐里也有唐乐。

日本雅乐到现在还在上演的有70多种乐曲，其中30多种有舞。表演雅乐的主要是日本宫内厅雅乐部，此外全国的寺社、宗教法人的属下组织、同好会等也有很多演奏雅乐的团体。雅乐的传承是世界文化史上的一个奇迹。因为它从平安朝经过日本化的改革以后，一直是由乐家秘传，没有大的变化，所以被称为"化石文化"。

从世界范围来看，把日本雅乐和中国音乐联系起来研究的主要有三个地域。一是日本音乐界。他们的研究主要是关于雅乐表演、服饰面具、演奏特点、乐谱解读、乐器，以及日本音乐制度等方面的。不少研究者出身于世袭的乐家。而部分学者如岸边成雄关于唐代乐府制度的研究、林谦三关于隋唐燕乐调的研究，则着眼于中国音乐，他们的论著在这一领域具有重要的奠基意义。二是欧洲由英国学者 L. E. R. Picken 在剑桥大学组建的研究唐传古乐谱的课题组。参加者有德国的 R. F. Wolpert、新西兰的 A. J. Marett，E. J. Markham，美国的 J. Condit、澳大利亚的 N. Nickson、日本的三谷阳了等，后来还有英国的 M. Wells，以及澳大利亚的 S. G. Nelson 等。他们的研究主要是将日传唐乐谱和敦煌谱翻译成五线谱。关于唐乐谱的谱字解释，怎样定音高，则参照日本的研究成果。特别是敦煌发现的琵琶谱，是大家研究的热点。因为唐代琵琶是四弦琵琶，谱字只表示相对音高，必须知道它的宫调才能调弦。而这批琵琶谱却没有写明宫调。林谦三根据日本所存的四弦琵琶调弦法解读了这批谱字，并通过科学的筛选法决定了第二组和第三组的音高（第一组中国学者还有争议），已经被大家普遍接受。西方学者和日本学者的分歧主要在节奏。此外Picken编写的《唐朝宫廷传来的音乐》一套书系统地研究日传唐乐的每一个曲子，不但根据日本古乐谱把这些曲子的音乐都译成了五线谱，而且对于曲名、曲子的来历、文化背景也有不少考证。比如他们发现日本唐乐里的"青海波"就是李白诗里提到的"青海舞"，还引用了魏颢的《李翰林集序》里说到的李白"抚青海波"的例子。虽然欧美音乐学者对中国古代历史文化以及诗词研究方面的关注还不够，考证中难免误解，但他们能参照中日两国的资料，和中亚细亚地区的音乐联系起来研究，确实做出了不少成绩。三是中国大陆和香港的学者。二十世纪前半叶，对于姜夔词乐的解读取得很大成绩。杨荫浏、邱琼荪先生，还有香港的饶宗颐、赵尊岳等先生都有著述。八十年代以后到九十年代前期，对于敦煌谱和敦煌舞谱的研究掀起一股热潮。饶宗颐先生把大陆和香港学者的有关论文编成了两本论文集——《敦煌琵琶谱》和《敦煌琵琶谱论文集》。讨论的焦点也是节奏，此外还有第一组的定弦问题。节奏问题又集中在怎样解释敦煌谱的节奏记号。学者们提出了种种解释和猜测，但没有得出一致的结论。此外敦煌舞谱的谱字解释从五十年代以来就有很多分歧，也没有定论。

　　从三大地域关于这个专题的研究可以看出，重点都是在音乐方面。我和户仓教授因为是研究六朝和唐代文学的，所以兴趣在音乐和文学的关系上。中国已有一些学者在研究音乐文学方面取得了很大成绩。特别是任半塘和王小盾两位先生，在整理敦煌歌词、研究唐代的歌诗歌辞及其产生背景、解读敦煌舞谱方面做出了重要的贡献。任半塘先生在他的皇皇巨著《唐声诗》和《唐戏弄》里也强调一定要注意日本资料。我们的努力目标是尽量吸收三大地域的研究成果，综合运用中日文献资料和实物资料，打通文学、历史、宗教、音乐舞蹈、文字训诂等相关学科，对日本雅乐中的唐乐舞逐一考证，分辨真伪，加以全面整理，对这些唐乐舞的表演形式、服饰、面具、歌词、有关传说等究竟在多大程度上保留了唐代风貌进行仔细辨析，然后在此基础上进一步考察与唐乐舞有关的文学现象，诸如戏剧的起源、大曲的结构、词的音乐背景等等问题，希望有助于解决隋唐诗歌、戏剧、乐舞研究中长期得不到解释的一些疑点和难点。在断断续续将近二十年的合作中，我们草成了一部40多万字的初稿，并在此基础上对其中一些问题再做深入考证，写成16篇论文，其中大部分已经发表。在研究过程中，深深感受到跨学科研究的艰难，需要下的苦功可说是数倍于本专业的研究。

中外资料的搜集和解读

研究这一课题的难度首先在资料的收集，其次在于语言文字。研究者至少要会阅读英语和日语资料，有时还要接触法语和德语，尤其是古日语，非常难读。所以没有日本学者合作是很难从事这项研究的。

最基本的资料是中国和日本的音乐文献。中国文献主要是先秦以来史书中的乐书，以及《通典》、《羯鼓录》、《教坊记》、《乐府杂录》、《唐会要》、《玉海》、《乐书》、《乐府诗集》、《碧鸡漫志》、姜夔的《白石道人歌曲》、张炎的《词源》等等，还有散见于其他古籍、诗文中的零星记载。日本文献除了史籍以外，主要是各时代的古乐书，常用的如平安时代的《新撰乐谱》、琵琶谱《三五要录》、筝谱《仁智要录》、《龙鸣抄》、《怀竹抄》、笙谱《古谱吕律卷》、《古筝谱》，十三世纪及以后的《类筝治要》《五重十操记》《杂秘别录》《残夜抄》《知国秘抄》《新夜鹤抄》《教训抄》《续教训抄》《舞乐府合钞》《新撰要记抄》，时代较晚的如《乐家录》《体源抄》《舞乐要录》《歌舞品目》等。韩国的《高丽史·乐志》《进馔仪轨》《乐学轨范》等也是重要的参考书。

日本古乐书的文字解读是一大难关。首先是古乐书中专业术语的解释，还有文字的辨认，如不少抄本使用的手写体假名。其次是古乐书中记载了不少关于乐舞来源的传说，很多说法互相矛盾，必须先做考辨。其中有的乐书如《教训抄》，日本学者已经做过仔细的校正，可以充分利用。在基本资料以外，还要充分阅读相关的研究成果。这些成果主要见于日本的文物考古界、雅乐界和美术界乃至宗教界的书刊。又由于雅乐研究已经国际化，对于日本以外各国的研究成果也必须重视。虽然多数成果用英语书写，但也有用法语和德语、韩语书写的论著。例如德国学者Hans Eckaradt曾经发表过关于《兰陵王》和《苏莫者》的两篇考证，提出了一些值得重视的见解。我们不懂德语，只好先请东京大学的德语教授帮忙译成日语再读。

　　相关研究成果的搜集也不容易，因为涉及的专业知识面极为广泛。比如传到日本的唐乐舞很多与宗教有关，其中印度教是我们最不熟悉的领域。有几次遇到问题，甚至不知道到哪里去搜寻资料，电子检索也帮不了忙。只能守在东京大学的期刊阅览库里，像大海捞针一样，将所有的宗教期刊全部翻检一遍。有些原始记载，见于十九世纪英国人旅居印度的见闻，更是要到尘封的旧书中寻找。虽然日本的藏书丰富，但是这种跨学科的搜集资料，不但辛苦，而且极其耗时费事，如急于求成，是不宜做此类研究的。

古代乐理知识的研习

　　三大地域学者研究中分歧最大的是古乐谱的译读。绝大多数音乐学者的目标是译成当代可以演奏的乐曲，了解旋律节奏与歌词配合的规则。而我们的目的是希望通过声词配合的研究，看看能否从音乐节奏方面对词的体式结构的形成提供更切实的解释。因为以前对词的起源多停留于燕乐背景的一般性描述，要将外因转化为内因的诠释，必须深入到古代音乐的乐理之中。

由于燕乐的主要乐器是琵琶，而且敦煌琵琶谱里恰好有一首《西江月》是词调名，所以研究者在二十世纪曾对《西江月》词、乐的配合关系提出许多猜想。我们阅读了所有的研究文章以后，发现争议的关键在于如何理解琵琶谱的节奏结构。欧美学者和日本学者都认为唐乐谱是均等节奏，只是日本学者按大鼓拍的分割来理解，而欧美学者的五线谱按旋律结构分小节线。但中国学者看法各不相同，分歧就在对唐乐谱节奏记号的理解。唐乐谱除了表明音高的谱字以外，还有两种记号："口"号和"、"号。对于"口"号大家都采用林谦三的看法，是区分乐段用的大鼓拍子。但中国学者又把"口"号理解成相当于五线谱的小节线，这是对林谦三的误解。对于"、"号则众说纷纭，其中论证比较细致而且较有影响的是认为"、"号是一种减时记号。根据这样的理解，他们译出的谱子就不是均等节奏了。同一首曲子里2/4，4/4，3/4，5/4，6/4毫无规律地混合在一起。

我们本来对于古乐谱是一窍不通的。只是因为已有研究分歧太大，没有现成的结论可用，只能自己钻研，才能对各家意见有所判断。为此我曾经在一年之内不写任何文章，集中精力学习燕乐尤其是四弦琵琶的乐理。在钻研了凌廷堪的《燕乐考原》、林谦三的《隋唐燕乐调研究》、丘琼荪的《燕乐探微》，以及林谦三、平出久雄先生的一些相关研究文章之后，再参阅当代日本雅乐学者对琵琶谱旋律的解读，把日本唐乐谱和唐乐谱的记载方法和姜夔的歌谱以及张炎《词源》的"拍眼"一节联系起来考察，我们认为林谦三对唐乐谱的理解基本上是正确的，同时也有补充和修正。最后大致上搞清了两个基本问题：1.首先证明了唐乐谱的结构和日本古乐谱的结构完全一样，书写方法也相同。它们都是均拍谱，"口"号是划分均拍的记号，不等于五线谱的小节线。一均之内的小拍子数均等，或四字，或六字，或八字，称为四均拍、六均拍或八均拍。只是日本唐乐谱六均拍较少，而现存敦煌谱四均拍很少。张炎《讴曲旨要》说"歌曲令曲四掯匀，破近六均慢八均"，说明南宋乐谱仍有这三种结构。当时还有规则的"急三慢二拍"，这正是敦煌舞谱里最常见的一种拍子。可见唐宋乐谱都不是杂乱无章的混合拍子。2."、"号林谦三释为反拨，是从日本多种最古的琵琶谱的记号里统计出来的。宋乐里也有"反"，邱琼荪先生在《白石道人歌曲研究》中对反号（一种装饰音）的进行方向的研究和日本古乐书《乐家录》里记述反拨的方向一致。而且"反"和"返"在古汉语里意义相通。把这些事实联系起来，可以证明"、"是装饰音记号，不是减时记号。

明白了以上两点，我们归纳出日本唐乐谱和敦煌谱的节奏结构的共同特点：1.两个大鼓拍子中间的小拍子数是固定的，其时值也是固定的。相当于词乐里的一均。2.旋律周期和节奏周期不一致。日本唐乐曲旋律开始后，在第三、第五、第七等小拍子上打最初的大鼓拍子。这样的情况在敦煌谱中也有十八首。由此搞清了张炎《讴曲旨要》"大头花拍居第五"一句是指第一个大拍子打在第五个小拍子上的一种八均拍曲。知道了琵琶曲的结构，就可以着手研究拍子和歌词的配合关系了。我们分析了姜夔的歌谱、明初的魏氏乐谱、林谦三复原的一部分日本古歌谱以及平安时代的催马乐谱（因为其旋律结构与某些唐乐相似，也配五言和七言歌词），以及韩国十八世纪的《俗乐源谱》《大乐后谱》里从中国传来的歌词乐谱，发现它们的共同特点是词组的分割很清楚，并能用打乐器的拍子强调出来。于是知道刘禹锡所说的"以曲拍为句"，就是根据乐曲打拍子的地方考虑句逗。而拍子打在句首、句中还是句末，则与旋律特点有关，由此摸清了配词时按词组分割与打拍对应的规律，以及兼顾旋律结构的原则。同时，我们通过对姜谱的解读，分析了引近、慢词与六均拍曲和八均拍曲的关系以及令曲的打拍规律。发现歌词被均拍所限，每一大句的词组组合和字数多少都有规律可寻，所以词的句式也不能随意长短；并注意到由于唐宋乐谱的某些差异，早期填词的均（腔）的划分和诗词韵脚不一定一致的现象，这就为今后继续探索唐代均拍曲中如何萌生长短句的问题打下了基础。

在研读乐理的同时，我们还解释了声词配合以外的若干问题。如日本现存最古的唐俗乐谱《番假崇》曲按其调名"黄钟"定弦，会使第四弦易断，这使林谦三先生一直感到困惑。我们运用丘琼荪先生提出的唐琵琶曲用下徵律，定调比雅乐低五律的观点，通过考证，指出天平琵琶谱上所记载的"黄钟番假崇"是指下徵调，合壹越调，而非正声黄钟宫。据此调弦，则不会有断弦之虞，而且可与《三五要录》中同名二曲所属的返风香调相合。又如在解释敦煌舞谱的谱字时，我们也通过研究日本古乐书记录舞姿的一些术语，解出了几个关键的谱字，如"寄""据""与"等，对于解释舞谱的结构也有所帮助。由此体会到，要想运用自己不熟悉的学科知识来解释文学问题，必须深入到该领域的前沿才有可能。

实物资料的考察和利用

除了古乐书的书面记载以外，日本保存到今天的还有乐舞表演的服饰、乐器、假面，以及各地寺院关于历代上演雅乐的资财账，这些实物资料，对于我们今天研究唐乐来说是更为珍贵的。

日本唐乐中有些著名乐舞关系到研究中国戏剧起源的问题。以往文学史上说唐代大曲的表演中有戏剧表演的萌芽，提到唐代戏剧的雏形，都举《兰陵王》《拔头》《踏摇娘》《参军戏》为例，因为这些戏里已经有情节表演的因素。但是歌舞戏的实际表演中有哪些情节元素？与大曲究竟有什么关系？这些都是不清楚的。我们希望通过研究日本唐乐中的同名乐舞有进一步了解。由于古乐书中的记载时有淆乱，实物资料的利用就特别重要。例如《兰陵王》在日本的古记中都写成"罗陵王"。二十世纪初日本几位大学者都认为日本兰陵王不是唐代的兰陵王，而是由林邑高僧佛哲带到日本的印度乐舞，表演的是沙羯罗龙王的故事。中国学者周华斌先生首先发现，兰陵王的九娴墓道里画的一个神兽的图形很像日本兰陵王面具头上的龙的样子。另外从现存中国贵州傩面具中的龙王面具可以看出，其吊腭动睛的制作法与兰陵王也是一样的。这就有力地说明日本兰陵王面具是来自中国，它的造型也可以在北齐墓葬中找到渊源。我们在此基础上，通过佛教记载、日本寺院的古记和各种乐书考证，证明佛哲传兰陵王的传说没有根据；又据日本寺院"行道"仪式的记载，指出沙羯罗龙王在日本佛教中的形象是头上盘蛇，而不是兰陵王的龙面；再将中国秦汉时代文物里各种龙的造型与兰陵王最古的假面造型对比，指出兰陵王头上有腿有翅膀的龙形在秦汉时常见。此外，《教训抄》关于《兰陵王》的记载中留下了一首四言歌词，是北朝民歌的语言；同时兰陵王舞者执鞭与中国龙的想象有关，有中国典籍和古诗赋为证；兰陵王舞者所穿的服饰如裲裆、半臂、接腰等，也可以在中国文献和壁画里找到实物依据。这就从多方面证明了它就是中国的《兰陵王》。我们还根据古谱说此戏又名"末日还午乐"、原有龙面和武士面两种造型的线索，考知《兰陵王》在从军中传唱的入阵曲变成歌舞以后，情节有了很大改动，增加了想象的成分，传入日本之初原有比较复杂的情节和动作激烈的表演，现在的表演可能只是龙王舞的一部分。这就离此戏的原貌又近了一大步。

又如《拨头》在日本唐乐中又名《拔头》，《通典》和《乐府杂录》关于此戏表演内容的记载不同。任半塘先生在通过仔细辨析相关资料后，认为二书所载不是同一剧，"拨头"是类名，并非剧名。日本学者关于此舞的来历说法不同，影响最大的观点是认为它依据印度的梨俱吠陀的赞歌中"秚头王之马"的故事，表演一匹骏马在山上跳跃，与猛兽格斗。我们根据平安初《信西古乐图》中"拔头舞"的图像，辨析了舞人早期表演的内容。后来在兴膳宏教授和奈良博物馆馆长鹫冢泰光先生的帮助下，在法隆寺看到了《拔头》假面的实物，确认其表演的绝不是一匹白马，而是一个胡人。同时发现假面的头顶和后脑有很多小孔，每个小孔都穿过一缕细绳似的假发，这种植发的制作方式使头发可以随着舞人的头部动作自由甩动，这应当是"拔头"一名的由来；而且假发长度大致与颈相齐，正与《唐书》所说龟兹国"男女皆剪发，垂与项齐"相同，符合慧琳说此舞出自龟兹的记载。同时联系史料辨析了西域的丧葬风俗和服饰特点，认为《拔头》传入日本时的表演基调主要强调的是胡人之子与猛兽格斗，为父复仇，与《通典》一致，而不是如《乐府杂录》所说的"戏者披发素衣，面作啼"的"遭丧之状"。后者显然是根据汉人的伦常孝道观念对表演内容的误解。这就可以解释为什么此舞能在玄宗千秋节上演的原因了。

参军戏也是戏剧研究中的一个难点。王国维最早提出，参军戏与滑稽俳戏类似，不能合歌舞，后来的研究者大多是沿着这条思路继续开掘的。任半塘先生则力主参军戏可以穿插歌舞。我在日本966年的《新撰乐谱》（又称《博雅笛谱》）中发现"盘涉参军"的大曲名，而且附有序、破、虚催拍、催拍、杀头等大曲结构名称的记载。由此对唐、宋、日三种大曲各遍名称及其排列顺序的异同进行比较和考辨，确认了唐大曲和日传唐大曲相同的部分结构和名称，证明了中晚唐乐府"胡部"中的"参军"应是乐曲形态。至于作为大曲的"参军"与作为俳优嘲谑的参军戏在晚唐是两种并存的形式还是彼此有关，虽然缺乏直接的证明资料，但可以根据日传唐乐曲中少数包含滑稽表演的曲子做些推测。其中最滑稽的《河南浦》，我在东京国立剧场看过表演的视听资料，还在奈良博物馆看过与此曲表演相似的《胡德乐》的假面，注意到假面的鼻子设计成可以拍击面部的形状,是为了增加劝酒动作的滑稽效果。这些都说明日传唐乐曲可以自然地将滑稽调笑与歌舞结合在一起,由此推测唐大曲也可以有滑稽取乐的表演,俳优的弄参军很可能是大曲参军的"摘遍"。

在唐乐以外,《教训抄》还记载了隋代传入日本的一组伎乐,又称"吴乐",是古代日本用于佛寺行道仪式的乐曲,共九个曲子,其中有的是表演宗教内容,但也有几个是世俗歌舞,包含简单的情节和动作,只是在后来的传承中将角色关系和出场次序搞混了。如果能将这些曲子表演的故事和人物考证出来,或许可以将中国戏剧的萌芽追溯到更早的时代。在考证中我们也充分利用了实物资料。例如其中有一曲《吴公》,在日本伎乐研究中关注度最高,但本事一直无解。我们从分析其中的两个重要角色"吴公"和"吴女"的假面形象入手,利用日本文物界关于这两个假面的制作年代、风格的详细调查,将"吴女"的假面形象与陕西博物馆藏的七世纪女俑对比,再联系各大寺庙的资财账中关于两个角色的服饰、道具的记载,加上对《古今乐录》《乐府解题》等文献异文的辨析,认为该曲的表演内容是以东晋吹笛名家桓伊歌《怨诗》以进谏的历史故事为本事,将汉魏乐府的名作《怨诗行》的内容加进了假面短剧。吴乐的另一曲"师子"的咏词和江南民间散乐歌辞类似,我们也通过辨析,指出此曲与梁乐府《上云乐》"老胡文康辞"的表演内容有密切关系。乐府诗的这种可表演性,可以为研究者进一步探索戏剧的起源提供思路。

唐宋乐府的研究目前已经成为唐宋文学研究的热点。我做上述课题的起因正是因为在九十年代申请了一个唐代乐府文学的研究项目。但在接触到日本雅乐中的唐乐舞以后,才知道这个专题简直是深不见底。如果对唐乐府的制度、曲目、乐理、表演等大量中国文献阙载的问题缺乏了解,乐府文学的研究就只能停留在文本阅读的层面。所以跨学科是为了解决深层次问题所不得已采用的办法。在研究过程中我也体会到,虽然当代学术的发展使学者同时兼通其他学科几无可能，但是只要从本专业课题研究的需要出发，又肯下功夫深入钻研，还是可以在相关学科触及某些领域的前沿，至少能避免简单化地套用其他学科的常识或者现成结论来解释本专业的问题。当然，对某些跨学科研究的巨大难度，以及需要耗费的时间与当前学术评估体制的矛盾，也必须有充分的估计。如果没有耐心和定力，这类慢工细活的研究是很难长期坚持下来的。

（原载《文史知识》2016年第10期）

光启学术书目

《愚庵续论》　　　　　　　　　　　　刘家和　著
《学史余瀋》　　　　　　　　　　　　　马克垚　著
《进学丛谈》　　　　　　　　　　　　　葛晓音　著